Loreth Anne White
Stumme Knochen

AF177998

Das Buch

Unter einer Kapelle in den kanadischen Bergen wird bei Bauarbeiten ein menschliches Skelett entdeckt. Viel deutet darauf hin, dass es sich um die junge Annalise Jansen handelt, die vor fast fünfzig Jahren spurlos verschwand. Mithilfe der forensischen Anthropologin Dr. Ella Quinn beginnt Detective Jane Munro zu ermitteln. Ihr eigener Mann wird seit einem halben Jahr vermisst und sie weiß, dass ihre Ergebnisse der Familie helfen können, mit dem Verlust abzuschließen.

Doch wer war die lebensfrohe Sechzehnjährige und warum musste sie sterben? Während die Presse eine Sensationsstory wittert, zeigen Janes Nachforschungen vor allem eins: Nichts ist eindeutig in diesem Fall. Vor allem Annalises damalige Clique, die Shoreview Six, verstrickt sich in Widersprüche. Denn jeder von ihnen ist sich selbst der Nächste und sie alle haben viel zu verlieren …

Die Autorin

Loreth Anne White ist eine mehrfach preisgekrönte Autorin, die sowohl Thriller als auch Mystery- und Romantic-Suspense-Romane schreibt. Sie stammt ursprünglich aus Südafrika, lebt jedoch mittlerweile mit ihrer Familie in den Coast Mountains an der Westküste Kanadas. An diesem Ort sagenhafter Abenteuer und Romantik kam sie auf den Gedanken, ihre Karriere bei der Zeitung aufzugeben und sich in die Welt der Romane zu begeben, in eine Welt der gefährlichen Männer und abenteuerlustigen Frauen. Wenn sie nicht schreibt, findet man sie beim Schwimmen, Ski- oder Radfahren und beim Wandern oder Joggen mit ihrem schwarzen Labrador. Im Sommer ist sie häufig mit ihrem Mann unterwegs, sucht nach abgelegenen Campingplätzen und den besten Plätzen zum Fliegenfischen.

LORETH ANNE WHITE

STUMME KNOCHEN

Thriller

Aus dem Amerikanischen von Diana Bürgel

Die amerikanische Ausgabe erschien 2024 unter dem Titel »The Unquiet
Bones« bei Montlake, Seattle.

Deutsche Erstveröffentlichung bei
Edition M, Amazon Media EU S.à r.l.
38, avenue John F. Kennedy, L-1855 Luxembourg
Dezember 2024
Copyright © der Originalausgabe 2024
By Cheakamus House Publishing
All rights reserved.
Copyright © der deutschsprachigen Ausgabe 2024
By Diana Bürgel

Die Übersetzung dieses Buches wurde durch Amazon Crossing ermöglicht.

Umschlaggestaltung: semper smile, München, www.sempersmile.de
Umschlagmotiv: © Mehul Patel / ArcAngel; © Stephen Mulcahey /
ArcAngel; © Rudchenko Liliia / Shutterstock
Lektorat: Cathérine Fischer
Korrektorat: Manuela Tiller / DRSVS
Gedruckt durch:
Amazon Distribution GmbH, Amazonstraße 1, 04347 Leipzig /
CPI Druckdienstleistungen GmbH, Ferdinand-Jühlke-Straße 7, 99095
Erfurt /
CPI books GmbH, Birkstraße 10, 25917 Leck /
Libri Plureos GmbH, Friedensallee 273, 22763 Hamburg

ISBN: 978-2-49671-612-2
e-ISBN 978-2-49671-613-9

www.edition-m-verlag.de

Für meine Mom

Das Böse ist unspektakulär
und immer menschlich,
teilt unser Bett und isst an
unserem eigenen Tisch.
W. H. Auden

ANS LICHT GEBRACHT

April 2023

Stetiger Regen fällt, während Benjamin und Raphael Duvalier mit ihrem Bagger am Rand eines dunklen Sees an den nebligen Hängen des Hemlock Mountain arbeiten. Die Brüder graben das Betonfundament einer kleinen alten Nurdachkapelle aus. Die Kapelle steht auf dem Gebiet des Hemlock Ski Resort und soll höher hinauf in die Berge verlegt werden, um Platz für eine Erweiterung des Basislagers zu schaffen. Der Morgen ist kaum angebrochen und die Temperatur bewegt sich irgendwo um den Gefrierpunkt herum. Hinter ihnen kriecht der Wald den Berg herab und geisterhafte Nebelfinger strecken sich zwischen den Bäumen aus. Leere Liftsessel hängen bewegungslos an Drahtseilen, die in den niedrigen Wolken verschwinden.

Benjamin klatscht in die behandschuhten Hände, um wieder Blut in seine halb erfrorenen Finger zu bekommen. Diese nasse Kälte ist viel schlimmer als Temperaturen weit unter null Grad bei trockener Luft. Seinem Bruder ist in der Baggerkabine wenigstens wärmer. Raphael bedient die hydraulische Steuerung und hebt eine weitere Ladung Beton und nasse Erde aus. Er schwingt die Schaufel über die Ladefläche eines bereitstehenden Lasters und lässt den Inhalt hineinfallen. Das große Fahrzeug senkt sich unter dem neuen Gewicht etwas ab.

Mit der Rückseite seines Handschuhs wischt sich Benjamin den Regen aus dem Gesicht und deutet dann zu Boden, um seinem Bruder zu zeigen, wo er als Nächstes graben soll. Die Schaufel schwingt zurück. Raphael betätigt den Hebel, die Schaufel sinkt zu Boden und die Zähne dringen in die schwarze Erde. Wieder bedient Raphael die Steuerung, und die Schaufel schließt sich.

Die Zähne verhaken sich in etwas und reißen es aus der Erde. Benjamins Herz macht einen Satz. Hastig tritt er vor und versucht zu begreifen, was er da sieht.

»Hey! Hey, stopp!«, brüllt er, reißt die Hand hoch und fährt sich dann quer über den Hals.

Raphael hält den Baggerarm an. Er springt aus der Kabine und eilt zu Benjamin hinüber, der in die Hocke gegangen ist. Vorsichtig wischt Benjamin feuchte Erde von dem langen Gegenstand, den der Bagger aus der Erde gezogen hat. Sein Herz hämmert. Er sieht Raphael an.

Sie haben zwei große, lange Knochen auf die Schaufel genommen.

Benjamin weiß, dass sie nicht von irgendeinem Tier stammen können, weil das Ding, das am Ende von einem der Knochen herunterhängt, ein Stiefel ist.

Ein Frauenstiefel mit Plateauabsatz.

JANE

Sergeant Jane Munro zwingt sich dazu, sich auf die Worte zu konzentrieren, die aus dem Mund der ausgemergelten Blondine kommen, die ihr im Halbkreis in diesem Kirchenkellerraum gegenübersitzt.

»Ich bin erschöpft«, klagt die Frau. »Bis ins Mark. Die. Ganze. Zeit.«

Sie heißt Stephanie. Sie ist eine Mom. Oder sie war es. Wie nennt man eine Mutter, deren Kind verschwunden ist? Einfach weg?

»Meine Freunde sagen, ich soll wieder zurück zur Arbeit gehen, aber ich kann nicht.« Stephanie zupft an einem zerfledderten Taschentuch in ihrem Schoß herum. Ihr Körper passt zu ihrer Stimme: spröde, dünn, gebrochen. Ihre Augen sind rot gerändert und verschwollen. Genau das ist das Problem bei Selbsthilfegruppen: Es wird viel geweint. Was Jane nervös macht. Sie ist Polizistin, ein Cop. Und nicht nur irgendein Cop – eine erfahrene Mordermittlerin. Ihr ganzes Erwachsenenleben lang hat sie sich antrainiert, *nicht* zu weinen, oder zumindest nicht in der Öffentlichkeit, und sowohl ihr Körper als auch ihr Verstand wehren sich gegen diesen Kirchenkellerraum, denn obwohl sie Mitgefühl für Stephanie

11

in ihrer Not empfindet, wäre zu viel Mitleid riskant. Es würde die Kontrolle über ihre eigenen Emotionen gefährden. Sie kann sich keinen Riss in ihrer Rüstung erlauben. Sie würde einfach aufreißen, und ihr Innerstes würde herausplatzen – und sie weiß nicht, ob sie die Bruchstücke dann jemals wieder einsammeln und zurückschieben könnte.

»Ich habe Angst davor, aus dem Haus zu gehen, denn was, wenn Jason heimkommt?«, fragt Stephanie. »Dann würde er nicht wissen, wo er mich finden kann.« Sie putzt sich die Nase mit diesem feuchten, zerfetzten Taschentuch, während aus der Gruppe zustimmendes Gemurmel dringt.

Jason ist Stephanies achtjähriger Sohn. Vor vierzehn Monaten ist er eines Nachmittags einfach verschwunden, und niemand hat ihn je wieder gesehen oder von ihm gehört.

Mit Jane sitzen noch sieben weitere Leute, die ganz Ähnliches durchmachen, auf orangeroten Plastikstühlen, die in einem Halbkreis vor der Therapeutin angeordnet sind. Die Therapeutin arbeitet ehrenamtlich hier im untersten Stockwerk des Gemeindezentrums, das an die Our Lady of the Bay Church angeschlossen ist. Ein kühler Frühlingsregen geht draußen nieder, und die stahlgrauen Wolken hängen tief am Himmel. Hier unten jedoch unter den grellen und amtlich wirkenden Leuchtstoffröhren ist es stickig und es riecht unangenehm nach abgestandenem Kaffee und dem Zucker auf den frittierten Donuts. Die Gruppenmitglieder stammen aus unterschiedlichen sozialen Schichten und Altersstufen, aber sie vereint eine schreckliche Gemeinsamkeit: Sie alle kämpfen mit der seltsamen Form der Trauer, mit der man zurechtkommen muss, wenn ein geliebter Mensch verschwindet.

Nicht stirbt.

Einfach *verschwindet.*

An einem Tag ist noch alles ganz normal, am nächsten sind sie fort. Als hätten sie sich in Luft aufgelöst. Und übrig bleibt nur ein vibrierendes, pulsierendes, lebendiges, atmendes Loch, das niemals stirbt. Oder lebt. Es ist ein grauenvoller Schwebezustand, dieses Nichtwissen. Dieses Warten ohne ein Ende in Sicht. Menschen, die ein solches Trauma nicht durchlebt haben, können es unmöglich verstehen.

»Ich weiß genau, was du meinst«, sagt ein Vater, der rechts neben Stephanie sitzt. Sein Name ist Christopher – die Mitglieder sprechen sich mit Vornamen an und sie verraten nur so viel über sich, wie sie zu teilen bereit sind. Jane ist nicht bereit. Zu gar nichts von dem hier. Christopher ist eindeutig gerade von einer Baustelle oder von irgendwelchen Straßenarbeiten hierhergekommen. Er trägt eine dicke Jeans, und seine Stahlkappenstiefel sind schlammverkrustet. Seine Hände sind rau und rissig. Wie Jane hat er wahrscheinlich eine späte Mittagspause genutzt, um die Gruppe besuchen zu können. Zuvor hat er erwähnt, dass er gerade fünfundfünfzig geworden ist, aber für Jane sieht er mindestens zehn Jahre älter aus. Vor zwei Jahren ist seine achtzehnjährige Tochter mit Freunden in einen Club in der Innenstadt gegangen. Und nie wieder nach Hause gekommen. Christopher und seine Frau haben immer noch keine Antworten. Inzwischen haben sie sich scheiden lassen. Genau wie Stephanie. Dieses Fegefeuer fordert durch seine zerstörerische Art so viele Opfer. Es wütet, selbst in den stabilsten Familien. Es brennt sich durch Freundschaften. Höhlt Vertrauen aus. Versengt das Selbstgefühl. Sabotiert das Arbeitsleben.

Mit dieser Sabotage kennt sich Jane bestens aus. Nach einem »Vorfall« bei der Arbeit, der fast die Aufklärung eines Mordfalls von großem öffentlichem Interesse vermasselt hätte, war sie vorübergehend zu einer Einheit für ungelöste Fälle – oder »Einheit für Sonderermittlungen« – abgeschoben worden, die im Grunde nur aus ihr selbst besteht. Cold Cases. Zuerst hatte ihr Chef vorgeschlagen, sie solle sich eine Auszeit nehmen oder vielleicht schon vorzeitig in Mutterschutz gehen. Aber Jane konnte sich keine Auszeit nehmen. Sie hatte Angst davor, zu Hause allein mit ihren Gedanken zu sein. Sie *brauchte* die Arbeit. Der nächste Vorschlag ihres Chefs war eine Therapie gewesen, und genau deshalb ist sie nun hier, sitzt gegen ihren Willen auf einem orangeroten Plastikstuhl in einem überheizten Kirchenkeller und lauscht Menschen wie Stephanie und Christopher, die bisher noch überhaupt nichts lösen konnten und ihr nicht weiterhelfen werden.

»Es ist, als dürfte man nicht mal trauern«, sagt Christopher. »Zu trauern fühlt sich an wie Verrat, als hätte man aufgegeben. Und in der Zwischenzeit dreht sich die Welt einfach ohne einen weiter.« Er senkt den Blick auf seine rissigen Hände und fährt leise fort: »Manchmal komme ich mir vor wie ein Klumpen alter blauer Zahnpasta, der im Waschbecken festklebt und einfach nicht den Abfluss hinuntergewaschen wird. Er klebt einfach da und trocknet aus.«

Jane schluckt. Sie kennt die Statistiken. Sie weiß nur allzu gut, dass seine Chancen darauf, seine Tochter jemals wiederzusehen, praktisch bei null liegen. Christopher und seine Ex-Frau können von Glück reden, wenn eines Tages ihre Überreste gefunden werden und sie damit die Möglichkeit bekommen, sich bei einer Beerdigung oder Feuerbestattung richtig zu verabschieden. Dasselbe gilt für Stephanie und ihren kleinen Jungen. Für alle hier. Auf einmal brennen ihre Augen, und ihr Blick huscht zum Kellerfenster, auf der Suche nach einem Fluchtweg. Sie ballt die Hände zu Fäusten, konzentriert sich auf die schmutzige Glasscheibe, an der Regen und Schlamm herunterlaufen, während sie gegen die Tränen ankämpft. *Bring es einfach hinter dich. Dieses eine Treffen musst du durchstehen. Am besten, ohne irgendwas zu sagen. Nicht weinen. Sei wütend. Wut ist leichter. Bleib wütend.*

14

»Ich möchte nur wissen, was mit meinem Kleinen passiert ist. Mehr nicht. Auch wenn ich ihn nicht zurückhaben kann.« Stephanie tupft sich mit dem rotzverschmierten Taschentuch die Nase.

Janes Blutdruck schießt in die Höhe. Auf dem niedrigen Tisch vor Stephanie steht eine ganze gottverdammte Schachtel frischer Taschentücher. Warum in aller Welt kann diese erbärmliche Frau nicht einfach ein sauberes Taschentuch nehmen? Sieht sie die Schachtel denn nicht? Schweiß prickelt auf Janes Oberlippe. Panik kribbelt in ihrem Bauch. Das hier ist der Anfang eines klaustrophobischen Anfalls – sie wird hier lebendig begraben. Sie wird diesem heißen Keller, diesen armen Menschen und dem Gestank nach abgestandenem Kaffee nie wieder entkommen.

»Abschließen«, sagt jemand. »Wir alle müssen irgendwie damit abschließen. Entweder, indem wir die Erlaubnis bekommen, richtig zu trauern, oder indem sie nach Hause kommen.«

Stephanie nickt und versucht, ihr zerknülltes Taschentuch auseinanderzufalten.

Die Therapeutin beugt sich vor und schiebt Stephanie die Schachtel hin, woraufhin sie endlich – dem Himmel sei Dank – ein frisches Taschentuch herauszieht.

Die Therapeutin sagt: »Die physische und psychische Erschöpfung ist vollkommen normal. Wenn ein geliebter Mensch verschwindet, sei es nun körperlich oder – in einigen Fällen, wie beispielsweise durch Demenz – in geistiger Form, kann dies die belastendste Art von Verlust sein. Es gibt keine Antworten. Keine Grenzen, keinen Abschluss. Ein solcher Verlust manifestiert sich auf eine Weise, die einer posttraumatischen Belastungsstörung ähnelt. Und ihr habt alle recht, im Allgemeinen wird dies von der Gesellschaft nicht entsprechend anerkannt. Wie ihr alle bemerkt habt, ist da diese Empfindung, dass sich die Welt weiterdreht, dass man aber nicht in der

Lage ist, sich mitzudrehen, was ein Gefühl von Dissonanz und Isolation erzeugt. Genau das macht Gruppen wie diese hier so wichtig. Damit man sich mitteilen kann. Damit man sieht, dass man nicht allein ist. Es hilft wirklich, sich mit anderen zu identifizieren, die verstehen, was man selbst durchmacht. Und es ist wichtig zu wissen, dass diese Art von Verlust einen Namen hat. Man spricht von ›Ambiguous Loss‹ oder von einem uneindeutigen Verlust. Einem Schwebezustand der Trauer.« Die Therapeutin sieht Jane direkt an. »Möchte sich heute sonst noch jemand mitteilen?«

Jane konzentriert sich auf einen Fleck auf ihrem Knie. Sie spürt die Hitze der Blicke aller anderen auf sich.

»Jane?«, fragt die Therapeutin.

Jane räuspert sich, starrt jedoch weiterhin unablässig ihr Knie an.

»Jane?«

Ruckartig hebt sie den Kopf. »Tja, wir alle kennen die Statistiken. In unserer Provinz gibt es die höchste Vermisstenquote überhaupt. Allein in British Columbia werden jedes Jahr weit über dreizehntausend Erwachsene und fünftausend Kinder als vermisst gemeldet. Um realistisch zu sein, die meisten dieser Fälle werden nie …«

»Jane«, fällt ihr die Therapeutin in warnendem Tonfall ins Wort. »Vielleicht möchten Sie damit anfangen, was Sie hergeführt hat?«

»Nein, ich … schon gut. Danke.«

Alle starren sie an.

Sie hat versagt.

Sie wollte dieses eine Treffen durchstehen, ohne ein Wort zu sagen. Jetzt hat sie doch ihren Mund aufgemacht, und ihre Gefühle brodeln schon dicht unter der Oberfläche. Ihre Nebenhöhlen sind ganz zugeschwollen. Ihre Kehle schmerzt von der Anspannung, alles zurückzuhalten. Ihr Kopf pocht.

Sie weiß, wenn sie es wagt, Matts Namen laut auszusprechen, dann wird sie zu einem durchweichten Häuflein, genau wie Stephanies Taschentuch.

Langsam und tief atmet sie durch, um sich zu beruhigen. Dann sagt sie ganz leise: »Ich bin noch nicht so weit.«

»Das ist in Ordnung, vollkommen in Ordnung«, versichert die Therapeutin.

Der schlanke und gut gekleidete dunkelhaarige Mann, der rechts von Jane sitzt, beugt sich vor. Er sieht Jane in die Augen, sanft, aber bestimmt. Er strahlt eine Präsenz aus, mit der Jane sich identifizieren kann.

»Ich habe eine Weile gebraucht, bis ich meinen Verlust zum Ausdruck bringen konnte«, sagt er. »Es ist jetzt vierzehn Monate her, seit meine Frau verschwunden ist. Ich kaufe im Supermarkt immer noch für sie ein. In jeder Menschenmenge suche ich nach ihr. Manchmal glaube ich sogar, ich würde sie im SkyTrain sehen, und mein Herz beginnt zu hämmern, bevor mein Kopf überhaupt begreift, warum. Ich zucke immer noch zusammen, als hätte ich einen Stromschlag bekommen, wenn mein Handy klingelt. Und …« Er seufzt schwer. »Da ist Wut. Ich werde so schnell wütend, ich lasse es an den Leuten aus, die nur versuchen, mir zu helfen. Aber es kann einfach niemand das Richtige sagen, stimmt's? Weil es das Richtige nicht gibt.«

»Abschließen«, murmelt Stephanie wieder. »Wir alle müssen irgendwie damit abschließen können.«

Ich muss mit gar nichts abschließen. Ich werde Matt finden. Lebendig. Er ist nicht fort, das kann nicht sein. Ich bin nicht bereit aufzugeben. Ich glaube aus ganzem Herzen daran, dass er noch irgendwo dort draußen ist.

Die Therapeutin sagt: »Wir dürfen nicht vergessen, dass ›Abschließen‹ im Kontext von Ambiguous Loss ein Mythos ist. Schnell unterliegt man dem immensen gesellschaftlichen Druck, ›damit abzuschließen‹, und diese Botschaft wird von den Medien, von Filmen und Romanen noch weiter verstärkt. Sie hallt in Kommentaren von Freunden und Familie wider. Wir leben in einer Gesellschaft, die großen Wert auf Problemlösungen legt. Dinge aufzuklären und schnell ›darüber hinwegzukommen‹. Wenn es die Gesellschaft jedoch mit Vermissten zu tun bekommt, entsteht ein Störimpuls, ein gewisses Unbehagen. Wie soll man mit jemandem umgehen, der nicht weiß, was mit einem geliebten Menschen geschehen ist? Oder mit Situationen, in denen es einfach keine Antworten oder Lösungen gibt? Wir sollten nicht dazu gezwungen werden, mit irgendetwas abzuschließen«, mahnt sie. »Vielmehr müssen wir Wege finden, mit unseren komplexen Gefühlen zu koexistieren, und wir dürfen dabei nie vergessen, dass unsere Reaktionen vollkommen normal sind.« Sie sieht Jane an. »Sie sind kein Zeichen persönlicher Schwäche.«

Was gar nicht gut bei Jane ankommt. Sie ist eine Problemlöserin. Sie erledigt und klärt auf. Sie unternimmt etwas. Findet Antworten. Fängt die Bösen. Schließt Fälle ab. Bestraft Täter.

Ihr Handy vibriert in ihrer Tasche. Es ist auf stumm gestellt und Jane überlegt, ob sie es einfach ignorieren soll. Die Gruppenregeln verbieten Handys. Es vibriert wieder. Ein Versprechen auf ein Entkommen. Jane zieht die Tasche ihres Blazers auf, um umständlich einen Blick auf das Display werfen zu können. Ihr Puls beschleunigt sich. Eine Nachricht von ihrem Vorgesetzten.

Rufen Sie mich an. Menschliche Überreste entdeckt.

Sofort springt sie auf, erfüllt von einer fast freudigen Energie. »Ich muss jemanden anrufen.«

»Hier sind Handys strikt verboten«, ruft Stephanie.

Jane beachtet sie gar nicht und eilt zum Garderobenständer neben der Ausgangstür. Sie spürt, dass die anderen ihr nachschauen. Sie läuft noch schneller, in dem Versuch, das irrationale

Gefühl abzuschütteln, die anderen könnten sie wieder zurück in den Kreis zerren. Sie schnappt sich ihren Mantel vom Haken, dann zögert sie, als Schuldgefühle in ihrer Brust aufsteigen. Sie dreht sich zu den anderen um. »Es tut mir leid. Es ist ein Notfall.«

»Was denn für einer?« Nun klingt Stephanie spöttisch und wütend. »Ist irgendjemand *gestorben* oder so?«

Jane schiebt die Arme in die Mantelärmel. »Genau genommen ja. Jemand ist gestorben.« Sie greift nach der Türklinke, doch die traurigen Mienen lassen sie zögern. »Es tut mir wirklich leid«, sagt sie leise. Dann stößt sie die Tür auf.

Jane läuft die Treppe nach oben und tritt durch die Kirchentüren hinaus. Die kalte, feuchte Luft, die sie trifft, fühlt sich an wie Lebensblut. Einen Moment lang bleibt sie unter dem Säulenvorbau stehen und saugt die Luft tief in ihre Lunge. Sobald sie sich wieder gefasst hat, ruft sie ihren Vorgesetzten bei der Mordkommission im Hauptsitz der Royal Canadian Mounted Police in Surrey an.

Er hebt sofort ab.

»Jane. Heute am frühen Morgen wurden im Hemlock Ski Resort bei Bauarbeiten menschliche Überreste gefunden. Wahrscheinlich einige Jahrzehnte alt. Anthropologen und der Coroner sind bereits am Tatort. Wie wäre es, wenn Sie die Leitung übernehmen?«

Ihre Hand schließt sich fester um das Handy, als Aufregung durch ihren Körper prickelt. Die Vorsicht in seinem Tonfall entgeht ihr jedoch nicht. Er ist sich nicht sicher, wie sie damit umgehen wird. Sorgfältig formuliert Jane ihre Antwort.

»Ist der Fund verdächtig?«

»Bis wir das Gegenteil beweisen können, gilt es als Tatort. Wie schnell können Sie dort sein?«

Sie sieht auf die Uhr. »Geben Sie mir zwanzig Minuten.« Was eine Lüge ist, denn wahrscheinlich wird sie länger brauchen, aber sie sehnt sich verzweifelt nach dieser Ablenkung.

»Nehmen Sie Murtagh mit, damit er Ihnen assistiert. Für diesen Fall arbeiten Sie mit dem North Vancouver Detachment zusammen. Fordern Sie nach eigenem Ermessen Verstärkung an und halten Sie mich auf dem Laufenden.« Damit beendet er das Gespräch.

Jane schließt die Augen und legt die Hand auf ihren Schwangerschaftsbauch.

Danke, danke, danke. Das ist etwas, das ich kontrollieren kann.

Sie zieht sich die Kapuze über den Kopf, tritt in den strömenden Regen hinaus und läuft mit entschiedenen Schritten zu ihrem Auto, während ihre Gedanken bereits vorauseilen. Sie muss sich in ihrer Wohnung Stiefel holen. Auf dem Hemlock wird es matschig sein, vielleicht liegt sogar Schnee. Ihre Wohnung ist auf dem Weg. Mit einem Knopfdruck entriegelt sie das Auto, steigt ein und lässt den Motor an. Während sie darauf wartet, dass sich die beschlagenen Scheiben klären, ruft sie Corporal Duncan Murtagh an und trägt ihm auf, sich an der Station des Hemlock Ski Resorts mit ihr zu treffen. Sie klappt die Sonnenblende herunter, hinter der ein Foto von ihrem Verlobten Matt Rossi steckt. Er lächelt sie an. Sonnengebräunt und fit und kräftig und so voller Leben. Janes Brust krampft sich zusammen. Mit den Fingerspitzen berührt sie zärtlich sein Gesicht, dann klappt sie die Sonnenblende wieder hoch. Sie fährt aus der Parklücke, fädelt sich in den geschäftigen Stadtverkehr ein und nimmt Kurs auf die Brücke, die sie zum North Shore bringen wird. Von dort aus muss sie nach Osten, bis sie schließlich die kurvenreiche Straße am Hang des Hemlock Mountain erreicht. Während sie fährt, hofft sie, dass sich dies hier als Mordfall erweisen wird. Sie braucht es.

JANE

Jane arbeitet sich die Serpentinen durch die Urwälder des Hemlock Provincial Park hinauf. Nebel wallt zwischen den bemoosten Bäumen auf und zieht wie ein Schleier über die Straße. Regen trommelt herab. Sie schaltet die Nebelscheinwerfer ein.

Während sie der Straße immer höher hinauf folgt, wird das Spätnachmittagslicht schwächer und die Temperaturen fallen schnell. Sie dreht die Heizung auf, aber das Frösteln scheint ihr in die Knochen zu kriechen. Auf dieser Wildnis lastet eine brütende Stille, eine Einsamkeit, die in ihren Wagen hineindrückt und die trubelige Stadt in der Nähe in unendliche Ferne schiebt. Janes Gedanken wandern zu Matt, verloren und verletzt in einer Wildnis wie dieser. Sie ballt die Faust um das Lenkrad.

Seit Ende September gilt er als vermisst, seit er allein zu einer Wanderung in den Cayoosh Mountains aufgebrochen und nicht zurückgekehrt ist. Das war vor über einem halben Jahr, und an jedem Tag seiner Abwesenheit wächst das Baby ein Stück. Matt weiß nicht mal, dass sie schwanger ist. Jane hat es erst herausgefunden, nachdem er verschwunden war, und ihr Bauch ist wie eine Uhr, an der die Tage seit seinem Verschwinden abgezählt werden. Jeder kann an der Größe ihres Bauchs ablesen, wie lange ihr Verlobter schon als vermisst gilt, und das sorgt für unbehagliche Gespräche, die sie lieber nicht führen würde. Ein Teil von ihr fragt sich, ob Matt erbitterter darum gekämpft hätte, nach Hause zu kommen, wenn er gewusst hätte, dass sie schwanger ist – er hatte immer gesagt, er wolle Kinder, eine große Familie. Heute bereut sie es zutiefst, ihm vorgeschlagen zu haben, noch ein paar Jahre zu warten. Und nun … Schwanger aufgrund irgendwelcher kosmischer Umstände, trotz all ihrer Vorsichtsmaßnahmen. Er hätte sich kaputtgelacht. Er wäre so glücklich gewesen. Die Gefühle ballen sich in ihrer Kehle zu einem Kloß zusammen.

Konzentrier dich.

Ein gelbes Schild taucht im Nebel auf: »Hemlock Ski Resort Boundary«. Kurz darauf erreicht Jane den ersten Parkplatz des Skigebiets. Der Regen ist stärker geworden. Mit klackenden Scheibenwischern fährt sie weiter zum oberen Parkplatz vor der Three Cedars Lodge. In den Fenstern der massiven Holzhütte leuchtet warmes Licht. Jane bemerkt einen Bauwagen neben dem Gebäude. Vor dem Bauwagen stehen mehrere Trucks, alle mit dem Logo von »Duvalier Bros & Sons«, daneben drei Wagen der Royal Canadian Mounted Police, der SUV des Coroners und ein weißer Transporter mit dem Logo des Seymour Hills University Forensic Institute. Jane parkt neben dem Rechtsmediziner. Sie entdeckt ein kleines Hula-Mädchen auf dem Armaturenbrett und schließt daraus, dass Darby Williams heute Dienst hat.

Jane stellt den Motor ab und nimmt sich einen Moment Zeit, um in ihre Arbeitsrolle zu schlüpfen. Aber bevor sie sich richtig gesammelt hat, pocht es laut an ihr Fenster.

Sie späht durch das regennasse Glas. Duncan Murtagh. Wieder mal übereifrig.

Jane flucht leise, schnallt sich ab, setzt sich ihr Basecap auf und greift nach ihrer Umhängetasche mit Telefon, Notizbüchern und Stiften, Tatorthandschuhen und anderen Utensilien. Dann stößt sie die Tür auf und bugsiert ihren Babybauch hinter dem Lenkrad heraus.

Duncan ist groß und durchtrainiert. Er ist ein Fitnessjunkie und ein Low-Carb-Verfechter, der andauernd alle Leute zu seiner Keto-Diät überreden will. Wie üblich trägt er komplett schwarze Funktionskleidung, die ihm diesen typisch urban-alpinen Look der Bewohner des Pazifischen Nordwestens verleiht. Die Regentropfen rollen wie kleine Silberperlen über seine gut geschnittene Gore-Tex-Jacke. Er trägt eine Raptors-Baseballkappe über den dunkelroten Haaren. Dabei ist seine Haut so blass, dass sie im Kontrast zu seinem akkurat getrimmten roten Bart fast durchsichtig scheint. Er schenkt ihr ein breites Grinsen, das eine Zahnlücke zwischen den Schneidezähnen offenbart, und drückt ihr einen Thermobecher in die Hand, noch bevor sie richtig ausgestiegen ist.

»Kaffee«, sagt er.

Sofort ist Jane besänftigt. Sie greift nach dem Becher, nimmt einen Schluck und sieht dann in seine hellgrauen Augen. »Sogar noch heiß.«

»Toll, oder? Ich habe extra einen Thermobecher für dich mitgebracht. Hab ihn an der Tankstelle am Abzweig aufgefüllt. War mir nicht sicher, ob man hier außerhalb der Saison was Warmes bekommt.«

Sie nimmt noch einen Schluck. Auch noch genau die richtige Menge Zucker, obwohl er dieses »Gift« nicht mehr anrührt.

»Danke«, sagt sie. Und sie meint es auch so, denn es tut verdammt gut.

»Ich habe mit den Rettungskräften gesprochen«, sagt er. »Die Überreste wurden in einem flachen Grab gefunden, den Wanderweg dort hinauf, der am Ende vom Parkplatz beginnt. Sie liegen unterhalb der ehemaligen Skifahrerkapelle.« Er zeigt in die besagte Richtung.

Jane entdeckt ein weißes Schutzzelt über der Fundstelle. Es steht neben einem kleinen See am Kiesweg, ungefähr einhundert Meter vom Parkplatz entfernt. Gelbes Flatterband sperrt den Ausgangspunkt des Wanderwegs ab.

»Was ist mit der Kirche passiert?«, fragt sie.

»Sie wurde versetzt, für die Erweiterung des Basislagers hier. Steht wohl seit Mitte der Sechzigerjahre dort am See. Jetzt ist sie auf Holzbohlen hinter dem Zelt zwischengelagert. Sie müssen warten, bis genug Schnee am Berg geschmolzen ist, bis sie per Helikopter an den neuen Ort gesetzt werden kann. Zwei der Duvalier-Brüder sollten heute Morgen den Kriechkeller unter der Kirche abreißen, wobei sie etwas gefunden haben, das wie menschliche Beinknochen mit einem Schuh dran aussah. Sie haben die Arbeiten sofort ausgesetzt und angerufen. Der Coroner und die North Van RCMP sind angerückt, gefolgt von den Kollegen von der forensischen Anthropologie der SHU.«

Jane lässt den Blick über die Szenerie schweifen, während sie Duncan zuhört, sieht den Sessellift, den dichten Nebel, der die Berge einhüllt, die zwei Uniformierten, die sich neben einem der RCMP-Wagen im Regen unterhalten. Als sie den unteren Parkplatz in Augenschein nimmt, fällt ihr ein weißer SUV mit einem runden roten Logo auf, der gerade langsam aufs Gelände rollt. Jane flucht. Sie ruft die beiden Beamten herbei.

»Schafft diesen Pressewagen fort.« Sie zeigt auf den SUV. »Presse und unbefugte Personen dürfen nicht auf den oberen Parkplatz. Die ganze Gegend hier ist ein Tatort, bis wir wissen, womit wir es zu tun haben. Sperrt alles ab.«

Die Polizisten eilen in Richtung SUV.

»Bestimmt dieses Biest Angela Sheldrick mit ihrem Kamerakompagnon«, sagt sie und läuft mit dem Kaffee in der Hand auf den Wanderweg zu. Duncan eilt ihr nach und hält Schritt.

»Wo sind die beiden Brüder jetzt?«, will Jane wissen.

»Sie warten in der Hütte, bis sie ihre Aussage machen können.«

Als sie den Weg hinauf zum Zelt erklimmen, werden sie vom Brummen eines Generators empfangen. Der See spiegelt den düsteren Himmel wider, die Oberfläche pockennarbig vom Regen. Ein gelber Bagger steht neben einem Kipplaster, der teilweise mit feuchter Erde gefüllt ist, und hinter dem Zelt sieht Jane die kleine Kirche, die auf Paletten darauf wartet, umgesetzt zu werden.

»Sie haben den Bagger und den Laster so gelassen, wie sie waren, als die Knochen zum Vorschein kamen.«

»Immerhin etwas«, entgegnet Jane und betrachtet die Kapelle. »Die hat auch schon bessere Tage gesehen. Ich erinnere mich an sie.« Sie deutet mit dem Kinn in Richtung des Gebäudes. »Als Kind bin ich mit meinem Vater ein paar Mal hier gewesen.« Irgendwo in den alten Alben ihrer Mutter klebt ein verblasstes Polaroidfoto von der zehnjährigen Jane in einem leuchtenden Skianzug, wie sie die Meisenhäher mit Erdnüssen füttert. Es war ein blendend schöner, sonniger Morgen. Sie erinnert sich deutlich an die Buntglasscheibe, die sich noch immer über die ganze Länge der hinteren Wand erstreckt, und wie die Sonne an diesem Tag das Licht in dem leuchtenden Blau, Rot, Grün und Gold der Darstellung erstrahlen ließ: eine Maria und ihr Kind.

Bevor ihre Gedanken zu ihrem ungeborenen Kind wandern, macht Jane abrupt kehrt und läuft zum Schutzzelt, wo einst die kleine Kapelle stand. Vor dem Zelt ist ein Polizeibeamter unter einer vorgezogenen Plane postiert. Überall tropft der Regen hinunter. Neben dem Polizisten steht ein Tisch mit Plastikbehältern, in denen sich weiße Schutzanzüge, Schuhüberzieher und blaue Gummihandschuhe befinden.

Jane und Duncan zeigen dem Uniformierten ihre Ausweise. Er notiert die Uhrzeit und ihre Namen in eine Liste. Sie stellen ihren Kaffee hin und machen sich daran, die Tyvek-Overalls und die Überzieher anzuziehen. Das Material spannt an Janes Bauch. Sie bemerkt, dass Duncan das nicht entgeht, und auf einmal liegt eine spürbare Spannung zwischen ihnen in der Luft.

Duncan räuspert sich schnell. »Die forensische Anthropologin hat bestätigt, dass die Überreste menschlicher Natur sind«, sagt er, um die peinliche Stille zu überspielen. Während er spricht, wird der Eingang zum Zelt zurückgeschlagen und eine mollige Frau im Schutzanzug tritt heraus.

»Jane! Ich dachte doch, dass ich Sie gehört habe. Hallo, Murtagh.«

Darby »Darb« Williams ist eine Gerichtsmedizinerin, die Jane gut kennt und mag. Sie ist Anfang sechzig und hat ein markantes Lächeln, einen wettergegerbten Teint und hellbraunes, von Silbersträhnen durchzogenes kurzes Haar. Darb ist immer herzlich, freundlich und sehr kompetent. Sie hat sich in allen Morddezernaten und Gemeinden, für die sie tätig war, einen guten Ruf erarbeitet.

»Darb«, erwidert Jane. »Schön, Sie zu sehen.«

Der Blick der Gerichtsmedizinerin fällt kurz auf ihren Bauch und ihr breites Grinsen schwindet ein wenig. »Wie geht es Ihnen, Jane?«

Die Frage hat es in sich. Jane spürt genau, wie Duncan hinter ihr steht, wie die Stimmen im Zelt leiser werden, wie der Polizeibeamte große Ohren macht. Ihr Brustkorb schnürt sich zu.

»Gut.« Sie nickt in Richtung Zelt. »Was haben wir denn?«

Darb öffnet den Zelteingang und führt Jane und Duncan in das extrem hell ausgeleuchtete Innere, in dem von Generatoren angetriebene Lichtmasten ihre Arbeit tun. Der feuchte und lehmige Geruch von frisch umgegrabener Erde liegt schwer und moschusartig in der Luft.

Jane hat im Laufe der Jahre ihre eigene Herangehensweise an Tatorte entwickelt. Bei der Ankunft konzentriert sie sich zuallererst auf die Leiche – oder die Leichen – und erweitert dann langsam ihren Aufmerksamkeitsradius, während sie sich die Details einprägt. So funktioniert es für sie. Das Erste, was ihr auffällt, sind die Knochen, die aus dem flachen Erdloch und der dunklen, frisch umgegrabenen Erde herausragen. Sie sind bräunlich verfärbt und schmutzverkrustet. Groß. Sie ragen in einem Winkel von ungefähr dreißig Grad aus der Erde. Tibia und Fibula. An ihrem Ende ist ziemlich deutlich ein kniehoher Frauenstiefel mit hohem Plateauabsatz zu erkennen. Das Team der Anthropologen hat bereits den Teil eines Torsos freigelegt. Am oberen Ende des Torsos ragt ein Stück eines Schädels aus der Erde.

Ein Energiestoß durchfährt sie. Sie bringt ihre Gedanken zur Ruhe und konzentriert sich.

Während Tibia und Fibula deutlich skelettiert sind, hat der Torso hingegen eine rätselhafte, aufgebläht wirkende Form, ist erdverkrustet und von dunklen Stofffetzen bedeckt, die ein intensives, rostiges Orange angenommen haben. Dem Schädel jedoch fehlt jedes Weichgewebe. Der Kiefer offenbart ein intaktes Gebiss und ist zu einem erstickten Schrei aufgerissen, der mit einem Mundvoll Erde zum Schweigen gebracht worden ist. Auch die Augenhöhlen sind voller Erde. Eine blinde Zeugin, die eine stumme Wahrheit hinausruft.

Drei Leute in weißen Anzügen sind an der Grabstätte beschäftigt, die mit einer Schnur und kleinen Holzstäben abgesteckt und in Quadrate eingeteilt worden ist. Am Rand der flachen Grube sitzt eine Frau auf einem umgekehrten Eimer. Sie markiert Koordinaten auf einem Millimeterpapier und hält den Tatort in einer Zeichnung fest, während eine jüngere Frau in der Grube hockt, die Abstände zwischen den Stäben misst und die Maße ansagt. Am anderen Ende des Grabs arbeitet ein junger Mann auf Händen und Knien. Er hat das Ohr am Boden und klopft vorsichtig entlang der Grubenkante auf die Rückseite seiner Maurerkelle. Er scheint auf unterschiedliche Geräusche zu lauschen, die auf eine abweichende Bodendichte schließen lassen könnten, um so den wahren Umfang des Grabs zu ermitteln.

Die Frau auf dem Eimer sieht auf. Sie hat strahlende grüne Augen und blasse, sommersprossige Haut. Ihr dunkles Haar trägt sie in einem wilden Knoten. Jane schätzt sie auf Anfang fünfzig.

»Das ist Dr. Ella Quinn vom SHU Forensic Institute. Ehemals kommt sie von der University of Dundee. Und das sind ihre Doktoranden Hakim Akhtar und Susan Freimont.«

Jane nickt. »Was haben wir vorliegen, Dr. Quinn?«

Ein Kcamerablitz flammt auf. Duncan macht erste Fotos.

»Nennen Sie mich ruhig Ella. Es ist noch sehr früh, aber bisher haben wir nur die Überreste eines einzelnen Menschen gefunden.« Die Stimme der Professorin ist rauchig, aber trotzdem stark und sanft. Jane hört einen leichten Akzent heraus.

Ella deutet mit dem Bleistift auf die Knochen. »Die Zähne der Baggerschaufel haben diese langen Beinknochen – Tibia und Fibula – erfasst und aufgerichtet und den Stiefel bewegt, der eine Frauengröße neununddreißig zu sein scheint.« Sie sieht Jane an. »Es ist ein Plateaustiefel.«

»Verstehe«, erwidert Jane und spürt, wie ihr Herz schneller schlägt. Sie würde es nie zugeben, aber bei jedem neuen Fall, jeder neuen Leiche verspürt sie ein Kribbeln. Sie könnte darauf wetten, dass dies bei jedem guten Ermittler in der Mordkommission so ist und dass jeder lügt, der etwas anderes behauptet. Und genau diese Aufregung braucht sie jetzt. Sie hofft verzweifelt darauf, dass das hier ein verdächtiger Tod ist – ein Mord –, irgendetwas, das nach ihrer Expertise verlangt, das gelöst werden will, das sie aus ihrem Kellerraum erlöst, wo sie die Kisten mit ungeklärten Kriminalfällen durchgeht und nach denen sucht, die mit den neuen DNS-Analysemöglichkeiten wieder aufgenommen werden könnten.

»Definitiv weiblich?«, fragt Jane.

»Nun, es wurden zwei Frauenstiefel im Grab gefunden. Und in Anbetracht der Schuhgröße und der Länge von Tibia und Fibula in Kombination mit der Ausprägung von Schädel und Kiefer und dem, was wir bisher vom Zustand der Knochen und Zähne sehen können, ist die Person jung. Mit sehr hoher Wahrscheinlichkeit weiblich. Vermutlich kaukasischer Abstammung. Von kleiner Statur – vermutlich unter einem Meter siebzig, einer konservativen ersten Schätzung nach.«

»Also haben wir es vermutlich mit einer einst jungen, gesunden Frau zu tun, die in einem ziemlich flachen Grab im Keller unter einer kleinen Kapelle begraben wurde.«

»Das muss kein flaches Grab sein«, schaltet sich Duncan ein. »Ich meine, sie könnte auch viel tiefer begraben worden sein, bevor hier die Ausschachtarbeiten für das Fundament ausgeführt wurden.«

»Die Kapelle wurde 1966 errichtet«, erwidert Darb. »Wenn die Verstorbene vorher hier begraben wurde, dann müsste sie seit mindestens siebenundfünfzig Jahren hier liegen. Über ein halbes Jahrhundert.«

»Aber der Torso sieht noch nicht mal skelettiert aus«, sagt Jane.

»Genau«, erwidert Ella. »Er ist verseift.« Sie erhebt sich von ihrem Eimer und kniet sich in die Grube. Dann zeigt sie mit dem Bleistift auf den Torso. »Sehen Sie diese wachsartige, kalkig aussehende Substanz? Und diese weißlichen Streifen hier und hier?«

Jane geht neben der Professorin in die Hocke, wobei sie irgendwie ihren wachsenden Bauch unterbringen muss. »Was ist das?«

»Adipocire. Auch bekannt als Leichenlipid oder Leichenwachs.«

»Sobald wir angefangen haben, den Leichnam freizulegen, kam das Grundwasser hoch. Dieses Grab ist sehr feucht, vermutlich aufgrund der Seenähe und eines durch die Schmelz- und Gefrierperioden gestiegenen Grundwasserspiegels«, erklärt Hakim. »Mit dieser Feuchtigkeit kann sich im Laufe der Zeit in Kombination mit alkalinem Boden und unter bestimmten anaeroben Verhältnissen aus fetthaltigem menschlichem Gewebe diese wächserne Substanz bilden.«

»Wie lange dauert das?«, fragt Jane. Duncan macht noch mehr Fotos. Der Blitz flammt grell auf.

»Wir kennen noch nicht alle Einzelheiten der Saponifikation, aber sie nimmt einen längeren Zeitraum in Anspruch«, sagt Ella. Ihre Augen glänzen und Jane bemerkt, dass auch die Professorin aufgeregt ist. »Wenn das Leichenlipid aber einmal entstanden ist, kann es eine Leiche und sogar Weichgewebe und einige organische Stoffe jahrzehntelang konservieren, manchmal sogar jahrhundertelang.«

Stille hängt im Zelt, während Jane die Überreste ansieht. »Aber der Stiefel, die Plateausohle – haben das die Leute nicht Anfang der Sechziger getragen?«

»Ich denke schon«, sagt Susan und sieht von ihren Messarbeiten auf. »Aber die Plateausohlen sind erst in den Siebzigern der letzte Schrei gewesen.« Sie lächelt. »Ich bin quasi süchtig nach Vintageklamotten und Secondhandläden. Ich kenne mich aus.«

Jane betrachtet den Stiefel und stellt sich vor, wie er von einem lebendigen, jungen Menschen getragen wird. »Wie lange dauert es, bis ihre Überreste geborgen und in ein Labor gebracht werden können?«

Ella zieht die Mundwinkel nach unten. »Vielleicht noch ein oder zwei Tage, bis die ganze Erde entfernt ist und die Leiche völlig freiliegt. Es ist ein langsamer Prozess. Die Freilegung allein zerstört schon Kontext, und wir müssen uns wirklich die Zeit nehmen, um alles Spurenmaterial zu erfassen, zu dokumentieren und zu erhalten. Unser Ziel ist es, den Moment zu rekonstruieren, als sie ins Grab gelegt wurde. Bisher können wir anhand der Spuren in der Erde sagen, dass das Grab mit einer abgerundeten Schaufel ausgehoben wurde und nicht mit einem flachen Spaten. Und sie wurde auf dem Rücken und der ganzen Länge nach in die Grube gelegt, nicht etwa hineingerollt oder auf die Seite gelegt. Wie man sieht, hat man ihr die Arme über dem Brustkorb überkreuzt.«

»Wie bei einer Mumie«, sagt Duncan.

»Als wäre jemand besonders vorsichtig mit ihr umgegangen«, bemerkt Jane.

»Möglich«, sagt Ella. »Sobald wir sie völlig freigelegt und alles in situ begutachtet und aufgezeichnet haben, werden wir versuchen, sie in einem Stück in einen Leichensack zu bekommen.« Ella spricht nun gleichzeitig zu ihren Studenten und den Ermittlern. »Wir werden dabei keine Kleidung entfernen oder in eine Tasche greifen, um etwa ein Portemonnaie herauszuholen. Unsere einzige Aufgabe ist es, die Überreste zu sichern, zusammen mit allen Artefakten, und sie ins Leichenschauhaus zu bringen. Erst dort wird die Verbindung jedweder Artefakte zur Leiche weiter untersucht werden.«

»CSI, klassischer Stil«, sagt Duncan und schießt noch ein Foto.

Auf einmal entfährt Susan ein erstauntes Keuchen. »Oh, Dr. Quinn, sehen Sie sich das mal an.« Sie zeigt mit ihrem Pinsel auf die Schädelseite, die sie gerade von der Erde befreit hat.

Ella eilt auf die andere Seite des Grabs und lässt sich auf die Knie sinken. Dann blickt sie scharf auf. »Detective, das sollten Sie sich auch ansehen.«

Jane müht sich auf die Beine. Ihre Knie knacken. Sie stemmt sich eine Hand ins Kreuz und läuft zu Ella hinüber. Mühsam geht sie wieder in die Hocke.

Vorsichtig schiebt Ella mit der Hand im Gummihandschuh noch etwas Erde beiseite und legt ein unregelmäßig geformtes Loch in der linken Schädelseite frei. Es hat etwa die Größe eines Golfballs. Wie ein Strahlenkranz gehen Frakturlinien davon aus.

»Das ist ein ziemlich signifikantes Trauma«, raunt die Professorin und beugt sich noch näher heran. »Ich schätze, es ist perimortal erfolgt. Das ist ein Schlag mit tödlichem Charakter.«

ANGELA

Angela Sheldrick und Rahoul Basra sitzen in ihrem Wagen von CBCN-TV am hinteren Ende des unteren Parkplatzes. Sie sehen zu, wie die Polizei Flatterband über den oberen Parkplatz zieht und den Zugang zu dem Gebäude absperrt. Der Regen hämmert auf das Autodach und das Wasser läuft in Rinnsalen an den Fenstern herunter. Sie lassen den Motor und die Heizung laufen.

Angela wischt eine freie Stelle an das beschlagene Fenster. »Das ist doch dieselbe Polizistin von der Mordkommission, die letzten Herbst in den Nachrichten war«, sagt sie. »Die, deren Verlobter in den Cayoosh Mountains verschwunden ist.«

»Bist du sicher?«, fragt Rahoul.

»Sicher bin ich sicher. Sergeant Jane Munro. Sie ist auch noch schwanger von ihm.«

»Scheiße«, sagt Rahoul leise. »Muss hart sein.«

Angela dreht sich ihm zu. »Weißt du, was das bedeutet?« Sie zeigt auf das weiße Zelt im trüben Nebel. »Die haben einen verdächtigen Todesfall dort oben unter dem Zelt. Irgendetwas, das die Mordkommission auf den Plan ruft.«

»Und was hast du vor?«

Angela wägt ihre Möglichkeiten ab, während sie beobachtet, wie die Polizisten sich in der Ferne außerhalb des Zelts bewegen. Sie haben weiße Schutzanzüge angelegt und sehen aus wie Aliens auf Besuch. Dann verschwinden sie im Zelt. Der Regen wird stärker und grenzt jetzt schon an Schneeregen.

»Hast du die beiden Bauarbeiter gesehen, die in die Hütte gegangen sind, als wir angekommen sind?«, fragt sie.

»Ja.«

»Wie hieß es im Funkscanner? Bauarbeiter haben menschliche Überreste freigelegt, richtig? Ich gehe rein. Ich will mit diesen Männern reden. Das könnten diejenigen sein, die diese Überreste gefunden haben.«

»Du kannst da nicht rein. Das ist …«

»Warte hier.« Bevor ihr Kameramann ausreden kann, steigt Angela aus und zieht sich die Kapuze über den Kopf. Sie rennt durch den Regen auf die zwei Polizeibeamten bei den Streifenwagen zu. Als sie näher kommt, tritt einer der beiden vor.

»Bitte gehen Sie, Ma'am. Zutritt verboten wegen einer laufenden Polizeiermittlung.«

»Soll das heißen, das *ganze* Gelände hier ist ein Tatort?«

»Ja, Ma'am. Wenn Sie …«

»Ist die Hütte auch ein Tatort?« Sie tritt von einem Bein aufs andere, als könnte sie nicht anders.

»Bitte gehen Sie oder bleiben Sie hinter dem Absperrband.«

»Okay, natürlich, klar, aber wenn die Hütte selbst nicht gesperrt ist, dann müsste ich unheimlich dringend mal auf die Toilette.«

Er wirft einen Blick über die Schulter. Seiner Reaktion nach schätzt Angela, dass die Hütte definitiv nicht zum Tatort gehört. Sie legt nach.

»Die Fahrt vom Berg runter dauert ewig, und dann kommt noch der Brückenverkehr dazu, der sich bis zur Autobahn staut.

Das kann Stunden dauern, bis ich zu einer Toilette komme. Ich meine, ihr Jungs könnt euch ja einfach irgendwo hinstellen, aber ich *brauche* eine Toilette. Darf ich da ganz kurz hineinhuschen? Das da ist ein öffentliches Gebäude.«

Der Polizist ist jung. Quasi noch milchgesichtig. Er sieht aus, als hätte er Mitleid.

Sie lässt nicht locker. »Mein Kameramann und das ganze Equipment sind da hinten im Auto. Ich mache auch ganz schnell.« Sie richtet den Blick direkt auf den Polizisten, weil sie weiß, dass ihre Augen zu ihren aufsehenerregendsten Merkmalen gehören. Ihr Markenzeichen vor der Kamera. Angela kann allein durch ihren Blick Zuschauer fesseln, und sie nutzt diese Fähigkeit, um zu bekommen, was sie will, vor allem bei Männern. Sie hat dabei keinerlei Skrupel. Wenn die sich lieber von dem Hirn zwischen ihren Beinen steuern lassen wollen, ist das deren Problem. Sie wird nicht ewig jung bleiben – »use it before you lose it« lautet ihr Motto.

»Dann aber schnell. Gehen Sie nicht über den Parkplatz. Und bleiben Sie bei der Hütte.«

»Danke, danke«, haucht sie. Das ist ihr anderes Markenzeichen – die feste, tiefe, leicht rauchige Stimme.

Angela schlüpft unter dem Flatterband durch, das der Polizist für sie hochhält. Sie eilt durch den Regen und duckt sich unter den überdachten Vorbau des Gebäudes. Durch eine massive Doppeltür gelangt sie hinein.

In der Hütte ist es warm, aber wenig gemütlich durch das helle Licht. Sie sieht sich um, während sie die tropfende Kapuze vom Kopf schiebt. An einer Wand stehen unter schmutzigen Fenstern, die dringend einen Frühjahrsputz nötig haben, Reihen von Tischen aus Melamin mit Bänken davor. Die Theken der Cafeteria sind leer und glänzen. Ein riesiger, kalter Kamin befindet sich am Ende des Flurs. Der Boden ist zerkratzt von all den Skiläufern, die mit ihren schweren Stiefeln und Tabletts voller

Burger, Pommes und Schüsseln mit dampfendem Chili hier durchmarschiert sind. Neben den Toiletten stehen Automaten an der Wand.

Der ganze Raum ist leer bis auf zwei Männer in Arbeitskleidung, die weiter hinten an einem der Tische sitzen.

Angela holt tief Luft, strafft den Rücken und hält zielsicher auf ihren Tisch zu.

Die Männer sehen auf. Sie lächelt, als sie näher kommt.

»Hey, seid ihr die Jungs, die sie gefunden haben?«

»Wer will das wissen?«

Bingo.

»Angela Sheldrick.« Sie nimmt sich einen der Stühle. »Darf ich mich kurz zu euch setzen?«

»Haben wir eine Wahl?«, fragt der ältere Typ.

Sie lächelt noch strahlender. »Ich bin die Kriminalreporterin von CBCN-TV.« Sie streift sich eine feuchte Haarsträhne von der Schulter und bemerkt das Aufblitzen von Interesse in den Augen des Jüngeren. Bei dem, der keinen Ehering trägt. Angela widmet sich nun ganz ihm. »Ihr gehört zur Baufirma Duvalier Bros & Sons, richtig?« Sie deutet über ihre Schulter. »Ich habe das Schild auf dem Bauwagen gesehen. Ihr wart gerade dabei, die kleine Kapelle umzusetzen, als ihr den Fund gemacht habt.«

Die Männer sehen sie nur schweigend an.

»Hört zu.« Sie gräbt in ihrer Tasche, holt zwei Visitenkarten heraus und schiebt jedem eine hin. »Es ist kein Verbrechen, mit der Presse zu reden, und das hier ist doch so eine spannende Geschichte. Wir haben sie im Funk mitgehört. Wir fahren der Feuerwehr, der Polizei und anderen Rettungsdiensten hinterher und schnappen auch einiges von den Mitarbeitern am Hemlock auf, wenn sie per Funk miteinander reden. Die Kapelle wurde in den Sechzigern gebaut, richtig? Echt faszinierend, der Gedanke, dass all die Jahre eine Leiche unter den Betenden gelegen hat. Und dass ihr diejenigen seid, die sie gefunden haben.« Sie wartet kurz und gibt den Männern einen Augenblick, um ihr folgen zu können. »Ich hatte gehofft, ihr könntet mir ein kleines bisschen darüber erzählen, was ihr gesehen habt, was euch zuerst aufgefallen ist und wie sich das angefühlt hat. Wieso wart ihr überhaupt der Meinung, dass die Überreste menschlicher Natur sind?«

Angela verwendet ihre bewährte Taktik. Solange sie nicht widersprechen, geht sie davon aus, auf der richtigen Fährte zu sein.

»Mein Bruder hat die Knochen zuerst gesehen«, sagt der Ältere. »Ich saß im Bagger.«

»Ihr seid Brüder?« Sie grinst. »Die Duvalier-Brüder, richtig? Das hätte mir auch gleich auffallen können. Jetzt sehe ich es ganz deutlich.«

»Benjamin Duvalier«, sagt der Jüngere.

»Raphael«, sagt der Verheiratete.

Sie schüttelt jedem von ihnen die Hand. Große, raue Arbeiterhände, die stark und warm und anziehend wirken. Sie mag diese Typen. Angela arbeitet viel nach Bauchgefühl.

»Wir haben bei den Detectives noch keine Aussage gemacht«, sagt Raphael. »Wir sollten hier warten. Ich weiß nicht, was wir Ihnen überhaupt erzählen dürfen.«

Sie spürt, wie ihr die Zeit davonläuft. »Die von der Mordkommission? Oh, das kann dauern. Und wie ich gesagt habe, es ist kein Verbrechen, mit Journalisten zu reden. Das hier ist eine echte Human-Interest-Story. Je nachdem, was ihr erzählt, könnten wir euch in die Sendung einladen, ein Live-Interview machen oder sogar irgendetwas nachstellen, wenn wir das Ganze noch vertiefen.«

»So spektakulär war es gar nicht«, sagt Benjamin. »Ich habe Rafe dirigiert, und als die Schaufel in die Erde gegraben und etwas erwischt hat, das wie menschliche Knochen aussah, habe ich ›Stopp!‹ gebrüllt.«

»Also wussten Sie sofort, dass es sich um menschliche Knochen handelt und nicht um die von einem großen Tier?«

»Ich bin Jäger. Ich weiß, wie Tierknochen aussehen. Und Tiere tragen keine Stiefel.«

Angelas Herz schlägt schneller. »Stiefel?«

Benjamin nickt. »Wir haben nur einen gesehen.«

»Was für ein Stiefel? Wie alt? Wie sah er aus?«

Benjamin öffnet gerade den Mund, da betritt ein großer Polizist mit roten Haaren und einem sauber getrimmten Bart das Gebäude. Er bleibt am Eingang stehen, sieht sie und läuft sofort auf sie zu. Angelas Puls steigt weiter.

Sie beugt sich vor und sagt leise und mit Nachdruck: »Könnt ihr den Stiefel beschreiben?«

»Er war dreckverkrustet, aber er war hoch, kniehoch«, sagt Benjamin.

»Und er hatte definitiv einen Absatz«, fügt Raphael hinzu.

Der Detective ist fast an ihrem Tisch angekommen. Angelas Puls rast. »Was für einen Absatz?«

Raphael sieht Benjamin an. »Einer von diesen … Keildingern, wie hießen die noch?«

»Plateauabsätze«, sagt sein Bruder.

»Also war es definitiv ein Frauenstiefel?«, fragt Angela.

»Hey!«, ruft der rothaarige Wikingerpolizist ihr zu.

»Da kommt euer Detective. Ich sollte gehen.« Sie sieht die beiden an. »Vielen Dank schon mal, ich melde mich später«, raunt sie, während sie sich von der Bank abdrückt.

»Hey, Sie!«, ruft ihr der Polizist nach.

Angela dreht sich nicht um und wartet nicht, um ihn anzuhören. Sie eilt in Richtung Hinterausgang bei den Toiletten. Das Adrenalin pumpt durch ihre Adern. Sie tritt nach draußen in den Regen und reißt die Kapuze hoch. Sie steht wie unter Strom. Was sie sich da gesichert hat, reicht für eine eigene Eilmeldung in den Abendnachrichten. Rahoul soll für sie noch das Schild vom Hemlock Ski Resort filmen. Außerdem hat sie eine Idee. Sie kann diese Meldung dafür benutzen, ihr Konzept für die nachrichtenbasierte Reality-Crime-Show an Mason Gordon zu verkaufen, den Programmdirektor bei CBCN-TV. Das wird sie tun, sobald die Meldung ausgestrahlt wurde.

Angela läuft zum Auto, wo Rahoul wartet, und spürt diesen inneren Rausch. Nichts ist wie dieser heiße Schauer, der immer dann kommt, wenn sie eine neue Story landet – vor allem eine mit Leiche –, und Angelas Bauchgefühl sagt ihr, dass es dieses Mal richtig spannend werden wird.

JANE

Es ist dunkel, als Jane die Metalltreppe zum Bauwagen hinauf-
steigt. Der Regen glitzert silbern im Strahl ihrer Taschenlampe.
Duncan ist in die große Hütte gegangen, um die Duvalier-
Brüder zu befragen, und Dr. Ella Quinn und ihr Team arbeiten
weiter unter dem Zelt. Ella wird sich melden, sobald die
Überreste in ihr Institutslabor überführt werden konnten. Jane
erreicht die Tür und will gerade klopfen, als ihr Blick auf den
weißen Wagen von CBCN-TV fällt, der immer noch unter den
großen Koniferen am hinteren Ende des unteren Parkplatzes
steht. Sie hält inne und beobachtet ihn. Der Motor läuft und die
Lichter werfen diffuse gelbe Strahlen in die neblige Dunkelheit.
Sie sieht, wie eine Person mit Kapuze durch die Strahlen läuft,
zur Beifahrertür des SUV geht und einsteigt. Jane runzelt die
Stirn und klopft dann an die Tür des Bauwagens.

Sie wird freundlich vom Vorarbeiter begrüßt, der sich als
Fred Duvalier vorstellt. Duvalier Bros & Sons ist offensichtlich
ein Familienunternehmen. Fred ist ein stämmiger Mann Ende
fünfzig oder Anfang sechzig mit kräftigem Hals, rötlichem
Teint und fast bläulich schwarzen Haaren. Er trägt ein karier-
tes Flanellhemd über einem T-Shirt und Jeans. Seine Ärmel

sind hochgekrempelt und offenbaren muskulöse und haarige Unterarme.

»Bitte, Sergeant, nehmen Sie Platz.« Er deutet auf einen Stuhl an einem kleinen Tisch. Sein frankokanadischer Akzent ist unüberhörbar. »Kann ich Ihnen etwas zu trinken anbieten? Kaffee, Tee, Wasser? Wir haben auch Cola.«

»Nein danke.« Es ist warm hier drin, aber sie behält ihre Jacke an. Sie will nicht noch mehr Aufmerksamkeit auf ihre Schwangerschaft ziehen. Es ist ein unlogischer Impuls und Jane weiß das, aber jede wohlgemeinte Frage und jeder Glückwunsch bringt ihre Fassung ins Wanken. Ihr wäre es lieber, wenn alle sich nur auf die Ermittlung konzentrieren würden und nicht auf die Tatsache, dass ihr Verlobter vermisst wird. Sie wirft beim Hinsetzen einen Blick auf die Pläne, die an die Wand geheftet sind.

»Die Erweiterung für die Basis des Skigebiets?«, fragt sie und zeigt auf die Diagramme.

»Ja.« Er setzt sich ihr gegenüber an den Tisch. »Der Zeitplan für dieses Projekt ist wahnsinnig eng, und die Uhr tickt. Wir müssen mit dem Fundament fertig sein, bevor es wieder schneit, und jede Verzögerung ist teuer. Können Sie schon sagen, wann wir mit den Abrissarbeiten weitermachen können?«

»Es könnte noch einige Tage dauern, bis der Tatort vollständig untersucht wurde und ich grünes Licht geben kann. Tut mir leid.«

»Also ist es verdächtig? Ein Mord?«

»Wir werden eine umfassende Untersuchung durchführen.« Sie holt Notizbuch und Stift heraus und schlägt eine Seite auf. Dann notiert sie seinen Namen und die Uhrzeit. »Wenn ich richtig informiert bin, gehört die kleine Kapelle nicht dem Hemlock Ski Resort, sondern wird von einer Stiftung verwaltet. Wer hat Ihnen den Auftrag gegeben, sie zu versetzen?«

»Das war Teil des Vertrags mit Hemlock und der Skiers' Chapel Society. Hemlock brauchte Platz für die Erweiterung, und der Verein wollte die Kapelle retten. Also haben sie sich geeinigt, sie oben an den Berg zu versetzen, an einen Ski- und Wanderrundweg von Hütte zu Hütte.« Er rauft sich die Haare und flucht leise auf Französisch. »Die Mitarbeiter hier haben ja gesagt, dass es in dem Ding spukt.«

Jane sieht auf. »Wer hat das gesagt?«

»Die Story kommt wohl von jemandem vom Sicherheitsdienst, der hier jahrelang die Nachtschicht gemacht hat. Die Mitarbeiter von Hemlock haben meinen Jungs erzählt, dass der Wachmann einen Geist gesehen hat, der nachts unter bestimmten Wetterbedingungen auftauchte. Manche sagen, sie schwebt immer noch hin und wieder über der kleinen Kirche.«

»Sie?«

Er zuckt halbherzig die Schultern. »Hat der Wachmann so gesagt. Er hat behauptet, sie – also den Geist – mehrmals gesehen zu haben. Sie soll wie ein schwaches weißes Licht aussehen, manchmal mit wallendem Gewand, vor allem, wenn es neblig ist. Und sie erscheint über dem Wasser bei Vollmond. Und dazu hört man irgendein seltsames Geräusch in den Bäumen.«

Jane sieht Fred an. Ihrer Erfahrung nach steckt in den meisten Hörensagen-Geschichten oder Überlieferungen ein Körnchen Wahrheit. Angesichts dessen, was unter der Kirche gefunden wurde, haben die Geistergeschichten womöglich ihren Ursprung tatsächlich in irgendeiner wahren Begebenheit, die sich vor Jahrzehnten abgespielt hat.

»Kennen Sie den Namen dieses Wachmanns?«

»Ich glaube, er hieß Horace … oder Harvey. Nein, warten Sie. Hugo … Hugo Glucklich. Älterer Kerl. Schon in Rente.«

»Und wissen Sie, wo ich ihn finde?«

»Keine Ahnung.«

Jane macht sich eine Notiz. Wenn ihr Team den Ursprung des Gerüchts ausfindig machen kann, könnte ihnen das eine zusätzliche Ermittlungsrichtung liefern.

»Wer leitet denn den Verein, der die Kirche verwaltet?«

»Die Familie Walker. Die Kapelle wurde als ökumenischer Gottesdienstort in Gedenken an ein junges Mitglied der Skirettung gebaut, das in den Sechzigerjahren für Hemlock gearbeitet hat. Sie wurde von einer Berglawine verschüttet, als sie irgendwo im Hinterland mit dem Schneemobil unterwegs war.«

Janes Magen zieht sich zusammen. Sie muss sich räuspern. »Und wie war ihr Name?«

»Wendy Walker. Der Rest ihrer Gruppe konnte wohl freigeschaufelt und gerettet werden. Aber ihre Leiche wurde nie gefunden. Da oben sind ja jede Menge Spalten. Man vermutet, dass die Lawine sie in eine der Spalten gespült hat. Ihr Vater, Gerald Walker, hat auch bei Hemlock gearbeitet. Er war der Finanzverantwortliche des Resorts und hat die Skiers' Chapel Society gegründet. Hemlock hat das Land gestiftet, auf dem die Kapelle errichtet wurde.«

»Wissen Sie, warum genau dieses Stück Land dafür ausgewählt wurde?«, fragt Jane. »Hatte es irgendeine spezielle Bedeutung für irgendjemanden?«

»Da müssen Sie die Walkers fragen. Sie leben hier in der Gegend. In Vancouver.«

»Und die Kapelle wurde im Jahr 1966 gebaut?«

»Ja, im Sommer 1966.«

»Da sind Sie sich sicher?«

Er nickt. »Aber mehr weiß ich über den Bau nicht. Wenn es irgendwelche Baupläne gegeben hat, dann sind sie beim großen Feuer hier in den Achtzigerjahren in Rauch aufgegangen. Der ganze südliche Flügel, wo die Büros von Hemlock waren, wurde zerstört, zusammen mit allen Firmendokumenten von vor den Achtzigern.«

»Was können Sie mir über den Raum unter der Kapelle sagen?«

»Das war im Grunde ein Kriechgang oder Kriechkeller unter dem Nurdachhaus. Vielleicht anderthalb Meter hoch. Die Kapelle selbst ist ja winzig, fünfeinhalb mal knapp zehn Meter. Genug für ein paar schmale Bänke, einen kleinen Altar und diese schöne Buntglasscheibe mit der Maria und dem Kind.«

»Konnte man von außerhalb des Gebäudes in diesen Keller gelangen?«

»Ja. Da gab es eine Tür und ein paar Stufen nach unten.«

»Wenn man also in den Keller ging, konnte man dort herumlaufen.«

»Man musste sich bücken, es sei denn, man ist extrem klein, aber ja. Es gab aber auch eine Sumpfpumpe dort unten. Sie wurde eingeschaltet, wenn das saisonale Grundwasser einen bestimmten Pegel erreichte.«

Was zu Dr. Quinns Erklärung, wie die Adipocire entstanden sein könnte, passt. Jane macht sich eine Notiz. »Und diese Sumpfpumpe – die musste doch sicher seit den Sechzigern mal ersetzt oder gewartet werden, oder?«

»Mit Sicherheit. Aber sie war nicht seit den Sechzigern da. Die kam viel später dazu.«

Janes Interesse steigt. »Wann?«

»Ich könnte mir vorstellen, dass der Verein dazu Aufzeichnungen hat. Wenn Sie mich fragen, dann wurde zur selben Zeit auch der Betonfußboden gegossen. Der Boden und die Pumpe waren Teil einer Strategie zur Feuchtigkeitsbekämpfung.«

»Also war es vorher ein unbefestigter Boden?«

»Ich vermute mal, ja.«

»Aber Sie wissen nicht genau, wann der Betonfußboden gegossen wurde?«

»Solche Details hat man uns nicht mitgeteilt. Wenn der Beton nach 1980 gegossen wurde, dann sollte es Aufzeichnungen geben. Die Stiftung muss es ja bezahlt haben. Aber alle Aufzeichnungen von vor 1980 sind dem Feuer zum Opfer gefallen, weil sie im Büro von Wendy Walkers Vater lagen, das sich im südlichen Flügel befand.«

Jane notiert sich die Daten. »Und bevor Sie den Beton abgerissen haben, sind Ihnen da irgendwelche Segmente aufgefallen, die zerstört und erneuert worden sein könnten?«

»Das sah alles ziemlich nach einem Guss für mich aus.«

Janes Fokus wird schärfer. Wenn es keine Anzeichen für zerstörten Beton gab, dann wurde das flache Grab womöglich direkt in der Erde ausgehoben, bevor man den Boden gelegt und die Pumpe installiert hat. Wenn sie das genaue Datum für den neuen Boden herausfinden kann, könnte das Zeitfenster für die Leichenliegezeit eingegrenzt werden.

Jane bedankt sich bei Fred Duvalier und verlässt den Bauwagen. Auf dem Weg zu ihrem Wagen sieht sie das Zelt am Hang, das wie ein seltsamer leuchtender Ballon aussieht. Das Team von der SHU wird heute noch lange beschäftigt sein. Sie steigt in ihr Auto, klappt die Sonnenblende herunter, berührt Matts Gesicht und sendet einen kleinen, stillen Dank an den, der ihr die Knochen in der schwarzen Erde unter dem Zelt geschickt hat. Wenn sie für sich selbst keinen Schlussstrich ziehen kann, dann kann sie wenigstens versuchen, das hier zu einem Ende zu bringen. Sie wird herausfinden, wer die verstorbene junge Frau ist, wird ihr ihren Namen zurückgeben und sie zu ihrer Familie zurückbringen.

DIE SHOREVIEW SIX

MARY

Mary Metcalfe sitzt im Büro ihres Gartenmarkts mit dem angeschlossenen Landschaftsbauunternehmen am Marine Drive in North Vancouver. Sie überprüft die Bestellungen für die Frühlingsampeln. Zu ihren Kunden gehören Hotels, Restaurants und zwei kleine Gemeinden, und sie alle wollen sofort üppige blumige Kreationen für ihre Terrassen und Gänge, sobald das Wetter wärmer wird. Das ist ihr saisonales Steckenpferd. Im Frühling kann Mary richtig glänzen, und zu dieser Jahreszeit ist es ihr immer leicht ums Herz. Sie trifft ihre Kundinnen und Kunden endlich auch persönlich, weil sie selbst bei der Lieferung mit anpackt. Die Düfte, das Grün, die Farben, das Strahlen im Gesicht der Kunden, wenn sie die Blumenkörbe zum ersten Mal sehen – das macht das Leben lebenswert.

Ihre zwei Hunde Bo und Jefferson dösen zu ihren Füßen. An den Wänden hängen Bilder ihrer Werke, darunter ein renaturierter Garten und das Gelände einer Skihütte im bayrischen Stil oben in den Bergen. All das erfüllt Mary, und es stört sie nicht, den Papierkram noch bis spätabends zu erledigen. Ihre Arbeit macht sie aus. Sie wüsste nicht, wie sie ohne sie leben sollte, vor allem nicht, seit ihre geliebte Partnerin vor vier Jahren an Brustkrebs gestorben ist. Und ihre Tochter Heather ist schon lange ausgezogen. Mary hebt den Kopf und lächelt beim Gedanken an Heather.

»Bald«, sagt sie leise zu Bo und Jefferson. Sie heben gleichzeitig erwartungsvoll den Kopf. »Bald haben wir ein neues kleines Menschlein in unserem Leben.« Bos Schwanz klopft auf den Boden, und Jefferson seufzt und lässt sich wieder in Schlafposition fallen.

Heather hat einen zweijährigen Antragsprozess für eine Adoption hinter sich, und die Nachricht, dass der Antrag bewilligt wurde, ist noch frisch. Marys Tochter hatte sich Sorgen gemacht, dass es für eine alleinerziehende, berufstätige Mutter schwer werden würde, den Auswahlprozess zu überstehen, aber sie hat grünes Licht bekommen. Jede Person in dieser Provinz, die über neunzehn Jahre alt ist, hat theoretisch das Recht auf eine Adoption, solange sie einige andere Grundvoraussetzungen erfüllt, aber Heather hat sich natürlich wie immer viel zu viele Gedanken gemacht. Diese wunderschöne Nachricht kam gleich nachdem Heather erfahren hatte, dass sie die beste Anwärterin für den Job als Direktorin im exklusiven Brockton House war, einer privaten Vorbereitungsschule auf die Universität für Mädchen. Mary hat ihre eigene Meinung zu getrenntgeschlechtlicher Schulbildung, aber Heather ist ganz aus dem Häuschen. Wenn ihre Referenzen sich bestätigen, was sie tun werden, wie Mary jetzt schon weiß, und wenn der Elternrat der Sache den Genehmigungsstempel aufdrückt, kann Heather im Herbst anfangen.

Das bedeutet ein erstklassiges Einkommen, eine erstklassige Wohnung, einen erstklassigen Status. Heather kann sich sogar eine sehr gute Kinderfrau leisten, die bei ihr wohnt. Und Mary hat ebenfalls schon klipp und klar gesagt, dass sie helfen wird. Sie hat bereits zwei hervorragende Vertreterinnen angelernt, die sich dem Handwerk und der Kunst des Gärtnerns fast genauso verschrieben haben wie sie.

Es hat ein ganzes Leben gedauert, um diesen Punkt der Zufriedenheit, der Selbstannahme zu erreichen. Fast macht das ihre traumatische Jugend und den Scherbenhaufen ihrer darauffolgenden Ehe wieder wett.

Während Mary arbeitet, hört sie mit einem Ohr auf die Ankunft ihrer Essensbestellung. Auf einem kleinen Fernseher in der Ecke im Büro läuft stumm ein lokaler Nachrichtensender. Im Hintergrund spielt leise Jazzmusik. Ein verzierter Zimmerspringbrunnen plätschert vor sich hin und im Raum duftet es nach Jasmin.

Es klopft an der Tür, die zu einer Seitengasse führt. Ihre Bestellung ist da. Sofort knurrt Marys Magen. In dem Moment, als sie aufsteht, läuft ein neuer Nachrichtenticker über den Fernsehbildschirm.

Eilmeldung: Weibliche Überreste mit Plateaustiefeln in flachem Grab unter der alten Skifahrerkirche auf dem Hemlock Mountain gefunden.

Marys Gedanken setzen aus. Einen Augenblick lang kann sie sich nicht bewegen. Sie liest den Ticker noch einmal. Eine Kriminalreporterin erscheint auf dem Bildschirm. Sie hat dunkelbraunes Haar, einen dichten Pony und große Augen. Angela Sheldrick. Mary kann nicht hören, was Angela ins Mikrofon spricht, weil der Fernseher leise gestellt ist, aber sie sieht Bilder der kleinen Kapelle am Hemlock. Historische Fotos. Die Kamera fährt näher an das große Holzkreuz auf der Nurdachhütte heran.

Es klopft wieder. Lauter. Eindringlicher. Marys Herz rast. Sie geht zur Tür, den Blick noch immer auf den Fernseher geheftet. Geistesabwesend nimmt sie die Lieferung von DoorDash entgegen und vergisst fast das Trinkgeld für den Lieferservice. Unbeholfen kramt sie in ihrer Hosentasche, findet einen Zehndollarschein, drückt ihn dem Fahrer in die Hand und schlägt ihm die Tür vor der Nase zu. Dann lässt sie die Tüte mit warmem Pad Thai auf den Tisch fallen und stürzt zur Fernbedienung. Sie dreht die Lautstärke hoch, spult das Segment zurück und drückt auf PLAY.

Langsam lässt sich Mary auf das Sofa in ihrem Büro sinken, das sonst nur die Hunde benutzen. Sie starrt auf den Fernsehbildschirm.

Der Moderator von CBCN-TV sagt: »Die menschlichen Überreste wurden am frühen Morgen von einer Baufirma freigelegt, die eine Umsetzung der historischen Kapelle vorbereitet. Unsere Kriminalreporterin Angela Sheldrick war am Nachmittag vor Ort.«

Das Bild springt zu Angela Sheldrick mit dem Mikro in der Hand. Es ist dunkel und neblig. Sie steht unter dem Schild des Hemlock Ski Resort, das vom Kameralicht angestrahlt wird. Der Regen glitzert silbern.

»Was können Sie uns sagen, Angela?«, fragt der Moderator.

»Die Bauarbeiter Benjamin und Raphael Duvalier haben in den frühen Morgenstunden den schauerlichen Fund einer Grabstätte gemacht. Die Brüder waren gerade dabei, das Fundament der Kirche am Hemlock abzureißen, als Raphaels Bagger etwas zu fassen bekam, das für seinen Bruder Benjamin wie die unteren Knochen eines menschlichen Beins aussah. Die Duvalier-Brüder unterbrachen sofort ihre Arbeit und kontaktierten die Behörden«, sagt Angela. »Der örtliche Rechtsmediziner und die Royal Canadian Mountain Police von North Vancouver rückten aus, bald gefolgt von einem Team der forensischen Anthropologie des forensischen Instituts der Seymor Hills University. Zu dieser Gruppe stießen später auch zwei Ermittler der RCMP, eine davon – bemerkenswerterweise – von der Mordkommission. Und der Bereich hinter mir« – sie macht eine ausladende Geste – »ist abgesperrt und zum Tatort erklärt worden. Die RCMP und der Pressesprecher der Rechtsmedizin von British Columbia haben noch keine offiziellen Stellungnahmen abgegeben, aber es ist offensichtlich, dass es sich hier um die Untersuchung eines Schwerverbrechens handelt. Unserem Fernsehteam von CBCN-TV wurde der Zugang nicht gestattet, aber wir konnten mit den beiden Brüdern sprechen, die diese Entdeckung gemacht haben.«

Der Moderator auf der anderen Hälfte des Fernsehbildschirms sagt: »Und die Brüder waren sich sicher, dass die Knochen menschlichen Ursprungs sind?«

»Benjamin Duvalier sagt, er sei Jäger und kenne die Knochen von großen Tieren, und das hier war definitiv kein Tier. Die Beinknochen waren zwar skelettiert, steckten aber noch immer in einem kniehohen Plateaustiefel.«

»Ein Frauenstiefel?«

»Mit hohem Absatz, ja. So haben es mir die Brüder beschrieben. Ich muss allerdings betonen, dass es noch keine offizielle Bestätigung vom RCMP oder der Gerichtsmedizin dafür gibt, dass es die Leiche einer Frau ist.«

»Wissen wir denn, wann die Skifahrerkapelle gebaut wurde?«

Angela sieht in ihre Notizen, während der Wind ihr die Haare ins Gesicht bläst. »Sie wurde im Sommer 1966 im Gedenken an ein Mitglied der Pistenrettung gebaut, das in den Bergen hinter mir als vermisst gemeldet wurde.«

»Also könnten die menschlichen Überreste aus dem Sommer 1966 stammen, als die Kapelle gebaut wurde, oder sogar von noch früher?«

»Bisher wurde nichts davon bestätigt. Der Bereich bleibt jedoch als Tatort abgeriegelt. Wir werden unseren

Zuschauerinnen und Zuschauern natürlich mehr Informationen liefern, sobald wir sie haben.«

Mary blinzelt.

Das kann sie nicht sein.

Das Timing stimmt nicht. Aber ihre beste Freundin hat Plateaustiefel getragen in der Nacht, in der sie verschwand. Marys Gedanken verschwimmen, suchen nach einer tief vergrabenen Erinnerung, und plötzlich ist es, als wäre sie wieder dort, an diesem klaren, kühlen Herbstabend mit sechzehn.

Es ist Freitagabend, das Wochenende vom Labour Day im September 1976 hat begonnen. Mary und ihre beste Freundin seit dem Kindergarten laufen von einer Party nach Hause. Es ist ungefähr elf Uhr. Die Luft ist kühl und ein Halbmond steht zwischen den Sternen am Himmel. Marys Freundin trägt ihre neuen, kniehohen Plateaustiefel, gekauft mit dem Geld, das sie beim Donut Diner unten am Marine Drive verdient hat.

Sie reden darüber, wie aufgeregt sie schon wegen des Schulstarts der elften Klasse am Dienstag sind und was sie am ersten Schultag anziehen werden. Dann wandert das Gespräch zurück zum Aufreger des Abends: die Horde betrunkener Jugendlicher, die von Ambleside Beach kamen und die Party gesprengt und völlig überrannt haben. Rose Tuttle, die junge Gastgeberin, konnte sie nicht unter Kontrolle bekommen. Aus Angst, dass das ganze Haus verwüstet werden könnte und ihre Eltern sie umbringen würden, wenn sie am nächsten Tag nach Hause kamen, hatte Rose die Polizei gerufen. Die Cops kamen und lösten die Party auf, sodass sich alle irgendwo in der Nacht zerstreuten. Manche wollten mehr Alkohol auftreiben und sich irgendwo anders wieder treffen, wie der Rest von Marys Clique, aber Mary hatte darauf bestanden, mit ihrer Freundin nach Hause zu gehen. Es war etwas noch Schlimmeres auf der Party passiert, und sie musste einen Weg finden, es anzusprechen, es sich von der Seele zu reden.

»Ich glaube, es waren hauptsächlich Zanes Leute, die da vom Strand gekommen sind«, sagt Mary. »Er wusste von Rocco von Roses Party. Ich wette, er hat es allen weitergesagt.«

Der Wind kommt in Böen und treibt das Herbstlaub über die Straßen. Eine Eule ruft. Mary hört das tiefe Grollen eines herannahenden Motorrads. Schon wieder. Sie spannt alle Muskeln an, als der behelmte Fahrer vorüberdröhnt. Das ist schon das dritte Mal, dass er an ihnen vorbeigekrochen ist. Er beobachtet sie, so viel steht fest. Sie beschleunigt ihre Schritte.

»Warum rennst du denn so?«, ruft ihre Freundin, eilt ihr nach und stolpert, weil sie zu viel getrunken hat.

»Dieser Motorradfahrer verfolgt uns. Ich habe es dir doch gesagt. Ich habe ihn schon vor zwei Querstraßen gesehen.«

Ihre Freundin kichert.

»Was ist daran so lustig?«

»Du. Die große Mary, ein Angsthase.«

Das tut weh. Mary hat Komplexe wegen ihrer Größe. Sie wird seit dem Kindergarten dafür gehänselt, dass sie so riesig ist.

»Mary in der Klemme, ist ein Wrestling-Champ und in Wahrheit 'ne Memme.«

»Du bist ja total hinüber.« Mary läuft noch schneller. Es passt gar nicht zu ihrer besten Freundin, so gemein zu sein. Es tut weh. Sie will jetzt nur noch nach Hause.

»Bist du eifersüchtig, Mary?«, ruft ihre Freundin ihr hinterher.

Mary läuft weiter und hat es aufgegeben, ihrer Freundin von der Sache auf der Party erzählen zu wollen. Jetzt ist ihr überhaupt nicht mehr danach, freundlich zu sein.

»Ich hätte bei den anderen bleiben sollen, anstatt mit der Memme Mary nach Hause zu gehen!«

Mary fährt herum. »Was zum Teufel ist in dich gefahren in den letzten Monaten? Du stellst dich an, als würdest du alle Freundschaften zerstören wollen und alle von dir wegstoßen, auch mich.« Die Tränen brennen in Marys Augen und ihre Stimme *klingt belegt. »Ich weiß nicht, was ich dir getan habe, und ich weiß nicht, was du hier beweisen willst, aber ich habe das Gefühl, du willst, dass ich dich hasse. Deswegen ist Darryl auf der Party zu mir gekommen. Er war derjenige, der gesagt hat, ich soll dich nach Hause bringen. Er hat sich Sorgen gemacht, dass du zu viel trinkst, und er hat gesehen, wie du hinter dem Poolschuppen Sex hattest, und zwar nicht mit Robbie.«*

Ihre Freundin bleibt wie angewurzelt stehen. Der Wind bläst ihr die langen, glänzenden blonden Haare ins Gesicht und spielt mit den Blättern auf dem Weg. Irgendwo bellt ein Hund und der Deckel einer Mülltonne klappert.

»Das hat Darryl gesagt?«

»Ja. Er ist nämlich ein guter Kerl. Er macht sich Sorgen um dich.«

»Scheiß auf ihn. Scheiß auf dich!«

»Was?«

»Du hast mich gehört. Ich kann rummachen, mit wem ich will. Das geht ihn nichts an.«

»Er ist dein Freund. Er wollte nur ...«

»Er gibt mir Nachhilfe in Mathe, mehr nicht, verdammt.«

»Hör zu ...«

»Nein, du hörst mir zu.« Sie wedelt betrunken mit dem Finger und kommt schwankend auf Mary zu. »Ich brauche deine Freundschaft nicht, Memme Mary. Das war's. Weißt du was? Vielleicht haue ich auch von hier ab. Und zwar sehr bald. Ich lasse dieses Drecksloch hinter mir. Und weißt du, mit wem ich es auf der Party getrieben habe? Mit Claude. Und das war nicht das erste Mal.«

Mary steht der Mund offen. Sie kann nicht denken. Kann sich nicht bewegen. Sie will etwas sagen, aber ihre Stimme ist nur ein Krächzen. »Claude?«

»Ja, dein Freund. Na, willst du immer noch meine Freundin sein, Mary Memme in der Klemme?«

»Du lügst.« Ihre Augen füllen sich mit Tränen.

Ihre Freundin kommt näher. »Ich weiß, wieso du mit Claude zusammen bist. Ich weiß, wieso du es die ganze Zeit mit ihm machst. Du bist lesbisch, deswegen. Du bist lesbisch und hast nicht den Mumm, es zuzugeben. Und du glaubst, wenn alle wissen, dass du mit Claude Betancourt in die Kiste steigst, dann sehen sie die Wahrheit nicht. Sogar Claude sagt das.«

Mary fängt an zu zittern. »Das ist nicht wahr. Das ist gelogen. Das ist alles gelogen.«

Ihre Freundin lacht ihr ins Gesicht.

Da packt Mary die Wut. Sie springt auf ihre Freundin zu und reißt sie an den blonden Haaren.

Schuldgefühle steigen heiß in Mary auf.

Das war am Freitagabend gewesen. Am Montagabend wussten alle, dass Marys beste Freundin vermisst wurde. Und Marys Leben war aus den Fugen geraten.

Die Shoreview Six

Mason

Mason Gordon, Programmdirektor bei CBCN-TV, sitzt in seinem Büro im Sender. Es ist später Abend und er hat gerade Angelas Sonderbeitrag über die menschlichen Überreste auf dem Hemlock gesehen. Ihm ist mulmig zumute. Er sagt sich, dass es nichts ist. Angela hat im Beitrag gesagt, dass die Kirche im Jahr 1966 gebaut wurde. Die Leiche wurde sicher dort vergraben, bevor sie gebaut wurde, oder? Vielleicht wurde die kleine Kapelle absichtlich dort hingesetzt, um das Grab zu verdecken, und es gibt sie überhaupt nur, um eine finstere Tat zu vertuschen. Womöglich war es nicht einmal eine finstere Tat, sondern eine behördlich zugelassene Beerdigung in einer Art Krypta unter dem kleinen Gotteshaus. Aber wieso ist dann die Mordkommission involviert? Sein Magen verkrampft sich.

Er steht vom Schreibtisch auf, geht zum Wandschränkchen und greift nach der Flasche Bourbon. Die Sache hat etwas in Mason ausgelöst. Er braucht auf einmal irgendetwas, um die seltsame Paranoia, die in ihm aufkeimt, zu ersticken. Während er einen großen Schluck in sein Glas gießt, lässt ihn ein lautes

55

Klopfen an der Tür aufschrecken. Bernsteinfarbene Flüssigkeit ergießt sich über seine Hand. Er flucht und stellt die Flasche eilig hin. Jetzt riecht es im Büro nach Alkohol. Er nimmt einen schnellen Schluck, dann noch einen. Dann greift er nach einem Taschentuch und wischt sich die Hand ab.

Das Klopfen ertönt wieder. Hartnäckig.

Mason geht schnell zum Sofa und setzt sich mit dem Drink in der Hand vor seine Fernsehbildschirme.

»Herein.«

Die Tür geht auf. Angela in einem eng anliegenden, blutroten Kleid späht herein. Sie hat eine Akte in der Hand.

»Haben Sie einen Moment?«

Er sieht auf die Uhr. »Ja. Kommen Sie. Schließen Sie die Tür. Einen Drink?«

Sie tritt ein und ihr Blick huscht von seinem Glas zur Flasche auf dem Schränkchen. Dann schließt sie die Tür und lächelt. Angela ist extrem hübsch. Jung. Klug. Ehrgeizig. Sie spielt in einer ganz anderen Liga als Mason. Aber er ist immer noch ein Mann. Er kann die Aussicht genießen.

»Nein danke. Ich bin froh, dass Sie noch da sind. Ich habe da etwas, zu dem ich gern Ihre Meinung wüsste.«

Natürlich ist er noch da. So kurz nach seiner dritten Scheidung hat Mason keinerlei Interesse, in sein kaltes, leeres neues Apartment zu fahren. Es ist so schlimm geworden, dass er hin und wieder auf dem Sofa in seinem Büro schläft. Er muss sich wieder in den Griff bekommen, wieder ins Fitnessstudio gehen, regelmäßige Arbeitszeiten einhalten, gesund essen und weniger Alkohol trinken. Oder es wird wieder im Chaos enden. Gott weiß, wie viele Jahre er gebraucht hat, um aus seinem letzten Loch zu kriechen.

»Haben Sie meinen Beitrag gesehen?«, fragt sie und setzt sich ihm gegenüber.

»Guten Riecher gehabt.« Er prostet ihr leicht mit dem Glas zu und nimmt einen Schluck. Seine Gedanken rasen. *Was will sie nur? Schöpft sie etwa Verdacht?*

Sie schlägt die Beine übereinander, langsam und sorgfältig. Sein Blick folgt ihrer Bewegung. Angela bemerkt es und wartet, bis er ihr wieder in die Augen sieht.

»Daraus könnte was werden, Mason.«

Seine Wangen werden heiß.

Sie grinst. »Nein, im Ernst. Mein Bauchgefühl sagt mir, dass diese Story es weit bringen wird.« Sie beugt sich vor und ihre Augen leuchten. »Ich würde gern diesen Fall mit der Kapelle dafür nutzen, die nachrichtenbasierte Reality-Show zu starten, über die wir gesprochen haben. Wir …«

»Sie haben darüber gesprochen, ich habe zugehört. Wir haben keinerlei …«

»Es ist der *perfekte* Fall, Mason. Stellen Sie es sich nur vor: Ich bleibe bei den Ermittlungen immer am Ball und informiere die Zuschauer in den abendlichen Nachrichten über alle neuen Details, aber zugleich leiten wir die Leute auch zu einer Exklusivserie, die wir gleichzeitig über die CBCN-TV-App streamen. Das wäre die erste nachrichtenbasierte True-Crime-Reality-Serie des Senders. Wir nennen sie so etwas wie ›Irgendjemand weiß es‹ oder ›Stumme Zeugen‹, und dort können wir viel ausführlicher und im Doku-Stil über den Fall berichten. Ich werde forensische Expertinnen und Experten interviewen, Ermittler, Psychologinnen, Kriminologen, True-Crime-Autorinnen, Familienmitglieder, Freunde, Juristen. Und wenn das Opfer identifiziert wurde, werde ich die Zuschauer bei diesem Prozess begleiten. Wir werden faktische und emotionale Blickwinkel einnehmen und den Leuten ganz genau zeigen, wie die Auswirkungen lange zurückliegender Verbrechen noch Generationen später zu spüren sind. Wir machen eine Kommentarsektion auf und bitten um Hinweise. Die Leute können entweder namentlich oder anonym Hinweise abgeben. Kommen Sie schon, das ist eine super Idee, oder?«

Mason spürt die ansteckende Anziehung von Angelas kaum zu zügelnder Begeisterung. Aber sie trifft hart auf das mulmige Gefühl, das sich immer tiefer und tiefer in ihn frisst. Sein Bauchgefühl in diesem Fall ist alles andere als gut.

Angela setzt ihn unter Druck. »Das bringt neue Abonnenten, Mason, die Chefetage wird finanziell grünes Licht geben«, sagt sie. »Und wir brauchen nicht mal ein großes Budget. Es ist im Grunde fast risikofrei und ein Selbstläufer.«

»Der Fall könnte sich als ganz normales Begräbnis unter einer Kirche entpuppen.«

»Wenn Sie mich fragen: Da ist überhaupt nichts *normal*.« Angela zählt die Fakten an den Fingern ab. »Die Überreste sind menschlich und gehören wahrscheinlich zu einer Frau. Sie wurde unter einer winzigen ökumenischen Kapelle gefunden, die zu Ehren einer anderen, vor vielen Jahren verstorbenen Frau errichtet wurde. Schon das allein hat doch was. Ich meine, die Leiche des Opfers lag unter einem Fußboden, auf dem seit Jahrzehnten Leute stehen und Gottesdienste feiern, heiraten, Beerdigungen abhalten und ihre Babys taufen. Das ist ein Skiresort für Familien. Generationen von Kindern aus der ganzen Region haben dort oben Skifahren gelernt. Der Hemlock und diese alte Kapelle gehören zum historischen Gefüge der ganzen Gemeinde von North Shore. Außerdem sitzt Sergeant Jane Munro, eine erfahrene Mordermittlerin, an dem Fall. Sie war letzten Herbst überall in den Nachrichten, als ihr Verlobter Matt Rossi – einheimischer Bergsteiger, Mitglied der Bergrettung und beliebter Bäcker in North Shore – in den Cayoosh Mountains nördlich von Mount Currie verschwunden ist.« Angela hakt den letzten Finger ab. »Und außerdem ist Munro etwa im sechsten Monat schwanger, vermutlich mit

Rossis Kind. Ganz im Ernst, Mason, das hat jetzt schon alles, was man braucht.«

Mason reibt sich das Kinn. Eine einzelne Erinnerung fährt durch ihn wie ein heißes Messer durch Butter.

Er hält eine schwere Stange in der Hand. Es ist dunkel. Er weiß nicht mehr, wo er ist, aber es fühlt sich nach Industriegebiet an. Er erinnert sich an das Gefühl, wie er eine schwere Stange hoch über den Kopf hebt und zuschlägt. Er spürt Metall auf Fleisch, das feuchte Knacken von Knochen, das Aufplatzen von Haut. Er hebt die Stange erneut, hört Schreie. Das grauenvolle, herzzerreißende Schreien eines Menschen. Er riecht Blut. Sieht Blut. So viel Blut. Als er am nächsten Morgen im Bett aufwacht, klebt es überall an ihm.

Galle steigt in Masons Kehle auf und Schweiß sammelt sich unter seinen Armen. Kein geruchloser Schweiß. Sondern die Sorte, die beißend riecht. Der Gestank der Angst. Der Rest ist eine schwarze Leere in seiner Jugenderinnerung, unterbrochen nur von diesen fragmentierten Bildern und Gefühlen, aus denen er bisher keine kohärente Geschichte zusammenfügen konnte. Meistens redet er sich ein, dass sein drogen- und alkoholvernebeltes Gehirn solche Bilder aus fieberhaften Albträumen heraufbeschwört. Dass es nur Einbildung ist. Und nie wirklich geschehen ist. Doch ein anderer Teil von Mason weiß, dass tatsächlich etwas Furchtbares passiert ist.

Er räuspert sich. »Sie, äh, Sie haben gesagt, dass an dem Bein noch ein Stiefel dran war?«

»Ja, das habe ich in dem Beitrag erwähnt. Die Duvalier-Brüder haben einen Stiefel gesehen.«

»Und sie sind sich sicher, dass er einen Plateauabsatz hatte? Dass es ein Frauenstiefel war?«

»Na ja, theoretisch hätte auch ein Mann Plateauabsätze tragen können.«

Er starrt sie an.

Sie lächelt verschlagen. »Sehen Sie? Sogar Sie hat es in seinen Bann gezogen. Sie stellen diese ganzen Fragen. Das wird die Abonnentenzahlen in die Höhe schnellen lassen. Versprochen.«

Mason versucht, sich an diese Kapelle zu erinnern. Als Teenager ist er oft dort oben Ski gefahren. Sie sind alle im Sommer jenes Schicksalsjahres mehrmals dort wandern gewesen. Bob und Cara haben in der Kirche geheiratet. Er war bei ihrer Hochzeit. Alle waren dabei.

Außer ihr.

Weil sie nicht mehr da war.

»Ich finde ja ›Irgendjemand weiß es‹ am besten«, sagt Angela. »Weil es da draußen immer diesen Jemand gibt. Deswegen ziehen diese Shows ja – sie können auch nach Jahrzehnten noch dazu beitragen, Fälle zu lösen. Die Zeit verändert Menschen und Umstände. Plötzlich wollen Zeugen sich öffnen und sich endlich etwas von der Seele reden.«

Mason stürzt den Rest des Bourbons hinunter. Er springt auf und geht zum Schränkchen. Während er sich ein zweites Mal einschenkt, fahren seine Gedanken Karussell. Er hatte gehofft, dass diese Nachrichtenrunde einfach zu Ende und das Leben weitergeht. Aber jetzt will Angela tiefer graben. Sie will eine verdammte Lupe über die Sache halten.

Er dreht sich um. »Ihre ›nachrichtenbasierte Reality-Show‹ ist doch nur ein Etikett für die nächste True-Crime-Show, und die gibt es wie Sand am Meer. Warum sollte sich Ihre davon abheben?«

»True Crime kann alles sein, Mason. Es geht darum, was ich in die Sache einbringen kann und was die Zuschauer mitnehmen können.«

»Und was genau können sie mitnehmen?«

Sie betrachtet ihn. »Einen Abschluss«, sagt sie leise. »Den brauchen wir alle. So oder so.«

Mason hält ihrem Blick stand. Wenn jemand einen Abschluss braucht, dann er. Aber er fürchtet sich auch davor, herauszufinden, was er in jener Nacht mit sechzehn wirklich getan hat. Vor allem aber muss er Angela Sheldrick und ihre Enthüllungen im Auge behalten. Er muss alles zuerst erfahren. Er muss sich in eine Position bringen, in der er diese Geschichte kontrollieren kann, wenn das überhaupt möglich ist. In der er sie notfalls ersticken kann.

»Dann zeigen Sie mal, was Sie draufhaben.«

Sie runzelt die Stirn. »Was soll das heißen?«

»Bleiben Sie dran an dem Fall. Sammeln Sie Ihre Quellen, Ihre Informationen. Reichen Sie einen schriftlichen Entwurf ein. Halten Sie mich zu jeder Entwicklung in diesem Fall auf dem Laufenden, und ich rede mit den Finanzleuten in den oberen Etagen.«

Ihr Mund wird schmal. »Das dauert zu lange, Mason. Die Sache wird innerhalb von Sekunden in den sozialen Medien breitgetreten. Schon morgen werden Sender mit größerem Budget diese Geschichte steuern. Und wir verpassen unser Zeitfenster.«

»Ich rede mit denen da oben. Und Sie geben Ihr Bestes da draußen.«

»Dann geben Sie mir wenigstens das Okay für einen Kommentarbereich auf unserer Seite und eine Telefonleitung für Hinweise.«

»Gut, einverstanden.«

Sie steht auf. »Danke«, sagt sie kühl. Aber als sie das Büro verlässt, schließt sie die Tür etwas zu fest.

Mason wartet ein paar Sekunden, um sicherzugehen, dass sie nicht kehrtmacht und wieder hereingestürmt kommt. Er leert sein zweites Glas, greift nach dem Telefon und sucht nach einer Nummer, die er fast ein ganzes Jahrzehnt nicht gewählt hat. Dann drückt er auf die grüne Taste.

Während es klingelt, starrt er sein eigenes verzerrtes Spiegelbild im dunklen, regennassen Fenster an und fragt sich, wie zur Hölle es so weit kommen konnte. Der Anruf wird entgegengenommen. Masons Herz rast los und er legt fast auf. Dann räuspert er sich.

»Bob? Hey. Ich bin's. Lange nichts voneinander gehört. Hast du kurz Zeit? Wir, äh, wir müssen reden.«

JANE

Jane hängt ihre nasse Jacke über eine Stuhllehne im Essbereich ihrer kleinen Wohnung. Sie sieht auf die Uhr. Es ist spät und sie ist todmüde. Nach der Befragung von Fred Duvalier hat sie sich noch einmal mit Duncan ausgetauscht und er hat sie darüber informiert, dass Angela Sheldrick bereits bis zu den Brüdern vorgedrungen war, die diese Überreste gefunden haben. Jane kocht innerlich. Sheldricks Beitrag wurde wahrscheinlich längst von anderen Sendern und den sozialen Medien aufgegriffen, und Jane wartet schon auf den Anruf ihres Vorgesetzten, der sich verärgert darüber zeigt, dass er nicht informiert wurde, sondern im Fernsehen von der weiblichen Leiche mit den Plateaustiefeln erfahren musste.

Sie öffnet den Kühlschrank. Er ist leer bis auf einen welken Salat, einen alten Käse und eine Flasche teuren Pinot gris, die Matt letzten September dort hineingestellt hat. Kurz wird sie von Verzweiflung gepackt. Sie hatten vor, die Flasche zu köpfen, wenn er von seiner Solowanderung zurückkommt. Jane macht den Kühlschrank zu und stellt stattdessen den Wasserkocher an. Sie holt eine Tüte Instantsuppe aus dem Küchenschrank. Während sie den Inhalt in eine Tasse schüttet, denkt sie an Matt. Das Kochen hatte in ihrer Beziehung immer ihr Verlobter übernommen. Er hatte drei Leidenschaften, die sein Leben prägten: das Bergsteigen, die ehrenamtliche Mitarbeit beim örtlichen Such- und Rettungsdienst und ganzheitliche Ernährung, speziell auf Ausdauer und extreme Aktivitäten abgestimmt. Sie hat ihn vor achtzehn Monaten kennengelernt, als sein Rettungsteam die Bergung einer Leiche in einem Fall durchführen sollte, in dem sie ermittelte. Es knisterte sofort zwischen ihnen und die Beziehung ging schnell voran. Als gelernter Bäcker hatte Matt immer irgendetwas Leckeres für sie bereitstehen, wenn sie einen neuen Fall bekam oder von langen und harten Schichten nach Hause kam. Das liebt sie so an ihm – er kann aus jedem Ort sofort ein Zuhause machen.

Ihre Wohnung befindet sich direkt über seiner kleinen, aber feinen Bäckerei »The Bread Stop«. Nachdem Matt zwei Monate lang nicht nach Hause gekommen war, hatte Jane das Geschäft schließen und die kleine Belegschaft vorübergehend entlassen müssen. Mittlerweile verlangt die Bank Kreditzahlungen, die sie nicht leisten kann, und in einem Monat wird sie Insolvenz anmelden müssen und Matts Geschäft für immer verlieren. Sie muss irgendetwas tun, bevor das passiert. Das Logischste wäre, alles zu verkaufen, aber dafür bräuchte sie eine vollständige Handlungsvollmacht, und solch eine Vollmacht für die geschäftlichen Belange ihres Verlobten zu bekommen, während er weder tot noch lebendig ist, kommt ihr wie ein unüberwindlicher Berg vor. Es gibt einfach keine simple Lösung, wenn jemand vermisst wird. Jane kann sich noch nicht einmal eingestehen, dass sie bald alleinerziehende Mutter eines Babys sein wird, das seinen Vater womöglich nie kennenlernen kann.

Sie hält inne, bis sie eine erneute Traurigkeitswelle weggeblinzelt hat.

Verdammt, Matt. Wie konntest du uns das nur antun? Das werde ich dir niemals vergeben.

Jane bereitet ihre Instantsuppe zu und geht mit der Tasse zum Sofa. Dort schaltet sie den Fernseher ein und wählt im Menü die Nachrichten von CBCN-TV aus, die sie jeden Abend aufnimmt. Sie spult, bis sie Angela Sheldrick sieht, die in ein Mikrofon spricht. Jane drückt auf »Play«.

»Die Bauarbeiter Benjamin und Raphael Duvalier haben in den frühen Morgenstunden den schauerlichen Fund einer Grabstätte gemacht. Die Brüder ...«

»Hallooo, jemand zu Hause?«

Jane lässt die Fernbedienung fallen und fährt herum. »Gott im Himmel, Mom! Verdammt! Wie bist du hier reingekommen?«

Ihre Mutter, vierundsechzig, trägt Sportsachen und hat eine Papiertüte in der Hand. Sie lässt einen Schlüssel vor Jane baumeln. »Mit dem Schlüssel, den du mir gegeben hast, schon vergessen? Um deine Pflanzen zu gießen, während du ...« Sie spart sich den Rest, aber die Worte hängen unausgesprochen in der Luft.

Während du letzten Herbst oben im Norden nach Matt gesucht hast.

»Ich weiß, ich hätte anklopfen sollen«, sagt sie und stellt die Tüte auf die Küchentheke. »Ich habe mehrmals versucht, dich heute zu erreichen, und habe dir Nachrichten geschickt, aber nie kam was zurück, also habe ich mir gedacht, dass du bestimmt mit diesem neuen Fall beschäftigt bist.« Sie deutet mit dem Kinn auf den Fernseher. »Ich wollte dir nur etwas zu essen dalassen, das du aufwärmen kannst, wenn du nach Hause kommst.« Sie nimmt eine Schüssel aus der Tüte. Auf einmal duftet es nach Rinderhackfleisch, Curry und anderen angenehmen Gewürzen, und Janes Magen knurrt. Eigentlich sollte sie ärgerlich auf ihre Mom sein und sie vor die Tür setzen, aber der Geruch hat ihr längst verraten, was sich in dieser Schüssel befindet, und Jane weiß genau, was ihre Mom damit bezweckt. Sie weiß, dass Matt immer für Jane gekocht hat, wenn sie an einem Fall saß, und jetzt versucht sie diese Lücke zu füllen.

»Warum gehst du nicht ans Telefon, Jane?«, fragt ihre Mom, während sie die Schüssel öffnet und einen Teller aus dem Schrank holt. Dann zieht sie eine Schublade auf und holt Messer und Gabel heraus. Sie legt das Besteck auf die Theke.

»Ich habe zu tun. Wie du gesagt hast, ich habe einen neuen Fall.«

»Komm, lass doch die Suppe. Setz dich hierher und iss was Richtiges. Du musst doch für das Baby sorgen.«

Jane fühlt sich auf einmal wieder wie mit neun Jahren, und sosehr ihre Mutter sie auch auf die Palme bringt, sehnt sich das tief vergrabene kleine Mädchen danach, in den Arm genommen und getröstet zu werden und zu hören, dass alles wieder gut werden wird. Sie stellt den Fernseher leise und setzt sich auf einen der Barhocker an der Theke.

»Bobotie«, verkündet Janes Mutter und belädt den Teller mit klassischem südafrikanischem Auflauf. Es duftet noch intensiver. »Weißt du noch, wie sehr du dieses Essen geliebt hast, als du klein warst? Dein Vater hatte es von diesem Cape-Winds-Laden an den Docks.«

»Ja, natürlich erinnere ich mich.« Sie lächelt wehmütig. »Mit Bobotie oder Samosas von Cape Winds war immer alles wieder in Ordnung.«

»Samoosa«, korrigiert ihre Mutter. »Die Hendricksens nennen sie Samoosa. Die sind anders als die Samosas«, erklärt sie. »Kleiner. Knuspriger. Mehr wie Frühlingsrollen.«

»Stimmt.« Jane greift nach der Gabel und kostet. Sie schließt kurz die Augen. Das Essen schmeckt himmlisch. Sie nimmt die nächste Gabel voll. »Gibt es Mr Hendricks überhaupt noch? Ich war schon seit Ewigkeiten nicht mehr da.«

»Doch, den gibt's noch. Aber er ist alt und mittlerweile voll erblindet. Und ich wette, er stirbt nicht, bevor er seinen

Sohn gefunden hat, der damals abgehauen ist. Seine Tochter Danielle hat jetzt die Geschäftsleitung übernommen. Sie haben immer noch das kleine Bistro, aber sie führt jetzt auch einen Cateringservice mit einer Verkaufsstelle für Importwaren und einer Großküche hinterm Marine Drive. Alles gehobene Fusionsküche.«

Jane hat schon wieder den Mund voll und deutet mit der Gabel auf die Schüssel. »Isst du überhaupt nichts davon?«

»Heute Abend ist Buchclub.« Ihre Mom sieht auf die Uhr. »Ich muss auch schon wieder los. Ich wollte dir das hier nur vorbeibringen.«

Jane lässt die Gabel sinken. »Danke. Ich … ich freue mich wirklich.«

Ihre Mutter sieht Jane direkt an. »Wann kommst du mal zu Besuch? Ich hätte gern auch Matts Eltern dabei. Vielleicht an einem Sonntag zu Mittag oder mal abends?«

»Mom, ich …«

»Sie wollen dich sehen, Jane. Sie vermissen Matt genauso. Und sie wollen sicherstellen, dass sein Baby weiterhin eine Rolle in ihrem Leben spielen wird.«

Janes Augen werden feucht. »Ich kann das gerade nicht. Bitte …«

»Denk drüber nach, ja? Wenn du mal eine Atempause in deinem Fall hast. Ich …« Ihre Mutter zögert und bricht den Blickkontakt ab. Einen Moment starrt sie auf den Fernseher. Dann holt sie tief Luft und wendet sich wieder Jane zu. »Ich habe nachgedacht. Ich könnte mein Haus teilen. Wie ein Doppelhaus. Du und das Baby …«

»Nein.« Jane legt die Gabel hin. »*Das* hier ist mein Zuhause. Meins und Matts.«

Ihre Mutter setzt sich auf einen Barhocker. »Jane, du musst etwas mit der Bäckerei unternehmen.«

»Ich weiß.«

»Du brauchst einen Plan. Auch für das Baby. Es geht nicht mehr nur um dich. Du musst für einen kleinen Menschen mitdenken, und die Zeit wird nicht auf dich warten. Hast du schon Mutterschaftsurlaub beantragt?«

»Mache ich noch. Wenn ich so weit bin. Die können mich sowieso gar nicht schnell genug loswerden. Deswegen haben sie mich ja überhaupt in diese Einheit für ungelöste Fälle gesteckt. Sie haben nicht damit gerechnet, dass ich gleich auf Anhieb einen verdächtigen Todesfall erwische.«

Ihre Mutter sieht sie einen Augenblick lang schweigend an. Dann räuspert sie sich. »Wenn du zu mir ziehst, völlig unabhängig in einer Hälfte des Hauses – mit nur einer Verbindungstür –, könnte ich mit dem Baby helfen, falls du wieder arbeiten gehen willst, und …«

»Ich werde wieder arbeiten gehen. Ich muss arbeiten.«

Ihre Mutter nickt. »Ich weiß. Und ich kann dir helfen. Man sagt doch, es braucht eine ganze Gemeinschaft – ein Dorf, einen Klan –, um ein Kind großzuziehen. Und der Himmel weiß, wie schwer dein Job sein kann. Ich habe gesehen, wie sehr das deinen Vater belastet hat, und dir als alleinerziehende Mutter wird es auch nicht gerade leichtfallen. Du musst ehrlich zu dir sein und der Wahrheit ins Gesicht sehen. Schmiede das Eisen, solange es heiß ist.«

»Mom, hör auf …«

»Ich kenne dich. Du schiebst die Menschen von dir weg. Du willst dich nicht verletzlich zeigen. Sogar als Kind wolltest du nicht, dass jemand sieht, wie du etwas noch nicht kannst und dich anstrengen musst, aber du brauchst jetzt Freunde. Du brauchst deine Familie. Dein Baby braucht sie.«

»Ich habe Freunde«, sagt sie scharf.

»Eine Bestatterin, eine Palliativschwester und eine Sterbebegleiterin? Alles Singlefrauen? Das ist ja wie der Club der toten Mädchen.« Ihre Mutter steht auf, nickt in Richtung

Fernseher. »Hast du irgendeine Ahnung, wie lange die Überreste schon unter der Kirche liegen?«

»Noch nicht.«

Schweigend sieht sich ihre Mutter die Fernsehbilder der Kapelle an.

»Ich dachte, du hast Buchclub heute«, sagt Jane.

Ihre Mutter greift nach ihrer Tasche und zögert. »Ruf die Rossis mal an, ja? Sie tragen auch schwer daran.«

Mit diesem Satz geht ihre Mutter. Und Jane ist unendlich erschöpft und wütend, und sie weiß auch, dass ihre Mutter recht hat. Sie muss anfangen, für ihr Baby zu denken. Sie muss sich einen Plan zurechtlegen. Jane schnappt sich die Fernbedienung, spult den Beitrag zurück, stellt lauter und hört sich den Bericht an, während sie isst. Als Sheldrick sagt, die Leiche sei mit einem kniehohen Plateaustiefel gefunden worden, flucht sie laut.

Diese Sheldrick macht ihr noch den Fall kaputt. Jane muss ihr immer einen Schritt voraus sein.

DIE SHOREVIEW SIX

BOB

Der Frühlingsmorgen auf Somersby Island ist klar und eine leichte Brise weht vom Ozean her durch den Weinberg. Bob Davine spaziert mit seinen beiden Border Collies durch die Reihen von Reben, die auf einem Landstreifen zwischen dem Pazifik und einem majestätischen Granitkliff angebaut werden. Der Hang seines Weinguts endet an seinem und Caras Haus am Wasser – architektonisch im Stil der Westküste gehalten, Zedernholz und viel Glas für einen maximalen Ausblick aufs Meer. Vor ihrem Privatstrand sticht ihr Dock ins glitzernde Wasser. Sein Boot ist dort vertäut; die Kajaks sind im Bootshaus aufgestapelt. Auf der anderen Seite des Boundary Pass – der die amerikanischen San Juan Islands von ihrem kanadischen Gegenstück, den Gulf Islands, trennt – kann Bob Waldron Island in den Vereinigten Staaten sehen.

Er liebt diese leewärtige Seite von Somersby. Die optisch ansprechende Landschaft, das trockene und sonnige Mikroklima, die Seeluft, der lehmige Boden voller Meeressediment – all das gibt seinem Wein die spezielle Note der Salischen See. Es ist dieses einzigartige Terroir, das die Rebsorten des Davine Estate ausmacht – darunter Pinot noir, Chardonnay, Pinot gris, Gewürztraminer, Pinot Meunier, Gamay und Muscat.

Seine Hunde rennen voraus, flitzen zwischen den Reben umher, jagen irgendwelchen Tierfährten und dem Geruch von wilden Ziegen hinterher. Bob und seine Frau Cara haben dieses Anwesen vor einem Jahr erworben, als er, der Topanwalt für Wirtschaftsstrafrecht, seinen Ruhestand vorbereitete. Zu dem Grundstück gehören das Weingut, ein Bistro, das Haupthaus, eine Winzerhütte, Nebengelasse, Maschinen und Ausrüstung. Sie haben den Winzer behalten und einen neuen Koch einge-stellt, der mit regionalem Lammfleisch, Käse und den auf der Insel angebauten Produkten Wunder bewirken sollte. Alles ist bio, ohne Pestizide, und der Anbau ist ökologisch nachhaltig. Die Weine des Davine Estate treffen genau die richtigen Töne. Bob und Cara sind erst vor fünf Monaten komplett hierhergezo-gen. Ihr Sohn und ihre Schwiegertochter betreiben jetzt das Mad Goat Bistro. Bobs drei Enkelkinder gehen auf die Grundschule hier. Und seine Tochter und ihr Mann betreuen das Marketing vom Festland aus. Ein Familienbetrieb, genau, wie er und Cara es immer wollten. Und heute hat Bob das Gefühl, als würde der Frühlingsmorgen seines Lebens anbrechen. Er hat endlich einen Punkt erreicht, an dem er sich zufrieden zurücklehnen und die Früchte seiner Arbeit genießen kann. Leider gibt es da einen Dorn im Fleisch, der ihm heute zu schaffen macht.

Er bleibt stehen und rupft etwas Unkraut aus dem Boden. Zu gut, um wahr zu sein, denkt er. Er richtet sich auf, klopft die Hände an der Jeans ab, und seine Gedanken kehren zu dem seltsamen Telefonanruf zurück, der ihn gestern Abend wie aus heiterem Himmel erreicht hat.

Bob? Hey. Ich bin's. Lange nichts voneinander gehört. Hast du kurz Zeit? Wir, äh, wir müssen reden.

Bob hat von Mason alias Rocco the Roc seit fast acht Jahren nichts mehr gehört oder gesehen.

Gedankenverloren zupft er ein welkes Blatt von einer Rebe und lässt den Anruf Revue passieren.

»*Hast du die Nachrichten auf CBCN-TV gesehen? Über die Bauarbeiter oben am Hemlock?*«

»*Nein, wieso?*«

»*Sie haben das Fundament der alten Skifahrerkirche abgerissen und dabei menschliche Überreste gefunden.*«

»*Was?*«

»*Ja. Direkt unter dem Beton vergraben. Eine Leiche.*«

Bob füllt den Brustkorb mit Luft und atmet langsam aus, versucht sich zu beruhigen, während der Rest des Gesprächs in seinem Kopf abläuft.

»*Die Kirche, in der Cara und du geheiratet habt. Total verrückt, oder? Wer rechnet schon mit so was?*« Eine lange Pause. »*Wo habt ihr sie hingebracht, Bob?*«

»*Wovon redest du?*«

»*Du weißt schon, diese eine Nacht, die Leiche … wo habt ihr sie versteckt?*«

»*Bist du vollkommen durchgeknallt? Was zur Hölle willst du damit andeuten?*«

»*Du hast mir nie gesagt, wo. Ist das …*«

»*Hör zu, Roc, hör genau zu. Das hat nichts mit uns zu tun. Kapiert? Nichts. Die Kirche wurde in den Sechzigern gebaut. Wenn da eine Leiche liegt, dann ist sie aus den Sechzigern. Verlier nicht die Nerven, Mann. Hast du gehört?*«

Eine lange Pause folgt. Bob hört das Klirren von Eiswürfeln in einem Glas. Rocco trinkt wieder. Er war ziemlich wild in seiner Jugend. Genau wie sein älterer Bruder Zane. »Großgezogen« von unfassbar reichen, aber dafür abwesenden Eltern, die dachten, es würde ihnen die grundlegenden Elternpflichten abnehmen, wenn sie ihre Jungs mit Geld und Unabhängigkeit überhäufen. Beide kamen von der Bahn ab. Zane fuhr auf dem Sea to Sky Highway in den Tod, als er frontal in einen Lkw krachte, nachdem er viel zu schnell mit dem Motorrad um eine Kurve gerast war. Rocco versank in Drogen und Alkohol. Es kostete ihn ein gutes Jahrzehnt und mehrere Reha-Aufenthalte, wieder auf die Beine zu kommen und mit der Vergangenheit abzuschließen. Seit einer Weile geht es ihm wieder gut, oder zumindest dachten Bob und Cara das, nachdem er die Musikindustrie verlassen hat und zum Fernsehen gewechselt ist. Aber Roccos jahrelanger Konsum hat Spuren in seinem neuronalen Netzwerk hinterlassen und ihn dauerhaft nervös gemacht, und das hat Bob schon immer beunruhigt. Aus seinem Highschool-Kumpel ist ein wandelndes Pulverfass geworden. Woran Rocco sich noch erinnert – oder nicht – in Bezug auf diese Schicksalsnacht im Jahr 1976, ist seither eine tickende Zeitbombe in ihrer aller Leben.

»Wir haben einen Schwur geleistet, Roc«, sagt er leise. »Wir sechs haben einen Pakt. Vergangenheit ist Vergangenheit.«

»Ja, sicher, wir haben einen Pakt, aber ihr habt mir nie erzählt, was in jener Nacht noch passiert ist. Und ich …«

»Es wird nicht verhandelt. Niemand redet darüber. Jetzt nicht und in Zukunft nicht. Kapiert? Und an je weniger du dich erinnerst, hey, desto besser, oder nicht? Wir tun das hier für dich. Was du nicht weißt, kann dir nicht wehtun.«

»Unsere Kriminalreporterin will der Sache richtig auf den Grund gehen. Sie will eine nachrichtenbasierte Reality-Serie draus machen …«

»Wie gesagt, ganz ruhig, das hat nichts mit uns zu tun.«

»Gut. Gut. Ja, ich … äh, wollte nur sichergehen, weißt du? Keine Überraschungen.«

»Keine Überraschungen.«

Aber sobald Bob aufgelegt hatte, war er zum Computer geeilt, um die Story zu recherchieren. Und während er auf der Tastatur tippte, merkte er, wie seine Finger vor Adrenalin zitterten und sein Mund auf einmal trocken war. Er fand im Internet heraus, dass die Leiche weiblich war und Plateaustiefel trug. *Genau wie meine Freundin in der Nacht, in der sie verschwand.*

Er hatte nicht gut geschlafen. Brutale Albträume ließen ihn immer wieder schweißgebadet aufwachen. Roccos Anruf hatte eine verschlossene Kammer in Bob aufgeknackt und Dinge freigesetzt, Erinnerungen, die er vor Jahren tief im finstern Keller seines Bewusstseins vergraben hatte. Jetzt kamen sie herausgekrochen, blasse, schleimige Dinge, die vor ihm aufblitzten und sich wie Larven im Sonnenlicht wanden, bevor sie zurückzuckten und sich wieder in die nasskalte Dunkelheit verzogen. Hatte Rocco recht?

Sollte die Entdeckung auf dem Hemlock alles wieder ans Licht bringen nach all diesen Jahren?

Bob schluckt und blickt über seine Reben in die idyllische Landschaft hinaus. In dieser kleinen Kirche auf dem Hemlock zu heiraten war Caras Idee gewesen.

Ein anderes Bild steigt auf: Cara im Hochzeitskleid. Die Sonne strahlt durch das lange Buntglasfenster hinter dem winzigen Altar und wirft blaue, rote, goldene und grüne Farbtupfen auf sie. Ein regenbogenfarbener Heiligenschein. Als würde sie persönlich gesegnet. Nach der Trauung hatten sie an den Hängen des Hemlock gefeiert, umgeben von Wald und einem schier unendlichen Ausblick auf die Stadt und die Buchten, die in der Ferne glitzerten. Enge Freunde und Familie waren an diesem Tag dabei gewesen. Die Band spielte bis in die Nacht hinein, Lagerfeuer ließen orangefarbene Funken in den Himmel aufsteigen, und sie hatten wie mittelalterliche Druiden tanzend den Sonnenuntergang angebetet, die sich drehende Erde, die am Himmel ziehenden Sterne, den Beginn einer neuen Phase in ihrem Leben. Er war so glücklich gewesen.

Ihre griechischen Eltern hatten sich natürlich etwas anderes vorgestellt. Die Constantines hatten ein hochkarätiges Event der Extraklasse in ihrem protzigen Club am Hollyburn gewollt. Groß und traditionell für den ausgedehnten Constantin-Clan. Aber Cara fand die Kapelle unglaublich romantisch und hatte sich gegen ihre Familie durchgesetzt. Für sie habe es eine Bedeutung, sagte sie. Sie und Bob liebten das Skifahren, das Schneeschuhwandern und das Wandern am Hemlock. Seit der elften Klasse in der Schule hatten sie das gemeinsam getan, seit sie zusammengekommen waren.

Plötzlich meldet sich eine düstere Erinnerung: die Umstände, unter denen Cara und er sich nähergekommen waren. Es war nach dieser verhängnisvollen Nacht im Jahr 1976 gewesen, als Bobs Freundin verschwunden war. Cara und er hatten sich gegenseitig beigestanden, und sie hatte ihn in seiner Trauer, seiner Verwirrung, seinen Schuldgefühlen getröstet. Er hatte Trost und Sicherheit in ihrer bedingungslosen Liebe gefunden und in der Tatsache, dass sie alles für ihn tun würde – auch lügen.

Cara hatte es ihm ermöglicht, überhaupt weiterzumachen.

Bobs und Caras Band war eindeutig in einem schwarzen Schmelztiegel entstanden. Ihr gegenseitiger Schwur kam in Form eines furchtbaren Geheimnisses, das sie zu sechst vor dem Rest der Welt hüteten. Er, Cara, Jill, Rocco, Mary und Claude. Bob konnte diese Ehe genauso wenig beenden wie Cara. Was sie wusste, konnte ihn vernichten. Was er wusste, konnte sie vernichten. Genauso war es mit den anderen. Sechs Freunde an der Schwelle zur elften Klasse, die an jenem Wochenende eine Bindung fürs Leben eingingen. Jeder mit der Macht, die anderen zu vernichten. Es würde zu einer gemeinschaftlichen Zerstörung kommen, wenn einer von ihnen jetzt den Mund aufmachte, vor allem jetzt. Sollte die Wahrheit ans Licht kommen, würden auch ihre Kinder, Enkelkinder und Familien den Bach hinuntergehen. Sie hatten mittlerweile noch viel mehr zu verlieren als damals mit sechzehn.

Er schüttelt den Gedanken ab. Er kann sich damit nicht aufhalten.

Bob pfeift nach seinen Hunden. Er steigt zurück auf sein Quad. Ein Hund springt als Beifahrer auf den kleinen Sitz neben ihm, der andere nimmt den Schalensitz dahinter. Bob startet den Motor und donnert mit dem Quad die Feldwege in Richtung seines Hauses am Wasser hinunter. Er redet sich ein, dass schon alles in Ordnung kommen wird.

Vergangenheit ist Vergangenheit.

Außer, wenn sie den Weg ins Hier und Jetzt findet. Eine kleine Stimme in seinem Kopf hebt diesen Gedanken aus seinem Unterbewusstsein. Er kriecht ihm in die Knochen. Kälte. Etwas Unaufhaltsames wurde in Bewegung gesetzt.

JANE

»Okay, legen wir los«, sagt Jane und steckt Fotos der menschlichen Überreste an ein großes Whiteboard in der Einsatzzentrale. Was ziemlich alte Schule ist, aber sie empfindet es als hilfreich, wenn die Bilder der Opfer und potenziellen Verdächtigen täglich auf sie und ihr Team herabblicken und sie alle daran erinnern, warum sie hier sind: um Aufklärung für die Hinterbliebenen eines geliebten Menschen zu erlangen. Um die Täter zur Rechenschaft zu ziehen. Um andere zu schützen, damit solche Verbrechen nicht noch mal passieren.

Derzeit steht Jane ein Team von vier Ermittlern zur Verfügung, darunter auch Duncan. Sie sind bei Tagesanbruch eingetroffen und haben die erste Stunde des Morgens damit verbracht, sich in den Büroräumen der North Vancouver RCMP einzurichten. Janes Einheit ist zwar klein, aber sie kann jederzeit weitere Unterstützung beantragen und sie hat Zugriff auf sämtliche Ressourcen und das geballte Expertenwissen der RCMP. Neben ihr selbst und Duncan gehört auch Tank Coker zu ihrem Team, ein grauhaariger Veteran in Sachen Schwerverbrechen. Dann sind da noch Yusra Ghait, eine frischgebackene Ermittlerin, die in Ägypten aufgewachsen ist und fließend Arabisch und Farsi spricht, und Melissa Brand, ein Genie in Technik und Administration.

Ernsthaftigkeit senkt sich über die Gruppe, während sie die verstörenden Fotos des Schädels betrachten, mit seinem zu einem stummen, erstickten Schrei aufgerissenen Kiefer.

»Unsere Jane Doe.« Jane deutet auf das Foto.

»Dann ist also bestätigt, dass es sich bei der Verstorbenen um eine Frau handelt?«, fragt Tank.

»Der forensischen Anthropologin Dr. Ella Quinn zufolge, die unsere Ausgrabungen leitet, ist das Opfer wahrscheinlich weiblich.« Jane steckt ein weiteres Foto ans Whiteboard. Es zeigt einen erdverkrusteten Stiefel, aus dem Tibia und Fibula herausragen. »Und hier haben wir einen Frauenschuh, Größe neununddreißig.«

»Mit Plateausohle und hohem Absatz«, kommentiert Yusra.

Jane fügt ein weiteres Foto hinzu – eine Nahaufnahme des Schädels, der die Spuren der stumpfen Gewalteinwirkung zeigt.

»Dr. Quinn sagt, dass dieses Trauma vermutlich perimortal entstanden ist. Ihrer Meinung nach hat das unsere Jane Doe umgebracht.«

Tank sagt: »Wenn sie also an einem Schlag auf den Kopf gestorben ist, dann kann das Trauma entweder durch einen Unfall entstanden sein, oder sie wurde vorsätzlich geschlagen und möglicherweise ermordet. Gibt es irgendwelche Aufzeichnungen über eine rechtmäßige Beerdigung bei der Kapelle?«

»Das überprüfe ich gerade«, antwortet Melissa. »Bisher haben wir noch keine derartigen Berichte gefunden. Außerdem setze ich mich nach diesem Briefing mit dem für die Kapelle zuständigen Verein in Verbindung und gehe die Geschichte der Kapelle durch. Ich will herausfinden, wer die Schlüsselfiguren sind und ob diese Kapelle irgendeine historische Bedeutung hat, die vielleicht erklärt, warum dort jemand begraben wurde.«

Jane steckt mehrere Fotos von der kleinen Nurdachkapelle im Laufe der Jahrzehnte an das Whiteboard. Sie hat sie letzte Nacht im Internet zusammengesucht, nachdem sie – wieder einmal – aus einem Albtraum über Matt hochgeschreckt ist, in dem er mit gebrochenen Beinen in einer tiefen Felsspalte gefangen war und nach Hilfe gerufen hat. Sie arrangiert die Fotos in der Reihenfolge der Jahre, in denen sie aufgenommen wurden.

Eines zeigt eine Hippie-Hochzeit. Vor der Kapelle hat sich eine Gruppe von Leuten versammelt: lange Haare, barfuß, Jesussandalen, Blumengirlanden, Lederwesten, fließende Röcke und Folklore-Kleider, Kinder und Babys im Schlepptau. Ein weiteres Bild wurde im Winter aufgenommen. Es zeigt einen Chor bei einem Weihnachtsgottesdienst. Die warm eingepackte Menschenmenge ergießt sich über den Schnee, und alle halten eine kleine Kerze in der Hand. Das nächste Foto ist eine kunstvolle Aufnahme, auf der das Sonnenlicht durch das Buntglasfenster hereinfällt, das die Jungfrau Maria mit Kind zeigt. Ein weiteres Foto stammt von einem Silvesterabend – Skifahrer, die in Schlangenlinien den Berghang hinter der Kapelle hinunterfahren. Jeder von ihnen hält zwei rote Leuchtfackeln in den Händen. Das teuflisch rote Glühen taucht das Kreuz über der Kapelle in einen Schattenriss. Das nächste Foto stammt von einer Winterhochzeit, die Braut trägt Pelz. Und noch ein Bild von Skifahrern, die Erdnüsse an Meisenhäher verfüttern. Dem Stil der Skianzüge und der Skier nach zu urteilen, die in einer Schneewehe vor der Kapelle stecken, ist es ein Foto aus den 1980er-Jahren. Die letzte Aufnahme zeigt eine triste Beerdigungsfeier aus den 1990ern, was die Mode der schwarz gekleideten Trauernden verrät.

»Das Forensikteam der SHU sollte die Überreste bald im Labor haben«, berichtet Jane und schaut auf ihre Uhr. »Quinn hat mich heute schon sehr früh angerufen. Ihre Studenten und sie haben die Nacht durchgearbeitet. Sie wollten weitermachen, weil das Grundwasser gestiegen ist, je mehr sie gegraben haben, und sie wollten nicht riskieren, dass Beweismittel beschädigt werden. Sobald sich die Überreste und Artefakte im Institut befinden, bekommen wir sicherlich eine bessere Vorstellung von der Dauer des Post-mortem-Intervalls. Bisher wissen wir nur, dass der Betonboden des Kellers wahrscheinlich erst einige Zeit nach der Erbauung der Kapelle im Jahr 1966 gegossen wurde. Davor war es vermutlich ein Lehmboden. Ungefähr zeitgleich mit dem Betonboden wurde auch eine Sumpfpumpe installiert. Der Bauführer Fred Duvalier hat ausgesagt, dass es keine Hinweise darauf gab, der Betonboden könnte aufgehackt und wieder zugegossen worden sein, also könnte unsere Verstorbene direkt in der Erde vergraben worden sein, bevor der Beton über ihr Grab gegossen wurde.«

»Aber wir wissen nicht, wann genau der Betonboden entstanden ist?«, hakt Tank nach.

»Noch nicht. Es könnte sich als schwierig erweisen, an entsprechende Aufzeichnungen heranzukommen, weil es in dem Gebäude, in dem der Kapellenverein vor den 1980er-Jahren alle Unterlagen aufbewahrt hat, ein Feuer gegeben hat.«

»Dieser Stiefel, den sie da trägt«, meldet sich Yusra zu Wort und tippt sich mit ihrem Stift an die Lippen, »sieht für mich nach den Siebzigern aus. Wenn ich das richtig verstanden habe, dann haben damals einfach alle Plateausohlen getragen, Schulmädchen, Disco-Dancer, Glam-Rocker ...«

Duncan tritt näher an das Whiteboard heran und mustert die Fotos von der Kapelle aufmerksam. »Die Sumpfpumpe – die wird elektrisch betrieben, oder?«

»Worauf willst du hinaus?«, fragt Tank.

Duncan deutet auf die Bilder. »Seht ihr diese früheren Fotos da, die nachts aufgenommen wurden? Auf denen wird die Kapelle von Kerzen erleuchtet.«

»Was nicht unbedingt heißt, dass es noch keinen Strom gab«, wirft Melissa ein. »Vielleicht sollten die Kerzen einfach stimmungsvoll sein«.«

»Stimmt. Aber schaut mal da. Auf den Fotos nach den frühen Achtzigern scheint es Strom gegeben zu haben.« Er tippt auf eines der Fotos. »Ich würde darauf wetten, dass die Sumpfpumpe und der Betonboden etwa zur gleichen Zeit eingebaut wurden, in der die Kapelle an die Stromversorgung angeschlossen wurde, oder vielleicht kurz danach. Ohne Strom hätte man die Sumpfpumpe nicht in Betrieb nehmen können.«

»Sie könnten einen Generator verwendet haben«, schlägt Melissa vor.

»Stimmt auch. Aber wenn wir von dieser Hypothese ausgehen, dann würde ich darauf wetten, dass Jane Doe begraben wurde, bevor diese Fotos in den Achtzigern aufgenommen wurden, auf denen zu erkennen ist, dass es Strom gab.«

»Okay«, sagt Jane. »Fangen wir damit an, dass wir Mitglieder des Kapellenvereins ausfindig machen und nach Aufzeichnungen suchen, die uns verraten, wann das Gebäude an die Stromversorgung angeschlossen wurde und wann der Betonboden und die Sumpfpumpe eingebaut wurden. Damit können wir eingrenzen, wie viel Zeit seit dem Begräbnis vergangen ist. Außerdem müssen wir uns mit der Verwaltung des Hemlock Resort in Verbindung setzen und herausfinden, ob sie über irgendwelche relevanten Aufzeichnungen verfügen. Und ich will wissen, wer mit der Arbeit am Keller beauftragt wurde. Duvalier zufolge gab es einen Sicherheitswachmann, der immer die Nachtwachen auf dem Berg übernommen hat – sein Name lautet möglicherweise Hugo Glucklich. Ich brauche seine Kontaktdaten, wenn die Hemlock-Verwaltung sie hat. Und …« Ihr Handy klingelt. Das Display verrät ihr, dass es Dr. Ella Quinn ist. Rasch hebt sie die Hand, um eine Unterbrechung anzuzeigen, und nimmt den Anruf entgegen.

»Munro.«

»Sergeant, Ella hier. Wir haben sie von der Fundstelle in unser Labor gebracht.«

Ein Energiestoß rauscht durch Janes Adern. »Wir sind unterwegs.«

Sie legt auf und wendet sich wieder ihrem Team zu. »Unsere Jane Doe befindet sich im Labor des SHU. Duncan, du kommst mit mir. Wir fahren mit zwei Autos, damit wir uns später aufteilen können. Melissa, du bleibst am Kapellenverein und den Beerdigungsunterlagen dran. Tank, du setzt dich mit der Hemlock-Verwaltung in Verbindung und besorgst Glucklichs Kontaktdaten. Yusra, du startest einen Versuch in den Datenbanken für Vermisste.«

»Ist euch klar, wie riesig diese Datenbanken sind?«, fragt Yusra. »Wir reden hier von einer Zeitspanne von mehreren Jahrzehnten. Wisst ihr, dass jedes Jahr Tausende verschwinden …« Abrupt bricht sie ab. Spannung liegt in der Luft. Alle Blicke sind auf Jane gerichtet.

»Das ist mir vollkommen klar«, erklärt sie leise.

»Tut mir leid«, sagt Yusra.

»Fang Mitte der Sechziger an«, trägt Jane ihr auf. »Ich rufe dich an, wenn irgendwas auftaucht, mit dem wir die Suche eingrenzen können.« Sie hält inne und sieht die anderen der Reihe nach an. »Packen wir's an. Lasst uns Jane Doe ihren Namen zurückgeben. Finden wir ihre Familie und bringen wir sie nach Hause. Denn vielleicht ist dort draußen noch jemand, der sie vermisst.«

FAITH

Faith Blackburn hört im Autoradio die Nachrichten, während sie vom Yin Yoga nach Hause fährt. Sie kann Yoga nicht ausstehen, aber es ist immer noch besser als Pilates oder irgendein schweißtreibendes Kardiotraining. Ihr Arzt sagt, dass sie Sport machen soll. Sie muss besser auf sich aufpassen, sonst bekommt sie bald Probleme.

Sie wird dieses Jahr sechsundfünfzig, und die Jahrzehnte, die sie über einen Computer gebeugt verbracht hat, fordern ihren Tribut. Dann die bizarre Stresssituation der Pandemie, auf die ein Wechsel ins Homeoffice und die Scheidung von ihrem gewalttätigen Ehemann folgten. Daraufhin der Verkauf ihrer Wohnung, und schließlich – als alle anderen allmählich wieder in die Büros zurückkehrten – wurde sie entlassen, was einen demütigenden Umzug zurück in das Haus ihrer Kindheit zu ihren betagten Eltern zur Folge hatte. Inzwischen trägt Faith eine ganze Menge mehr Gewicht mit sich herum, als ihr lieb ist, und das in mehr als einer Hinsicht. Ihr Blutdruck geht durch die Decke. Sie sieht zehn bis zwanzig Jahre älter aus, als sie ist. Und dann ermutigen sie manche Leute auch noch dazu, es mal mit einer Dating-App zu versuchen. Sind die verrückt? Sie würde niemals jemanden finden. So nicht. Sie ist völlig verbraucht.

Sie fährt vom Highway ab und durchquert die ruhigeren Trabantenstädte von North Vancouver, wo am Ende der Linden Street das Haus steht, in dem sie aufgewachsen ist. Es ist eine Sackgasse, die an einen Park und einen Wald grenzt.

Da kündigt der Nachrichtensprecher eine Eilmeldung an. Faiths Interesse ist geweckt. Sie dreht lauter.

»Die menschlichen Überreste, die in einem flachen Grab unter der alten Skikapelle auf dem Hemlock Mountain gefunden wurden, scheinen von einer Frau zu stammen. CBCN-TV berichtete gestern Abend bereits über diesen Vorfall, und seither haben wir erfahren, dass die sterblichen Überreste von einem Anthropologenteam des Seymour Hills University Forensic Institute ausgegraben werden. Eine Mordermittlerin der RCMP leitet die Untersuchung, doch bisher haben weder die RCMP noch der BC Coroners Service eine offizielle Erklärung herausgegeben. Bei den Überresten wurde auch ein kniehoher Plateaustiefel gefunden.«

Ein Knoten der Anspannung formt sich in Faiths Brust. Auf einmal bekommt sie keine Luft mehr. Es ist, als würde ein gewaltiger Amboss auf ihre Lunge drücken. Faith schaltet das Radio aus. Stille erfüllt das Auto, und sie ballt die Hände fest um das Lenkrad.

Das passiert jedes verdammte Mal, wenn irgendwo eine Leiche gefunden wird. Egal, in welcher Provinz oder in welchem Land. Egal, ob auf dieser Seite der Grenze oder drüben in den USA. Ihre Mom gerät ins Straucheln und fängt wieder an zu trinken. Was nicht gut für sie ist. Seit fast fünfzig Jahren leidet ihre Mom, seit Faiths ältere Schwester am Labour-Day-Wochenende des Jahres 1976 verschwunden ist. Und mit der Gesundheit ihrer Mom steht es nun, da sie alt ist, ohnehin nicht zum Besten. Ihr Dad ist dagegen immun gegen diese Art von Nachrichten. Jedenfalls glaubt Faith, dass es so ist. Seit er einen Schlaganfall hatte, ist er in seinem eigenen Kopf eingeschlossen, und nun verschlingt eine schleichende Demenz allmählich sein Verständnis vom Leben im Allgemeinen. Was Faith ihm verübelt. Auch sie würde am liebsten alles ausblenden.

Sie war erst neun, als ihre große Schwester verschwunden ist, aber dies hat den Rest ihrer Kindheit geformt, ihre Teenagerjahre, ihr ganzes Erwachsenenleben. Nachrichten wie diese – sie reißen die alten Wunden auf, den riesigen klaffenden Abgrund des Verlusts, der ihre kleine Familie seit dem Verschwinden ihrer Schwester prägt. Das Unvollendete hat sie verdammt, das Unvollständige, das Nicht-abschließen-Können. Die Leute haben so viele Namen dafür.

Doch diese Nachricht ist besonders beunruhigend. Faith gefällt der Teil mit dem Stiefel überhaupt nicht. Ihre Schwester hat Stiefel getragen, als sie verschwunden ist. Hochhackige Plateaustiefel, gekauft von dem Geld, das sie sich mit ihrem Nebenjob beim Donut Diner verdient hat.

Faith biegt in die Linden Street ein und fährt die Sackgasse ganz hinunter. Dabei betet sie, dass ihre Mutter noch nichts davon gehört hat. Sie biegt in ihre Einfahrt ein und parkt das Auto. Sie starrt das kleine Haus an, das in den Siebzigern stecken geblieben ist und dringend etwas frische Farbe und Zuwendung braucht. Und sie denkt: *Das muss aufhören.*

Aber wie?

Sie steigt aus dem Auto und betritt leise das Haus. Sie stellt ihre Yogatasche im Flur ab, zieht sich den Mantel aus, hängt ihn ordentlich an einen Haken und streift schließlich die Stiefel ab. Auf Socken betritt sie das Wohnzimmer. Ihr Dad sitzt in seinem Fernsehsessel vor dem Bildschirm. Er ist eingeschlafen. Sein Mund steht offen. Er schnarcht. Speichel glänzt auf seinen Lippen. Im Fernsehen läuft eine Wiederholung von »Judge Judy«. Faith stellt die Sendung leiser, greift nach einem Taschentuch und tupft ihrem Vater sanft über den Mund. Dann geht sie in die Küche, wo ihre Mutter gerade Muffins backt.

»Hallo, Schatz.« Ihre Mom blickt auf. Sie sieht erschöpft aus. »Wie war's beim Yoga?«

»Gut«, lügt Faith. »Alles in Ordnung hier?« *Habt ihr die Nachrichten gesehen?*

»Dein Dad ist heute ziemlich müde. Er hat sich im Bad die Hand unter dem Heißwasserhahn verbrannt. Er dachte, es wäre der für kaltes Wasser. Ich habe ein bisschen Salbe draufgetan, und jetzt schläft er die Aufregung weg.«

Gut. Sie haben die Nachrichten nicht gesehen. Noch nicht. Vielleicht zieht der Sturm einfach an uns vorbei und ihnen passiert nichts.

»Ich gehe kurz nach unten, checke meine Mails und dusche, dann komme ich wieder hoch und helfe dir beim Abwasch, ja?«

»Danke, Liebes.« Ihre Mutter hält kurz inne. »Es ist wirklich schön, dich wieder hier zu haben.«

Faith zwingt sich zu einem Lächeln und küsst ihre Mutter auf die papiertrockene Wange. Dann geht sie den Flur entlang, zögert jedoch am Kopf der Kellertreppe. Sie kann einfach nicht anders. Leise wendet sie sich von der Treppe ab und folgt dem Gang noch ein Stück weiter. Dann öffnet sie die Tür zum früheren Zimmer ihrer Schwester.

Leute, die nie erlebt haben, wie ein geliebter Mensch einfach verschwindet, können das nicht verstehen, aber ihre Mutter hat das Zimmer genau so gelassen, wie es an jenem schicksalhaften Wochenende im September des Jahres 1976 gewesen ist. Ein Schrein der Vergangenheit, der immer noch, siebenundvierzig Jahre später, darauf wartet, dass seine Bewohnerin zurückkehrt.

Faith betritt den Raum und reist durch die Zeit zurück. Sie betrachtet die Poster an den Wänden. Eines zeigt die Bay City Rollers – die Popgruppe und »Schotten-Karo-Sensation« mit ihren Vokuhila-Frisuren. Über dem Bett hängt der milchgesichtige Mädchenschwarm Shaun Cassidy. Die Rückseite der Tür wird von einem großen Poster des damals einundzwanzigjährigen

John Travolta eingenommen, der mit dem Start der Sitcom »Welcome Back, Kotter« zum Teenie-Idol und Superstar wurde.

Auf einem der Kissen auf dem Bett thront eine von ihrer Mutter genähte Raggedy-Ann-Puppe. Faith wollte auch immer so eine haben, aber die Energie ihrer Mom schien nur für diese eine gereicht zu haben. Ihre Schwester war die Erstgeborene, und es war, als wäre sie auch bei allem anderen immer die Erste – Geschenke, Aufmerksamkeit, das bisschen Geld, das sie hatten. Und als sie schließlich verschwand, wurde die damals neunjährige Faith unter den dicken Schichten der Trauer für ihre Eltern einfach unsichtbar. Was sich vollkommen veränderte, sobald Faith das Teenageralter erreichte. Sie begann ihrer großen Schwester so sehr zu ähneln, dass ihre Eltern sie kaum noch ansehen konnten. Die Spannung im Haus wurde erdrückend. Diese Ähnlichkeit verstörte auch die Freunde ihrer Schwester – besonders jene eng verbundene sechsköpfige Gruppe, die in den Medien nur die Shoreview Six genannt wurde, weil sie alle auf die Shoreview High gingen. Sie waren von der Polizei befragt worden, und nicht jeder glaubte ihnen, was sie aussagten.

Ein paar verblichene Polaroids, die ihre Schwester mit den Shoreview Six zeigen, kleben am Spiegel über der Kommode. Faith beugt sich vor, um die jungen, lächelnden Gesichter zu betrachten. Robbie, dunkelhaarig, sonnengebräunt, groß, schlank. Seine strahlend blauen Augen leuchten für die Kamera. Die vollbusige Cara mit ihrer steifen, blond gesträhnten Frisur. Jill mit dem Grübchenlächeln und dem gestreiften Tanktop. Mary, groß und wuchtig, deren braunes Haar sich in alle Richtungen lockt. Claude, der Macho und Hockeyspieler. Rocco, drahtig und hohlwangig, mit seinem Vokuhila und dem schwarzen Tanktop. Und Faiths Schwester, die wie eine makellose Perle in ihrer Mitte schimmert. Ein strahlendes Lächeln, gerade Zähne und glänzendes Haar, das ihr wie ein Vorhang über die Schultern fällt. Alles im Bernstein der Zeit eingefangen, im Sommer des Jahres 1976, nur ein paar Wochen vor ihrem Verschwinden.

Wie oft hat Faith ihrer Mom im Laufe der Jahre vorgeschlagen, dieses Zimmer auszuräumen, vielleicht das Haus zu verkaufen und noch einmal neu anzufangen?

Was, wenn sie zurückkommt?, lautete die Frage ihrer Mutter. *Was, wenn sie zurückkommt und uns nicht finden kann? Sie hat den Haustürschlüssel dabei. Sie kann immer noch einfach reinkommen.*

Sogar das Flurlicht ließ ihre Mutter Tag und Nacht brennen, bis es einen Kurzschluss gab und alles ersetzt werden musste.

Also waren sie geblieben. In diesem alten Haus in der Linden Street, während die Häuser der Nachbarn verkauft und abgerissen und neu aufgebaut wurden. Während die Stadt auf der anderen Seite der Bucht über das Wasser schwappte und in Gestalt von Hochhäusern die Flanken der North Shore Mountains zu erklimmen begann. Als die Wälder am Ende der Sackgasse immer größer und dichter wurden. Als die Erinnerungen zu verblassen begannen – alle bis auf ihre. Sie waren die vergessene Familie des vermissten Mädchens, die von dem Fortschritt um sie herum einfach verschluckt wurde.

Doch wenn es in den Nachrichten wirklich um ihre Schwester ging, wenn das unter der Kapelle ihre Leiche war, dann würde alles wieder von vorne beginnen. Die Ermittlungen, die Medien, frischer Schmerz. Die Fragen. Waren sie nicht genug gestraft?

Faith schließt die Tür zum Zimmer ihrer Schwester leise hinter sich und geht nach unten in ihre Kellerwohnung.

Dort kniet sie sich vor das Bett, beugt sich hinab und zieht eine Pappschachtel darunter hervor. Dann setzt sie sich neben die Schachtel auf den Boden, den Rücken gegen das Bett gelehnt. Sie nimmt den Deckel ab und holt erst einen abgegriffenen Sockenaffen, dann einen kleinen lila Rucksack heraus. Sie öffnet den Rucksack, darin liegt ein gebundenes Tagebuch.

Sie streicht über den Einband.

Geheimes Tagebuch – 1976.

Es gehörte ihrer Schwester. Sie schlägt es auf irgendeiner zufälligen Seite auf. Große Schreibschriftbögen ziehen sich über die Seite, kapriziös, aber gleichzeitig ordentlich. Es gibt nur alle paar Tage einen Eintrag. Manchmal sind Wochen oder Monate vergangen, ohne dass etwas geschrieben wurde, dann war irgendetwas Aufregendes im Leben ihrer Schwester geschehen, und es folgte eine Serie regelmäßiger Einträge.

Faith beginnt zu lesen, nicht zum ersten Mal. Sie kann das ganze Buch mehr oder weniger auswendig. Während sie liest, ballt sich die Anspannung immer fester in ihrer Brust zusammen. Eine Brise vor dem Fenster weht die Äste eines Buschs gegen ihr Kellerfenster und die Zweige kratzen quietschend über das Glas. Ihre Schwester hat den meisten Leuten in ihrem Tagebuch Spitznamen gegeben. Einige davon konnte Faith zuordnen. »Boobs« ist Cara, natürlich wegen ihrer großen Brüste. »Mullet« ist Rocco, eine Anspielung auf seine Frisur. »Smurf« ist Robbie, weil es sich auf *surf* reimt und weil Robbie aus Südkalifornien stammte und Surfer war. Claude ist »Puck«, was sich aufs Eishockey bezieht. Mary ist »Contrary«, aus dem Kinderreim »Mary Mary Quite Contrary«. Aber wer »HC« in diesem Eintrag ist, hat Faith nie herausgefunden.

HC war heute nach seiner Schicht wieder im Donut Diner. Das macht fünf!!! Tage hintereinander diese Woche. Zwei mehr als letzte Woche. Er sagt, dass ihm die Donuts so gut schmecken. (Haha.)

Als ich Contrary von ihm erzählt habe, hat sie mich gefragt, ob er mich verfolgt. Ich habe nur gelacht, aber irgendwie gefällt mir der Gedanke. Contrary wollte wissen, ob er gut aussieht.

Darüber musste ich erst mal nachdenken. Er ist eher heiß als gut aussehend, verstehst du, wie ich das meine? Es ist seine Präsenz. Die Art, wie er geht, so großspurig. Irgendwas an ihm kommt einem … gefährlich vor. Verboten. Ja, das ist es. HC hat so eine Ausstrahlung. Tabu. Vielleicht ist es der Ring an seinem Finger. Und dazu noch sein Beruf. (So cool!) Aber es liegt auch an diesem Leuchten in seinen Augen, eine Art lodernde Intensität, mit der er mich ansieht. So, dass mein Herz zu rasen anfängt und ich innerlich zerschmelze. So tierisch heiß! Wenn ich durchs Fenster sehe, dass er vor dem Diner hält, fange ich inzwischen an, innerlich richtig zu zittern/beben. Aber das lasse ich mir natürlich nicht anmerken. (Hoffe ich!) Ich glaube, ich wirke ziemlich cool, wenn ich seine Bestellung aufnehme.

Er bestellt immer den Honigdonut (was irgendwie schräg und süß ist, weil er so groß und machomäßig rau aussieht, dass er eigentlich ein Steak oder einen Hamburger mit doppelt Fleisch oder so bestellen müsste), und dazu nimmt er Kaffee mit kostenlosem Nachfüllen.

Ich bringe ihm zusätzliche Kaffeesahne in diesen kleinen Tetraeder-Päckchen.

Ich habe ihm gesagt, dass er aber eine Menge Kaffee trinkt.

Er sagt, dass er nur gern bei mir bestellt und dass er so viel trinken wird, wie es eben sein muss. Ich habe ihn gefragt, wofür es denn sein muss.

Er hat nur gelächelt und eine Zeile von diesem Song gesummt, in dem es um Sexy Things und Wunder geht.

Faith hört ein Geräusch vor der Zimmertür. Sie erstarrt, lauscht. Die Klappe des Trockners wird zugeschlagen. Es ist nur ihre Mutter, die ihre Wäsche aus dem Trockner geholt hat. Faith wartet ab, bis sie hört, wie ihre Mutter den Wäschekorb mit einer Art stockendem Schlurfen die Treppe hinaufträgt. Ihre arthritischen Knie machen ihr zu schaffen. Schuldgefühle jagen durch Faiths Körper.

Rasch klappt sie das Buch zu und schiebt es zurück in den Rucksack. Sie legt den Rucksack wieder in die Schachtel, gefolgt von dem zerlumpten Sockenäffchen ihrer Schwester. Dann beugt sie sich wieder hinab und schiebt die Schachtel weit unter das Bett, bis zur Wand. Sie wird das Tagebuch verbrennen. Aber sie muss warten, bis ihr Vater zu seinem nächsten Arzttermin muss. Sie wird ihre Mom und ihren Dad ins Krankenhaus fahren – es ist nicht weit von ihrem Haus. Dann wird sie schnell zurückfahren, ein Feuer im Kamin anzünden, die Seiten herausreißen und sie eine nach der anderen verbrennen. Das hier muss ein für alle Mal ein Ende haben. Ihre Mutter hat genug gelitten.

Wie sie alle.

Die Shoreview Six

Cara

Cara summt vor sich hin, während sie den Brunch für ihren Ehemann zubereitet, der gerade nach den Weinreben sieht. Sie liebt diesen neuen Abschnitt in ihrem Leben, diese frischen Rituale. Bob und sie haben hart gearbeitet, und sie hat das Gefühl, dass dies ihre verdiente Belohnung ist. Heute Morgen ist ihre Küche von buttergelbem Sonnenlicht erfüllt, und es duftet nach frisch gemahlenem Kaffee von einer kleinen Rösterei hier auf der Insel, nach Speck von einer familiengeführten Farm und getoastetem Sauerteigbrot, das auf traditionelle Weise in einer winzigen Bäckerei zubereitet wird. Cara schlägt Bioeier in die Pfanne, die im heißen Speckfett brutzeln. Auf dem Küchentresen hinter ihr steht ein Kupferkrug voller frisch gepflückter Osterglocken aus ihrem Frühlingsgarten. Auf der Terrasse wuchern Kräuter in Töpfen, und dahinter glitzert das Meer.

Sie hört Bobs Quad auf der Kieseinfahrt vor der Tür, darauf folgt das freudige Gebell der Hunde. Rasch wirft sie einen Blick in den Spiegel und steckt sich eine blonde Haarsträhne hinters Ohr. Höchste Zeit für frische Strähnchen – gleich nach dem

Brunch wird sie losfahren, um die Fähre aufs Festland zu kriegen, wo sie einen Termin bei ihrem Friseur hat, zusammen mit einer Mani-Pediküre. Sie wird bei ihrer alten Schulfreundin Jill übernachten. Jill plant eine große Kunstausstellung und eine Fundraising-Auktion zugunsten ihrer derzeitigen Lieblingsstiftung – Mission Mosaic. Eine Initiative, die Geflüchteten auf unterschiedliche Weise dabei hilft, sich in diesem Land einzuleben. Und Cara hat ihre Hilfe angeboten.

Um ehrlich zu sein, ärgert Jills scheinheilige Wohltätigkeit sie. Was sie Jill natürlich nie gesagt hat. Cara zieht es vor, Interesse zu heucheln. Um die Harmonie nicht zu gefährden. Aber sie ist ziemlich sicher, dass Jills Passion nicht auf Altruismus gründet. So etwas wie echte Selbstlosigkeit gibt es Caras Meinung nach nicht. Niemand handelt jemals aus rein selbstlosen Gründen, weil einer der grundlegendsten Antriebe des Menschen nun mal der Selbsterhaltungstrieb ist. Es ist ein Überlebensinstinkt. Wer Wohltätigkeitsarbeit leistet, ist nur an seiner eigenen göttlichen Erlösung interessiert. Oder daran, dass man ihn dabei sieht, wie er Gutes tut. Diese Leute sehnen sich nach Bewunderung von ihrer Umwelt, oder sie wollen irgendeine unausgesprochene Schuld wegen ihrer eigenen Privilegiertheit oder wegen irgendeines Fehlverhaltens lindern.

Cara hört, wie die Haustür geöffnet wird. »Der Brunch ist fertig«, ruft sie. Die Hunde stürmen die Küche, während sich ihr Mann im Windfang die Stiefel auszieht.

Bob kommt herein, als sie gerade das Essen auf den Küchentresen stellt, an dem sie gern auf ihren Barhockern sitzen.

»Guten Morgen.« Er küsst sie auf die Wange. »Riecht gut.« Sie sieht zu ihm hoch und lächelt.

Einigen Männern steht das Alter gut, und ihr Bob gehört dazu. Sein schwarzer Haarschopf ist dicht und glänzend, und kaum eine Silbersträhne windet sich hindurch. Seine Augen sind immer noch so intensiv und lebendig blau, wie sie es damals waren, als Bob noch ein Teenager war. Sein athletischer Körper ist gelenkig, sonnengebräunt, kräftig. Cara hat sich in dem Moment in Robbie Davine verliebt, in dem sie ihn zum ersten Mal gesehen hat. Sie erinnert sich noch an den Tag, an dem der neue junge Surfer mit dem halblangen schwarzen Haar und den tanzenden Augen in Mr Harts siebte Klasse marschiert kam und sich für einen Platz an dem Tisch neben ihrem entschied.

Er hat sie angeschaut und gegrinst, und mehr war nicht nötig. Sie war hin und weg. Von diesem Moment an war die dreizehnjährige Cara Constantine besessen davon gewesen, Robbie Davine für sich zu gewinnen. Um jeden Preis. Obwohl auch alle anderen Mädchen hinter ihm her waren. Obwohl Robbie nicht Cara wollte, sondern Annalise Jansen mit dem langen, glänzend blonden Haar.

Cara war nicht so hübsch wie Annalise oder so süß, wie es ihre beste Freundin Jill Wainwright schon immer gewesen ist. Ihre Eltern waren auch nicht so reich wie die von Jill, und sie waren nicht berühmt wie die von Claude. Aber Cara hatte Brüste. Sie war frühreif und sie hatte schnell begriffen, welche Macht Sexappeal auf einem Spielfeld voller pubertierender Schuljungen hatte, in denen die Hormone wüteten. Und sie hatte rasch gelernt, wie sie ihre Vorzüge am besten einsetzen konnte. Was die anderen immer irgendwann über Cara lernten – so oder so –, war die Tatsache, dass sie über eine verschlagene Art von Geduld verfügte. Cara verlor nie. Cara bekam, was sie wollte. Und am Ende brachte sie die anderen dazu zu denken, es wäre von Anfang an ihre eigene Idee gewesen.

Sie hatte Bob gekriegt.

Sie hatte dieses Leben voller Reichtum und Prestige und Kinder und Enkel und nun dieses Weingut und die Familie ganz in der Nähe.

»Was hast du vor, wenn du auf der anderen Seite bist?«, fragt Bob und setzt sich an den Tresen.

»Ich treffe mich gleich mit Jill zum Lunch im Pier 6 am Lonsdale Quay.« Während sie redet, schenkt sie Kaffee ein. »Und am späten Nachmittag habe ich einen Friseurtermin.« Sie stellt eine dampfende Tasse vor Bob. »Dann Abendessen bei Jill zu Hause. Wir wollen das Event planen. Ich bleibe über Nacht dort, weil ich am nächsten Morgen noch eine Mani-Pediküre habe, und dann komme ich zurück nach Hause.«

Als Bob darauf nichts erwidert, sieht sie ihn an.

Ihr Ehemann hat die Lippen zu einer flachen Linie aufeinandergepresst und starrt geistesabwesend aus dem Fenster, einen merkwürdigen fernen Ausdruck in den Augen. Als er bemerkt, dass sie ihn ansieht, lächelt er rasch. Dann greift er nach seiner Tasse.

Cara setzt sich. »Was ist los?«

»Nichts.«

»Doch, da ist was. Du warst ganz weit weg. Was ist dir durch den Kopf gegangen?«

»Ehrlich, Schatz, es war nichts. Ich habe nur nicht besonders geschlafen.«

»Bob.«

»Was?«

»So ein Paar sind wir nicht.«

»Was für ein Paar?«

»Ein Paar, das Geheimnisse voreinander hat. Ein Paar, das einander anlügt.«

Er hält ihren Blick, und auf einmal fühlt Cara, wie sich eine unbestimmte Kälte zwischen ihnen erhebt. *So ein Paar* sind sie vielleicht wirklich nicht, aber Cara weiß, dass ihre ganze Beziehung zu Bob auf einem schrecklichen Geheimnis gründet. Und mehr noch. Bob weiß nicht, dass auch sie eine Lüge geheim hält, und wenn diese Lüge nicht wäre, dann wäre nichts von allem passiert. Ihre Lüge hat alles in Bewegung gesetzt.

»Gestern Abend hat Rocco mich angerufen«, sagt er leise.

Das trifft Cara wie ein Schlag in den Magen. Sie lässt die Gabel sinken. »Rocco? Warum?«

Bob schneidet seinen Spiegeleitoast an. »Er hat nur zufällig etwas über die Skikapelle erwähnt, in der wir geheiratet haben. Sie wird versetzt, weil das Resort erweitert werden soll, und … na ja, sie haben eine Leiche gefunden – ein Skelett –, unter dem Kapellenfundament.«

»*Was?*«

»Ja. Komisch, oder?« Er schiebt sich eine Gabel Ei und Toast in den Mund und kaut. »Das muss man sich mal vorstellen. Wir tauschen unsere Gelübde aus und stehen dabei auf einem alten Grab, in dem ein Skelett liegt.«

»Gott, das ist furchtbar. Ist es ein, na ja, ein richtiges Grab? Für jemanden, der auf natürliche Weise gestorben ist?«

»Ich habe es auf einer Nachrichtenseite nachgelesen. Die Polizei lässt nichts verlauten, aber die Untersuchungen werden von Mordermittlern geleitet.«

»Von *Mord*ermittlern?«

Bob erwidert nichts. Sie räuspert sich. Leise fragt sie: »Aber warum hat Rocco dich angerufen und das ›zufällig‹ erwähnt?«

Bob schneidet sich ein weiteres Stück Toast ab. »Er macht sich nur Sorgen.«

»Seit fast zehn Jahren haben wir nicht mehr miteinander gesprochen, und …«

»Acht Jahre.«

»Schön. Acht Jahre. Viele Jahre jedenfalls. Und dann ruft er *dich* an und erwähnt ganz ›zufällig‹, dass eine Leiche gefunden wurde und dass er sich Sorgen macht?«

Bob schluckt, weicht ihrem Blick aber aus.

»Verdammt, Bob! Schau mich an.«

Er tut es. Cara gefällt nicht, was sie in seinen Augen sieht.

»Das kann doch unmöglich etwas mit uns zu tun haben. Oder?«

»Natürlich nicht.«

»Warum hat er dich dann angerufen?«

»Ich glaube, er hat Angst, das könnte mit etwas in Verbindung stehen, an das er sich nicht erinnert.«

»Was aber nicht stimmt. Richtig?«

»Natürlich nicht. Aber es könnte Fragen aufwerfen und alte Wunden aufreißen. Du kennst doch Rocco. Er ist immer noch furchtbar nervös, und ich glaube, er hat wieder mit dem Trinken angefangen.«

Cara ist übel. Rocco in ihrer Vergangenheit zu haben ist, als gäbe es irgendwo dort draußen eine geladene und gespannte Pistole, die auf Bob und sie gerichtet ist. Sie greift nach ihrer Kaffeetasse und nippt daran. Und auf einmal ist sie wütend. Irrational und hitzig und fuchsteufelswild, weil irgendeine Nachricht über eine gefundene Leiche die Macht hat, sie so aus der Fassung zu bringen. Ihnen eine solche Angst einzujagen. Schon vor Jahrzehnten ist es ihr gelungen, diese schreckliche Sache in ihrem Unterbewusstsein zu begraben. Fast hätte sie alles völlig vergessen. Cara war so effektiv in ihrer Abschottungsstrategie, dass sie irgendwann tatsächlich überzeugt war, diese furchtbare Geschichte würde nicht zu ihr gehören. Sondern zu irgendeinem anderen Mädchen. Einem sechzehnjährigen Schulmädchen von vor einem halben Jahrhundert. Die *schlimme Sache* schien tatsächlich einer anderen zugestoßen zu sein.

Und nun hatte dieser Idiot angerufen und damit das schlafende Biest geweckt, diese heimtückische Kreatur, die besser in ihrem Winterschlaf bleiben sollte.

Cara und Bob versuchen, weiterzuessen, aber das Klingen und Klirren des Bestecks auf den Porzellantellern ist viel zu laut und irgendwie spannungsgeladen. Ihr Blick flackert wieder zu Bob. Sie ist ziemlich sicher, dass er auch ihr nie die ganze Wahrheit über jene Nacht erzählt hat. Was ihr bisher nichts ausgemacht hat, denn die Vergangenheit war tot und begraben. Doch konnte *das* der Grund sein, warum Rocco angerufen hat? Weil er etwas weiß, was *sie* nicht weiß? Etwas, das Bob immer noch vor *ihr* verbirgt?

»Schon gut, Cara. Es wird alles gut. Es ist nichts.«

Abrupt legt sie Messer und Gabel weg. »Wirklich nicht? Versprichst du mir das?«

Er legt seine Hand auf ihre und sieht ihr fest in die Augen. »Versprochen.«

Doch Cara weiß, dass es eine Lüge ist. Sie weiß es einfach. Sie sieht es in seinen strahlend blauen Augen.

JANE

Jane und Duncan betrachten die Leiche, die inmitten der Erde in dem Sack auf dem Tisch liegt. Dr. Ella Quinn und drei ihrer graduierten Studenten in weißen Kitteln, OP-Hauben, Handschuhen und Plastikschürzen stehen bei ihnen.

Das Labor des Seymour Hills University Forensic Institute ist eine auf Hochglanz polierte, topmoderne Einrichtung. Das Geistesprodukt eines milliardenschweren Wohltäters, es wurde privat finanziert und dient als Forschungs- und Lehrinstitut, allerdings nimmt es auch Aufträge der Strafverfolgungsbehörden an, solange eine grundlegende Bedingung erfüllt wird: Den Studenten muss erlaubt werden, Seite an Seite mit ihren wissenschaftlichen Ausbildern zusammenzuarbeiten.

Der Reißverschluss des Leichensacks, in dem Jane Does Überreste transportiert wurden, steht offen, und in dem Sack befinden sich feuchte Erde, kleine Steine und Schutt zusammen mit winzigen Artefakten. Der Schädel liegt lose auf dem Torso, das Trauma auf der linken Seite ist deutlich sichtbar. Die Hirnkapsel ist immer noch mit dichter Erde gefüllt. Die Arme – noch nicht vollständig skelettiert – sind über dem seltsam ausgedehnten Torso gefaltet, der durch den Prozess der Adipocire-Bildung erhalten wurde. Überreste halb zerfallener

Textilien sind immer noch um den Torso geschlungen. Ihre Beinknochen liegen getrennt davon in der Erde, zusammen mit den beiden Stiefeln.

»Das blüht uns allen mal«, sagt Duncan. »Irgendwann ist von uns nichts weiter übrig als ein Sack voll Knochen.«

»Sie ist eine stumme Zeugin.« Ella spricht sowohl für ihre Studenten als auch für die Polizisten. »Unsere Knochen sind das Letzte, was von uns geht, und sogar noch Jahrhunderte später können sie uns viel darüber verraten, wer jemand war und wie er gelebt hat, und in einigen Fällen sogar, wie er gestorben ist. Genau wie bei den Jahresringen eines Baumstamms ist unser Leben uns in die Knochen geschrieben. Und wenn man weiß, wie man sie lesen muss« – sie sieht ihre Studenten an – »dann sprechen sie. Sie sagen uns, ob jemand gesund war, muskulös, stark, gebrechlich, krank. Sie enthüllen, ob jemand Pescetarier, Vegetarier, Allesesser oder Fleischesser war. Ob er gestillt und wann er abgestillt wurde. Sie verraten uns, ob jemand in der Vergangenheit misshandelt oder verletzt wurde, wo er gelebt hat und manchmal auch, was er beruflich getan hat und wie sein Leben endete.«

»Und da sie jetzt hier ist, wo wollen Sie anfangen?«, fragt Duncan und wirft einem attraktiven dunkelhaarigen Studenten einen raschen Blick zu, der ihm daraufhin zulächelt. Jane seufzt innerlich auf.

Ella sagt: »Tja, wir haben sie gewogen, so wie sie jetzt ist, in situ im Sack, bevor wir sie physisch weiter stören, und wir haben ein paar Szenarien durchgespielt – eine Reihe von CT-Scans, Computertomografien sowie einige MRIs, Kernspintomografien. Aus den Ergebnissen können wir ihre Größe und ihr ungefähres Lebensalter nun akkurater schätzen. Außerdem haben wir uns das Schädeltrauma mithilfe der Bilder ganz genau angesehen, und nun haben wir eine bessere Vorstellung von der Verfassung ihres restlichen Körpers. Wir haben die Bilder auf den Monitoren da drüben geöffnet und können sie uns gleich ansehen. Unser nächster Schritt wird darin bestehen, die Erde, in denen die Überreste liegen, zu entfernen und durchzusieben, um dabei jedes noch so kleine Artefakt zu separieren. Einige der Artefakte werden bereits auf dem Tisch dort drüben weiterbearbeitet.« Sie deutet auf zwei Studenten in weißem Kittel, OP-Haube und Schürze, die gerade an den Überresten arbeiten.

»Dann entfernen wir die Stiefel und nehmen Proben von den Textilüberresten.« Mit einem behandschuhten Finger deutet sie darauf. »Anschließend werden wir die Textilien vorsichtig entfernen und untersuchen. Nach diesem Punkt schneiden wir das Leichenwachs ab, mazerieren die Knochen und legen sie alle aus, um zu sehen, ob etwas fehlt.« Sie sieht Jane und Duncan an. »Oder ob wir von irgendetwas zu viel haben.«

»Und DNS-Proben?«, fragt Jane.

»In ein paar Tagen sollten wir ein DNS-Profil für Sie erstellt haben, das Sie mit Ihren Datenbanken abgleichen können.«

Janes Aufmerksamkeit richtet sich wieder auf den Schädel. »Was verrät sie uns bisher?«

»Wir können bestätigen, dass ihr biologisches Geschlecht weiblich ist.« Ella sieht ihre Studenten an. »Um es ganz klar zu sagen, auf unserem Gebiet verwenden wir den Ausdruck ›Geschlecht‹ ganz spezifisch, um die genetische Konstruktion eines Individuums zu beschreiben – die X- und Y-Chromosomen –, nicht zu verwechseln mit dem Begriff ›Gender‹, der sich auf unsere persönlichen, sozialen und kulturellen Entscheidungen bezieht, die nicht mit unserem biologischen Geschlecht übereinstimmen müssen. Wir können außerdem sagen, dass sie von zierlicher Gestalt und etwa einen Meter zweiundsechzig groß war, als sie noch gelebt hat.«

Der dunkelhaarige Student, der Duncans Aufmerksamkeit geweckt hat, fragt: »Stimmt es, dass sich unsere Körpergröße im Laufe des Tages verändert und dass wir abends vor dem Ins-Bett-Gehen einen Zentimeter kleiner sein können als morgens beim Aufwachen?«

Ella lächelt. »Allerdings. In den ersten drei Stunden nach dem Aufstehen werden unsere Knorpel zusammengepresst, was unsere Gelenkspalten schmaler macht. Am Abend sind wir deshalb kleiner als am Morgen. Wenn wir eine Leiche mit noch viel vorhandenem Weichgewebe finden, können wir die Größe einfach von einem Ende zum anderen messen. Wenn nicht, dann berechnen wir die Größe, indem wir die langen Knochen abmessen – Femora, Fibulae, Humeri, Radii und Ulnae – und Formeln anwenden, die statistische Variationen für Geschlecht und Abstammung des Individuums miteinbeziehen. Der so gewonnene Wert entspricht meist der tatsächlichen Größe besagter Person mit einer Abweichung von drei bis vier Zentimetern.«

»Und können Sie etwas über ihre Abstammung sagen?«, fragt Duncan.

»Sie ist kaukasischer Herkunft.« Wieder wendet sich Ella an ihre Studenten. »Noch eine Anmerkung dazu: In der Anthropologie wird der Begriff ›Abstammung‹ häufig synonym zu ›Rasse‹ verwendet. ›Rasse‹ ist jedoch ein Reizwort mit häufig negativer Konnotation. Die Bestimmung der Abstammung ist wichtig auf unserem wissenschaftlichen Gebiet, aber für unsere Detectives hier ist dies nicht unbedingt von großem Wert.«

»Warum nicht?«, fragt eine Studentin.

»Weil die Information, woher die Ahnen der Verstorbenen vor mehreren Generationen gekommen sind, uns in einer gemischten Gesellschaft wie dieser nicht verraten wird, welche Sprache sie gesprochen hat oder ob die Rechtsvertreter in, sagen wir mal, Russland oder Polen oder im Iran nach Familienmitgliedern oder Zeugen suchen sollten.«

»Aber es könnte uns etwas darüber verraten, wie sie ausgesehen hat«, wirft Duncan ein.

»In manchen Fällen ja. Aber dafür sind computerbasierte forensische Gesichtsrekonstruktionen viel besser geeignet«, erklärt der dunkelhaarige Student mit einem schnellen Blick zu Duncan.

»Sie haben erwähnt, dass sie vermutlich jung war«, meldet sich Jane zu Wort. Sie will irgendetwas haben, womit sie arbeiten kann. »Konnten Sie ihr Alter bereits auf einen bestimmten Bereich eingrenzen?«

Wieder sind Ellas Worte zugunsten ihres Lehrauftrags an ihre Studenten gerichtet. »Das Alter zu schätzen kann bei Erwachsenen eine Herausforderung sein. Nach der Kindheit und Pubertät wird die Korrelation zwischen dem chronologischen Alter und den altersbedingten Merkmalen der Knochen zunehmend schwächer. Wir alle altern unterschiedlich schnell, in Abhängigkeit von unserem Lebensstil, Umwelteinflüssen und Genetik. Aber in der frühen Kindheit gibt es eine starke Korrelation zwischen Alter, Gesichtsmerkmalen und Größe. Sobald die Pubertät einsetzt, werden die Dinge weniger vorhersagbar.« Sanft berührt sie die freigelegte Tibia. »Bei Frauen im chronologischen Alter zwischen zwölf und sechzehn verschmilzt der Oberschenkelkopf mit dem Schaft. Etwa ein Jahr später folgt die Verschmelzung mit dem großen Rollhügel. Der letzte Teil der Verschmelzung – womit die Bildung der Knochenstruktur eines Erwachsenen abgeschlossen ist – findet am distalen Ende des Knies statt, was bei Mädchen etwa im Alter von sechzehn bis achtzehn Jahren geschieht. An diesem Punkt erreicht das Individuum seine Maximalgröße.« Sie hält inne und betrachtet die Überreste auf dem Tisch, dann sieht sie auf.

Jane erkennt etwas in ihren Augen.

»Unsere Verstorbene war zwischen zwölf und sechzehn Jahre alt«, sagt sie.

Der Nachhall von Ellas Worten vibriert durch Janes Körper.

»Sie war noch ein Kind?«

Ernst nickt Ella. »Wir haben noch mehr. Aber zuerst möchte ich das Schädeltrauma mit Ihnen durchsprechen. Kommen Sie mit zu den Bildschirmen.«

Jane, Duncan und der Rest der Gruppe folgt Ella zu einer Reihe von Monitoren, die das medizinische Bildmaterial zeigen, und Jane fühlt eine wichtige Enthüllung nahen. Ella hält irgendetwas zurück.

»Sariah«, spricht Ella die Studentin an, die bei den Monitoren wartet. »Können Sie den Detectives die Scans erklären?«

Sariahs Wangen werden leicht rosa. »Natürlich.« Sie deutet auf ein Bild des Schädels. »Wie Sie sehen, weist der Schädel zwei signifikante Frakturen auf, und jede davon allein wäre potenziell tödlich gewesen.«

»Es gab also mehr als einen Schlag?«, fragt Jane und beugt sich weiter vor.

»Eine Fraktur hier drüben.« Sariah deutet auf die linke Seite des Schädels, auf das Trauma, das Jane bereits beim Grab und auf dem Tisch gesehen hat. »Das zweite Anzeichen für stumpfe Gewalteinwirkung findet sich an der Rückseite an der Schädelbasis hier.« Mit ihrem Stift deutet sie auf eines der Bilder.

»Welche Verletzung kam zuerst?«, fordert Ella ihre Studentin heraus.

Sariah räuspert sich. »Dieser Schlag hier war der erste.« Sie deutet auf das Loch auf der linken Seite des Schädels. »Was auch immer diese Fraktur verursacht hat, es war eher schmal«, erklärt sie. »Darauf folgte ein viel stumpferer Treffer an der Schädelbasis dort.«

»Wie können Sie die Reihenfolge festlegen?«, fragt Duncan.

»Der erste Schlag bricht den Schädel auf und verursacht Frakturlinien, die vom Aufschlagpunkt strahlenförmig nach außen ziehen. So wie hier, hier und hier.« Sie deutet auf den Strahlenkranz, der das gezackte Loch umgibt. »Frakturlinien eines darauffolgenden Schlags ziehen ebenfalls strahlenförmig nach außen, aber die Linien des zweiten Schlags leiten die Wucht des Aufpralls in der Regel in die Hohlräume ab, die durch die Risse des ersten Schlags entstanden sind.« Sie sieht Jane und Duncan an. »Mit anderen Worten, sie kreuzen die Frakturlinien des ersten Schlags nicht. Auf diese Weise können wir die Verletzungen in eine bestimmte Reihenfolge bringen und bestimmen, welcher Schlag der erste, der zweite, der dritte und vierte war, oder was auch immer.«

Wieder deutet sie auf die Bilder. »Der zweite Schlag hat längs verlaufende Frakturen hervorgerufen, die in den vom ersten Schlag verursachten Hohlräumen enden, wie Sie hier und hier sehen können.«

»Hätten die Wunden stark geblutet?«, fragt Duncan.

»Nicht unbedingt. Die Blutung könnte hauptsächlich innerlich aufgetreten sein. Aber sie hätte nicht lange überlebt.«

Jane betrachtet die Bilder genau. Dann kehrt sie zu der Leiche auf dem Tisch zurück. Während sie das tut, erregt der Schatten einer Bewegung oben auf der Zuschauerplattform ihre Aufmerksamkeit. Sie sieht auf. Dort oben hinter einem gläsernen Geländer steht ein Mann. Er sieht auf sie herab und beobachtet sie. Janes Herz schlägt schneller, als sie ihn erkennt. Dr. Noah Gautier. Der bekannte »Mindhunter« oder Profiler, berühmt für seine Fähigkeit, sich in die mentalen Strukturen von Serienmördern oder Personen mit Verhaltensanomalien einzudenken. Schwarzes Haar. Kinnbart. Soweit Jane sagen kann, hat er sich in den Jahren, seit sie ihn das letzte Mal gesehen hat, kein bisschen verändert. Was sie aus dem Konzept bringt.

Er nickt ihr zu. Jane fragt sich, warum er hier ist und diese Untersuchung beobachtet. Die Hände in den Taschen. Beiläufig, aber zugleich ernst. Geheimnisvoll wie immer.

Sie richtet ihre Aufmerksamkeit wieder auf die Überreste auf dem metallenen Autopsietisch und wird ärgerlich. Wenn er sich für ihren Fall interessiert, wenn ihre Verstorbene möglicherweise Teil irgendeiner Serienmörderermittlung ist, dann hätte man sie einweihen müssen.

»Können Sie schon sagen, wie lange sie dort lag?«, fragt sie.

Ella stellt sich neben sie. »Das ist in Fällen wie diesem nur sehr schwer exakt zu bestimmen. Die Artefakte, die bei ihr gefunden wurden, darunter auch ihre Kleidung, können dabei helfen, ihren historischen Kontext zu bestimmen. Außerdem werden wir Proben für eine C14-Radiokarbon-Datierung und eine zusätzliche Isotopenanalyse nehmen. Die Ergebnisse liefern uns Anhaltspunkte, wo sie die letzten sechs Monate ihres Lebens verbracht hat. Aber dieser Fall ist einzigartig. Unsere Untersuchungen haben etwas ergeben, das in professioneller Hinsicht sehr aufregend ist.« Sie sieht Jane in die Augen. In ihrem Blick leuchtet kaum verhohlene Begeisterung.

Jetzt kommt's. Das, was Dr. Ella Quinn bis jetzt zurückgehalten hat.

»Das Leichenwachs hat Gewebe im Torso eingeschlossen und so erhalten.« Sie hält inne. »Unsere zwölf- bis sechzehnjährige Jane Doe hatte ein großes Geheimnis. Sie war etwa im dritten Monat schwanger, und der Fötus ist immer noch dort drin.«

DIE SHOREVIEW SIX

JILL

Jill Wainwright Osman sitzt mit Danielle Hendricks von Cape Winds Foods & Catering an einem der besten Tische des Pier 6, von dem aus man die aufgewerteten Werften am unteren Ende von Lonsdale überblicken kann. Auf der anderen Seite des Burrard funkeln die Wolkenkratzer von Vancouver in der Frühlingssonne. Jill geht das Abendmenü mit Danielle durch, die bei ihrer Fundraising-Kunstausstellung das Catering übernehmen wird. Einige der wichtigsten Galeriebesitzer der Stadt werden anwesend sein, und Jill hofft, dass das Event ihrer fünfunddreißigjährigen Tochter Zara auch dabei helfen wird, mit ihrer Kunst in eine neue Sphäre aufzusteigen.

»Ist im Budget auch der Wein von Davine Estate enthalten?«, fragt Jill. Sie hatte nicht erwartet, für den Wein bezahlen zu müssen. Sie ist enttäuscht darüber, dass Cara und Bob nicht angeboten haben, ihn zu spenden. Schließlich könnten sie sich das durchaus leisten.

»Das ist alles hier in die Gesamtkosten eingeflossen.« Danielle unterstreicht den Dollarbetrag mit ihrem Stift. »In der ganzen Galerie werden mehrere kleine Buffettische aufgebaut.«

Sie deutet auf den Grundriss des Raums, den sie skizziert hat. »Hier, hier und da drüben werden Freigetränke ausgeschenkt, durch mehrere Bars halten wir die Schlangen möglichst kurz.« Sie schließt den Deckel ihres Clipboards und lächelt. »Das wird fantastisch, Jill. Ich freue mich sehr darauf, wieder mit Zara und Ihnen zusammenzuarbeiten.«

Jill atmet tief durch und versucht, ihre Nerven zu beruhigen, die vor einem so großen Event immer mit ihr durchgehen. Die Glastüren gleiten auf und Jills Tochter kommt herein. Zara schlängelt sich zügig und lächelnd zwischen den Tischen auf sie zu. Sie bewegt sich wie eine Tänzerin. Groß und so schlank. Ihre braune Haut ist makellos – genau wie die ihres Vaters –, ihr rabenschwarzes Haar ist lang und gewellt und es glänzt unglaublich. Manchmal erinnert sie Jill an die junge Iman, David Bowies Ehefrau und Supermodel. Trotzdem scheint Zara ihre Schönheit überhaupt nicht wahrzunehmen, ihre ganze Aufmerksamkeit gilt ihrer Malerei. Wenn Jill in ihrer Jugend nur halb so selbstbewusst gewesen wäre, wie es ihre Tochter heute ist, dann hätte sie vielleicht keine schlimmen Entscheidungen getroffen, nur um dazuzugehören. Dann hätte sie die Polizei vor all den Jahren vielleicht nicht belogen.

Zara erreicht ihren Tisch, gerade als Danielle ihre Sachen zusammenpackt, alles in ihre Tasche schiebt und aufsteht.

»Danielle«, sagt Zara. »Sie gehen doch nicht meinetwegen, oder? Ich bleibe nämlich nicht hier – ich bin nur auf dem Weg ins Atelier kurz vorbeigekommen, um meiner Mutter Hallo zu sagen.«

»Ich habe einen Termin. Wie schön, Sie zu sehen, Zara. Das wird ein großartiges Event.«

Zara sieht ihre Mutter an. »Natürlich wird es das.«

Jill betrachtet die beiden Frauen. Dem Aussehen nach könnten sie fast Schwestern sein, abgesehen vom Altersunterschied. Danielle ist zweiundfünfzig, Zara fünfunddreißig. Eine

Bewegung an der Verandatür weckt ihre Aufmerksamkeit, und sie entdeckt Cara, die auf sie zukommt, während Danielle davongeht. Ihre Brust wird etwas enger.

Zara sagt: »Oh, da kommt ja Cara. Dann lasse ich euch mal machen, Mom. Ich wollte dich nur fragen, ob ich Armand von der Pacific Gallery heute Abend zum Essen mitbringen kann. Oder wolltest du lieber mit Cara allein sein?«

»Nein, natürlich, bring ihn gern mit. Dein Dad übernimmt das Kochen. Cara und ich schauen zu. Und trinken Wein.«

Zara lacht und gibt ihr einen Kuss, dann begrüßt sie Cara kurz und ist schon wieder auf dem Weg hinaus.

»Wie war die Fährfahrt?«, fragt Jill, als Cara ihren leichten Frühlingsmantel auszieht.

»Schön«, antwortet sie knapp. Sie hängt den Mantel über die Stuhllehne, setzt sich und greift nach der Speisekarte, ohne Jill in die Augen zu sehen. »Trinken wir Wein?«

»Wann trinken wir denn keinen?«

»Es ist noch ziemlich früh.«

»Für Wein ist es nie zu früh.«

Cara lächelt angespannt und konzentriert sich auf die Speisekarte. Jill fühlt leichte Verärgerung.

Na toll. Sie hat mal wieder schlechte Laune, und ich soll jetzt »*Was ist denn los, Cara? Ist alles in Ordnung, Cara?*« *fragen.*

Jill kann es nicht leiden, wenn Cara sich wie eine Prinzessin auf der Erbse aufführt. Trotzdem fragt sie: »Was ist denn los, Cara?«

Cara sieht von der Speisekarte auf. »Warum hast du Cape Winds das Catering gegeben?«

Das trifft Jill unvorbereitet. »Warum denn nicht?«

»Sie catern einfach immer für dich.«

Jill runzelt die Stirn. »Danielle leistet fantastische Arbeit, deshalb. Wir verstehen uns. Außerdem passt sie ins Konzept: Die Integration von Geflüchteten in …«

»Sie ist keine Geflüchtete, Jill. Sie wurde hier geboren.«

»Aber ihre Eltern waren es. Sie sind in den Fünfzigern vor der Rassentrennung unter dem Regime der Apartheit geflohen, und …«

»Wolltest du es nicht mit diesem neuen Perser versuchen? Das passt viel besser ins Bild, immerhin sind sie wirklich Geflüchtete und noch dazu gerade erst hier angekommen. Du könntest ein neues lokales Unternehmen direkt unterstützen.«

»Was hast du auf einmal gegen Danielle und Cape Winds?«

»Sie ist kanadischer als die Hälfte aller anderen in BC«, faucht Cara. »Sie braucht deine Wohltätigkeit nicht.«

»Meine Güte, Cara. Es ist ein Geschäft, keine Wohltätigkeit. Wirklich, welche Laus ist dir denn über die Leber gelaufen?«

Cara knallt die Speisekarte auf den Tisch. »Ich verstehe nur nicht, warum du mit dieser Nummer mit dem sozialen Gewissen einfach immer weitermachen musst. Warum richtest du Zara nicht einfach ihre eigene Galerie ein, entspannst dich und genießt die Kunstwelt? Und gibst Isaias' Geld aus. Immerhin hast du es dir ja verdient.«

Kühl und finster gibt Jill zurück: »Ich habe mein eigenes Geld, und das weißt du genau. Immerhin habe ich mehr zustande gebracht, als nur Hausfrau zu sein.«

Cara funkelt ihre Freundin an. Wütend rote Kreise bilden sich auf ihren Wangen. »Wie kannst du es wagen?«

»Cara, es tut mir leid. Das war unangebracht. Ich verstehe nur nicht, was in dich gefahren ist. Komm, wir bestellen erst mal einen Wein.« Rasch winkt sie einen Kellner heran und verlangt nach einer Flasche Chardonnay.

Sobald sich der Kellner abwendet, um die Getränke zu holen, reibt sich Cara übers Gesicht. »Es tut mir leid. Es tut mir wirklich leid. Es ist nur diese Danielle …« Ihre Stimme bricht, und auf einmal glänzen ihre Augen verräterisch. Sie räuspert sich. »Sie ist Darryls kleine Schwester.«

Jill erstarrt. Sie sieht ihre alte Freundin an. Bevor sie jedoch etwas erwidern kann, kehrt der Kellner mit einer eisgekühlten Flasche zurück. In lastendem Schweigen sitzen Jill und Cara da, während der Kellner den Wein einschenkt.

»Möchten die Damen schon etwas zu essen bestellen?«

»Wir brauchen noch eine Minute«, sagt Jill mit viel zu angespannter Stimme. Sobald der Kellner fort ist, greift sie nach ihrem Glas und trinkt einen großen, kalten Schluck, als die Erinnerungen zu wispern beginnen und ihren Verstand umkreisen wie zerlumpte Harpyien, die immer näher kommen und immer lauter werden. Sie zählt von fünf rückwärts, ein Trick, den ihre Therapeutin ihr beigebracht hat. Dann sagt sie ganz leise: »Tu das nicht, Cara. Das ist Vergangenheit.«

»Bei allem, was du tust, geht es um die Vergangenheit, Jill. Siehst du das denn nicht? Für dich ist die Vergangenheit so verdammt gegenwärtig, immer. Ist das eine verdrehte Art von Sühne oder so? Aus irgendeinem Schuldgefühl heraus? Du versuchst, die dunkelhäutigen Geflüchteten der ganzen Welt zu retten, weil du in Wahrheit diese alte ›Sache‹ in deinem eigenen Unterbewusstsein in Ordnung bringen willst. Genau deshalb hast du dich auch in Isaias verliebt.« Cara trinkt einen großen Schluck Wein.

Jills Herz schlägt schneller. Wut steigt in ihr auf, und Hitze flutet ihre Wangen. Ihre Freundin hat eine Grenze überschritten. Es gibt kein Zurück. Jetzt nicht mehr. Sie nimmt einen weiteren großen Schluck Wein und öffnet den Mund, aber Cara ist schneller.

»Hast du die Nachrichten gesehen?«

Das bringt Jill aus dem Konzept und vereitelt ihren Angriffsplan. »Welche Nachrichten?«

»Sie haben eine Leiche gefunden – menschliche Überreste.«

Sofort weicht alle Hitze wieder aus ihrem Gesicht. »Was für eine Leiche? Wo?«

»Auf dem Hemlock. Begraben unter der alten Skifahrerkapelle. Die Mordkommission ermittelt.«

»Unter der Kapelle, in der ihr geheiratet habt?«

Cara nickt.

»Weiß man schon, wie alt die Überreste sind? Ich meine … liegen sie schon seit langer Zeit dort?«

»Ich weiß es nicht.« Tränen schimmern in den Augen ihrer Freundin. Das macht Jill Angst.

»In den Nachrichten klingt es so, als könnten es schon Jahrzehnte sein. Ich habe es unterwegs auf der Fähre nachgelesen. Sie glauben, dass es eine Frau ist, und sie hat Plateaustiefel getragen. Kniehoch.«

Das trifft Jill wie ein Vorschlaghammer. Sie weiß genau, was Caras Ausbruch verursacht hat. Sanft sagt sie: »Cara, es kann nichts mit dieser Nacht zu tun haben. Das ist unmöglich.«

»Ach wirklich? Bist du dir da ganz sicher? *Sie* hat in der Nacht Plateaustiefel getragen, Jill. Die Nacht, in der *wir* bei ihr waren. Alle wissen, dass wir zu den Letzten gehören, die sie lebend gesehen haben.«

»Ich kann nicht glauben, dass sie es sein soll. Die Männer haben gesagt …«

»Was, wenn einer von ihnen lügt?«

Als Jill etwas erwidert, klingt ihre Stimme sogar noch sanfter. »Wir haben alle gelogen, als es um diese Nacht ging, Cara.«

»Wir haben die Polizei belogen. Aber was, wenn wir auch einander belogen haben?«

JANE

Jane starrt den Torso in dem Sack an, der einmal zu einer Schwangeren gehört hat, und auf einmal ist ihr überdeutlich bewusst, dass in ihrem Bauch ihr eigenes kleines Baby heranwächst – sie kommt sich plötzlich sehr verletzlich vor, gleichzeitig steigt das heftige Verlangen in ihr auf, dieses Mädchen oder diesen Teenager in dem Sack voller Erde auf dem kalten Tisch eines glänzend neuen Labors zu beschützen.

Die Enthüllung muss auch Duncan zugesetzt haben, denn als er etwas sagt, klingt seine Stimme belegt. »Im Ernst? Der Fötus ist noch dadrin?«

»Die Adipocire hat ihn konserviert«, bestätigt Ella. »Vielleicht haben Sie schon mal von der berühmten Soap Lady gehört? Sie wurde im Jahr 1875 von einem Friedhof in Philadelphia exhumiert und befindet sich jetzt im Mütter Museum im College of Physicians in Philadelphia.« Sie hält inne und betrachtet die Überreste ihrer Jane Doe. »Die Seifenlady wird in einem Sarg aus Holz und Glas ausgestellt wie Schneewittchen. Auf ihrem Kopf gibt es immer noch Haarsträhnen, ihre Augen sind vertrocknet und eingesunken, konserviert, obwohl sie irgendwann im neunzehnten Jahrhundert gestorben ist.«

»Wie mumifiziert?«, fragt Duncan leise.

»So ähnlich, aber es ist ein anderer chemischer Prozess, der den Körper verändert. Das Resultat ist ein auf natürliche Weise erhaltener Körper.«

»Ihr Baby ist wie eine Libelle in Bernstein«, sagt Jane leise. Sie sieht Ella an. »Ist es möglich, Proben für einen DNS-Abgleich zu bekommen?«

»Vermutlich schon, ja.«

Jane und Duncan tauschen einen hitzigen Blick. Das ist ein unglaublicher Durchbruch. Je nachdem, wann dieses Mädchen gestorben ist, könnte der Vater des Kindes immer noch am Leben sein. Das DNS-Profil des Embryos könnte ihnen dabei helfen, ihn ausfindig zu machen.

»Wie lange dauert es, bis wir ein Profil haben?«, will Jane wissen.

»Ein paar Tage. Wir wollen nichts kaputtmachen, nur weil wir es so eilig haben, dort reinzukommen. Aber einige der Artefakte, die wir in der Erde gefunden haben, könnten Ihnen einen Ansatzpunkt für Ihre Ermittlungen liefern.« Sie führt Jane und Duncan zu dem Tisch hinüber, an dem die beiden Studenten arbeiten.

Ella deutet auf ein metallenes Beweistablett. »Wir haben diesen Schlüssel an einer Kette gefunden, die an etwas befestigt zu sein scheint, das wie ein kleiner Ledergeldbeutel aussieht.«

Jane beugt sich vor und untersucht das mit Schmutz und Schimmel überzogene Ding. Der kleine Beutel hat einen Reißverschluss und ist etwa acht mal sechs Zentimeter groß. Darauf ist irgendein Muster geprägt, das Jane nicht richtig erkennen kann. Vielleicht eine Blume.

»Sobald wir den Schlüssel gereinigt haben, können wir vielleicht eine Seriennummer ermitteln oder eine andere Kennzeichnungsmarkierung«, erklärt Ella. »Es waren fünf Münzen in dem Beutel. Sie liegen dort drüben.« Sie deutet auf ein weiteres Tablett.

Janes Puls legt zu. »Irgendwelche Daten auf den Münzen?«

»Sobald sie vollständig bearbeitet wurden, sehen wir vielleicht mehr, aber bisher scheinen es zwei kanadische Pennys und ein kanadischer Dime zu sein. Und das da sieht aus wie ein Vierteldollar aus den USA.« Mit dem behandschuhten Finger deutet sie darauf. »Das Datum auf dem Vierteldollar ist durch ein Vergrößerungsglas lesbar: 1974. Auch hier gilt, dass wir bald weitere Details haben werden.«

»Also Mitte der Siebziger«, sagt Jane leise, fast wie zu sich selbst.

Duncan meldet sich zu Wort: »Was nicht bedeutet, dass sie auch Mitte der Siebziger gestorben ist. Sie könnte eine alte Münze bei sich gehabt haben, die lange vor ihrem Todestag geprägt wurde.«

»Möglich, aber es grenzt das Post-mortem-Intervall ein«, gibt Jane zurück.

»Die Stiefel werden wir datieren können.« Ella lächelt ein bisschen, und wieder ahnt Jane, dass die Professorin etwas bis zum Schluss zurückhält. Es wird immer deutlicher, dass Dr. Ella Quinn solche Spielchen mag und dass es ihr genauso gut gefällt wie Jane, in ihrem Beruf Rätsel zu lösen.

»Weiter«, verlangt Jane. »Raus damit, Prof. Was haben Sie noch?«

Ellas Lächeln wird zu einem breiten Grinsen. »Kommen Sie mit. Mein Student Brock wird Ihnen etwas zeigen.«

Sie führt sie zu einem jungen Mann, der an einer Computerstation arbeitet. »Brock, können Sie den Detectives unser wahrscheinlichstes Szenario für die Stiefel vorstellen?«

»Ja, klar.« Brocks grinst. »Natürlich untersuchen wir die Stiefel noch weiter, wenn wir so weit sind. Dann werden wir auch erfahren, ob sie ein Herstellerlogo tragen, aber wir haben eine Expertin für historisches Schuhwerk auf dem Campus, und sie hat kurz vor Ihnen hier vorbeigeschaut und sich die

Stiefel in situ angesehen. Darf ich Ihnen auf dem Bildschirm da drüben was zeigen?«

Er ruft drei Bilder auf, die zwei karamellbraune kniehohe Stiefel zeigen, mit Reißverschluss auf der Innenseite und Plateausohlen, die wie Holz aussehen.

»Unsere Schuhhistorikerin geht jede Wette ein, dass das hier unsere Stiefel sind. Sie sagt, dass sie damals ziemlich häufig waren, ein Massenprodukt im unteren Preissegment, von einem Unternehmen namens DeeZee Inc. hergestellt und in ganz Nordamerika verkauft.« Er deutet auf die Bilder. »Diese spezielle Absatzform, sagt sie, wurde zwischen 1975 und 1977 produziert. Nach 1977 hat DeeZee Inc. die Form leicht abgewandelt und auch das Obermaterial etwas verändert.«

»Bisher deutet alles auf die mittleren Siebziger«, schlussfolgert Duncan.

Die Professorin nickt. »In diese Richtung denken wir auch, ja. Mitte der Siebziger.«

»Was zu der Hypothese passen würde, dass der Betonboden noch vor Beginn der Achtziger gegossen wurde«, führt Duncan weiter aus. »Sie könnte Mitte der Siebziger gestorben und begraben worden sein, kurz bevor der Beton auf die Erde gegossen wurde.«

Jane bedankt sich bei Ella und ihren Studenten und bittet darum, sofort benachrichtigt zu werden, falls noch etwas Neues oder Interessantes ans Licht kommen sollte.

Im Hinausgehen sieht sie hinauf zur Besuchergalerie, wo sie vorhin Noah entdeckt hat. Jetzt ist er weg. Was sie irgendwie beunruhigt.

Was Duncan nicht entgeht. »Wer war das da oben?«

»Du hast ihn gesehen?«

»Jep.«

Ihr Partner ist durchaus aufmerksam. Gerissen. Jane neigt dazu, ihn zu unterschätzen. Was vielleicht ein Fehler ist.

»Dr. Noah Gautier«, erklärt sie, als sie den Fahrstuhl verlassen und über den glänzenden Boden der Eingangshalle des Instituts auf den Ausgang zusteuern, durch den man auf eine verglaste Brücke kommt, die das Gebäude mit der Cafeteria auf der anderen Straßenseite verbindet.

»Nee, oder? Der berühmte Profiler?«

»Eher der berüchtigte Profiler. Für einige seiner Theorien wird er von den Vertretern einer gewissen akademischen Nische mit Schimpf und Schande überschüttet.«

»O Mann«, murmelt Duncan. »Und was will der von unserer Kapellenleiche?«

»Genau das will ich auch wissen.«

»Ella wolltest du nicht danach fragen?«

»Ich frage ihn lieber persönlich.«

»Dann kennst du ihn also?«

»Ich habe schon mal mit ihm gearbeitet.« Mehr gibt Jane über ihre Vergangenheit mit Noah nicht preis.

Sie zieht ihr Handy aus der Tasche und ruft Yusra an. Als sie die Türen aufstoßen und den Glastunnel betreten, nimmt Yusra ab.

»Wir haben neue Daten, mit denen wir das Fenster für den Abgleich mit der Datenbank für vermisste Personen einengen können«, sagt Jane. »Unsere Verstorbene ist definitiv weiblich, kaukasischer Abstammung, und sie muss etwa ein Meter zweiundsechzig groß gewesen sein. Sie hat Schuhgröße neununddreißig getragen, und sie war jung – zwischen zwölf und sechzehn Jahre. Die Stiefel, die sie zum Zeitpunkt ihres Verschwindens getragen hat, wurden wahrscheinlich von DeeZee Inc. hergestellt und zwischen 1975 und 1977 verkauft. Außerdem hat sie einen kleinen Ledergeldbeutel bei sich getragen, an dem ein Schlüssel hing. Sieht nach einem Hausschlüssel aus. Wir starten die Abfrage mit den Einträgen des Jahres 1975 und beschränken uns für den Anfang auf die hiesige Gegend, also um das Gebiet von Vancouver. Von dort aus können wir den Abgleich weiter ausdehnen.«

»Alles klar. Wow, das ist jung«, sagt Yusra.

Jane sieht über die Schulter. Duncan und sie haben die Cafeteria gleich erreicht, sind aber immer noch allein auf der Brücke. »Yusra, was ich dir jetzt sage, möchte ich als Beweismittel zurückhalten, aber möglicherweise wird es in ihrer Akte erwähnt, wenn es denn eine gibt. Unsere Jane Doe war etwa im dritten Monat schwanger.«

Am anderen Ende der Leitung bleibt es still, während Yusra die Tatsache zu verarbeiten versucht, dass ihre Verstorbene zwar selbst noch ein Kind gewesen ist, aber trotzdem schon ein Kind erwartet hat. »Wow«, sagt sie wieder, dieses Mal ganz leise.

»Ich will nicht, dass das bekannt wird, verstanden? Es könnte sein, dass sie – wahrscheinlich von ihrer Familie – vermisst gemeldet wurde, sie aber nichts von der Schwangerschaft wussten. Wer auch immer der Vater ist – er könnte interessant für uns sein. Die Schwangerschaft könnte ein Motiv sein.«

»Verstanden, Boss. Bin dran.«

FAITH

Faith wäscht das Geschirr und starrt vor sich hin. Ihre Mom sitzt im Nähzimmer und bessert ein paar Kleider aus, und ihr Dad schläft. Eigentlich sollte sich Faith wieder auf die Suche nach einem Job machen, aber ihr Verstand ist vollkommen in Beschlag genommen von den Nachrichten über die Entdeckung in der Kapelle.

Sie stellt einen Teller in das Abtropfgitter, während ihre Gedanken wieder zum Tagebuch ihrer Schwester zurückkehren.

Die Ermittler damals wussten nichts von »HC«, der so oft im Donut Diner am Marine Drive war. Es kann doch sicher nichts Gutes dabei herauskommen, wenn sie der Polizei das Tagebuch jetzt noch überreicht. Jedenfalls nichts, das den möglichen Stress wert wäre, den dies hier für ihre Mutter bedeuten würde. Sie muss dieses Buch wirklich loswerden. Sie spült einen weiteren Teller ab und stellt ihn aufs Abtropfgitter. Wenn es möglich ist, dass die Leiche unter der Kapelle tatsächlich ihre Schwester ist, und wenn die Cops herausfinden, dass Faith ein Tagebuch versteckt hält, das möglicherweise wichtige Hinweise enthält, dann könnte sie selbst auch Schwierigkeiten bekommen.

Die Worte, in der Handschrift ihrer Schwester geschrieben, ziehen durch ihren Kopf, während sie nach einem schmutzigen Messer greift. Faith kennt sie so gut, dass sie Auszüge davon praktisch Wort für Wort rezitieren kann.

Heute hat HC sein Päckchen mit Kaffeesahne in seinen Kaffee geschüttet, während ich bei seiner Nische stand und wir uns über unsere Lieblingssendungen im Fernsehen unterhalten haben. Er sagt, er mag am liebsten M*A*S*H, Baretta und Detektiv Rockford. Ich habe ihm gesagt, dass mir die Strandpiraten, Der-Sechs-Millionen-Dollar-Mann und Die-Sieben-Millionen-Dollar-Frau gefallen. Von Unsere kleine Farm, Die Waltons, Drei Mädchen und drei Jungen, Verliebt in eine Hexe und Gilligans Insel habe ich nichts gesagt, weil ich dachte, dass er das vielleicht für kindisch hält. Er war gerade dabei, mir zu erzählen, dass ich ein bisschen wie Lindsay Wagner aus Die-Sieben-Millionen-Dollar-Frau aussehe, als der Verschluss von dem Kaffeesahnepäckchen hängen geblieben ist und nicht weiter aufgehen wollte. Und als er dann fester zugedrückt hat, ist die andere Seite des Päckchens aufgeplatzt und die Sahne ist mir ins Gesicht gespritzt. Ich habe erschrocken nach Luft geschnappt und hätte fast die Kanne mit dem heißen Kaffee fallen gelassen. Er hat mir in mein sahneverschmiertes Gesicht geschaut, und einen Moment lang war da wieder dieser dunkle Ausdruck in seinen Augen, dann ist er aufgesprungen, hat sich tausendmal entschuldigt und angefangen, mir vorsichtig *mit seiner Serviette das Gesicht abzuwischen. Als er an meinem Mundwinkel angekommen ist, hat er innegehalten, und da war wieder dieser gefährliche Ausdruck. Mir war heiß, und ich hatte Angst, aber irgendwie war es auch aufregend. Und ich habe mich ein bisschen unwohl gefühlt. Meine Wangen waren ganz heiß, und weil mir das alles peinlich war, habe ich seine Hand weggeschoben.*

Er hat sich langsam wieder hingesetzt, ohne mich dabei aus den Augen zu lassen.

Da habe ich bemerkt, dass uns die Geschäftsführerin vom anderen Ende des Tresens aus beobachtet hat. Als ich sie angeschaut habe, hat sie sich schnell weggedreht, aber bevor ich später Feierabend gemacht habe, hat sie mich zu sich gerufen.

Sie hat mir gesagt, dass ich vorsichtig sein soll.

Dabei weiß sie nicht mal die Hälfte.

Manchmal ist die wahre Gefahr für alle anderen unsichtbar.

Manchmal ist die Gefahr viel näher, als man denkt.

Im Geist blättert Faith ein paar Seiten vor, während sie eine Tasse in das warme Seifenwasser sinken lässt.

Gestern Nacht war er wieder vor unserem Haus. Es war dunkel und neblig, und es hat geregnet. Ich bin um 2.00 Uhr aufgewacht, weil ich irgendetwas gespürt habe. Dann bin ich aufgestanden und habe aus dem Fenster geschaut.

*Die Straßenlaterne am Ende der Sackgasse
funktioniert nicht, und sein braunes Auto
war direkt darunter geparkt, auf der anderen
Straßenseite. Von dort aus konnte er mein Fenster
sehen. Ich weiß nicht, ob er bemerkt hat, dass ich
hinausgeschaut habe, aber dann ist der Motor
angegangen und er ist davongefahren. Ich glaube,
am Tag davor ist er mir langsam in seinem Auto
hinterhergefahren, als ich von der Schule nach
Hause gelaufen bin. Aber er war ein bisschen zu
weit weg, deshalb weiß ich es nicht genau. So ein
Auto in dieser Farbe gibt es ziemlich oft.*

Faith stellt die Tasse auf das Abtropfgitter. Sie war sich nie
ganz sicher, ob der *Er* aus diesem Eintrag identisch mit HC aus
dem Donut Diner ist. Der darauffolgende Eintrag war jedoch
verstörend.

*Ich muss irgendeinen Ausweg finden. Ich weiß
nicht, was ich machen soll. Ein Teil von mir
möchte Contrary davon erzählen, aber dann
drücke ich mich doch immer wieder davor. Es
ist leichter, wütend auf sie zu sein und nichts
zu sagen, weil ich Angst habe, wenn ich es ihr
sage, dann wird sie nie mehr so von mir denken
wie vorher. Außerdem habe ich Angst, dass es
irgendwie rauskommt, weil ein Geheimnis eben
nur ein Geheimnis bleibt, wenn man es für sich
behält. Oder vielleicht habe ich auch Angst davor,
dass es irgendwie noch schlimmer und realer
wird, wenn ich es vor Contrary ausspreche, und
ich will auf keinen Fall, dass es real ist. Aber ich
schaffe das nicht allein. Ich brauche jemanden,*

der mir hilft, und ich weiß nicht, wen ich um
Hilfe bitten soll, wenn ich es doch niemandem
erzählen darf. Niemandem. Außer ... vielleicht
gibt es da doch jemanden ...
  CW.
  CW ist anders. Ihm fallen Dinge auf, die
sonst niemand bemerkt. Ich glaube, er ahnt, was
vor sich geht. Obwohl er es nie ausgesprochen
hat, habe ich das Gefühl, dass er mich irgendwie
versteht. Erst neulich hat er ganz beiläufig
erwähnt, dass ich ihn nur fragen soll, falls ich
irgendwas brauche, und dass er mir vielleicht
helfen könnte. Dann, ein paar Tage später, hat
er angedeutet, dass er mich von hier wegbringen
könnte, wenn ich es will. Vielleicht muss ich
wirklich mit ihm gehen. Und wenn ich mit
ihm gehe, dann komme ich vielleicht nie wieder
zurück. Aber ich habe Angst zu gehen wegen Pop
Tart. Ich glaube, solange ich hier bin, ist Pop Tart
in Sicherheit. Ich weiß nicht. Ich weiß nicht ich
weiß nicht ich weiß nicht, was ich tun soll. Wenn
ER es herausfindet ... Ich habe Angst. Ich glaube,
*ER könnte **mich UMBRINGEN.***

Der nächste Eintrag ist nur kurz. Datiert zwei Wochen vor ihrem Verschwinden. Tränen treten Faith in die Augen. Sie blinzelt sie fort und wischt sich die Nase an ihrem Ärmel ab, weil sie Handschuhe trägt und weil die nass und voller Schaum sind. Sie denkt an die nächsten Worte ihrer Schwester, fast ganz am Ende des Tagebuchs.

ICH HASSE IHN HASSE IHN HASSE
HASSE HASSE HASSE IHN. ER IST

EIN MONSTER MACHT MIR ANGST
BEOBACHTET MICH IMMER ICH MUSS
HIER WEG HASSE IHN BEOBACHTET
MICH DIE GANZE ZEIT WÜNSCHTE
ICH KÖNNTE *IHN* UMBRINGEN.

Hastig steckt Faith ein Buttermesser in das Abtropfgitter, gefolgt von einer Gabel. Ihr Herz pocht schnell. Ihr Atem geht flach. Sie befürchtet schon, einen Herzanfall zu haben. Der Arzt sagt, sie muss ihren Blutdruck und ihren Cholesterinspiegel senken, sonst könnte es dazu kommen. Sie muss sich entspannen. Genau wie ihre Mutter.

Es hat eindeutig keinen Sinn, der Polizei das Tagebuch jetzt noch zu geben. Wahrscheinlich ist es nicht mal die Leiche ihrer Schwester. Sie glaubt lieber daran, dass irgendjemand anderes in hohen Stiefeln unter dieser Kapelle begraben wurde, und es wird das Beste sein, dieses Buch ein für alle Mal zu schließen. Wenn sie es verbrennt, dann wird der Geist ihrer Schwester und alles, was in ihren Erinnerungen gefangen ist, dieses Haus vielleicht endlich in einer Wolke aus beißendem Rauch durch den Schornstein verlassen.

JANE

Janes und Duncans Wege trennen sich auf dem nebelverhangenen, verregneten Parkplatz der Universität. Duncan macht sich auf den Weg über den Parkplatz zu seinem Wagen. Er hat einen Termin mit dem leitenden Geschäftsführer des Hemlock Ski Resort. Während Jane zu ihrem eigenen Auto geht, klingelt ihr Handy.

Sie entriegelt das Auto, während sie den Anruf annimmt. »Sarge, Tank hier. Ich habe die Kontaktdaten von dem Wachmann im Ruhestand, die du wolltest. Hugo Glucklich lebt noch, er ist Mitte siebzig und wohnt in einem Heim für betreutes Wohnen namens Shady Ferns in Burnaby, ein bisschen außerhalb von Lougheed.«

Jane bedankt sich bei Tank und sieht auf die Uhr. Sie könnte sofort rausfahren. Sie streckt die Hand nach der Autotür aus, als sie hinter sich eine Männerstimme hört.

»Jane?«

Sie erstarrt. Dieses tiefe Timbre würde sie überall erkennen. Ungewollte Erinnerungen dringen an die Oberfläche, und sie beißt unwillkürlich die Zähne zusammen. Sie nimmt sich einen Moment, um sich zu sammeln, dann lässt sie den Türgriff los und dreht sich langsam um.

Noah.

Er kommt näher. Sein Gang ist leichtfüßig, zugleich aber machtvoll. Sein typischer schwarzer Wollmantel. Schwarzes Haar. Dunkle Augen, deren Blick fest auf ihr Gesicht gerichtet ist.

Noah Gautier hat schon immer über eine imposante, fast einschüchternde Präsenz verfügt. Es liegt nicht nur an seiner Statur und an der Art, wie er den Raum um sich einnimmt. Sondern auch an seinen mentalen Fähigkeiten. Und den Fragen, die er in einem wachruft. Die Leute wollen wissen, was für ein Mensch man sein muss, um im Verstand und in der Welt wahnsinniger Verbrecher zu leben und mit der Jagd auf sie seinen Lebensunterhalt zu verdienen.

Jane glaubt, dass sie ihn vielleicht einmal geliebt hat. Oder vielleicht war es auch nur eine Schwärmerei.

»Wie geht's dir, Jane?«, fragt er, als er schließlich vor ihr steht. Der Nieselregen hinterlässt feine Silbertröpfchen in seinem Haar und auf seinem Mantel.

»Was machst du hier, Noah?«

Er betrachtet sie einen Moment, verschlingt sie, nimmt sie in sich auf, verarbeitet sie. Jane weiß genau, wie viel Dr. Noah Gautier innerhalb von nur wenigen Sekunden erfasst, wie viel er in einer Person lesen kann. Und es ist verstörend, wenn man selbst diese Person ist.

»Wenn du Interesse an meinem Fall hast, Noah, dann hätte ich das gern vorher gewusst. Wenn meine Kapellenleiche irgendwie mit einem deiner Fälle in Verbindung steht, dann hättest du mir das sagen müssen. Ich will so etwas nicht durch die Hintertür erfahren, indem ich dich auf der Besuchergalerie stehen sehe.«

»Ich bin nicht wegen deinem Fall hier. Ich bin für eine Vortragsreihe für das SHU Institute in der Stadt. Ella hat mich eingeladen. Sie hat mir erzählt, was sie heute Morgen ins Labor bekommen hat, und ich bin aus reiner professioneller Neugier vorbeigekommen, um mal einen Blick darauf zu werfen.« Pause. »Es ist schön, dich zu sehen, Jane. Ich habe es schon gehört. Es tut mir sehr leid.«

Die Sorge in seinen Augen, in seiner Stimme weckt eine Flut der Emotionen. Jane schnürt es die Kehle zu, sodass sie nicht antworten kann, ohne sich zu verraten. Erst da sieht sie Duncan, der neben seinem Auto steht und Noah und sie über den Parkplatz hinweg beobachtet. Auf eine fast beschützerische Art.

Bis zu diesem Moment war Jane nicht klar, dass sie den Kerl mag. Sie hebt die Hand, um ihm zu verstehen zu geben, dass alles in Ordnung ist. Ihr Partner nickt knapp, dann steigt er ein und fährt in den Nebel davon.

»Danke«, bringt Jane heraus. »Ich halte mich beschäftigt. Konzentriere mich auf andere Dinge.«

»Ich bin noch eine Weile in der Stadt. Wenn …«

»Ich bin wirklich sehr beschäftigt.«

Er nickt. »Wenn ich irgendwas tun kann. Bitte …«

»Kannst du nicht.« Damit wendet sie sich ab und öffnet die Autotür.

»Jane …«

Sie zögert, dreht sich jedoch nicht zu ihm um, als sie sagt: »Niemand kann irgendwas tun, Noah. Außer ihn zu finden.«

Aus dem Augenwinkel sieht sie, wie er die Hand hebt, als wollte er sie berühren. Sie wappnet sich. Doch dann hält er inne.

»Okay. Ich … ähm, es tut mir wirklich sehr leid.«

Sie zieht die Autotür noch weiter auf. »Wie geht's Imogen?«, fragt sie knapp, um die Aufmerksamkeit darauf zu lenken, dass er verheiratet ist und sie einfach in Ruhe lassen sollte. Noah und sie mögen vielleicht einmal ein Paar gewesen sein, für die Dauer einer schwindelerregenden und berauschenden Affäre – lange

127

vor Matt –, als Jane Single und Noah von Imogen getrennt gewesen war. Aber das war nur von sehr kurzer Dauer. Er ist zu seiner Frau zurückgekehrt. Und Janes Herz gehört jetzt felsenfest zu Matt.

»Imogen geht es richtig gut«, antwortet Noah. »Sie hat vor zwei Monaten wieder geheiratet. Einen Schönheitschirurgen in Houston. Dort lebt sie inzwischen auch.«

Das lässt Jane mitten in der Bewegung verharren. Sie sieht zu ihm auf. »Ich dachte …«

»Wir haben uns etwa zur selben Zeit scheiden lassen, in der du deine Verlobung bekannt gegeben hast.«

Sie starrt ihn an.

»Ich wollte dich anrufen, Jane.«

»Okay. Ich … ich muss jetzt wirklich los. Ich komme sonst zu spät zu einer Befragung.«

Wieder nickt er. »Ich habe es ernst gemeint … ich bin noch eine ganze Weile in der Stadt, und wenn ich dir bei irgendwas helfen kann …«

Sie steigt ins Auto und wirft die Tür zu, bevor er seinen Satz zu Ende bringen kann. Sie lässt den Motor an. Ohne ihn anzusehen, parkt sie rückwärts aus und verlässt fast zu schnell den Universitätsparkplatz.

Während sie die gewundene Bergstraße hinunterfährt, kommt ihr ein weißes CBCN-TV-Fahrzeug entgegen.

Jane flucht. Via Bluetooth verbindet sie ihr Handy mit dem Auto und ruft Dr. Ella Quinn an.

»Hey, Doc«, sagt sie, sobald Ella abnimmt. »Ich wollte Sie nur warnen. Ich habe gerade gesehen, dass ein Medienfahrzeug von CBCN in Richtung Campus unterwegs ist. Haben Sie Ihre Studenten …«

»Meinen Studenten ist sehr deutlich bewusst, dass alles, was im Institut geschieht, im medikolegalen Kontext steht. Sie wissen, dass unsere Arbeit eventuell vor Gericht Bestand haben muss. Sie werden nicht mit der Presse sprechen.«

»Danke.«

Doch als Jane auflegt, überkommt sie dennoch ein Gefühl von Dringlichkeit. Angela Sheldrick wird ihr bei diesem Fall dicht auf den Fersen bleiben, und Studenten sind auch nur Menschen. Sie machen Fehler. Sie reden zu viel. Besonders so junge Menschen. Das Letzte, was Jane will, ist, dass Jane Does Familie durch die Medien von Details erfährt, die letztendlich zu der Vermutung führen, es könnte sich bei der Leiche um die sterblichen Überreste der von ihnen geliebten vermissten Person handeln. Was besonders für Reporter wie Sheldrick gilt, die dafür bekannt sind, Fakten zu einem möglichst schockkräftigen Klickfang zu dramatisieren. Wenn Jane auf diese Weise etwas über Matt erfahren müsste, würde es ihr einen furchtbaren Schlag versetzen. Genau wie seinen Eltern.

ANGELA

Angela fährt die Straße zur Seymour Hills University hinauf, während Rahoul auf dem Beifahrersitz an einem seiner Technikspielzeuge herumtüftelt. Er ist zugleich Kameramann und Tongenie, aber seine Freizeit widmet er ganz seiner Leidenschaft für Spionagekunst, Open Source Intelligence und allgemeine Überwachungstechnologie. Als sie auf die Ringstraße fahren, die um den SHU-Campus herumführt, wirft sie ihm einen raschen Blick zu.

»Was machst du denn da?«, fragt sie. »Was ist das überhaupt für ein Ding?«

»Eine neue Überwachungskamera.«

»Sieht fast aus wie ein Stecknadelkopf.«

»Fast. Die ist für meine Minidrohne, die nur ungefähr halb so groß wie ein Kolibri ist.«

Angela biegt von der Ringstraße ab und fährt auf einen der abseits gelegenen Parkplätze. Mit ihrem Wagen mit dem großen CBCN-Logo möchte sie lieber nicht zu nah beim Forensikinstitut parken und riskieren, vom Campussicherheitspersonal befragt zu werden. Sie hat den Kleinbus des Instituts auf dem Hemlock entdeckt, neben dem geparkten Auto des Coroners, weshalb sie ziemlich sicher ist, dass man die Überreste von der Kapelle aus hierhergebracht hat.

Sie stellt ihren SUV ab und öffnet eine Karte des Campus auf ihrem Smartphone. Einen Moment lang studiert sie die Karte. »Wir müssen da lang.« Sie deutet nach Norden. »Hinter den Gebäuden da drüben müsste die Cafeteria liegen, und die ist über eine Brücke mit dem forensischen Institut verbunden. Rahoul?«

»Was?«

»Hast du mir zugehört?«

»Klar.« Er steckt seine Minikamera ein. »Legen wir los.«

»Versuch, nicht zu sehr aufzufallen, ja?«

Lachend sucht er seine Kameraausrüstung zusammen. »Komm schon, Ange. Sag mir, dass ich nicht wie ein ganz normaler Durchschnittsstudent aussehe.«

Sie gibt ein unbestimmtes Brummen von sich und angelt ihre Schultertasche vom Rücksitz, steigt aus und zieht sich ein Cap auf, um ihr Haar vor dem Nieselregen zu schützen. Sie gehen los. Nebel rollt den Berghang herab und wabert zwischen den Universitätsgebäuden hindurch. Der SHU-Komplex ist von dichtem Wald umgeben. Es ist gruselig. Genau wie auf dem Hemlock.

»Das ist der Vorteil, wenn man in der Prärie wohnt.«

»Was denn?«

»Man friert sich den Arsch ab, aber wenigstens ist es eine trockene Kälte und die Sonne scheint. Nicht dieser nasskalte Nebelmist. Der kriecht einem bis in die Knochen. Und bis ins Hirn. Mein Cousin ist Pilot bei Calgary und der sagt, immer wenn er nach BC kommt, hat er das Gefühl, dass er nicht mehr gut sieht. Seine Augen sind einfach nicht an dieses ständige Grau gewöhnt.«

Angela konzentriert sich auf eine Strategie und achtet nicht auf Rahoul. Sie hört kaum, was er sagt. »Als absolutes Minimum müssen wir das Institut wenigstens von außen filmen und dazu sagen, dass die Überreste hierhergebracht wurden«, kommentiert sie.

»Wissen wir denn, ob das so ist?«

»Die beiden Cops sind uns gerade in einem Zivilfahrzeug auf der Straße zur SHU entgegengekommen.«

»Hab ich gar nicht gesehen.«

»Stimmt. Du warst ja auch beschäftigt. Die Überreste sind hier – ganz sicher. Wir machen ein paar Aufnahmen von mir vor dem Institutsschild. Und dann vielleicht noch ein bisschen Material im Eingangsbereich, während ich versuche, jemandem ein paar Fragen zu stellen.«

»Und wenn sie nicht antworten wollen?«

»Dieselbe Tour wie immer. Sieht im Fernsehen immer gut aus, wenn sie versuchen, mich zum Schweigen zu bringen, oder weglaufen oder mir aus dem Weg gehen. Als hätten sie was zu verbergen.«

Angela und Rahoul erklimmen die Stufen zur Cafeteria und steuern auf den verglasten Tunnel zu, der ins Institutsgebäude führt.

Alles ist neu. Elegant. Klare Linien. Ultramodern, ultrateuer.

Sie stoßen die Glastüren zum Institut auf und betreten einen vornehmen Empfangsbereich. Neben der Tür befindet sich ein Sicherheitsschalter mit einem Typen in Uniform. Er sieht ihnen entgegen. Angela nähert sich dem halbrunden Empfangsschalter in der Mitte des glänzenden Fliesenbodens. Rahoul bleibt ein bisschen zurück und folgt ihr in kurzer Entfernung, um sie in Aktion filmen zu können.

Sie hat ihre Hausaufgaben gemacht und weiß, dass Dr. Ella Quinn die Leiterin des Labors ist. Angela lächelt dem Kerl hinter dem Empfangstresen zu und sagt: »Hallo, ich würde gern mit Dr. Quinn sprechen.«

»Haben Sie einen Termin?«

»Es geht um die menschlichen Überreste vom Hemlock.«

Misstrauisch mustert er sie. Dann wandert sein Blick zu Rahoul und seiner Kamera. »Sind Sie von der Presse?«

Wieder lächelt sie und schiebt ihm ihre Karte zu. Er betrachtet sie.

Dann greift er nach einem Telefon und macht einen Anruf.

»Hier am Empfangstresen ist eine Angela Sheldrick, die Dr. Quinn sehen möchte.« Er liest ihre Karte. »Kriminalreporterin für CBCN-TV.« Er nickt und legt auf.

»Tut mir leid, sie ist schon in die Mittagspause gegangen.«

»Wann wird sie denn zurückerwartet?«

»Sie müssen eine offizielle Anfrage an die Verwaltung der SHU …«

»Schon gut. Vielen Dank.«

Sie kehrt zu Rahoul zurück und sie setzen sich auf ein paar bunte Würfel, die vor den Aufzügen als Sitzgelegenheiten dienen. Angela hofft, dass sie Quinn abfangen kann, wenn sie vom Mittagessen zurückkehrt und einen der Aufzüge betreten möchte. Vielleicht gelingt es ihr sogar, sich mit Quinn in eine Kabine zu drängen.

Eine halbe Stunde verstreicht. Der Sicherheitsbeamte behält sie im Auge.

Rahoul scrollt durch sein Handy und schaut sich YouTube-Videos an. Allmählich wird Angela nervös. Sie verschwenden ihre Zeit. Gerade als sie vorschlagen will, wieder zu gehen, gleiten die Fahrstuhltüren auf und eine dunkelhaarige Frau im Laborkittel mit einem Schlüsselband um den Hals, an dem ein Dienstausweis hängt, tritt heraus. Es ist die Professorin. Bei ihr ist ein großer, schwarzhaariger Mann im Mantel, der Angela vage bekannt vorkommt.

Sie versetzt Rahoul einen Knuff, woraufhin dieser sein Handy fallen lässt und vor sich hin flucht.

»Das ist sie«, flüstert Angela. »Dr. Quinn. Ich erkenne sie von den Onlinefotos wieder. Sie war gar nicht beim Mittagessen.«

»Vielleicht will sie da jetzt gerade hin«, antwortet Rahoul, während sie der Professorin und dem Mann nachsehen, die nun die Ausgangstüren ansteuern. »Wer ist das da bei ihr?«

»Keine Ahnung, aber ich kenne sein Gesicht aus den Nachrichten, ganz sicher.«

Sie warten, bis die Professorin und der Mann das Gebäude verlassen haben.

»Okay«, sagt sie leise. »Gehen wir.«

Sie folgen den beiden über die Glasbrücke.

Das Paar betritt die Cafeteria.

Die Mittagszeit ist inzwischen verstrichen, und es ist ruhiger geworden. Angela und Rahoul betreten möglichst unauffällig den Speisesaal und sehen von einem Drehständer nahe dem Eingang zu, wie sich Dr. Quinn und ihr Kollege in eine der Nischen auf der anderen Seite des Saals setzen, vor einem deckenhohen Fenster, durch das man auf eine bewaldete Klamm hinausblickt.

»Jetzt weiß ich wieder, woher ich ihn kenne«, flüstert Angela aufgeregt. »Da war doch diese Geschichte in Ontario mit dem Serienmörderpärchen. Und mit dem Pickton-Fall hier hatte er auch zu tun. Das ist Dr. Noah Gautier.«

»Wer ist Noah Gautier?«

»Eine große Nummer bei der RCMP und ein Profiler. Hat bei einigen der wichtigsten Fälle in Nordamerika und auf der ganzen Welt mitgearbeitet. Und ein paar Bücher geschrieben.« Ihr Blick ist auf das Paar in der Nische gerichtet. Ihre Wangen glühen vor Aufregung. »Weißt du, was das heißt? Die Leiche unter der Kapelle könnte mit einem Serienmörder in Verbindung stehen.«

»Oder vielleicht auch nicht.«

»Wir können das trotzdem verwenden«, wispert sie. »Später kann man es immer noch abstreiten. Aber Tatsache ist, dass Dr. Quinn und ihr Institut die Leiche hier haben und dass Quinn mit Noah Gautier spricht. Darüber kann ich berichten.«

Ihr fällt auf, dass eine Gruppe von Leuten gerade die Nische hinter der Professorin und Gautier verlässt.

»Schnell. Du setzt dich hinter die beiden, und ich hole uns was zu essen, damit wir nicht auffallen.«

Als Rahoul gerade losmarschieren will, zischt Angela noch: »Rahoul! Warte. Hast du deine Hightech-Abhörvorrichtung dabei?«

»Ja.«

»Dann benutz sie. Sieh zu, ob du irgendwas von dem, was sie sagen, aufnehmen kannst. Schnell.«

»Ist das denn legal?«, flüstert er zurück.

»Das hier ist ein öffentlicher Ort voller Studenten. Siehst du die Überwachungskamera da oben? Wir sind hier ja nicht auf der Damentoilette – niemand hat hier ein Recht auf Privatsphäre. Ich meine, das ist auch nicht anders, als wenn wir in der Nische daneben sitzen und sie belauschen, aber mit deinem Gerät fangen wir vielleicht mehr auf. Los jetzt.« Mit wedelnden Händen scheucht sie Rahoul davon.

Angela holt zwei Becher Kaffee und zwei Sandwiches und eilt zu ihrem Kameramann hinüber. Ohne zu Quinn und Gautier zu sehen, setzt sie sich. Ihr Herz rast. Rahoul sitzt mit dem Rücken zu dem Paar, direkt hinter ihnen. Sie lässt sich ihm gegenüber nieder und schiebt Rahoul einen Kaffee und ein Sandwich hin.

»Was ist da drauf?«, fragt er und klappt das Sandwich auf.

»Keine Ahnung«, gibt sie leise zurück. »Beiß einfach rein.«

»Das ist Schinken. Ich mag keinen Schinken. Und du hast die Milch im Kaffee vergessen.«

»O Mann, Rahoul. Jetzt … jetzt trink schon.«

Schweigend sitzen sie da und essen. Angela bemerkt, dass Rahoul sein kleines Mikro auf seinem Rucksack auf der Bank neben sich platziert hat. Seine Kamera befindet sich im Rucksack, um keine Aufmerksamkeit zu erregen.

Die Hintergrundgeräusche in der Cafeteria sind ziemlich laut, wie wogende Wellen. Quinn und Gautier haben die Köpfe zusammengesteckt und reden leise miteinander. Ihre Körpersprache ist interessant. Auf Angela wirkt sie durchaus intim. Sie tut so, als würde sie durch ihr Handy scrollen, während sie ein paar Fotos von den beiden schießt, wie sie sich nah zueinanderbeugen.

Aus ihren Recherchen über Dr. Quinn weiß Angela, dass sie mit einem ziemlich erfolgreichen Autor verheiratet ist, der Spionagethriller im Stil von Daniel Silva schreibt. Angela nippt an ihrem Kaffee und schießt heimlich noch ein paar weitere Fotos. Auf einmal wird es merklich ruhiger in der Cafeteria, und es gelingt ihr, ein paar Worte von der Unterhaltung aufzuschnappen.

Wissenschaftlicher Schatz ... DNS ... Proben ... Embryo ... Vaterschaft.

Dann betritt eine lärmende Meute von Studenten die Cafeteria und es wird wieder lauter. Sowohl Quinn als auch Gautier sehen sich nach dem Tumult um. Angela senkt rasch den Kopf und schreibt Rahoul eine Textnachricht.

Nimmst du auf?

Er nickt.

Ist irgendwas Verständliches dabei?

Er schreibt zurück.

Werden wir sehen.

Zehn Minuten später stehen die beiden auf und gehen.

Angelas Gedanken rasen. Sie wartet, bis Quinn und Gautier die Cafeteria verlassen haben, dann sagt sie zu Rahoul: »Mach die Kamera bereit. Wir gehen ihnen nach. Film mich, während

136

ich versuche, auf der Glasbrücke mit ihnen zu sprechen. Ich möchte, dass du sowohl Quinn als auch Gautier draufhast. Zusammen.«

Sie eilen ihnen nach. Angelas Herz pocht aufgeregt. Wenn sie Aufnahmen der beiden Wissenschaftler hat, die gemeinsam das Institut betreten, dann genügt das, um über einen Serienmörder spekulieren zu können. Das können sie noch heute Abend ausstrahlen. Wieder eine Eilmeldung. Ein weiterer Pluspunkt für ihre vorgeschlagene Serie.

»Dr. Quinn! Dr. Quinn!«, ruft Angela, während Rahoul zurückbleibt und zu filmen beginnt.

Die Professorin in ihrem weißen Kittel bleibt stehen und dreht sich um. Ihre Haltung versteift sich, und sie hebt das Kinn, als sie Angela und Rahoul auf sich zueilen sieht. Defensiv. Gautier stellt sich dicht an ihre Seite.

Dann ist Angela bei ihnen. »Dr. Quinn. Ich bin Angela Sheldrick von …«

»Von CBCN-TV«, beendet Quinn ihren Satz. »Ich habe keinen Kommentar abzugeben. Und wenn Sie auf dem Campus filmen möchten, dann müssen Sie bei der Verwaltung der SHU einen Antrag stellen.«

»Aber Sie haben die menschlichen Überreste, die auf dem Hemlock Mountain gefunden wurden, in Ihrem Labor?«

Die beiden drehen sich um und gehen in Richtung der Türen.

»Dr. Gautier?«, ruft Angela. »Wie stehen Sie mit diesem Fall in Verbindung?«

Er erstarrt und dreht sich dann wieder zu ihr um.

Angela kommt noch näher. »Hat die Kapellenleiche mit einem Serienmörder zu tun?«, hakt sie nach. »Sind Sie deshalb hier?«

»Ich bin wegen einer Vortragsreihe in der Stadt. Dr. Quinn ist eine Kollegin. Wir bringen uns gerade gegenseitig auf den neuesten Stand.«

»Ms Sheldrick«, meldet sich Quinn wieder zu Wort, »Sie gehen jetzt lieber, sonst sehe ich mich gezwungen, den Sicherheitsdienst zu rufen.« Sie greift in ihre Tasche und holt ihr Handy heraus.«

Angela hebt beide Hände. »Schon gut, alles okay. Wir gehen.«

Sie sieht den beiden nach, wie sie im Institut verschwinden. Rahoul filmt weiter, bis die Türen hinter ihnen zuschwingen.

»Na super«, kommentiert er. »Jetzt gibt sie dir ganz sicher kein Interview mehr.«

Angela beißt sich nachdenklich auf die Unterlippe. »Komm, wir schauen mal, was dein Aufnahmegerät aufschnappen konnte.«

Sobald sie wieder in ihrem CBCN-TV-Wagen sitzen, beginnt es stärker zu regnen, und der Nebel kriecht aus dem Wald heran. Angela und Rahoul hören sich die Aufnahme über das Autoradio an.

Der Hintergrundlärm in der Cafeteria übertönt fast alles – er wirkt sogar noch lauter als vorhin live und erfüllt das Auto. Doch auch das Gespräch der beiden Wissenschaftler ist deutlicher aufgenommen, und nun bekommen sie etwas mehr Kontext.

Das ist ein wissenschaftlicher Schatz ... konservierter Embryo ... Saponifikation ... Gewebe ... in der Lage sein ... DNS des Vaters ... weiterführend ... die Adipocire ... umgebracht ... stumpfe Gewalteinwirkung ... wahrscheinlich Mitte der Siebziger ... Stiefel ... Hausschlüssel ... jung ... zwölf bis sechzehn ... nur ein Kind, das ein Kind erwartet ...

Angela rauscht das Blut in den Ohren. Sie bekommt kaum Luft. Schnell googelt sie »Adipocire« und »Saponifikation«.

»Fuck«, flüstert sie, als die Informationen auf dem Bildschirm erscheinen. »Für sie ist das vielleicht ein wissenschaftlicher Schatz, aber weißt du, was das wirklich ist, Rahoul?

Das ist ein journalistischer Volltreffer, verdammte Scheiße.« Sie beugt sich vor und lässt den Motor an. »Wir müssen das heute Abend noch bringen.«

»Die Tonaufnahmen?«

»Die Informationen, die wir ›mitgehört‹ haben, als wir in der Nische neben ihr gesessen haben.«

»Du solltest das von der Rechtsabteilung abklären lassen. Das …«

»Wir müssen es niemandem sagen, Rahoul. Nicht, wenn wir die Audiodatei nicht direkt verwenden.«

Er murmelt einen leisen Fluch.

Angela holt tief Luft, die Hände fest um das Lenkrad geschlossen. Sie schmiedet Pläne, während sie den Berg hinab auf die ausufernde Stadt zufährt.

Das hier wird Mason überzeugen, ihr zu geben, was sie will.

JANE

Jane sitzt Hugo Glucklich in einem kleinen Zimmer des Wohnkomplexes für betreutes Wohnen der Shady Ferns Assisted Living Care in Burnaby gegenüber. Sie kann den Verkehr der Schnellstraße hören. Glucklich hat ihr erzählt, dass er siebenundsiebzig Jahre alt ist. Eine gräuliche Blässe überzieht seine runzlige Haut, und seine Arme und Beine zittern unablässig. Auf seinen Handrücken leuchten violette Adern und blaue Flecken.

»Parkinson«, sagt er. »Und Eisenmangelanämie, ausgelöst durch Krebs. Ich brauche einen Rollator und manchmal den Rollstuhl. Alleine zu Hause, das schaffe ich nicht mehr, also bin ich hier.« Er hustet. Es ist der trockene Husten eines alten Rauchers. Sie bemerkt gelbe Nikotinverfärbungen an zwei Fingern seiner rechten Hand.

»Meine Frau ist vor drei Jahren verstorben, und meine Tochter hat mit ihrem eigenen Leben genug zu tun. Sie lebt mit ihrem Mann in Berlin.« Glucklich zeigt mit zitternder Hand auf ein eingerahmtes Bild neben seinem Bett. »Drei Enkelkinder. Hab sie aber noch nie persönlich kennengelernt.«

Jane tut der Mann leid. Dass es in seinem Leben so weit gekommen ist. Sie denkt an ihre Mutter, die allein wohnt. Sie ist erst Anfang sechzig und benimmt sich die Hälfte der Zeit, als wäre sie vierzig, aber wer weiß schon, wo sie in zehn, fünfzehn Jahren sein wird oder ob sie dann überhaupt noch allein wohnen kann. Janes Schwangerschaft, der Verlust von Matt, all das stößt sie auf Fragen des Lebens, über die sie eigentlich gar nicht nachdenken will.

»Mr Glucklich«, sagt Jane und beugt sich leicht vor. Sie sieht dem Mann in die wässrigen Augen und widmet ihm ihre ganze Aufmerksamkeit. »Sie haben erwähnt, dass Sie in den Siebzigerjahren als Wachmann im Hemlock Resort gearbeitet haben.«

»Heutzutage nennt man das wohl Security, aber damals waren die Dinge viel einfacher, eben anders, vor allem dort oben am Berg. Ich habe vierundsiebzig beim Hemlock Resort angeheuert. Ich habe auf eine Annonce in der Zeitung reagiert, wo sie jemanden für eine Nachtschicht gesucht haben. Eigentlich wollten sie nur, dass jemand über Nacht vor Ort ist. Falls es brennt, die Maschinen ausfallen oder um Randalierer fortzuscheuchen. Wenn irgendetwas war, sollte ich entweder den Notruf wählen oder eine der anderen Nummern, die sie mir gaben.«

»Haben Sie das Vollzeit gemacht?«

»Ich hatte auch noch einen Tagesjob. Aber meine Frau und ich hatten damals gerade ein Kind bekommen – unsere Tochter –, und im Zellstoffwerk, wo ich beschäftigt war, hat sich ein Streik angedeutet, und ich wusste nicht, ob ich diese Arbeitsstelle behalten würde. Wir machten uns riesige Sorgen, ob wir über die Runden kommen. Ich war noch jung, siebenundzwanzig, und der Meinung, ich könnte die Doppelschichten wegstecken. Sie haben mich noch am Tag des Vorstellungsgesprächs eingestellt. Die meiste Zeit war ich im Wachhäuschen, trank Kaffee, versuchte wach zu bleiben und hörte Radio.« Er tupft sich mit einem Taschentuch den Speichel aus den Mundwinkeln und grinst verschlagen.

»Um ehrlich zu sein, habe ich hin und wieder ein paar Schuss Brandy in den Kaffee geschummelt und etwas Schlaf aufgeholt. Ich blieb bei Hemlock, nachdem man mir 1982 in der Zellstofffabrik kündigte. Sie waren froh, dass ich vor Ort war, als 1980 das Feuer in der Hütte ausbrach. Wenn ich nicht da gewesen wäre, um Hilfe zu rufen, wäre das ganze Ding niedergebrannt. Bis zur Rente bin ich im Grunde in verschiedenen Funktionen bei Hemlock geblieben.«

»Ich weiß, dass das seltsam klingen wird, aber ich möchte Sie gern zu Ihren Sichtungen befragen, die Sie anderen gegenüber erwähnt haben.«

»Der Frauengeist?«

Jane lächelt. »Ja. Der Frauengeist. Ich vermute, dass Sie von den menschlichen Überresten unter der alten Kapelle gehört haben?«

»O Gott, ja. Musste sofort an den Geist denken. Ist das eine Frauenleiche, die gefunden wurde?«

»Wir sind noch dabei, die verstorbene Person zu identifizieren. Ich hatte gehofft, Sie könnten mir etwas über die Sichtungen erzählen. Wissen Sie, ob es noch andere Leute gibt, die ähnliche Erfahrungen gemacht haben?«

Er sieht aus dem Fenster. Eine Kletterpflanze rankt sich an einer rissigen Wand empor, am Boden stehen ein paar kümmerliche Büsche.

»Es muss so etwa zwei Jahre gewesen sein, nachdem ich dort angefangen habe, also wahrscheinlich 1976, da habe ich zum ersten Mal etwas gesehen. Oder besser gesagt, gehört. Es hat mich aufgeweckt. Ich war eingenickt, und, na ja, vielleicht hatte ich schon das eine oder andere Schlückchen genommen. Es klang wie Schaufeln, die auf steinigen Boden treffen. Ich habe meine Taschenlampe geholt und bin raus. Es war sehr dunkel. Der Nebel zog wie Suppe mit dem Abwind vom Berg, weil die Temperaturen fielen.« Er denkt eine Weile nach, starrt weiter aus dem Fenster. Sein Kopf zuckt. Dann sieht er Jane an.

»Der Nebel warf den Schein meiner Taschenlampe zurück und das erschreckte mich. Ich konnte den Wind in den Bäumen hören. Wie ein gemächlicher Fluss durch die Baumwipfel. Die Äste schaukelten hin und her, wie sich langsam bewegende Arme.« Die Erinnerung lässt ihn kurz erschaudern.

»Und dann?«

»Dann habe ich wieder Schaufeln gehört. Metall, das auf Stein trifft. Und ein Licht gesehen. Einen sanften Schein über der Kapelle.«

»Über der Kapelle? Also über dem Kreuz?«

»Schwer zu sagen, so wie der Nebel das Licht zurückwarf. Und mir war, als hätte ich Stimmen gehört.«

»Zwei Menschen? Mehr? Männlich? Weiblich?«

»Da bin ich mir nicht sicher. Und dann hat sich das schwebende Licht bewegt.«

»Sind Sie zur Kapelle gegangen, um nachzusehen?«

Er reibt sich die Stirn. »Wie gesagt, ich habe damals Doppelschichten gemacht. Quasi rund um die Uhr, wochenlang, und habe bei der Arbeit geschlafen, wann immer es ging. In manchen Nächten habe ich wohl etwas mehr getrunken. Es war gruselig und einsam dort oben, ganz allein in der dunklen Wildnis, und außerdem stand die Kapelle nicht auf dem Grundstück von Hemlock und gehörte nicht wirklich zu meinem Arbeitsbereich. Aber dann, ein paar Monate später, hörte ich das Gerücht von einem Mädchen, das vermisst wird, und jemand meinte, vielleicht sei es ihr Geist gewesen, und da hat sich die Geschichte irgendwie verselbstständigt.«

Jane notiert sich etwas in ihr Notizbuch. »Haben Sie die Lichter oder den Geist je wiedergesehen?«

»Es war wirklich ziemlich gespenstisch dort oben. Nach diesem Vorfall hatte ich es mir irgendwie in den Kopf gesetzt, dass da jemand vergraben wurde oder gestorben ist. Ich habe oft seltsame Geräusche im Wald gehört. Natürlich kann es auch eine Kreischeule gewesen sein oder irgendwelche Tiere auf der Jagd, aber es machte mir Spaß, die Geschichten zu erzählen. Einige der jüngeren Mitarbeiter habe ich damit richtig verschreckt, und ich schätze, sie haben hinterher ihre eigene Version erzählt. Vielleicht haben sie jedes Mal noch ein bisschen was dazugedichtet.«

Wo Rauch ist, da ist auch Feuer.

»Sie sagen also, Sie haben das Graben und das Licht im Nebel im Jahr 1976 gesehen?«

»Ja, das kommt hin. Es muss das Wochenende vom Labour Day gewesen sein.«

Jane sieht von ihrem Notizbuch auf. »Das ist aber sehr genau.«

»Nun, ich weiß, dass es zwei Jahre nach meinem Beginn bei Hemlock war, weil ich 1976 zum ersten Mal am Labour-Day-Wochenende am Berg arbeiten musste. Und das weiß ich deswegen, weil meine Frau und ich uns mächtig deswegen in den Haaren gelegen hatten. Ihre Eltern kamen aus Europa hergeflogen und waren nur ein paar Tage in der Stadt, bevor sie auf eine Kreuzfahrt gehen wollten, und sie wollte, dass ich Zeit mit ihnen verbringe.«

Jane macht sich eine weitere Notiz.

»Etwa zu der Zeit, als Sie das Graben gehört haben, ist Ihnen da irgendetwas anderes Ungewöhnliches am Berg aufgefallen? Gab es zum Beispiel andere Besucher in der Gegend als sonst in den Tagen vor dem Vorfall, oder danach? Irgendwelche Fahrzeuge oder andere Vorkommnisse, die herausstachen?«

Er schließt die Augen, als würde er in der Zeit zurückreisen. Er sitzt so lange still da, dass Jane sich schon fragt, ob er eingeschlafen ist.

Plötzlich schlägt er die Augen auf. »Nein. Aber das ist schwer zu sagen, weil damals immer wieder Bauunternehmer und Lieferwagen, Trucks und andere Fahrzeuge kamen und wieder fuhren. Damals wurde ein Graben für die Versorgungsleitungen gezogen, von der Hütte zur Kapelle. Außerdem wurde eine Pumpe im Kriechkeller installiert – es gab Probleme mit Feuchtigkeit.«

Janes Puls geht schneller, während sie das in ihr Notizbuch einträgt.

»Es wurden Ventilatoren für den Sommer eingebaut«, fährt Glucklich fort. »Und eine Heizung für den Winter. Alles mit Strom betrieben durch die neuen Leitungen. Es war auch ein Betonmischer dort oben, um neuen Fußboden im Keller zu gießen. Und das ist noch ein Grund, warum es Labour Day gewesen sein muss, weil die meisten der großen Fahrzeuge für das Wochenende dort oben geblieben sind, während die Arbeit ruhte und alles ganz still war.«

»Mr Glucklich, können Sie sich an irgendeine Baufirma erinnern? An irgendwelche Logos auf den Fahrzeugen? Vielleicht an das vom Betonmischer?«

Er denkt eine Weile nach. »Das Logo auf den Lkw war irgendetwas Bekanntes, aber ich kann mich nicht an den Namen der Firma erinnern. Aber an den Betonmischer. Es war einer von diesen leuchtend gelb-roten – die Mischtrommel war gelb, mit einem schwarzen Logo auf der Seite, so eins mit Dreieck. Man sieht sie heute noch überall im Lower Mainland. Es muss eine der größten Baufirmen sein.«

»Diamond Pacific Concrete?«

»Ja, genau die.«

145

Jane notiert sich den Firmennamen. Glucklich verfällt in tiefes Schweigen. Irgendetwas braut sich in seinen wässrigen Augen zusammen.

»Was ist?«, fragt sie.

Er beugt sich mit zitternden Händen vor. »Ist ... ist es das, was damals passiert ist? Habe ich das damals gehört? Wurde ihre Leiche im Keller der alten Skifahrerkapelle vergraben?«

JANE

Janes Mutter ruft an, während Jane zurück zu ihrer Abteilung fährt. Sie lässt den Anrufbeantworter die Arbeit machen und ruft stattdessen Yusra über Bluetooth an.

»Wir können den Zeitraum für Kreuzverweise einengen«, erzählt sie Yusra. »Der Nachtwächter Hugo Glucklich behauptet, er hätte nächtliche Grabgeräusche an der Kapelle am Labour-Day-Wochenende des Jahres 1976 gehört.«

»Das nenne ich mal Erinnerungsfähigkeit«, erwidert Yusra. »Belastbar?«

»Offensichtlich ist diese Erinnerung mit einem großen Streit verknüpft, den er an jenem Wochenende mit seiner Frau hatte. Glucklich sagt, die Grabgeräusche seien ungefähr zu der Zeit aufgetreten, als die Kapelle an die Versorgungsnetze angeschlossen wurde und die Bodenplatte gegossen und eine Pumpe installiert wurden.«

»Vielleicht hat ja eine Baufirma über Nacht gegraben?«

Jane nimmt die Autobahnabfahrt. »Offensichtlich haben die Arbeiten über den Labour Day geruht. Er erinnert sich noch daran, dass die Betonarbeiten von Diamond Pacific Concrete ausgeführt wurden, also könnte es dort noch Unterlagen geben, die das bestätigen. Setz Tank oder Melissa an Diamond Pacific und versuch bitte in der Zwischenzeit, die Datenbankeinträge vermisster Personen auf August und September 1976 einzuengen. Konzentrier dich auf die Zeiträume vor und direkt nach dem Labor-Day-Wochenende. Und überprüfe den Hintergrund von Glucklich. Vielleicht hat er ja selbst gegraben und wirft uns hier eine Nebelkerze hin.«

Jane hält an einer roten Ampel. Ihr Blick fällt auf das vertraute Schild einer Fast-Food-Kette auf der anderen Seite der Kreuzung. Als es Grün wird, fährt sie über die Kreuzung und biegt auf den Parkplatz, bevor ihr Verstand eine Entscheidung treffen kann. Sie stellt sich hinten an die Autoschlange vorm Drive-in.

Was ein Fehler ist.

Das hier wird sie Zeit kosten, aber es stehen bereits zwei weitere Autos hinter ihr und sie steckt in der Schlange fest, die auf das Ausgabefenster zukriecht.

»Glaubst du, Glucklich könnte selbst verdächtig sein?«, fragt Yusra.

»Er muss damals etwa dreißig gewesen sein.« Sie rollt ein kleines Stück vor. »Er war verheiratet und sie erwarteten ihr erstes Kind, er hatte zwei Jobs und hat selbst zugegeben, dass er während der Nachtschicht getrunken hat.« Sie lässt den Wagen noch ein Stück vorfahren und betrachtet das digitale Schild mit der Auswahl an Speisen. Ihr knurrt der Magen, der Hunger eines wachsenden Babys. »Er war außerdem ganz allein da oben. Am Wochenende vom Labour Day könnte es noch verlassener dort gewesen sein. Alles Nötige war vor Ort, vermutlich auch Schaufeln. Vielleicht war seine Geistergeschichte eine Art Projektion, ein Weg, wie er den Menschen sagen konnte, dass er am Tod eines Mädchens beteiligt war, und es zugleich geheim halten konnte. Das menschliche Gehirn macht manchmal komische Dinge.« Sie ist fast am Bestellpfeiler. »Wir sehen uns in einer Viertelstunde. Danke, Yusra.« Sie legt auf, rollt nach vorn und fährt das Fenster der Fahrerseite herunter.

»Willkommen bei Harvey's«, ertönt eine Stimme im Lautsprecher. »Was darf's denn heute sein?«

Jane beugt sich aus dem Fenster und bestellt Menü Nummer sechs. Cheeseburger und Pommes frites mit einer Cola.

»Sonst noch etwas?«

Sie zögert. »Die Pommes bitte doppelt.« Sofort melden sich Schuldgefühle und sie fügt hinzu: »Und die Cola bitte als Diet Coke.«

Der Kassierer wiederholt ihre Bestellung und bittet Jane, zum nächsten Fenster vorzufahren.

Als Jane anfährt, sagt sie sich, dass sie besser die künstlichen Süßungsmittel weglassen sollte. Die ganzen Chemikalien können für das Baby nicht gut sein. Wieder hat sie einen Anflug von Schuldgefühlen, gefolgt von dem seltsamen Gefühl, fremdbestimmt zu werden. Dieses kleine Menschlein in ihrem Bauch bemächtigt sich ihres Kopfs und Körpers – dieses winzige Geschöpf, das zur Hälfte Matt ist.

Als sie das Fenster erreicht, klappt sie schnell die Sonnenblende herunter. Matt lächelt ihr von seinem Foto aus zu. Jane lächelt wehmütig zurück. Ein Teil von ihm ist noch immer bei ihr. Jetzt, in diesem Moment. In ihrem Wagen. In ihrem Körper sogar.

Und dafür ist sie dankbar.

HUGO

Hugo Glucklich ist wie elektrisiert. So ein Gänsehautgefühl hat er seit Jahren nicht mehr gehabt. Nicht seit den Tagen, als er als Junge durch Schlüssellöcher geguckt hat. Er genießt die Tatsache, ein möglicher Zeuge einer finsteren Tat zu sein, die in der Dunkelheit und im Nebel am Berg unter dem Kreuz verübt worden ist. Der Besuch der Ermittlerin und ihre Fragen haben Hugo das Gefühl gegeben, wertvoll zu sein. Er hat noch einen Sinn im Leben. Und jetzt will er mehr davon. Er wird die Chance nicht verstreichen lassen, das meiste aus der Sache herauszuholen. Noch ist er am Leben. Doch wie viel Zeit hat er noch? Wie wenig Freude im Leben geblieben ist.

Carpe diem.

Hugo lenkt seinen Rollstuhl zu dem Tischchen, wo er die Fernbedienung für den kleinen Fernseher immer hinlegt. Es kostet ihn Mühe, ihn trotz seines Zitterns einzuschalten und den regionalen Nachrichtensender zu wählen. CBCN-TV bringt durchgehend Nachrichten und Talkshows zu Geschehnissen von lokalem Interesse, aber bei sich entwickelnden Storys wie dem Fall unter der Kapelle unterbrechen sie das Programm häufig für die neuesten Fakten.

Es dauert nicht lange, bis so ein neuer Lagebericht kommt.

Angela Sheldrick ist wieder zu sehen. Sie trägt einen eng anliegenden fuchsiafarbenen Pullover. Ihr Haar weht leicht in der Brise. Hugo kann sich nicht sattsehen. Er dreht die Lautstärke auf und hört aufmerksam zu. Seine Hände umklammern die Armlehne, um das Zittern unter Kontrolle zu bekommen. Angelas Bericht ist im Grunde eine Wiederholung dessen, was sie gestern Abend erzählt hat. Hugo hatte auf etwas Neues gehofft. Am Ende des Beitrags schaut Angela in sein Zimmer, direkt in seine Seele mit ihren großen Augen, und verspricht Hugo, dass es weitere aktuelle Meldungen hierzu geben und dass sie ihn auf dem Laufenden halten wird. Dann bittet sie jeden, der irgendetwas weiß – und sei es noch so eine Kleinigkeit, schließlich weiß immer irgendjemand etwas –, ihre Leitung für Hinweise anzurufen oder per Website oder App einen Kommentar zu hinterlassen. Man kann dabei anonym bleiben, wenn gewünscht, sagt sie, oder sie ruft zurück, wenn man Namen und Telefonnummer hinterlässt.

Die Adresse der Website und eine Telefonnummer blinken am unteren Bildschirmrand. Hugo streckt sich nach Stift und Papier und müht sich, sie schnell zu notieren.

Er fragt sich, ob er am Ende selbst im Fernsehen landet, wenn er Angela anruft. Vielleicht stellt sie mit ihm nach, wie er in einem Nachbau der alten Hütte am Hemlock sitzt. Sie filmen, wie er mit dem Rollstuhl aus der Hütte fährt, oder, wenn er sich gut fühlt, den Rollator nimmt, und die Kameras werden aufnehmen, wie er mit seiner Taschenlampe in den dichten Nebel späht, während einer dieser großen Studioventilatoren den Nebel herumwirbelt und düstere Musik läuft. Die Leute lieben so was. Hugo auf jeden Fall. Er sucht sein Handy. Mehrmals versucht er, die richtige Nummer zu tippen, und wird dabei wütend auf sich selbst und diese lähmende Erkrankung. Dann schafft er es.

Es klingelt.

Hugo ist jetzt noch aufgeregter. Das hier ist besser als Sex. Oder zumindest, soweit er sich erinnert. Angela Sheldricks verführerische Stimme ertönt und bittet ihn, eine Nachricht zu hinterlassen.

Er zögert, auf einmal hat er Angst vor der eigenen Courage, und wenn Hugo nervös ist, stottert er. »Ich w-weiß, w-wann sie be-begraben wurde«, sagt er. »N-neunzehnhundertsechsundsiebzig. Ich ha-habe gehört, wie die sie be-begraben haben. Ich war dort oben. Ich ha-habe nachts die Geräusche gehört.«

Er hinterlässt seine Nummer, damit Angela zurückrufen kann.

JANE

Jane parkt vor der Polizeiwache gegenüber vom Krankenhaus und beißt erneut in ihren Cheeseburger. Soße tropft ihr aufs Kinn. Sie flucht, sieht in den Innenspiegel und wischt sich das Gesicht ab, während sie eilig kaut. Dann packt sie den Burger ein, stopft ihn zurück in die Tüte, greift nach der Umhängetasche und klettert aus dem Wagen, während sie versucht, gleichzeitig das Essen und die Cola zu balancieren. Mit der Hüfte stößt sie die Autotür zu.

Als sie durch die Eingangstür geht, fallen ihr zwei Übertragungswagen auf, die hintereinander an der Straße parken. Sie läuft in Richtung Einsatzzentrale und hat das kleine verglaste Büro hinten im Sinn, wo sie schnell ihren Burger aufessen kann, während sie ihren Vorgesetzten im Hauptquartier anruft, um ihm die neuesten Falldetails zu liefern, bevor Sheldrick oder die Medien da draußen noch mehr unbegründete, sensationslüsterne Informationen in die Öffentlichkeit hinausposaunen.

Aber als sie das Großraumbüro betritt, blickt Yusra vom Computer hoch, und Tank, der Melissa am Bildschirm über die Schulter schaut, stellt sich kerzengerade hin.

Jane erstarrt. Ihre Mienen verraten ihr, dass sie etwas herausgefunden haben.

»Was ist?«

»Komm, sieh es dir an«, sagt Yusra.

Jane spürt frisches Adrenalin in den Adern. Sie eilt hinüber, hält die Umhängetasche und die Essenstüte fest im Griff, ungeduldig, sie hat immer noch Hunger. Aber dann sieht sie, was auf dem Bildschirm zu sehen ist, und der Gedanke ans Essen ist verflogen. Langsam stellt sie die Papiertüte und das Getränk auf einem Schreibtisch ab.

Yusra zeigt auf den Computer. »Das ist sie. Das muss sie sein.«

Jane starrt auf den Bildschirm.

Eine hübsche junge Blondine sieht ihr entgegen.

Große, klare haselnussbraune Augen. Junge Haut. Ein leichtes Lächeln, als trüge sie ein Geheimnis. Die Haare sind honigblond, in der Mitte gescheitelt, und fallen ihr glänzend bis über die Schultern. Sie trägt einen blassblauen Pullover und kleine silberne Kreuze in den Ohrläppchen.

»Schick das auf den Smart Screen«, sagt Jane leise.

Yusra tut es. Das Bild des Mädchens füllt jetzt einen großen Monitor an der Wand neben dem Tatort-Whiteboard. Jane lässt sich langsam auf einen Stuhl davor sinken. Sie liest die Einzelheiten des Vermisstenfalls.

Aktenzeichen 20139561314
Vermisst in North Vancouver, British Columbia
Anzahl der vermissten Personen: 1
Anzahl der beteiligten Personen: 1

Annalise Grace Jansen wurde das letzte Mal am Freitag, dem 3. September 1976, gegen 23.15 Uhr auf dem Heimweg von einer Party einer Schulfreundin gesehen. Sie kam nicht zu Hause an. Vermisstenmeldung erfolgte am Abend des 6. Septembers. Miss Jansen verließ Vancouver möglicherweise aus freien Stücken in Begleitung von Darryl John Hendricks (18) in einem orange-weißen VW-Bus Baujahr 1972, Kennzeichen # 9137CR. Weder Mr Hendricks noch Miss Jansen wurden seitdem gesehen. Miss Jansens Verschwinden wird als untypisch angesehen. Ein Verbrechen kann nicht ausgeschlossen werden.

Yusra klickt auf den Bildreiter oben an der Akte. Er zeigt mehrere Fotos von Annalise Jansen. Eins davon wurde so verändert, dass es eine den vergangenen Jahren entsprechende Alterung des Gesichts zeigt.

Vermisst seit: 3. September 1976
Geburtsjahr: 1961
Alter zum Zeitpunkt des Verschwindens: 15
Geschlecht: weiblich
Hautfarbe: weiß
Augenfarbe: haselnussbraun
Haare: blond, lang
Gebisszustand: gut, kein Zahnersatz
Größe: 5'4«/162 cm
Gewicht: ~100 lbs/45,3 kg
Gestalt: schlank
Teint: hell, leichte Sommersprossen

»Zeig uns ›Kleidung/Accessoires‹«, sagt Jane.
Yusra klickt auf den nächsten Reiter.

Schuhe: braune Plateaustiefel (Synthetikleder)

mit Keilabsatz. Hersteller: DeeZee Inc.
Handtasche: violetter Rucksack, vermutlich mit Kosmetiktasche, Portemonnaie, Lieblingsstofftier (Sockenaffe) und Tagebuch
Oberbekleidung: dünner Pullover (Jersey), blassblau
Rock: knielang, beige
Jacke/Mantel: unbekannt
Hose: –
Narben: linker Brustkorb
Mitgeführte Gegenstände: kleines Lederetui mit aufgeprägter Hornstrauchblüte und Hausschlüssel für das Haus in der Linden Street
Uhr: silberfarbene OMEGA
Schmuck: silberfarbene Ohrstecker in Kreuzform, Halskette mit St.-Christopher-Medaillon für Surfer mit Gravur (R+A) in einer Herzform, ein geflochtenes, vielfarbiges Freundschaftsband

»Zurück zur Galerie«, sagt Jane.

Yusra ruft die Fotos von Annalise Grace Jansen wieder auf. Es sind fünf Fotos, darunter dasjenige, das sie künstlich gealtert zeigt, datiert auf das Jahr 2004. Dieses Detail verrät Jane, dass sich irgendjemand vor neunzehn Jahren den Fall noch einmal vorgeknöpft hat. Wenn Annalise jetzt leben würde, wäre sie zweiundsechzig, fast dreiundsechzig. Ein Jahr jünger als Janes Mutter. Wenn sie ihr Baby ausgetragen hätte, wäre es jetzt älter als Jane. Hätte sie später noch mehr Kinder bekommen, wären sie möglicherweise Janes Altersgenossen gewesen. Womöglich wären sie wie Jane hier am North Shore aufgewachsen. Vielleicht wären sie auf ihre Schule gegangen. Hätten selbst

Kinder bekommen. Ganze Leben hätten gelebt werden können, wenn Annalises das ihre nicht genommen worden wäre.

Die Bilder und ihr Effekt sind ernüchternd.

Jane schluckt. »Gibt es einen Link zu dieser beteiligten Person, Darryl Hendricks?«

Yusra ruft die Seite auf und schickt sie auf den großen Monitor.

Aktenzeichen 20149567914
Vermisst in North Vancouver, British Columbia
Anzahl der vermissten Personen: 1
Anzahl der beteiligten Personen: 1

Vermisst seit: 3. September 1976
Geburtsjahr: 1958
Alter zum Zeitpunkt des Verschwindens: 18
Geschlecht: männlich
Hautfarbe: schwarz
Augenfarbe: braun
Haare: schwarz, kraus, Afro-Stil
Gebisszustand: gut
Größe: 5'9«/175 cm
Gewicht: 144 lbs/65 kg
Gestalt: schlank, drahtig
Teint: dunkel

Yusra öffnet den nächsten Reiter. Dort ist zu sehen, dass Darryl Hendricks zuletzt mit hellbraunen Arbeiterstiefeln zum Schnüren gesehen wurde, mit Levi's-Jeans und einer braunen Lederweste über einem Button-Down-Hemd mit Karomuster. Er hatte vermutlich ein Amulett aus platiniertem Silber um den Hals, ein Geschenk seiner Tante, mit der Inschrift »Wees die verandering wat jy wil sien in die wêreld«. In der Akte steht, dass das Afrikaans sei und übersetzt bedeute: Sei selbst der Wandel, den du in der Welt sehen möchtest.

Hendricks' Fotos zeigen einen Teenager, der gerade auf dem besten Weg ist, zu einem auffallend gut aussehenden jungen Mann zu werden. Schlanke Statur. Hohe Wangenknochen. Intensive braune Augen. Breites Lächeln. Es gibt ein weiteres Foto, auf dem Darryl Hendricks neben einem orange-weißen VW-Bus steht, im Hintergrund die unverkennbaren Rocky Mountains von Lake Louise. Das Nummernschild ist zu sehen.

Beide Akten haben dieselben Kontaktdaten: North Vancouver RCMP. Es ist kein Sachbearbeiter notiert. Es ist schon zu lange her. Die Fälle sind zu sehr kalten Cold Cases geworden, und der oder die Ermittler könnten längst verstorben sein.

Sie räuspert sich. »Wir brauchen noch eine Bestätigung durch die DNS oder das Gebiss, aber wie es aussieht, haben wir unser Mädchen gefunden.« Jane wendet sich ihrem Team zu. Man sieht ihnen an, wie aufgewühlt sie sind. »Finden wir heraus, wie es zu den zwei tödlichen Schlägen gegen ihren Kopf gekommen ist. Und wer Darryl Hendricks ist. Denn offensichtlich hat Annalise Vancouver nicht mit ihm verlassen. Sie lag unter der Kapelle.« Sie deutet auf den Monitor. »Könnte Hendricks für ihren Tod verantwortlich sein? Wohin ist er gegangen und warum?«

JANE

Während Jane und ihr Team noch die Bilder am Monitor betrachten, kommt Duncan mit einem Glasbehälter voller gekochter Eier und einem grünen Smoothie ins Großraumbüro geplatzt.

»Habt ihr die Nachrichten gesehen?«, ruft er. Er zeigt aufs Fenster. »Diese Sheldrick ist gerade live auf Sendung und sagt, das Opfer von der Kapelle sei eine junge Frau, die zudem noch schwanger war, und ihr Fötus sei verseift und daher eine DNS-Analyse und eine Identifikation des Vaters möglich.«

»*Was?*«, entfährt es Jane.

Duncans Blick fällt auf die Bilder auf dem Monitor. Er wird still. Seine Gesichtszüge verändern sich. »Ist *sie* das?«

Niemand antwortet. Jane schnappt sich ihr Telefon und ruft die App für CBCN-TV auf. Sie drückt auf den Button für die Eilmeldung und projiziert den Stream auf den großen Monitor.

Alle starren auf die sich öffnende Nachrichtensendung.

Angela Sheldrick sitzt an einem Glastisch mit einem Moderator von CBCN-TV. Hinter den beiden ist ein Bild des forensischen Instituts der SHU zu sehen. Angela ist gerade mitten im Satz: »… Fall beteiligt ist auch der forensische

159

Psychologe und Profiler Dr. Noah Gautier. Viele werden ihn noch wegen seiner Beteiligung als junger Polizeibeamter am Robert-Pickton-Fall hier in der Gegend kennen oder später aus anderen aufsehenerregenden Ermittlungen gegen Serienmörder in ganz Nordamerika.«

Jane steht der Mund offen. Sie ist wie gebannt vom Bildschirm, der nun geteilt ist und auf einer Seite ein Bild von Noah und Ella zeigt, die Köpfe über einem Tisch in der Cafeteria der SHU zusammengesteckt.

»Pickton war der Schweinebauer aus Port Coquitlam, der wegen siebenundzwanzigfachen Mordes angeklagt wurde?«, fragt der Moderator.

»Das stimmt. Er ist jetzt Mitte siebzig und nicht alle Fälle konnten ihm nachgewiesen werden, aber niemand weiß genau, wie viele Frauen ihm in der Gegend rund um Vancouver zum Opfer gefallen sind.«

»Scheiße«, sagt Melissa leise. »Was zum Teufel macht sie da?«

»Stimmt das, Boss?«, fragt Tank. »Mischt Gautier in unserem Fall mit?«

Jane ist zu wütend, um zu antworten.

Angela fährt fort: »Wir haben vor der Sendung heute versucht, Dr. Gautier und Dr. Quinn auf dem Campus der SHU zu sprechen.« Bilder von Ella und Noah auf dem Weg durch den glasüberdachten Flur in Richtung des Institutseingangs werden eingeblendet. Dazu hört man Angelas Stimme.

»Dr. Quinn! Dr. Quinn!«

Man sieht, wie Ella sich im Laborkittel zur Kamera umdreht. Genau wie Noah.

Angela erreicht die beiden. »Dr. Quinn, ich bin Angela Sheldrick von …«

»Von CBCN-TV. Ich habe keinen Kommentar abzugeben. Und wenn Sie auf dem Campus filmen möchten, dann müssen Sie bei der Verwaltung der SHU einen Antrag stellen.«

160

»Aber Sie haben die menschlichen Überreste, die auf dem Hemlock gefunden wurden, in Ihrem Labor?«

Die Bilder zeigen, wie Noah und Ella sich umdrehen und durch den Institutseingang verschwinden. Dann ist wieder das Moderatorenpaar im Studio zu sehen. »Und gibt es sonst noch wichtige Neuigkeiten?«

»In der Tat. Die Überreste, die auf dem Hemlock gefunden wurden, sollen einer jungen Frau gehören, vermutlich zwischen zwölf und sechzehn Jahre alt. Aus ermittlungsnahen Quellen wissen wir, dass das Opfer Mitte der Siebzigerjahre vermutlich durch stumpfe Gewalteinwirkung gestorben ist. Sie trug Stiefel mit Plateauabsätzen und hatte ihren Hausschlüssel dabei.« Angela sieht direkt in die Kamera, direkt in die Einsatzzentrale und zu Jane und ihrem Team. »Und sie war etwa im dritten Monat schwanger.«

Jane schließt die Augen und versucht irgendwie, ruhig zu bleiben. *Hoher Blutdruck ist nicht gut für das Baby.*

»Was wissen wir noch?«, fragt der Moderator. »Irgendetwas, das zum Kontext beitragen kann?«

»Nun, dank eines Hinweises über unsere Telefonleitung von Hugo Glucklich, einem Wachmann, der früher bei Hemlock in der Nachtschicht gearbeitet hat, ist es durchaus möglich, dass die Leiche der jungen Frau am Wochenende des Labour Day 1976 unter der Kapelle verscharrt wurde. Ich habe selbst mit Glucklich, der mittlerweile Ende siebzig ist, am Telefon gesprochen.«

Jane springt auf. »Woher hat Sheldrick das? Die Schwangerschaft gehörte zu den Ermittlungsinterna. Wie ist sie …«« Ihr Telefon klingelt. Ihr Vorgesetzter. Sie lässt den Anrufbeantworter übernehmen. Er hat vermutlich Wind von den Nachrichten bekommen und von einer Sensationsreporterin Dinge erfahren, die Jane noch nicht bestätigt, ja noch nicht einmal bei ihm angesprochen hat. Er hatte darum gebeten, auf dem Laufenden gehalten zu werden, ohne Zweifel auch, um ihren Gemütszustand im Auge zu behalten. Das verheißt nichts Gutes. Aber noch mehr Sorgen bereitet Jane, dass Annalise Jansens Familie davon im Fernsehen erfahren und eins und eins zusammenzählen könnte. Darum muss sie sich zuerst kümmern.

»Yusra, finde heraus, wo Jansens Familie lebt, bevor CBCN die Identität unseres Opfers herausbekommt und die Familie noch vor uns kontaktiert. Zieh alle Register. Besorg dir zusätzliche Unterstützung und Ressourcen, wenn du sie brauchst. Wenn ihre Eltern noch leben, wissen sie womöglich nicht einmal von der Schwangerschaft ihrer Tochter. Ich brauche auch Informationen über Darryl Hendricks und seine Familie. Auch mit ihnen möchte ich Kontakt aufnehmen, bevor noch irgendetwas nach draußen dringt. Tank, die Jansen-Hendricks-Fälle wurden von dieser Abteilung bearbeitet. Ich brauche den Namen des Chefermittlers zu dieser Zeit. Finde heraus, ob er noch lebt und ob es noch andere Kollegen gibt, die an der Suche nach Jansen und Hendricks beteiligt waren. Melissa, du suchst alle alten Zeitungsartikel heraus, die sich mit den Umständen ihres Verschwindens beschäftigen. Wer wurde befragt? Und warum? Sind sie noch am Leben? Was war Jansens Verbindung zu Hendricks? Wieso wurde angenommen, dass sie die Stadt mit ihm verlassen wollte? Bringt mir alles, was ihr finden könnt. Alles.« Während sie diese Anweisungen verteilt, marschiert Jane in ihr verglastes Büro. Sie schließt die Tür hinter sich und ruft Dr. Ella Quinn an.

Als abgenommen wird, öffnet Jane den Mund, aber Ella redet zuerst.

»Diese Frau hatte nichts auf dem Campus verloren, Sergeant. Sie hat offensichtlich unser privates Gespräch beim Mittagessen belauscht, und ihre Berichterstattung war niederträchtig. Zugegeben, über sensibles Material an einem öffentlichen Ort zu sprechen, ist unverzeihlich, aber Noah und ich hatten keinerlei Grund, das Paar am Nebentisch zu verdächtigen. Wir haben leise gesprochen – ich habe keine Ahnung, wie sie überhaupt so viel mitbekommen konnte. Ich kann nur aufrichtig um Entschuldigung bitten.«

»Das hier könnte den ganzen Fall gefährden«, gibt Jane zurück. »Unsere Ermittlung entgleisen lassen und uns eine Strafverfolgung kosten, wenn wir später irgendjemanden zur Verantwortung ziehen sollten.«

»Es tut mir leid. Das ist mir in meiner ganzen beruflichen Laufbahn noch nicht passiert. Noch nie. Wir wurden in einen Hinterhalt gelockt.«

Wir.

Jane schließt die Augen und atmet ein, bemüht, sich zu beruhigen. »Warum haben Sie überhaupt mit Noah über diesen Fall gesprochen? Was für ein Interesse hat er daran?«

Hat er mich etwa angelogen, als er meinte, er sei nur für einen Gastvortrag hier?

»Er ist nur ein Freund, Jane. Ein Freund, der aus privater und beruflicher Neugier etwas über den Fall wissen wollte, den wir gerade bearbeiten. Wir haben zu Mittag gegessen. Und über Berufliches gesprochen.«

Jane zählt rückwärts und konzentriert sich darauf, tief zu atmen. Die Worte ihrer Mutter winden sich in ihrem Kopf.

Es geht nicht mehr nur um dich. Du musst für einen kleinen Menschen mitdenken.

Sie atmet aus. »Rufen Sie mich sofort an, wenn es etwas Neues gibt.« Dann legt sie auf und wählt die Nummer ihres Vorgesetzten. Aber noch bevor die Verbindung steht, öffnet Yusra die Tür zu ihrem Büro.

»Wir haben sie!«, ruft sie. »Ihre Eltern leben beide noch. Genau in dem Haus, in dem Annalise gelebt hat, als sie verschwunden ist. Ihre Schwester auch – Faith Jansen Blackburn. Sie war neun, als ihre ältere Schwester verschwand.«

Jane legt schnell wieder auf. »Gibt es noch mehr Geschwister?«

»Negativ. Das ist ihre Kernfamilie. Ich habe ihre Adresse an dein Telefon weitergeleitet.«

»Was ist mit Hendricks?«

»Bin ich noch dran.«

Jane müht sich hoch und geht zurück ins Großraumbüro. Dabei drückt sie sich eine Hand ins Kreuz, um den Schmerz zu lindern. Sie greift nach ihrer Jacke, die sie neben ihrem halb gegessenen Cheeseburger liegen gelassen hat. Beim Anziehen reicht ihr Melissa eine Akte.

»Ich habe die ersten Onlineartikel über Jansens Verschwinden ausgedruckt. Digitale Kopien habe ich an dein Telefon weitergeleitet. Das ging vor siebenundvierzig Jahren ziemlich groß durch die Medien. Suchtrupps, Vermisstenplakate, Nachtwachen mit Kerzen. Ich grabe weiter.«

Jane nimmt die Akte. »Danke. Duncan, du überbringst mit mir die traurige Nachricht. Hol dir ein DNS-Entnahme-Set und die nötigen Formulare. Wir brauchen Proben von der Familie, um die Identität zu bestätigen. Yusra, informiere unseren Pressesprecher, er soll sich für ein offizielles Statement bereithalten – die Telefone werden dank Sheldrick bald zu klingeln anfangen. Los geht's.«

Als Jane und Duncan das Grundstück der RCMP verlassen, sieht Jane, dass die Pressemenge gewachsen ist. Beim Fahren schnürt das dringliche Gefühl einer tickenden Uhr ihr langsam den Brustkorb zu. Zurück in den Sack bekommt sie die Katze nun nicht mehr. Sie muss Annalises Eltern erreichen, bevor Sheldrick und diese Horde es tun.

KNOX

Der pensionierte Chief of Police Knox Raymond steht im Lone Butte Hunting Supplies, einem Laden in einer winzigen Holzhütte in der Nähe seines Zeltplatzes an einem kristallklaren Forellensee im Hinterland von British Columbia. Es ist seine Lieblingsjahreszeit, und Knox ist in seinem Element. Viele der höher gelegenen Seen sind mittlerweile eisfrei, und die Forellen sind fett und übermütig. Er und andere Mitglieder seines Anglervereins vom Lower Mainland haben ihre Frauen zu Hause gelassen und sind mit ihren Wohnmobilen gen Norden gepilgert, um zu angeln, zu zelten und Männerzeit in der Wildnis zu genießen. So machen sie es jeden Frühling, wenn die Insekten schlüpfen, bevor es zu heiß wird und die Forellen in die Tiefe wandern, wo es kühl ist.

»Noch'n Wunsch?«, fragt die Frau im Holzfällerhemd hinterm Tresen. Hinter ihr in den Regalen stehen Schachteln mit Munition, Dosen mit Bärenspray und eine Auswahl exquisiter Jagdmesser. Ein kleiner Fernseher ist in der Nähe der Kasse an der Wand montiert. Er zeigt einen Nachrichtensender, ist aber auf lautlos gestellt.

»Ja, ich nehme noch ein paar von diesen Marabu-Federn, Wooly Bugger, in Dunkelorange.« Knox beugt sich über den

Tresen, um die Fliegenbinden besser sehen zu können. Er zeigt auf einige Artikel. »Und zwei Tüten von diesen grünen Ringfasanschwänzen. Und eine Tüte von den gräulichen Hennensatteln. Oh, und noch ein paar rote und weiße Wolframperlen und diesen goldenen Faden dort.«

Während die Verkäuferin die Artikel zusammensucht, wird Knox' Aufmerksamkeit von einem vertrauten Bild auf dem kleinen Fernseher angelockt. Er sieht auf und spürt, wie ihn Energie durchfährt, als er erkennt, was ihm da aufgefallen ist – das Äußere des Abteilungstrakts der RCMP in North Vancouver. Sein Herz schlägt höher.

»Können Sie das mal lauter drehen?«, bittet er die Verkäuferin.

Sie stellt die Lautstärke hoch.

Knox konzentriert sich auf den Fernseher.

»Die Überreste einer jungen Frau im Alter zwischen zwölf und sechzehn Jahren wurden unter dem Betonfußboden im Keller der alten Skifahrerkapelle, einer Nurdachkonstruktion, auf dem Hemlock Mountain gefunden. Die Polizei hat bisher die Berichte von CBCN-TV weder dementiert noch bestätigt. Genauso wenig wie sie bestätigt, dass ein verseifter Fötus in ihrem Körper gefunden wurde, derartig gut erhalten, dass man nach väterlicher DNS suchen könnte ...«

Knox' Herz fängt an zu rasen und ihm wird heiß.

Ist sie das? Nach all den Jahren?

Das Bild schaltet zurück ins Studio, wo der Moderator eine Expertin zu Gast hat.

»Dr. Jakowski, als forensische Anthropologin, glauben Sie, dass man diesem Fötus DNS entnehmen kann, um den Vater des Babys dieser jungen Frau zu identifizieren?«

»Das sollte bei einem Fötus in Adipocire durchaus möglich sein, ja. Was aber nur dann hilfreich ist, wenn die DNS des Vaters bereits in einer Datenbank der Polizeibehörden gespeichert ist – also wenn er ein Verbrechen begangen hat, das die Speicherung seiner DNS rechtfertigt, oder seine Genspuren an einem Tatort gesichert worden sind. Sonst wird es komplizierter. Es ist möglich, dass die Ermittler bereits mögliche Verdächtige identifiziert haben, und sie können diese Personen bitten, Proben abzugeben. Wenn die sich weigern – was ihr gutes Recht ist –, müssten die zuständigen Ermittler hinreichenden Tatverdacht nachweisen, um eine richterliche Anordnung für DNS-Proben zu erwirken.«

»Und was ist mit dieser ganzen genealogischen Detektivarbeit, die in letzter Zeit Schlagzeilen macht und der zufolge man DNS der Täterfamilie nutzt, um ungeklärte Fälle zu lösen?«, fragt der Moderator. »Könnten die Ermittler dem Vater des Kindes über Verwandte und deren DNS auf die Spur kommen?«

»Absolut. Die kanadische Polizei arbeitet derzeit mit Laboren wie Othram zusammen, einer Einrichtung in Texas, die forensische Genealogie nutzt, um Fälle aus der Vergangenheit zu lösen. Dieses Labor hat erst kürzlich dazu beigetragen, den ungelösten Fall zweier Morde an Frauen in Toronto 1983 aufzuklären. Dieselbe Methodik könnte bei der Leiche unter der Kapelle zum Einsatz kommen.«

»Und natürlich kennen wir alle den prominenten Fall des Golden State Killers, der über forensische Genealogie gelöst wurde und die Verwendung familiärer DNS führte kürzlich dazu, dass ein Student der Kriminologie in Idaho verhaftet und ihm der Mord an vier Studentinnen zur Last gelegt werden konnte.«

»Das ist korrekt. Die Verbesserung von DNS-Tests und neue wissenschaftliche Entwicklungen haben Fälle aufgeklärt, die seit Langem als unlösbar galten, und diese Knochen unter der Kapelle mit einem mumifizierten Fötus ... Die junge Frau wartet seit fast fünfzig Jahren darauf, dass ihr Geheimnis endlich gelüftet wird.«

»Sie hat in der Erde gewartet wie eine stumme Zeugin«, sagt der Moderator.

»Aber jetzt wird ihr endlich Gehör verschafft«, erwidert die forensische Anthropologin.

»Die sprechenden Knochen.« Der Moderator lacht.

Knox ist schwindlig. Eine Erinnerung durchfährt ihn.

Überall Plakate in der Nachbarschaft. Er klopft an Türen, hilft, Nachbarn und Einwohner in ganz North Vancouver unter die Lupe zu nehmen, fragt, ob irgendjemand sie in jener Nacht nach Hause laufen gesehen hat. Fragt, ob den Leuten irgendetwas Ungewöhnliches in der Nähe ihres Hauses aufgefallen ist – ein Auto, eine Person, die im Schatten wartet. Oder in dem Wäldchen am Ende ihrer Straße.

»Wie wollen Sie bezahlen?«

Knox' Aufmerksamkeit wird auf die Kassiererin zurückgelenkt. Er ist kurz verwirrt. »Wie bitte?«

»Die Fliegenbinden.« Die Frau im Holzfällerhemd deutet mit dem Kinn auf den Betrag, der auf dem kleinen Display zu sehen ist. »Debitkarte, Kreditkarte, in bar?«

»Ach ja … ja, danke. Visa.« Er tastet in seiner Gesäßtasche nach seinem Portemonnaie und sieht dabei wieder zum Fernseher. Mittlerweile geht es dort um den Krieg in der Ukraine.

»Bei Ihnen alles in Ordnung? Sie sahen kurz aus, als würden Sie gleich umkippen. Brauchen Sie ein Glas Wasser oder so?«

»Geht schon.« Knox zahlt schnell seinen Einkauf, schnappt seine Taschen und eilt aus der Holzhütte. Benommen läuft er zu seinem Wagen.

Er steigt ein und lässt den Motor an.

Dann sitzt er eine Weile da mit laufendem Motor und verarbeitet, was er gerade gesehen hat, während er darauf wartet, dass die Fahrerkabine warm und die Windschutzscheibe frei wird. Sein Gehirn weigert sich zu begreifen, dass sie tatsächlich gefunden worden sein könnte, nach all diesen Jahren, und dass es einen konservierten Fötus gibt.

Es ist nur eine Frage der Zeit, denkt er, bis er einen Anruf bekommt. Er muss seine Geschichte in Ordnung bringen. Und seinen Kopf.

Er beugt sich vor und schiebt den Hebel des Automatikgetriebes in die richtige Position. Als sich das Auto in Bewegung setzt, bildet sich allmählich ein Plan.

Er wird selbst auf die neuen Ermittler zugehen und ihnen sagen, dass er damals an dem Fall beteiligt war. Er wird ihnen Hilfe anbieten. Dabei muss er selbstsicher und hilfsbereit erscheinen und ihnen genügend Informationen liefern, damit sie woanders suchen. Sie dürfen ihn noch nicht einmal in Erwägung ziehen als Kandidaten für eine DNS-Probe. Sonst ist er es, der gewaltige Probleme bekommt.

JANE

Jane folgt dem Navi in die Linden Street zum Haus von Helen und Kurt Jansen, den Eltern von Annalise Jansen. Duncan sitzt auf dem Beifahrersitz und überfliegt die Handvoll Artikel, die Melissa ausgedruckt hat.

»Soll ich das alles Wort für Wort vorlesen?«, fragt er.

»Die Kurzversion.« Sie nimmt die Autobahnabfahrt und biegt ab in einen ruhigeren Unterbezirk mit viel Grün.

»Okay, Annalise Jansen war fünfzehn Jahre alt – ein paar Wochen vor ihrem sechzehnten Geburtstag –, als sie am Freitag, dem 3. September 1976, verschwand. Die letzte bekannte Person, die sie lebend gesehen hat, war ihre beste Freundin seit dem Kindergarten, Mary Metcalfe«, sagt Duncan. »Die beiden Teenager, die auf die Shoreview High gingen, wohnten nur wenige Straßen voneinander entfernt. Sie liefen von einer Party höher am Berg nach Hause. Metcalfe und Jansen trennten sich gegen Viertel nach elf abends vor Metcalfes Haus.«

»Also hat sie es die wenigen Straßen nach Hause nicht geschafft?«

»Offensichtlich nicht.« Duncan überfliegt den Text weiter. »Jansen und Metcalfe waren mit einer engen Freundesgruppe von der Shoreview High auf der Party, darunter ein Junge namens Robbie Davine, sechzehn, der Jansens fester Freund war. Die Party war ein letztes Hurra vor dem neuen Schuljahr.«

»Davine hat seine Freundin nicht nach Hause gebracht?«

Duncan liest einen anderen Artikel. »Scheint nicht so. Die Party wurde von einer Horde älterer Jugendlicher aufgemischt, die vorher am Ambleside Beach gewesen waren. Die Polizei wurde gerufen. Es kamen mehrere Kollegen, lösten die Party auf und die Menge verlief sich. Während Jansen und Metcalfe nach Hause gingen, suchte der Rest ihrer Gruppe nach neuen Alkoholquellen, um ihr Gelage in einem nahe gelegenen Waldpark fortzusetzen.«

Jane folgt den Anweisungen und biegt in die Linden Street ab. »Also ist ihr Freund woanders weiterfeiern gegangen?«

»Sagen die Berichte.«

»Wer gehörte noch zu dieser Clique?« Jane bleibt an einer Kreuzung stehen und sieht Duncan an.

»Zwei Mädchen, Cara Constantine, sechzehn, und Jill Wainwright, auch sechzehn. Die Jungs, das waren Davine, sein bester Freund Claude Betancourt, sechzehn – Betancourt war Metcalfes fester Freund –, Rocco Jones, sechzehn, und an diesem Abend auch dabei Roccos älterer Bruder, Zane Jones, zweiundzwanzig.«

Sie fährt über die Kreuzung. »Zweiundzwanzig ist ein bisschen zu alt, um mit Fünfzehn- und Sechzehnjährigen abzuhängen.«

Duncan schürzt die Lippen und liest weiter.

»Hier steht, dass Metcalfe von einem Nachbarn gegenüber dabei gesehen wurde, wie sie gegen Viertel nach elf mit Jansen gestritten und sie sogar geschubst hat, bevor sie sich trennten.«

»Und Metcalfe war auch die Letzte, die Jansen lebend gesehen hat?«

»Genau. Hier steht, Metcalfe habe behauptet, da sei jemand mit schwarzem Helm auf einem Motorrad gewesen, der ihnen von der Party gefolgt ist.«

»Steht dort, worüber die Mädchen gestritten haben?«

»Nicht in diesen Berichten. Jansen wurde Montagabend von ihren Eltern als vermisst gemeldet.«

»Da haben sie ziemlich lange gewartet – Freitag bis Montag?«

»Offensichtlich hat Jansen ihren Eltern gesagt, sie würde das Wochenende bei Metcalfe übernachten. Erst am Montag rief Helen Jansen Metcalfes Mutter an und merkte, dass das eine Lüge war.«

»Da wäre sie nicht die erste Jugendliche, die diesen Trick benutzt. Wird irgendetwas von einer Schwangerschaft erwähnt?«

»Nirgendwo.«

»Wurde ihr Freund befragt?«

»Alle ihre Freunde wurden befragt, vor allem die sechs und besonders Metcalfe und Davine. Scheint, als hätten die Kollegen beim Freund ganz genau hingesehen, aber er leugnet, seine Freundin noch einmal getroffen zu haben, nachdem sie die Party mit Metcalfe verlassen hatte. In den Medien bekam die Clique übrigens den Namen ›Die Shoreview Six‹.«

Das Navi vermeldet, dass sie fast da sind. Duncan sieht ruckartig auf. Jane spürt seine Anspannung.

»Schon mal eine Todesnachricht überbracht?«

Er schüttelt den Kopf.

»Dann lass mich das Reden übernehmen, es ist leichter für die Hinterbliebenen, sich auf eine Person zu konzentrieren«, sagt Jane. »Du beobachtest sie dabei. Kein Detail und keine Reaktion ist unwichtig. Schreib alles auf. Und richte dich auf Schocksymptome oder Zeichen für einen medizinischen Notfall ein. So was kommt vor.«

»Gut.« Er holt tief Luft, als Jane das Ende der Sackgasse erreicht, wo ein dichtes Wäldchen beginnt.

»Steht irgendetwas über Darryl Hendricks in den Artikeln?« Er blättert um. Dann noch einmal.

»In dem aktuellsten wird erwähnt, dass Darryl Hendricks Jansens Nachhilfelehrer in Mathe war und dass die beiden sich mochten. Als bekannt wurde, dass Hendricks ebenfalls an diesem Wochenende verschwand, kamen Gerüchte auf, Jansen könnte die Stadt mit Hendricks verlassen haben, entweder freiwillig oder unfreiwillig, und mehrere Zeugen behaupteten – darunter auch die Shoreview Six –, Jansen und Hendricks seien bei mehr als einer Gelegenheit intim geworden.«

»Sie hat ihren Freund betrogen?«

»Laut Zeugen ja.«

»An Robbie Davines Stelle wäre ich da sehr wütend gewesen.«

»Hier steht auch, dass der Chefermittler damals ein gewisser Sergeant Chuck Harrison war.«

»Gut. Gib Tank das durch. Und frag ihn, ob er mit der Suche nach den alten Fallakten vorankommt.«

»Oh, hier steht, dass Darryls Eltern Mimi und Ahmed Hendricks ihren Sohn am Sonntag vor Schulbeginn am 7. September als vermisst gemeldet haben. Also wurde er offensichtlich auch auf der Party zum letzten Mal gesehen. Sein VW-Bus war ebenfalls verschwunden. Den Hendricksens gehörte ein Lebensmittelgeschäft und ein kleines Bistro namens Cape Winds.«

Janes Blick schnellt zu Duncan. »Die sind das? Ich kenne den Laden. Es gibt ihn noch. Damals haben sie mit Gerichten der südafrikanischen Kapmalaien angefangen. Mein Dad hat dort oft etwas zum Mitnehmen geholt, und meine Mom macht das heute noch. Dank ihm sind Mom und ich süchtig nach ihrem Bobotie und den Samoosas.«

»Samosas«, korrigiert er sie.

Sie bremst vor dem Haus. »Samoosas. Die sind anders – eben nach Kapmalaien-Art. Verdammt, ich kann nicht glauben, dass das ihr Sohn ist. Ruf Yusra an und sag ihr das, falls sie es nicht sowieso schon weiß. Das wird ihr helfen, Kontaktinfos zu bekommen.« Als Jane am Straßenrand einparkt, nimmt sie sich vor, ihre Mutter zu fragen, ob sie sich an diese Geschichte über die Familie von Cape Winds erinnert. Ihre Mutter wäre damals siebzehn gewesen, als Jansen und der junge Hendricks verschwanden. Dabei fällt ihr ein, dass ihre Mutter schon mehrmals angerufen hat und sie immer den Anrufbeantworter hat übernehmen lassen.

Jane betrachtet das Haus in der Linden Street und überlegt, was man Eltern sagt, die ihr Kind seit fast fünfzig Jahren vermissen. »Und da war wirklich nirgendwo von einer Schwangerschaft die Rede?«, fragt sie noch einmal leise.

»Null.« Duncans Blick ist auch auf das baufällige kleine Haus gerichtet. Es scheint wie in der Zeit eingefroren. Es steht am Ende einer Sackgasse, die in eine Wendeschleife mündet. Es hängt im Nirgendwo – wie die Familie selbst –, während der Rest der Nachbarschaft gewachsen und gereift ist und verschiedene Transformationen durchgemacht hat.

Jane beginnt gerade erst zu verstehen, wie tief die Wunden gehen können, wenn ein geliebter Mensch verschwindet, wie durchdringend sie sein können und wie lange man auf eine Erlösung wartet und wartet und wartet, die doch nie kommt.

»Also los.« Sie greift nach dem Türöffner. »Bringen wir der Familie ein Stück weit Frieden.«

DIE SHOREVIEW SIX

BOB

Bob verkostet mit seinem Sohn Trev und seiner Schwiegertochter Hazel Wein, während seine Enkelkinder draußen auf der Wiese spielen. Ihr Winzer schenkt ihnen einen grasigen Pinot gris ein, den Hazel diese Saison gern zum ersten Mal auf die Weinkarte des Bistros setzen würde. Sie nippt daran und macht Notizen. Trev ist wie gebannt von den technischen Erläuterungen des Winzers, der den zugrunde liegenden Fermentationsprozess und das Timing erklärt. Aber Bob starrt aus dem Fenster auf den Ozean und ist in Gedanken ganz woanders.

»Was sagst du, Bob?«, fragt Hazel.

Mit einem Ruck ist er wieder da. »Ah, gut. Gefällt mir. Welcher war das noch mal?«

Sie beäugt ihn skeptisch.

»Im Ernst, egal, wie er heißt, er macht sich sicher gut auf der Weinkarte.«

Hazel macht eine Notiz auf ihrem Tablet. Am liebsten würde Bob mit seinem Smartphone durch Twitter scrollen, um Neuigkeiten über die menschlichen Überreste zu erfahren. Er wartet mehr als ungeduldig darauf, irgendetwas zu finden, egal was, das seine aufgewirbelte Angst, die »Shoreview Six« könnten wieder in den Brennpunkt geraten, beruhigt. Siebenundvierzig Jahre nach dem Albtraum. Er möchte glauben, dass alles wieder gut wird. Dass es sich hier um irgendjemanden aus den Sechzigern handelt und das ganze Fass nicht wieder aufgemacht wird. Aber wenn das hier schiefgeht und ihr Geheimnis ans Licht kommt, sind er und seine Familie geliefert. Dann können sie ihren Traum vom Weingut begraben. Trev und Hazel und ihre Kinder werden untergehen, genau wie Bobs Tochter und ihr Mann auf dem Festland. Sogar die Anwaltskanzlei, die er mit aufgebaut hat, wird einen mächtigen Dämpfer einstecken müssen.

Sein Telefon brummt und er zuckt heftig zusammen. Er schaut kurz aufs Display und sieht, dass Rocco anruft.

Rocco wäre der Erste, der es erfährt.

Trev wirft Bob einen warnenden Blick zu. Hazels Mundwinkel sinken nach unten. Sie kann es nicht ausstehen, wenn Menschen in Gesellschaft anderer aufs Handy gucken. Das ist unhöflich, sagt sie immer, als wäre man lieber woanders, als würde man den Menschen vor Ort sagen, dass die abwesende Person wichtiger ist.

»Dad«, mahnt Trev leise. *Leg das verdammte Ding weg, sagen seine Augen. Deswegen bist du im Ruhestand. Deswegen sind wir alle nach hier draußen gezogen, um aus dem Hamsterrad rauszukommen, weg von den konstanten Störungen und dem Stress.*

»Ich, äh, da muss ich kurz ran. Tut mir leid. Ein alter Klient von mir. Da ist irgendetwas im Argen. Ich bin gleich wieder da.« Eilig verlässt er den Verkostungsraum. Die tief stehende Sonne sticht ihm in die Augen, und er muss blinzeln, während er den Anruf entgegennimmt.

»Was ist los?« Bob geht schnell auf dem Kiesweg in Richtung eines kleinen Rastplatzes zwischen Sandbeerbäumen.

176

Die Blätter rauschen im Wind. Er sieht sich um und prüft, ob er außer Hörweite ist. »Gibt es was Neues?«

»Sie ist es. Sie ist es, verdammt noch mal, Bob. Scheiße. Was machen wir jetzt?«

Er bleibt wie angewurzelt stehen. »Was soll das heißen?«

»Unsere Reporterin hat gerade einen Beitrag gesendet. Die Medien stürzen sich nur so darauf. Irgendein Wachmann am Hemlock hat eines Nachts Grabgeräusche an der Kapelle gehört. Er weiß noch, dass es das Wochenende vom Labour Day war, 1976. Auf Twitter kann man schon lesen, dass sie es ist. Annalise. Das geht viral, sage ich dir.«

Er schluckt. Ihm wird übel.

Eine Erinnerung taucht auf und zieht ihn zurück in eine Zeit, in der alle ihn noch Robbie nannten.

Er sitzt mit Annalise auf dem Rücksitz des Wagens von Roccos Bruder. Sie stehen am Odeon Drive-in in North Vancouver. Es ist warm. Sommer 1976. Es läuft Das Omen, aber Robbie und Annalise haben bisher kaum etwas davon gesehen – er küsst sie. Ihre Zungen spielen miteinander, sein Herz rast und seine Haut ist entflammt. Sie riecht so gut. Cherry-Pop- Lipgloss, Bodylotion mit Vanilleduft. Zaghaft schiebt er eine Hand unter ihr T-Shirt und fühlt Haut, die so warm ist, so seidig weich. Sie stöhnt ein wenig und wehrt sich nicht. Das erregt ihn. Er küsst sie noch inten-siver, während er sich gegen ihr Becken drückt und sie langsam auf den Sitz hinabdrängt. Er umfasst ihre Brust. Auf einmal erstarrt sie, hört auf, seine Küsse zu erwidern. Er versucht es noch einmal, den Mund noch immer auf ihrem. Sie fängt an, sich zu wehren, schüttelt den Kopf, gibt einen widerwilligen Laut von sich, dicht an seinen Lippen. Robbie will nicht wahrhaben, dass das hier gerade passiert, dass sie auf einmal nicht mehr will. Er versucht es noch einmal, aber sie wehrt sich noch heftiger. Frustriert löst er sich von ihr. Erregt. Alle seine Freunde haben es schon mit ihren

Freundinnen gemacht. Nur er nicht. Er liebt Annalise. Er hatte
Angst, sie zu etwas zu drängen. Er ist noch jung, aber seine Liebe zu
ihr ist so groß, dass er das Gefühl hat, sie könnte die Richtige sein,
für immer, und deswegen tut es weh. Richtig weh.

»Was ist los?«, fragt er leise.

Sie schüttelt den Kopf, richtet sich mühsam auf und zieht das
T-Shirt zurecht. Dann wendet sie sich ab, und ihre Haare ver-
decken ihr Gesicht. Aber er glaubt, Tränen gesehen zu haben.

»Annalise?« Er legt die Hand an ihr Gesicht, dreht es zu sich.
Ein Schock durchfährt Robbie. In ihren Augen glitzern Reflexionen
der Lichter, und Tränenspuren glimmen auf ihren Wangen.

»Was ist los? Habe ich was falsch gemacht?«

Sie schüttelt den Kopf.

»Was dann? Was ist?«

Sie sagt nichts. Es ist, als könnte sie nicht sprechen.

Robbie lässt sich gegen die Lehne fallen. Verwirrt. Etwas
ängstlich. Er hat passende Kettenanhänger gekauft – einen für
ihn, einen für sie –, silberne Surfer-Halsketten mit dem Heiligen
Christophorus, wie man sie in Kalifornien trägt. Als Glücksbringer
im Ozean und für gute Wellen. Das gehört zu der Kultur, in der
Robbie aufgewachsen ist, bevor seine Familie nach Kanada zog, als
er zwölf war. Die Surfer schenken ihren Freundinnen diese Ketten
als Zeichen dafür, dass sie fest mit ihnen gehen. Er hat auf der
Rückseite der Medaillons R+A in ein Herz eingravieren lassen. Er
hatte sie heute Abend dabei in der Hoffnung auf Sex, darauf, ihr
ein Versprechen zu geben, dass es ab jetzt etwas Ernstes zwischen
ihnen sein wird. Und verdammt, genau das wird er jetzt tun.

Er kramt in seiner Tasche und holt die Medaillons heraus. Eins
bindet er sich um. Dann öffnet er das Kettenschloss des zweiten
Medaillons.

»Psst, sag jetzt nichts«, flüstert er und legt es ihr um den Hals.
Ihre Hand schnellt zum Kettenanhänger. »Was ist das?«

»Ein Medaillon mit dem Heiligen Christophorus«, sagt er.
»Der Heilige Christophorus ist der Schutzpatron der Reisenden,
und er beschützt die Menschen, vor allem auf See.« Er zögert und
fügt dann hinzu: »Die Leute hängen sie sich um, wenn sie mit-
einander gehen. Ich will, dass es etwas Festes zwischen uns ist,
Annalise. Willst du meine Freundin sein?«

Neue Tränen rinnen ihr über die Wangen. Robbie ist verwirrt.
Er weiß nicht, was er tun oder sagen soll.

»Ist das okay?«, fragt er. »Du willst doch etwas Ernstes mit mir,
oder?«

Sie schnieft, wischt sich über die Nase. »Was heißt das genau,
Robbie?«

»Na, du weißt schon. Wir machen alles zusammen. Wir ge-
hören zusammen. Wir gehen zusammen zur Schule, sitzen in der
Cafeteria nebeneinander. Wir machen zusammen Hausaufgaben,
gehen am Wochenende aus …« Seine Stimme erstirbt.

Sie spielt mit dem Medaillon, Unentschlossenheit im Blick.

»Bob? Hörst du mich?«

Das Geräusch von Roccos Stimme holt ihn schlagartig wieder in die Gegenwart.

»Das ist im Augenblick alles nur Spekulation«, sagt er. »Das
bedeutet nicht, dass …«

»Das ist nicht alles, Bob. Angela hat berichtet, dass das
Opfer definitiv weiblich ist und dass sie schwanger war. Der
Fötus ist verseift oder so ähnlich, konserviert. Sie werden die
DNS des Vaters extrahieren.«

Der Schock kommt wie ein Schlag in die Magengrube. Das
Blut weicht aus seinem Kopf. Auf einmal gibt es kein Zurück
mehr. Keinen Ausweg. Wenn das Annalise ist, dann wird die
Büchse der Pandora geöffnet und noch andere, entsetzlichere
Fragen werden daraus aufsteigen. Angst, schwarz und nackt

und diffus, füllt seinen Brustkorb und raubt ihm die Luft. *Atmen. Atmen.*

Bevor Bobs nächste Worte seinen Mund verlassen, weiß er bereits, dass sie lächerlich sind und aussichtslos. »Lass nicht zu, dass das eine Story wird. Du bist der Boss – halte sie auf. Halte diese Sheldrick auf.«

»Du weißt, dass ich das nicht kann. Die Sache ist angelaufen und geht bereits viral. Wenn sich bestätigt, dass sie es ist, werden die Mordermittler wieder Jagd auf uns machen. Auf alle sechs von uns. Sie werden die Ermittlungen von 1976 wieder eröffnen. Wir alle werden wieder verhört, und dieses Mal gibt es DNS von einem Fötus. Sie werden DNS-Proben von *uns* fordern.« Er schweigt kurz. »Sie werden *dich* fragen, Bob. Zuerst wollen sie deine Genprobe.«

Rocco sagt es, als wäre es eine Drohung. Ein Hauch von Ärger regt sich. Er wirft für Bob ganz eigene Fragen auf.

»Wir müssen reden«, sagt Rocco. »Und zwar zu sechst. Persönlich und so schnell wie möglich. Irgendwo, wo es niemand hören oder sehen kann. Wir müssen schneller sein als die und dafür sorgen, dass wir alle noch mit derselben Story dabei sind, dass unser Schwur noch gilt.« Eine Pause entsteht. »Wir müssen einander vertrauen können, Bob. Stimmt's?«

»Klar, sicher. Tun wir.«

Aber auf einmal vertraut Bob niemandem mehr.

Denn eine Sache weiß er todsicher – *er* hat seine Freundin nicht geschwängert.

Aber wenn nicht er, wer dann?

HELEN

Helen Jansen hilft ihrem Mann Kurt zurück ins Wohnzimmer. Er ist besonders wacklig auf den Beinen heute. Sie führt ihn zu seinem Sessel vor dem Fernseher. Irgendeine Spielshow läuft, der Ton ist auf leise gestellt, denn sosehr der Fernseher auch ein Babysitter für Kurt ist, es macht Helen gereizt, ihn den ganzen Tag laufen zu haben.

»So, und nun setz dich.« Sie stützt ihn am Ellbogen, während er sich kraftlos und mit einem Brummen in den Sessel sinken lässt. Zärtlich legt sie ihm eine leichte Decke auf den Schoß. »Die Schmerzmittel werden bald wirken.«

Helen wartet, bis ihr Mann sich entspannt. Sie ist völlig erschöpft. Um ihre eigene Gesundheit ist es nicht gut bestellt, und sie weiß nicht, wie lange sie das hier noch durchhält. Es ist eine Hilfe, Faith zu Hause zu haben, aber sie brauchen eine längerfristige Lösung. Ihr Gefühl sagt ihr, dass ihre Zeit in diesem Haus abläuft, aber es macht ihr zugleich riesige Angst, es zu verlassen.

Ihr fallen die Nachrichten über die schauerliche Entdeckung unter der kleinen Kirche auf dem Hemlock Mountain ein. Dass die Leiche Stiefel trug. Ihr Blick fällt auf Kurts mit Altersflecken übersäte Hände, auf die von Arthritis entstellten Knöchel. Seine linke Hand ist noch immer rosa und leicht entzündet von dem Unfall mit dem heißen Wasser. Ihr Mann war einst so stark. Tatkräftig. Helens Augen werden feucht. Die Entdeckung einer Leiche irgendwo lässt sie nie kalt, aber dieses Mal ist es anders. Sie ist sich sicher, dass es Annalise ist. Sie möchte ihre größten Ängste mit ihrem Mann teilen, aber er ist auf so vielen Ebenen nicht mehr der Alte. Zuerst kam die Diagnose Prostatakrebs, gefolgt von der Operation und der Hormonbehandlung, um sein Androgenlevel zu senken, was ihren einstigen starken Mann im Grunde kastrierte. Dann kam der Schlaganfall, der ihn irgendwo in seinem Kopf einsperrte. Und jetzt scheint es noch einen zusätzlichen, schleichenden kognitiven Verfall zu geben. Während all das ihren Kurt zu Fall gebracht hat, ist es auch eine Fluchtmöglichkeit für ihn – eine Erleichterung –, um die Helen ihn beneidet. Aber vielleicht ist es gar kein Entkommen, überlegt sie, während sie ihn betrachtet, sondern ein Gefängnis, denn sie weiß nie, ob die Erinnerung an alles nicht noch da ist, mit ihm gefangen in seinem Kopf.

»Kurt?«, raunt sie.

Er reagiert nicht. Er ist jetzt gefesselt von der Spielshow im Fernsehen.

»*Kurt.*«

Sein Blick schnellt zu ihr. Er macht keine Anstalten zu sprechen, aber kurz hängt etwas fast Elektrisches und Greifbares zwischen ihnen in der Luft.

»Ich glaube, sie haben sie gefunden, Kurt«, raunt Helen.

Er wendet sich ab und starrt wieder auf den Fernseher. Helen lässt sich schwer auf den Polsterhocker neben ihm sinken. »Ich weiß, ich habe das schon öfter gesagt, aber dieses Mal *spüre* ich, dass sie es ist.«

»W-wen gef-funden?«, bringt er langsam und lallend heraus.

»Annalise.«

Er runzelt die Stirn, scheint verwirrt. Dann sieht es so aus, als wäre der Gedanke aus seinem Kopf geflohen. »Gibt es n-noch Mandeltorte?«

Helen seufzt. Sie fühlt sich so einsam, so isoliert, nach all diesen Jahren in ihrem eigenen Gefängnis – eingesperrt hinter Gittern der Trauer. Aber jetzt könnte es sein, dass das Klopfen an der Tür, das sie seit fast fünfzig Jahren zugleich erwartet und gefürchtet hat, tatsächlich kommt. Und sie will, dass es endlich vorbei ist. Einen Abschluss. Aufklärung. Was auch immer kommen mag, es ist höchste Zeit. Sie braucht die Erlösung – sie hat Ruhe dringend nötig.

Helen geht in die Küche, um Torte zu holen. Als sie mit einem Stück und einer frischen Tasse Tee – lauwarm, zur Sicherheit – zurück ins Wohnzimmer geht, fällt ihr eine dunkelgraue Limousine vor dem Haus auf. Sie ist sofort angespannt und beobachtet sie, halb hinter dem Vorhang. Der Wagen steht einfach da mit laufendem Motor. Zwei Leute sitzen darin. Ein Mann und eine Frau.

Und da weiß sie – sie weiß es einfach –, dass es so weit ist. Sie sind wegen Annalise gekommen.

Es ist der Anfang vom Ende.

Helen fängt fast an zu weinen, als sie an den bevorstehenden Gefühlsausbruch denkt.

FAITH

Faith ist im Keller und wirft die Wäsche ihrer Eltern in die Waschmaschine. Das Fenster der Waschküche ist gekippt, damit die Luft des Trockners entweichen kann. Die Entlüftung funktioniert nicht mehr. So hört sie, dass ein Auto vor ihrem Haus hält. Faith späht aus dem schmalen Fenster, das sich in Bodennähe befindet.

Durch die Büsche erkennt sie ein graues Auto auf der Straße. Der Motor läuft. Ein Mann und eine Frau sitzen darin. Der Mann hat tiefrotes Haar. Die Frau trägt ihre glänzenden braunen Haare in einem schwungvollen Pferdeschwanz.

Faith ist sich sicher, dass das die Detectives sind. Die Polizei muss die Leiche unter der Kapelle identifiziert haben, und jetzt haben sie das Haus der Jansens gefunden, weil es so verflucht einfach zu finden ist. Genau dieselbe Adresse wie vor siebenundvierzig Jahren. Sogar das Zimmer von Annalise sieht noch so aus wie damals.

Faith hat auf diesen Tag gewartet, seit sie neun war. Sie hat immer das Gefühl gehabt, dass er sie irgendwie befreien würde. Alles in ihrem Leben – all das Pech und die dummen Entscheidungen, die sie im Laufe der Jahre getroffen hat – lässt sich auf das Wochenende 1976 zurückführen, als ihre Schwester

184

verschwand. Von diesem Augenblick an drehte sich alles in Faiths Welt um Annalise, um das Mädchen, das nicht da war und doch immer da war. Der Geist, der Faith unsichtbar werden ließ.

Die Fahrer- und die Beifahrertür öffnen sich gleichzeitig. Faith macht sich bereit. Sie sieht zu, wie die Frau umständlich aussteigt. Sie trägt einen schwarzen Kurzmantel und Stiefeletten und sieht schwanger aus. Der Mann ist groß und hat sehr blasse Haut. Er hat einen teuer aussehenden Anzug an, was Faith ungewöhnlich für einen Detective findet. Seine tiefrote Gesichtsbehaarung ist akkurat getrimmt. Erst vor ungefähr drei Jahren hat sie irgendwo gelesen, dass die Beamten der RCMP jetzt Bart tragen dürfen. Aber er darf eine gewisse Länge nicht überschreiten, es sei denn, er dient operativen Maßnahmen wie zum Beispiel verdeckten Ermittlungen oder hat religiöse Gründe. Faith hält sich an diesem obskuren Detail aus der Erinnerung fest, um sich von dem abzulenken, was da durch das Gärtchen auf sie zukommt.

Die Frau betrachtet das Haus der Jansens, als würde sie es beurteilen, sich vorbereiten. Der Mann geht um das Auto herum und an die Seite der Frau. Er sagt irgendetwas zu ihr. Die Frau nickt. Mit grimmigen Mienen betreten sie den Weg zum Haus.

Faith wünscht sich, das Tagebuch bereits verbrannt zu haben.

JANE

Jane klingelt, während Duncan steif und stoisch an ihrer Seite steht. Der Wind streicht durch die Frühlingsblätter. Sie klingelt noch einmal, und als niemand öffnet, klopft sie laut. Duncan tritt von einem Bein aufs andere. Jane sieht Bewegung hinter der Milchglasscheibe an der Seite der Tür, aber es öffnet noch immer niemand. Sie tauscht einen Blick mit Duncan und klopft wieder.

Die Tür geht auf. Einen Spalt. Ein blasses Gesicht späht heraus. Es gehört einer Frau Mitte oder Ende sechzig. Jane hat damit gerechnet, dass Annalises Mutter älter aussieht.

»Wohnen hier Helen und Kurt Jansen?«

Die Frau öffnet die Tür weiter. »Ich bin Faith Jansen. Helen und Kurt sind meine Eltern.«

Jane verarbeitet diese Information. Wenn Faith neun war, als Annalise verschwand, dann hatte sie kein leichtes Leben – sie sieht viel älter aus als sechsundfünfzig.

»Mein Name ist Sergeant Jane Munro, und das ist mein Partner Corporal Duncan Murtagh.« Sie zeigen ihre Ausweise. »Dürfen wir reinkommen und mit Ihren Eltern sprechen? Wir haben eine wichtige Nachricht.«

»Geht es um Annalise?«

»Dürfen wir reinkommen?«

Faith zögert. Dann sagt sie leise: »Mein Vater hatte vor einiger Zeit einen Schlaganfall und ist mittlerweile dement. Manche Tage sind besser, andere schlechter. Ich bin nicht sicher, wie viel er von den Nachrichten mitbekommen hat, aber heute hat er keinen guten Tag.« Sie schweigt. Tränen sammeln sich in ihren blutunterlaufenen Augen. »Ich habe die Nachrichten gesehen.«

Jane verflucht Sheldrick innerlich. Sie merkt auch, wie die Frau an der Tür sie zugleich hereinlassen will und auch nicht. Sie hat offensichtlich Angst vor den Neuigkeiten, aber will sie gleichzeitig hören. Jane kennt diesen Konflikt gut – sie hat schon genügend schlechte Nachrichten überbracht. »Ist es in Ordnung, wenn wir hineingehen und mit Ihnen und Ihren Eltern darüber reden?«

»Das wird meine Mutter umbringen. Ich möchte lieber nicht, dass ...«

»Wir müssen wirklich mit ihr sprechen, Faith.«

Faith tritt zurück und lässt Jane und Duncan eintreten.

Im Wohnzimmer sitzt ein gebrechlicher alter Mann in einem Sessel vor einem Fernseher und einer Wiederholung von ›Jeopardy!‹. Er ist groß, aber in sich zusammengesunken. Graue Haare, kraftloser Teint, schlaffe Haut am Kinn.

»Dad, wir haben Besuch«, sagt Faith laut.

Kurt Jansen sieht kurz in ihre Richtung, verzieht die Mundwinkel nach unten und wendet sich wieder der Sendung zu. Jane fällt auf, dass seine Hände die Armlehnen leicht umklammert halten. Seine linke Hand ist rosa und angeschwollen.

»Ich hole meine Mutter«, sagt Faith.

Sie verlässt den Raum. Der Vater starrt weiter auf die leise Spielshow, während Jane und Duncan das Wohnzimmer betreten. Sie werfen sich einen Blick zu und nehmen still den Raum in Augenschein, während sie warten.

Ein Schulporträt von Annalise hängt prominent an der Wand. Eingerahmte Fotos bilden kleine Grüppchen am Kaminsims. Jane geht näher heran. Auf den meisten ist Annalise zu sehen. Es gibt nur ein Bild mit Annalise und ihrer kleinen Schwester vor einer grünen Limousine, das in den Siebzigerjahren aufgenommen worden sein muss.

»Detectives«, sagt Faith und betritt das Wohnzimmer, »das ist Helen, meine Mutter.«

Eine Frau Anfang achtzig mit einer Schürze steht unbeholfen in der Tür. Sie ringt nervös die arthrosegeplagten Hände.

»Mom, das sind Sergeant Munro und Corporal Murtagh. Sie haben Neuigkeiten für uns.«

Die Mutter schluckt. Sie scheint am Boden festgefroren. Ihre Augen sind wach.

»Warum setzen Sie sich nicht, Detectives?«, sagt Faith. »Möchten Sie Kaffee, Tee, Wasser oder sonst irgendetwas?«

»Nein danke.« Jane setzt sich auf ein Sofa. Duncan lehnt ebenfalls ab und nimmt auf einem Sessel neben Jane Platz. Er öffnet sein Notizbuch. Helen bewegt sich noch immer nicht. Jane hört einen Trockner im Keller arbeiten – eine Gürtelschnalle oder irgendetwas anderes klackert in der Trommel. Sie kann den Weichspüler und den unverwechselbaren Geruch erhitzter Kleidung riechen, der aus dem Wäscheraum kommt.

Duncan lässt den Kugelschreiber klicken.

Helen nimmt schließlich zögerlich auf der Vorderkante eines Stuhls Platz. Faith bleibt zwischen ihrem Vater und ihrer Mutter stehen.

»Ist es Annalise?«, fragt Helen mit zitternder Stimme. »Haben … haben Sie mein Mädchen gefunden?«

Jane beugt sich vor, was sich mit ihrem Bauch seltsam anfühlt. »Ich weiß nicht, wie viel Sie schon in den Nachrichten mitbekommen haben, Mrs Jansen, aber es wurden menschliche Überreste unter der alten Skifahrerkapelle auf dem Hemlock gefunden, und wir haben Grund zu der Annahme, dass es Ihre Tochter Annalise Grace Jansen sein könnte.«

Helen atmet scharf ein. Sie schlägt mit großen Augen die Hand vor den Mund.

Jane lässt die Nachricht sacken.

»Sind Sie sicher, dass sie es ist?«, fragt die Mutter mit schwacher Stimme.

»Wir benötigen eine Genprobe, entweder von Ihnen oder Ihrem Mann, um eine formelle Identifizierung durchzuführen, aber wir gehen davon aus, dass es sich um Ihre Tochter handelt, und wir wollten so schnell wie möglich mit Ihnen Kontakt aufnehmen angesichts der Nachrichtenlage rund um diesen Fall. Es tut mir sehr leid, Mrs Jansen.«

Helen starrt benommen zwischen Jane und Duncan hindurch. Faith streichelt ihrer Mutter den Rücken. Kurt Jansens Aufmerksamkeit gilt weiter der Show im Fernsehen. Jane fallen aber die Tränenspuren auf, die in den Falten seiner Augenrunzeln schimmern. Er begreift zumindest teilweise, was hier passiert, schließt sie daraus.

»Ich muss Sie auch darüber in Kenntnis setzen, dass diese Entdeckung Teil einer Morduntersuchung ist, und …«

»Sie wurde *ermordet*?« Helens Stimme klingt rau und brüchig.

»Es gibt Hinweise darauf, dass sie zwei Schläge gegen den Schädel erlitten hat, die vermutlich tödlich waren. Das und der Ort, an dem sie gefunden wurde, reicht bereits aus, um eine Untersuchung zu rechtfertigen.« Jane zögert. »Mrs Jansen, wir müssen Sie auch in Kenntnis darüber setzen, dass Ihre Tochter Annalise schwanger war.«

Helen vergräbt das Gesicht in den Händen und fängt an, leise zu schluchzen. Ihre Schultern beben. Faith setzt sich langsam neben ihre Mutter und versucht sie zu trösten. Kurt Jansen rührt sich nicht, aber seine knotigen Finger sind weiß, so sehr umklammern sie die Armlehnen.

»Wussten Sie, dass Ihre Tochter schwanger war, als Sie sie als vermisst gemeldet haben, Mrs Jansen?«, fragt Jane.

Helen sieht auf. Ihr Gesicht ist rot und tränenüberströmt. Sie schüttelt nur den Kopf.

»Wir wussten das nicht«, sagt Faith mit blasser Miene. »Sind Sie sicher?«

»Das forensische Team ist sich da sicher. Sie war etwa im dritten Monat schwanger.«

Die Mutter übermannen wieder die Tränen. Sie stöhnt und wiegt sich im Weinen.

Duncan spielt mit seinem Stift. Es ist ein schwerer Augenblick. Diese Leute sind am Boden zerstört. All die Jahre, das Warten auf Gewissheit, haben ihren Schmerz nicht gestillt, und die Neuigkeiten verletzen sie jetzt genauso tief, wie sie es vor siebenundvierzig Jahren getan hätten.

»Haben Sie irgendeine Vorstellung davon, wer der Vater sein könnte?«, fragt Jane.

Helen Jansen entfährt ein Schluchzer wie Schluckauf. »Nein. Nein, ich weiß es nicht. Höchstens Robbie vielleicht? Er … er war damals ihr Freund.«

»Robbie Davine«, fügt Faith hinzu.

»Gab es andere Jungen in Annalises Leben, die mit ihr ein Kind gezeugt haben könnten?«

Helen schüttelt den Kopf.

»Vielleicht Darryl Hendricks?«, sagt Faith. »Er war ihr Nachhilfelehrer in Mathematik. Er war ziemlich oft hier. Meine Schwester ist zum Lernen manchmal zu ihm gefahren, und sie sind dabei gesehen worden, wie sie intim miteinander waren. Er ist auch an jenem Wochenende verschwunden, und alle dachten, dass er sie mitgenommen hat.«

Duncan macht sich Notizen.

Faith zögert, als würde sie mit sich ringen. »Sie, äh, sie hat auch einmal über einen Typen geredet, der ins Donut Diner kam, wo sie im Sommer und am Wochenende während der Schulzeit gearbeitet hat.« Sie wird ein wenig rot. »Ich war noch klein und erinnere mich nicht an viel, abgesehen von dem, was ich später gelesen habe, aber ich weiß noch, dass irgendetwas komisch an ihm war. So stalkermäßig. Mom, hat sie mit dir auch darüber geredet? Hat sie gesagt, dass er ihr gefährlich vorkommt oder so?«

Helen schüttelt den Kopf. »Unsere Annalise hat sich in den wenigen Monaten vor ihrem Verschwinden sehr verändert. Sie war auf einmal so verschlossen. Sie schien … irgendwie selbstzerstörerisch.« Ihre Stimme versagt. »Es gab keinen einzigen Tag, keine Stunde, keine Minute und nicht einmal eine Sekunde in siebenundvierzig Jahren, in der ich mein kleines Mädchen nicht vermisst habe. Ich muss sie sehen. Ich muss wissen, dass sie wirklich nach Hause gekommen ist. Darf ich sie bitte sehen?«

Das Bild des seltsam aufgeblähten Torsos und des körperlosen Schädels kommt Jane in den Sinn. »Wir werden sehen, was sich machen lässt«, sagt sie sanft. »Aber die Überreste werden noch untersucht und wir müssen zuerst eine formelle Identifikation durchführen.«

»Warum war sie dort?«, fragt Faith. »Wieso an dieser Kapelle? Wer hat das getan?«

»Wir werden allen diesen Fragen nachgehen und sie so gut beantworten, wie wir nur können«, erwidert Jane. »Aber der erste Schritt muss sein, sie zu identifizieren. Mrs Jansen, wenn Sie oder Ihr Mann schriftlich einwilligen, dass wir Ihnen eine DNS-Probe entnehmen dürfen – entweder über ein Wattestäbchen oder eine kleine Menge Blut –, dann könnten wir das jetzt sofort machen, und sobald das forensische Labor auch eine Probe der Verstorbenen entnommen und ein Profil erstellt hat, können wir sie miteinander vergleichen und eine familiäre Übereinstimmung bestimmen.«

Helen wischt sich mit zitternder Hand die Augen und sieht unsicher zu ihrem Mann hinüber.

»Das ist natürlich freiwillig«, ergänzt Jane. »Und im DNS Identification Act ist geregelt, wie wir mit diesen Proben umgehen dürfen. Es funktioniert wie folgt: Jedes DNS-Profil von Familienmitgliedern wird in die Datenbank ›Verwandte von vermissten Personen‹ eingespeist. Sie ist Teil der nationalen DNS-Datenbank. Ein Genprofil eines Blutsverwandten darf nur mit dem Genprofil einer vermissten Person oder einer nicht identifizierten Leiche verglichen werden. Es darf nicht für Vergleiche mit Genprofilen verurteilter Verbrecher herangezogen werden, nicht mit DNS-Spuren von einem Tatort verglichen und auch nicht für internationale Vergleiche verwendet werden. Sollten die Vergleiche zu Informationen führen, die von dem abweichen, was die Personen über ihre Familienmitglieder wissen, wird diese Information nicht veröffentlicht, es sei denn, sie ist relevant für die Untersuchung. Es hat keine negativen Konsequenzen oder Ungleichbehandlung zur Folge, sollten Sie sich dagegen entscheiden.« Jane sieht Faith an. »Wir könnten auch eine Probe von einem Geschwisterkind brauchen.«

»Nein, nein, natürlich«, beschwichtigt Helen. »Ich … ich kann gern eine Probe abgeben. Kurt ist nicht in der Lage zu verstehen, was er da unterschreiben oder tun würde. Ich bin sein gesetzlicher Vormund. Wann wollen Sie das machen?«

»Wir können es gleich tun, nachdem wir Ihnen noch einige Fragen zu Ihrer Tochter und dem Wochenende gestellt haben, an dem sie verschwunden ist, wenn das in Ordnung für Sie ist?«

»Natürlich. Ja.« Sie glättet ihre Schürze in dem Versuch, sich zu sammeln.

DIE SHOREVIEW SIX

JILL

Jill und Cara nippen an ihren Cocktails und beobachten dabei Isaias, Jills Mann, wie er in der fantastischen Outdoor-Küche ihres dreizehn Millionen Dollar teuren Hauses am Meer bei Eagle Harbour ein eritreisches Abendessen zaubert. Heizstrahler von der Terrassendecke nehmen dem Frühlingsabend die Kühle. Ein Feuer prasselt im Steinkamin und leise Jazzmusik tönt aus den Lautsprechern. Der Infinity-Pool leuchtet in einem strahlenden Türkis, in der Bucht blinken Lichter. Zara und ihr Freund teilen sich im Whirlpool neben dem Pool eine Flasche Wein.

Der Wein ist eine schwere Konstante in Jills und Caras Tag seit ihrem Streit am frühen Mittagstisch. Nach Caras verstörendem Ausbruch haben die alten Freundinnen beschlossen, so zu tun, als wäre es nie passiert, und stattdessen einfach viel zu trinken und den Rest des Wochenendes zu genießen, bevor Cara wieder nach Somersby Island zurückfährt. Das ist im Grunde die Vorgehensweise der Frauen seit dem Schicksalsherbst 1976. Spaß haben, weitermachen, das Gift ignorieren, das tief in allen von ihnen lauert, denn um ehrlich zu sein, könnten sie es nicht verkraften, wenn sie alles auf sich wirken ließen.

Aber dieses Mal kann Jill nicht wirklich loslassen.

Sie beobachtet Cara, wie sie mit Isaias redet, lacht, an ihrem Drink nippt und so entspannt wirkt trotz des hässlichen Augenblicks beim Mittagessen. Isaias ist natürlich so charmant wie eh und je und erfreut Cara mit einer Geschichte von der Arbeit, während er kocht. Der Duft von Gewürzen hängt schwer in der Luft.

Jill fragt sich, ob es wahr ist, was Cara gesagt hat. Stecken tatsächlich hinter ihrer Beziehung, ihrer Familie, ihrer wohltätigen Arbeit, ja, hinter ihrem ganzen Leben als Erwachsene nur Schuldgefühle? Oder Scham? Oder Reue? Hat sie wirklich auf unterbewusste Art versucht zu büßen, indem sie sich damals in Isaias verliebt hat? Was ist mit ihrer Zusammenarbeit mit Danielle und Cape Winds Foods & Catering? Und ihre Arbeit mit den Flüchtlingen, die größtenteils aus Afrika kommen? War das Jills versteckte Art, tief sitzende Ängste zu beschwichtigen, sie könnte womöglich rassistisch sein?

Nein, denkt Jill. *Falsch.* Das kann nicht sein. Sie ist nicht rassistisch. War es nie. Und wird es auch nie sein.

Isaias kommt mit der Flasche Wein zu ihr. »Einmal vollmachen, bitte?«

Jill zwingt sich zu einem Lächeln und nickt. Er sieht ihr länger als nötig in die Augen. Er liest etwas. Er hat den Unterton zwischen ihr und Cara gespürt. Dann füllt er ihr Glas. Ihr Mann ist einfühlsam, hat einen scharfen Verstand. Jill weiß, dass er es später ansprechen wird, wenn sie allein sind, und die Anspannung schnürt ihr den Brustkorb zu. Sie nimmt einen großen Schluck Wein und reist in der Erinnerung zurück, durchsucht die Vergangenheit nach Zeichen dafür, dass Caras Anschuldigungen der Wahrheit entsprechen.

Jill lernte Isaias in Paris während ihres Reisejahrs nach der Schule kennen. Isaias Osman – dynamisch, brillant, sexy, sinnlich, unternehmerisch – war damals frisch aus Eritrea geflohen.

Trotz seiner schwierigen Situation hatte er ein Netzwerk geknüpft und sich kopfüber in die Textilbranche in Frankreich gestürzt. Er wurde ein Beispiel dafür, wie man sich selbst an den Haaren aus dem Dreck zieht, eröffnete eine trendige Boutique in Paris und hat mittlerweile weltweite Ketten daraus gemacht. Für Jill war Isaias das Gesicht und die Seele dessen gewesen, was sie als das größte Problem der Zukunft ansieht: Migration. Flüchtlinge. Vertriebene Bevölkerungsgruppen, die vor Kriegen und Hungersnöten und Verfolgung und geologischen und meteorologischen Katastrophen fliehen. Dieses sich abzeichnende Problem verändert den Ton in der Politik und weckt überall auf der Welt nationalistische Gesinnungen. Dabei könnte jedem von ihnen dasselbe drohen, sogar hier. Wenn sich in Kalifornien das Erdbeben »The Big One« ereignet, die Waldbrandsaison zu heftig wird oder der Meeresspiegel um Florida um ein paar Meter ansteigt, könnten massenweise Amerikaner zu Migranten werden. Aber was, wenn Cara recht hat – dass Isaias das Gesicht ihrer eigenen Schuldgefühle des Herbstes 1976 gewesen war?

Isaias hatte Darryl so ähnlich gesehen, dem achtzehnjährigen jungen Mann, dem sie alle Annalises Verschwinden in die Schuhe geschoben hatten. Es ist auf einmal so klar und offensichtlich, und jetzt, wo Cara damit herausgeplatzt ist, wird Jill das Bild nicht mehr los. Sie hat auf einmal furchtbare Angst, dass Isaias es auch sieht. Auf dem Rücken dieser Erkenntnis kommt ein neuer Anflug von Wut daher. Sie ist so wütend auf die anderen ihrer Sechserclique. Diese Story in den Nachrichten – die vage Möglichkeit, dass Annalise in diesem Grab liegt – reißt die alten Narben von dieser ganzen elenden Sache wieder auf. Wenn die Schlagzeilen die Vergangenheit an die Oberfläche spülen, *wird* die Polizei bei ihnen anklopfen. Sie *werden* den Fall wieder aufnehmen. Und wenn die Wahrheit ans Licht kommt, könnte Jill Isaias verlieren. Und Zara. Ihre Wohltätigkeitsorganisationen würden sie verstoßen. Sie würde geschmäht werden. Sie würde alles verlieren und ihr Leben wäre nichts mehr wert. Es gäbe einfach keinen Grund mehr, weiterzumachen.

Sie nimmt einen kleinen Schluck und sieht zu Zara und ihrem Freund hinüber, die mit Ausblick auf die Bucht leise im Whirlpool miteinander reden. Zara ganz der Vater. Ihr Freund ein schwarzer junger Mann, Eigentümer einer renommierten Kunstgalerie. Die Sorte Mann, die zu werden Darryl verwehrt war. Sie verschluckt sich am Wein beim Versuch, diesen Gedanken hinunterzuschlucken. Sie muss husten und ihre Augen tränen. Isaias blickt wieder zu ihr herüber. Jill holt tief Luft.

Sie muss vorsichtig sein.

Sie darf nie, niemals zulassen, dass ihr Mann erfährt, was damals passiert ist. Sie liebt Isaias von ganzem Herzen und ganzer Seele und würde daran zugrunde gehen, wenn er sich gegen sie wenden würde.

Caras Telefon klingelt. Jills Puls schießt in die Höhe. Sie beobachtet, wie Cara aufs Display schaut und abnimmt.

»Bob, hey.« Cara wirft Jill einen Blick zu. »Ja, wir sind draußen und wollen gerade essen. Isaias kocht. Jill ist …«

Jill sieht, wie Caras Miene sich verändert. Ihr Körper wird starr. Ihr Blick schnellt zu Jill, und der Ausdruck darin sagt alles: *Es ist etwas Schlimmes passiert.*

Cara läuft zügig über die Terrasse und am Pool vorbei. Sie stellt sich an die Bäume, außer Hörweite, und redet leise. Jill wird schlecht.

Cara kommt zurück, als Isaias ins Haus gegangen ist, um Weinnachschub zu holen.

»Was ist?«, raunt Jill.

»Es macht überall die Runde«, flüstert Cara eindringlich zurück. »In der Presse und im Internet sagen sie, dass die Leiche am Wochenende vom Labour Day vergraben wurde, 1976, und dass es wahrscheinlich Annalise ist.«

Jill sieht Isaias durch die bodentiefen Fenster. Er öffnet gerade die Weinflasche. Jede Sekunde kann er zurückkommen.

Cara flucht. Sie sieht jetzt wirklich verängstigt aus. »Und das ist nicht alles, Jill. Sie war schwanger.«

Jill steht der Mund offen. Ihre Gedanken rasen. Isaias kommt mit dem Wein zurück auf die Terrasse.

»Was habe ich verpasst?«, fragt er.

»Nichts«, erwidert Jill schnell.

»Nur etwas Ärger bei unserem Bistro auf Somersby«, lügt Cara. »Einer unserer ... äh ... neuen Mitarbeiter hat abgesagt.«

»Wichtige Position?«, fragt Isaias.

»Manager«, erwidert Cara. »Könnte sein, dass wir die Saisoneröffnung verschieben müssen.«

»Ach, ihr findet schon jemanden«, sagt Isaias. Aber seine Augen sind wachsam. »Das ist so eine erstklassige Stelle, eine echte Perle, um die Sommersaison über zu arbeiten. Den Job schnappt sich garantiert jemand.«

Er läuft zum Whirlpool, um Zara und ihrem Freund einzuschenken.

»Wir müssen uns treffen«, raunt Cara. »Persönlich. Irgendwo, wo wir ungestört sind. Alle sechs.«

»Was soll das heißen, *schwanger*?« Jill versucht noch immer, den Schock zu verarbeiten. »Ist es von Bob? Wusste er damals davon?«

Isaias kommt zurück.

»Jill, hör mir zu, konzentrier dich«, sagt Cara schnell. »Wir müssen uns treffen. Sofort.«

»Wo?«

»Geht es hier?«, fragt Cara. »Isaias verreist doch morgen, oder? Du meintest, er wäre zwei Nächte weg.«

»Nein, auf keinen Fall. Nicht hier.«

»Wo sonst?«, flüstert Cara hitzig. Isaias kommt näher. »Er wird es nie erfahren, Jill. Roccos Wohnung ist zu offensichtlich. Bob hat Claude noch nicht erreicht, und Claudes Haus ist neben diesem Park, wo jeder sehen kann, wer kommt und geht. Und Mary … es wird schon schwer genug, sie überhaupt zum Kommen zu bewegen. *Bitte.* Euer Haus ist so abgelegen hier, und wir dürfen auf keinen Fall die Aufmerksamkeit der Presse auf uns ziehen. Sie werden uns sowieso jagen, wie es aussieht, und es kann jeden Moment losgehen.«

Jill ist fast blind vor Sorge.

»Das wird schon wieder«, sagt Isaias.

Jill zuckt zusammen und verschüttet ihren Wein. »Was?«

»Die Sache mit dem Mitarbeiter. Im Bistro. Das wird schon wieder. Ich habe keinen Zweifel daran.«

Jill versucht zu schlucken.

»Ja, natürlich«, sagt Cara und wirft Jill einen scharfen Blick zu. »Das kriegen wir hin. Wir werden das alles regeln.« Sie lacht künstlich. »Nicht wahr, Jill?«

»Genau«, sagt Jill leise. »Das machen wir.«

HELEN

Helen starrt die Polizistin mit dem Babybauch an und denkt an ihre eigene Schwangerschaft mit Annalise. Sie scheint einfach nicht begreifen zu können, was gerade passiert. Es ist zu viel, und allmählich fühlt sie sich ganz taub und verwirrt. Ihr Verstand kann sich dieser schmerzhaften Realität nicht stellen. Wenn sie der hässlichen Wahrheit direkt entgegentritt, dann könnte sie unerträglich werden. Es ist leichter, alles Hässliche verstohlen davonhuschen zu lassen, damit es sich irgendwo tief in den Windungen ihres Gehirns verstecken kann. So ist es nun schon seit Jahrzehnten – Helen sehnt sich gleichzeitig nach Nachrichten über ihre Tochter und fürchtet sich bis ins Mark davor. Denn diese eine Nachricht endlich zu erhalten und sich schließlich der Wahrheit stellen zu müssen, bedeutet auch das Ende aller Hoffnung.

»Können Sie uns in Ihren eigenen Worten von Ihrer letzten Begegnung mit Annalise erzählen, Mrs Jansen?«, fragt Sergeant Munro.

Sie schnieft und wischt sich über die Nase, kämpft darum, die Fassung zu wahren. »Das war an einem Freitag. Auf dem Berg gab es eine Party. Annalise, ihre Freundin Mary Metcalfe und der Rest ihrer Gruppe sind dorthin gegangen. Annalise hat uns gesagt, sie würde bei Mary übernachten. Das hat sie oft getan, also ist es uns nicht komisch vorgekommen. Als ich sie das letzte Mal gesehen habe, hat sie ihre neuen Stiefel getragen, die sie sich mit dem Geld von ihrem Job bei Donut Diner gekauft hat. Sie hat ihren Rucksack mitgenommen – ich dachte, da sind bestimmt ihre Sachen drin, die sie fürs Übernachten braucht. Später habe ich überlegt, ob sie den Rucksack vielleicht dabeihatte, weil sie weglaufen wollte.« Ihre Nase beginnt zu laufen, und sie kann nichts dagegen tun.

»T-tut mir leid«, sagt sie. »Ich … ich hätte nie geglaubt, dass dieser Tag wirklich kommt. Ich wollte es, aber gleichzeitig wollte ich auch nie hören, dass sie wirklich tot ist. Ich … ich bin einfach so müde.«

»Ist schon gut«, sagt Jane. »Das ist verständlich. Können wir mit der Befragung weitermachen? Oder brauchen Sie eine Pause?«

Helen sieht zu dem rothaarigen Polizisten mit dem ernsten blassen Gesicht. Er macht sich Notizen. Sie wird nervös, weil er niederschreibt, was sie sagt.

»Das ist alles, was ich sicher weiß«, erklärt Helen leise. »Annalise ist mit ihrem Rucksack zu Marys Haus ein Stück die Straße hochgegangen. Das war das letzte Mal, dass wir sie gesehen haben.«

»Und wann haben Sie bemerkt, dass sie verschwunden ist?«

»Als sie am Montagabend immer noch nicht nach Hause gekommen ist. Am nächsten Tag war wieder Schule. Da habe ich angefangen, mir Sorgen zu machen, und die Polizei angerufen.«

»Können Sie mir etwas über Darryl Hendricks erzählen?«

»Er war Annalises Nachhilfelehrer in Mathe.«

»Waren sie ein Paar?«

Auf einmal wird Helen von ihren Gefühlen überwältigt und Tränen laufen ihr übers Gesicht.

»Meine Mutter ist erschöpft«, mischt sich Faith ein. »Ihr geht es in letzter Zeit gesundheitlich nicht sehr gut. Ich glaube, sie braucht vielleicht eine Pause.«

Helen schüttelt den Kopf. »Nein, nein, ich möchte weitermachen.« Wieder putzt sie sich die Nase. »Angeblich sind Darryl und Annalise zusammen gesehen worden. Ich … ich dachte, dass es vielleicht das ist, was wirklich passiert ist. Dass er sie sich geholt hat. Ich … ich hasse ihn und seine Familie schon so lange dafür. Und … und jetzt weiß ich nicht mehr, was ich denken soll. Als Mutter glaubt man, dass man seine eigenen Kinder kennt. Man tut alles, was man kann, um sich um sie zu kümmern. Sie zu beschützen. Aber manchmal … kennt man sie überhaupt nicht.«

»Wissen Sie, wo Mary Metcalfe inzwischen lebt?«, fragt die Polizistin.

Faith antwortet an ihrer Stelle. »Sie leitet den Gartenmarkt und die Landschaftsgärtnerei unten bei den Docks. ›Happy Gardener‹ ist der Name. Da können Sie Mary finden. Viele haben damals ihr die Schuld gegeben, wissen Sie? Ein Zeuge hat beobachtet, wie sich Mary und Annalise vor Marys Haus gestritten haben, und das ist das letzte Mal, dass sie jemand gesehen hat. Mary hätte Annalise den restlichen Weg nicht allein gehen lassen sollen. Mary war die Große, Starke. Sie war im Wrestling-Team – haben Sie das gewusst? Meine Schwester war sehr zierlich. Wenn Mary sie bis zur Haustür begleitet hätte, dann würde sie heute vielleicht noch leben.«

Die Polizistin sieht Faith an, dann wandert ihr Blick zu Kurt. Helen macht sich Sorgen, sie könnte Kurt eine Frage stellen. Das würde ihn nur aufregen. »Möchten Sie gern ihr Zimmer sehen?«, wirft sie rasch ein.

Das scheint beide Ermittler zu überraschen.

»Annalises Zimmer?«, fragt die Frau.

»Es ist noch genauso, wie sie es verlassen hat«, erklärt Helen und steht auf. »Hier entlang, bitte.« Sie durchquert den Korridor und führt die Polizei fort von Kurt, bevor die Aufregung einen weiteren Schub auslöst.

Nur die Polizistin folgt ihr. Der andere Officer bleibt im Wohnzimmer bei Kurt und Faith. Helen lauscht mit einem Ohr auf Kurt, während sie die Tür zu Annalises Zimmer öffnet.

Die Ermittlerin tritt ein. Ihr Gesicht verrät keine Regung. Leute, deren Miene Helen nicht lesen kann, machen sie immer nervös. Sie ist nicht sicher, was sie jetzt hier im Zimmer tun soll.

Die Polizistin tritt zur Kommode mit dem Spiegel darüber und betrachtet die Fotos, die dort stecken.

»Sind das ihre Freunde? Die Gruppe, die in den Medien die Shoreview Six genannt wurde?«

»Ja.« Helen kommt näher. »Das Foto wurde auf dem Hemlock aufgenommen.« Sie deutet auf das fröhliche Gruppenbild. »Das war bei einer der vielen Wandertouren, die Annalise in dem Sommer mit ihren Freunden unternommen hat. Das da ist Robbie Davine, ihr Freund. Sie sind in dem Sommer fest zusammengekommen. Die anderen sind Jill Wainwright, Cara Constantine, Mary Metcalfe und Marys Freund Claude Betancourt. Claude und Mary haben sich nach Annalises Verschwinden getrennt. Ich glaube nicht, dass sie danach je wieder miteinander gesprochen haben.«

»Warum das?«

»Ich weiß es nicht.« Helen betrachtet das Foto. »Der Stress nach der ganzen Sache, nehme ich an. Mary wurde damals alles Mögliche vorgeworfen.«

»Weil sie nicht mit ihrer Freundin nach Hause gelaufen ist und sie beschützt hat?«

»Genau.«

»Und wenn Mary Metcalfe ihre Freundin nach Hause gebracht hätte, wer hätte dann Mary nach Hause gebracht?«, fragt die Polizistin ruhig, während sie ein weiteres Foto betrachtet.

»Ich … ich weiß nicht.« Darüber hat Helen nie nachgedacht. »Mary war kräftig gebaut«, sagt sie zu ihrer Verteidigung. »Sie hat sich in dieser Nacht mit Annalise gestritten, und

angeblich soll sie sich bei Annalises Beziehung zu Robbie ein-
gemischt haben. Sie soll eifersüchtig gewesen sein. Und danach
wurde sie zu einer Art Außenseiterin und ist nie richtig darüber
hinweggekommen. Jill und Cara sind allerdings Freundinnen
geblieben. Cara hat letztendlich Robbie geheiratet. Vermutlich
konnten sie einander in ihrer Trauer Trost spenden. Seit meine
Annalise verschwunden ist, sind sie zusammen.« Sie sieht auf
das Bett ihrer Tochter mit der Flickenpuppe, die sie damals
gemacht hat. Tränen steigen ihr in die Augen.

»Das hat mir so wehgetan. Meine Tochter – unser
Verlust – hat Cara und Robbie zusammengebracht. Ich
wollte mich für sie freuen, als ich gehört habe, dass sie geheiratet haben, und danach, als sie Kinder bekommen haben,
und wenn man mir ab und zu erzählt hat, wie erfolgreich
Robbie geworden ist, und von ihrem Weingut – dieses ganze
gelebte Leben. Dabei musste ich immer daran denken, was
aus Annalise hätte werden können. Ich könnte inzwischen
schon Großmutter sein. Sogar Urgroßmutter.«

»Und wo ist dieses Foto entstanden, auf dem sie ins Wasser
springen?«, fragt die Polizistin.

»Am Blackwater Lake. Das Wasser ist tatsächlich kristall-
klar, aber es liegt so tief unter diesen Klippen, dass es ganz
schwarz aussieht. Es ist ein Kratersee oder so was.«

»Den kenne ich. Kann ich diese beiden Fotos mitnehmen?«,
fragt die Polizistin.

Auf einmal fühlt Helen Panik in sich aufsteigen. Es ist,
als würde diese Frau in ihr Heim einfallen und nun einen
der Stränge durchtrennen, die Helen an das Andenken ihrer
Tochter binden.

»Ich kann Kopien anfertigen und sie Ihnen danach
zurückbringen.«

Sie nickt.

Vorsichtig entfernt die Polizistin die Fotos vom Spiegel. Während sie das tut, sinkt Helen schwer aufs Bett hinab.

»Gab es hier noch etwas, das Annalise vielleicht in ihrem Rucksack mitgenommen haben könnte?«, fragt die Polizistin.

Helen holt bebend Luft. »Ich habe später bemerkt, dass ihr Tagebuch weg ist. Und ihre Zahnbürste und ein paar Kosmetiksachen. Und ihr L-lieblingssockena-affe.« Auf einmal wird sie von einem gewaltigen Schluchzer geschüttelt, als sie versucht, das letzte Wort herauszubringen. »O Gott, ich kann das nicht noch mal ertragen. Ich kann nicht. Ich kann nicht. Ich kann nicht.«

»Wie wäre es, wenn wir es für heute gut sein lassen?«, fragt Sergeant Munro freundlich. »Ich nehme die Fotos mit und Sie können die Einverständniserklärung unterschreiben. Dann nehmen wir eine Probe für die DNS-Analyse und bringen sie so schnell wie möglich ins Labor. Außerdem arbeiten wir weiter daran, die Fallakten ausfindig zu machen, um die Zeugenaussagen und die Zeitachse durchgehen zu können. Wir werden sämtliche Beteiligte, die wir ausfindig machen können, noch einmal befragen. Und wahrscheinlich werden wir mit weiteren Fragen zurückkommen, sobald wir das alles erledigt haben. Ist das in Ordnung?«

Helen nickt und wendet das Gesicht ab.

»Mrs Jansen«, sagt die Polizistin leise. »Ich *werde* denjenigen finden, der Ihnen diesen Schmerz angetan hat.« Ihre Stimme stockt ganz leicht, was Helen überrascht. Sie dreht sich um und sieht der Polizistin in die Augen. »Ich werde herausfinden, wer Ihnen Annalise weggenommen hat. Und ich werde es mir zur Aufgabe machen, dafür zu sorgen, dass derjenige bestraft wird.«

»Sogar siebenundvierzig Jahre später?«

»Jemand hat Ihnen wehgetan, und dieser Schmerz ist ganz eindeutig auch heute noch da, Mrs Jansen. Und deshalb werde ich den Schuldigen zur Verantwortung ziehen.«

Die Shoreview Six

Claude

Claude Betancourt coacht das Hockeyspiel der Kids. Das Kratzen auf dem Eis, das Klappern der Schläger und Pucks, die gegen die Seitenwand krachen, erfüllt die Morgenluft, untermalt von Musik und diesem ganz speziellen Geruch der Eisbahn. Diese Sinneseindrücke und die damit verbundene Kameraderie sind Teil seines Lebens, seit er ein Junge war. Dieser Sport definiert ihn. Er war auf der Schule nie der Klügste und er hat auch nie besonders gut ausgesehen, aber er konnte spielen. Er konnte gewinnen. Fast hätte er es in die National League geschafft, bis ihn eine schlimme Skiverletzung für sein ganzes Leben versehrt und seine Eishockeykarriere im Keim erstickt hat. Die Kids zu trainieren war seine Rettung. Seine drei Söhne waren – sind – alle fantastische Spieler. Und jetzt fangen Claudes Enkel mit dem Spiel an, und er lebt, um seine Leidenschaft an andere Kinder weiterzugeben.

Claude glaubt unerschütterlich dran, dass Sport – die Disziplin, die Herausforderungen, der Wettkampf, das Team, das Hinausgestoßenwerden aus der Komfortzone – die Kinder für die Zukunft formt und sie von Problemen wie beispielsweise

Drogen fernhält. Sport schleift den Charakter und gibt ihnen ein Handwerkszeug, mit dessen Hilfe sie durchs Leben navigieren können. Und genau deshalb ist Claude der Meinung, dass sein Sport allen Kindern zugänglich sein sollte, nicht nur den Privilegierten mit reichen Eltern, die sich die Ausrüstung, den Zeitaufwand und die Reisen leisten können. Eishockey ist in besonderem Maß ein Sport für die Privilegierten, und die Einstiegshürden sind gewaltig, und genau deshalb hat Claude – der sich alles selbst erarbeitet und nie einen Penny von seinen reichen Eltern angenommen hat und der fest entschlossen war, seine Sportbekleidungslinien allein aufzubauen, aus Gründen, die nur er kennt, oder vielleicht nicht einmal er – zusammen mit seiner Frau Susan Presley Betancourt die Betancourt Foundation gegründet. Die Stiftung unterstützt traditionell unterrepräsentierte Gruppen im Eishockey, und Claudes Ziel ist es, echte Champions aus den Kids mit unterschiedlichen Hintergründen zu machen, die sonst nie die Chance bekommen hätten zu spielen.

Er grinst, während er einem ganz bestimmten kleinen Racker zusieht, erst neun Jahre alt, aber Feuer und Flamme.

»Aus dem da wird mal ein Gewinner«, sagt Claudes Sohn Lachlan, der neben ihm steht und den Kids zusieht.

Claudes Lächeln wird noch breiter. »Wenn er rauskriegt, wie man einen Gang runterschaltet und nachdenkt, bevor man handelt.« Insgeheim ist er stolz auf den Kleinen, der aus einer entlegenen Stadt im Norden stammt.

»Finesse kann später immer noch kommen«, erklärt Lachlan, während er seinen Kaugummi im Mund herumschiebt. »Er zieht alle Aufmerksamkeit auf sich – ich würde auf ihn wetten. Und auf den kleinen Mohammad auch. Schau ihn dir an. Klein, aber er ist überall, zieht seine Kreise um die größeren Jungs.«

Claudes Handy klingelt in seiner Tasche. Er wirft einen Blick auf das Display. Es ist Bob. Schon wieder. Sein früherer Schulfreund hat seit gestern Abend schon mehrere Sprachnachrichten hinterlassen, aber Claude hat ihn bisher noch nicht zurückgerufen. »Übernimmst du mal, Lachlan? Da sollte ich rangehen.«

Claude tritt ein Stück beiseite und nimmt ab. »Hey, Bob, was gibt's?« Er nickt einem Jungen zu, der gerade vom Eis kommt, und zeigt ihm den hochgereckten Daumen. Der Puck kracht gegen die Seitenwand.

»Hast du die Nachrichten gesehen?«, fragt Bob.

»Welche Nachrichten?« Claude konzentriert sich wieder auf Mohammad in der Nähe des Netzes.

»Über die Leiche, die unter der Skikapelle auf dem Hemlock gefunden wurde?«

Claude lacht. »Du weißt doch, dass ich keine Nachrichten schaue. Ist doch nur Klickfang, und ich ...«

»Die Mordkommission ermittelt, Claude. In den Medien wird darüber berichtet, dass es die Leiche einer Frau ist, die im Jahr 76 am Labour-Day-Wochenende verschwunden ist. In den sozialen Medien wird schon darüber spekuliert, dass sie es sein könnte – Annalise.«

Claude wird eiskalt. Die Eisbahn und die Spieler rücken an den Rand seiner Aufmerksamkeit. »Was zum Teufel redest du da?« Wieder kracht der Puck gegen die Seitenwand. Er zuckt zusammen. Die Kids johlen. Die Musik scheint lauter zu werden. Claude legt sich die Hand über das freie Ohr, um Bob besser zu verstehen.

»Annalise Jansen. Sie sagen, dass sie es ist.«

Claude sieht sich um, dann entfernt er sich von der Tribüne und stößt eine Tür auf. Als sie hinter ihm zuschwingt, schneidet sie ihn von dem Lärm ab. Er ist allein im Vorraum. Sein Herz schlägt schnell. »Woher wollen sie wissen, dass sie es ist?«

»Sie *ist* es, Claude. Scheiße, sie ist es. Die Stiefel sind immer noch an der Leiche. Und sie war schwanger. Dadrin ist ein

207

Embryo. Er wurde konserviert, Saponifikation oder so, und sie können ermitteln, wer der Vater ist.«

Alles Blut weicht aus Claudes Kopf.

Eine Erinnerung aus ferner Vergangenheit erhebt sich.

Er ist allein hinter dem Poolhaus mit Annalise in der Nacht der Party. Annalise ist betrunken und leichtsinnig. Sie kommt zu ihm, beugt sich vor, fasst ihm zwischen die Beine und küsst ihn. Er versucht nicht mal, sie fortzuschieben. Er ist auch nur ein Mann, Herrgott noch mal. Er hat einen Schwanz, und er steht kurz vorm Explodieren. Sie weiß, was sie will – Claude und Annalise haben das schon vorher getan, nachdem sie bei einer Strandparty vor den Sommerferien genauso zu ihm gekommen ist. Aber damals war sie noch nicht fest mit Robbie zusammen. Jetzt ist sie das Mädchen seines besten Freundes. Aber was Robbie nicht weiß, macht ihn nicht heiß, oder? Und Annalise ist verdammt scharf.

Claude hat es schon oft mit Mary getrieben, aber Mary ist nicht hübsch. Nichts im Vergleich zu Annalise. Mary ist gewaltig in jeder Hinsicht – groß, übergewichtig, schwerfällig. Sie hat Pickel. Sie ist ein Wrestling-Champ, was Claude nicht gefällt. Er wird deswegen verspottet, weil er sich angeblich von diesem Mädchen kleinmachen lässt. Aber sie ist immer für Sex zu haben, und das ist im Moment das Einzige, was für Claude in Sachen Freundin zählt. Seinen Kumpels hat er gesagt, dass er ihren Körper ja nicht sehen muss, wenn das Licht aus ist. Und Mary scheint verzweifelt einen Freund haben zu wollen. So sorgt sie dafür, dass sie einen hat: indem sie die Beine breitmacht. Claude hat im Grunde das Gefühl »Mary Mary Quite Contrary« einen Gefallen zu tun. Immerhin ist er der Hockeystar der Schule und so.

Aber jetzt ist Annalise bei ihm. Die goldene, blonde, wunderschöne Annalise, die aussieht wie Barbie mit ihren schlanken, gebräunten Gliedern. Wie Jan Brady aus der Serie Drei Mädchen und drei Jungen. Wie Farrah Fawcett, die mit dem

Sechs-Millionen-Dollar-Mann verheiratet ist ... Er beginnt,
ihren Kuss zu erwidern, hart, drängend, und Annalise bewegt sich
rhythmisch, reibt über seine Erektion, stößt stöhnend ihre Zunge
in seinen Mund. Claudes Gehirn konzentriert sich nur noch auf
dieses Gefühl. Er vergisst sogar, dass sie das Mädchen seines besten
Freundes ist. Er vergisst, dass sie erst fünfzehn ist.

Annalise zieht den Reißverschluss seiner Jeans auf und lässt die
Hand in seine Hose gleiten. Die dröhnende Musik aus den Boxen
im Haupthaus verschwindet aus seinem Bewusstsein, während er sie
zu einer Liege hinter einer Hecke am anderen Ende des Pools führt,
außer Sicht vom Haus, wo sich die Silhouetten der Tanzenden hin-
ter den Fenstern zu den Beats von The Doors winden, unter den
wie verrückt blitzenden Spiegellichtern einer Discokugel. Mit ihren
Stiefeln befasst er sich erst gar nicht. Er schiebt eine Hand unter
ihren Rock und findet ihr Höschen.

Es ist schnell, hitzig, und Claude kommt fast sofort, nachdem
er in sie eingedrungen ist. Was ihr nichts auszumachen scheint. Sie
lacht es hinterher einfach weg, während sie ihren Rock glatt streicht.
Aber ihr Lachen klingt irgendwie leer. Da bemerkt Claude, dass sie
jemand beobachtet. Zwischen den Bäumen steht ein Schatten ...

Auf einmal ist sein Verstand zähflüssig wie Sirup. Eine weitere
Erinnerung trifft ihn. *Das Geräusch eines Reifenmontierhebels,*
der auf einen menschlichen Schädel trifft. Gleich muss er sich
übergeben.

»Sie ist es nicht«, beharrt er. »Sie kann es nicht sein. Annalise
war nicht schwanger.« Er zögert. »Oder?«

»Mir hat sie jedenfalls verdammt noch mal nie was davon
gesagt«, gibt Bob zurück.

»Hör mal, das heißt wahrscheinlich noch gar nichts«, redet
Claude schnell weiter. »Herrgott, Bob, du bist Rechtsanwalt.
Du weißt doch, dass ...«

»Für Wirtschaftskriminalität, Claude. Nicht für so was.«

Durch die dicken Plexiglasscheiben verfolgt Claude das Geschehen auf der Eisbahn. Das Spiel ist vorbei. Die Kids kommen vom Eis. Lachlan sieht zu ihm herüber. Spannung ballt sich in Claude zusammen. Rasch drehte er der Eisbahn den Rücken zu und senkt die Stimme. »Ich will damit nur sagen, dass ich zu dir stehe. Das tun wir alle. Wenn sie dich um eine DNS-Probe bitten oder irgendjemanden sonst, dann sagen wir einfach alle Nein, und dann bekommen sie auch keine DNS. Ohne richterliche Anordnung können sie einen nicht dazu zwingen, oder? Ich meine, so viel weiß ich aus den ganzen Krimiserien.«

Bob am anderen Ende schweigt.

Panik flackert in Claude auf. Sein Freund kann nicht wissen, dass er mit Annalise geschlafen hat, oder? Wenn er es wüsste, dann hätte er doch nicht all die Jahre geschwiegen. Da trifft ihn noch etwas. Das Motiv. Die Cops werden den Vater dieses Embryos als potenziellen Mörder betrachten. Auf einmal fühlt sich Claude, als wäre er wieder sechzehn. Verloren. Eingeschüchtert. Durch die Scheibe wirft er Lachlan einen weiteren schnellen Blick zu. Claudes Sohn lacht mit seinem eigenen Sohn. Sie sind umringt von den Hockey-Kids, aufgekratzt vom Spiel. Er denkt an seine Frau. Sein Leben. Das darf nicht passieren. Nicht jetzt. Nicht, wenn für sie alle so viel auf dem Spiel steht und sie so viel mehr zu verlieren haben.

Trotzdem durchzuckt ihn eine weitere Erinnerung.

Das tote Gewicht eines Körpers, der über den Boden geschleift wird. Der Geruch nach Blut und Urin. Das klebrige Blut an seinen Händen.

Claude sackt gegen die Wand. Ihm ist schlecht.

»Wir müssen uns treffen«, sagt Bob. »Wir sechs. Um acht Uhr. Bei Jill zu Hause in Eagle Harbour.«

»Ich kann nicht. Wir haben einen Grillabend geplant für …«

»Grandpop?« Beim Klang der Kinderstimme zuckt Claude zusammen und fährt herum. Sein Enkelsohn kommt auf seinen Skates durch die Tür.

»Hey … hey, Kleiner … äh, Bob, ich – ich muss los. Ich rufe dich später zurück.«

»Es gibt kein *Später*. Seit gestern versuche ich, dich zu erreichen. Die Medien werden jederzeit über uns herfallen wie Fliegen über das Aas, von den Cops ganz zu schweigen. Mach's möglich. Punkt acht. Wir brauchen einen Plan. Eine vereinte Front. Wir müssen der Sache zuvorkommen, bevor sie uns im Griff hat. Sag Mary Bescheid. Sie muss auch dabei sein.«

»Sie wird auf keinen Fall kommen. Sie …«

»Wenn nötig, dann hol sie ab.«

Dann ist die Leitung tot.

Claude schließt die Augen. Sein Herz hämmert. Was er Mary als Teenager angetan hat, versetzt ihm immer noch einen Stich, jedes Mal, wenn er an ihrem Gartenmarkt vorbeifährt. Und nicht nur er. Sie *alle* haben Mary benutzt. Sie alle haben sie den Wölfen zum Fraß vorgeworfen. Claude hasst sich selbst dafür, was mit Mary passiert ist, nachdem Annalise offiziell als vermisst galt.

Mary ist das schwache Glied in der Kette.

JANE

Jane und Duncan fahren in eine Parklücke vor Cape Winds Foods Catering im neuen Industriekomplex in der Nähe des Meeresufers in North Vancouver. Sie haben vorher angerufen, und Darryl Hendricks' Vater und seine jüngere Schwester Danielle erwarten sie schon. Wenn es ihnen gelingt, eine DNS-Probe von der Familie Hendricks zu bekommen, dann können sie die Probe zusammen mit der von Helen Jansen ins Labor bringen, überlegt Jane.

Das Logo auf den Schaufenstern zeigt den ikonenhaften Umriss des Tafelbergs in Kapstadt in Südafrika, zusammen mit den Farben der südafrikanischen Flagge nach Ende der Apartheid.

Jane und Duncan betreten das Geschäft und werden von Gewürzduft empfangen, darunter auch Koriander und Curry, das Erbe der kapmalaiischen Gerichte, inspiriert von der indonesischen und niederländischen Küche und noch weiteren Kulturen. Auf den Regalen stehen aus Südafrika importierte Waren, und Auswanderer mit unterschiedlichen Akzenten schlendern die Regalreihen entlang und legen Aprikosenmarmelade, Zwieback, Chutneys, Mixed Pickles,

Biltong, Salami, Boerewors und Gewürzmischungen für Janes Lieblings-Bobotie in ihre Körbe.

Sie gehen auf eine Frau hinter einer Kuchentheke zu, in der Malva Pudding, Koeksisters, Brandy-Cake und Melkterts ausgestellt sind. Jane zeigt ihren Dienstausweis.

»Sergeant Jane Munro und Corporal Duncan Murtagh. Wir sind hier, um Ahmed und Danielle Hendricks zu sprechen.«

Die Frau wirft einen Blick auf den Dienstausweis, dann mustert sie ihre Gesichter. »Warten Sie einen Moment.« Sie verschwindet durch eine Tür nach hinten. Kurz darauf taucht sie wieder auf und sagt. »Hier entlang, bitte.«

Sie führt sie durch ein Lager und einen Küchenbereich in ein verglastes Büro. Ein braunhäutiger und weißhaariger älterer Mann mit Kopiah und einem bestickten Kaftan sitzt mit dem Rücken zu ihnen und lauscht einer Talkshow im Radio. Auf dem Schreibtisch neben ihm putzt sich eine große orangerote Katze.

»Mr Hendricks«, sagt die Frau laut. »Das hier sind die Officers, die Sie sprechen wollen.«

Der Mann dreht sich zu ihnen um. Tiefe Falten zeichnen sein Gesicht, und die Iriden seiner Augen sind milchig weiß.

»Meine Güte, ich bin noch nicht taub, Cecilia. Nur blind. Sie brauchen nicht so zu schreien.« Sein Akzent ist unverkennbar Kapstadt-Afrikaans.

»Ich bin Sergeant Jane Munro«, sagt Jane. »Und ich bin mit meinem Partner Corporal Duncan Murtagh hier.«

»Schön, Sie kennenzulernen, Mr Hendricks«, fügt Duncan hinzu.

Hendricks macht eine Geste in Richtung eines Sofas voller alter Zeitungen und Katzenhaare. »Setzen Sie sich, setzen Sie sich.« Dann wendet er sich an Cecilia. »Holen Sie bitte Danielle.«

Die Frau geht hinaus, und Duncan räumt einen Teil des Krimskrams vom Sofa. Dann setzen Jane und er sich. Jane betrachtet die Wand voller Schaubilder, Terminpläne, Bilder von Menüeinträgen, einem riesigen Kalender und Fotos von einem Event, bei dem das Unternehmen das Catering übernommen haben muss. Bilder von Leuten mit Weingläsern in der Hand. Ganz oben prominent in der Mitte des Ganzen hängt das fesselnde Foto eines jungen Mannes mit einer voluminösen Frisur im Afrolook. Er trägt eine Lederweste über seinem T-Shirt und eine Kette mit einem Medaillon um den Hals. Sein Lächeln ist breit und ansteckend. Jane stößt Duncan an und deutet mit dem Kinn auf das Foto.

Er nickt.

Eine attraktive Frau kommt in das Glasbüro geeilt. Sehr schlank und elegant. Ende vierzig oder Anfang fünfzig.

»Detectives«, begrüßt sie die beiden atemlos beim Eintreten. »Ich bin Danielle. Wie ich sehe, haben Sie meinen Vater Ahmed schon kennengelernt. Geht es um Darryl? Wir haben die Nachrichten von dem Fund unter der Kapelle gehört und dass es sich dabei angeblich um Annalise Jansen handeln soll. Was bedeutet, dass alle wieder über meinen Bruder reden werden.«

»Und nicht gerade freundlich«, ergänzt Ahmed. »Sind Sie beide hier, um meinem Jungen wieder die Schuld zu geben?«

Jane wählt ihre Worte vorsichtig. »Wir müssen die Leiche noch offiziell identifizieren, aber wahrscheinlich ist es Annalise Jansen. Was bedeutet, dass wir die Ermittlungen wieder aufnehmen, sowohl in Annalises als auch in Darryls Fall, und wir würden gern etwas mehr über Ihren Sohn erfahren, Mr Hendricks. Wir möchten in Ihren eigenen Worten hören, woran Sie sich in Bezug auf die Zeit vor Darryls Verschwinden erinnern.«

Sanft legt Danielle ihrem Vater die Hand auf die Schulter, als sie sich neben ihn auf die Schreibtischkante setzt. »Hören wir uns an, was sie zu sagen haben, Pops. Das Verschwinden meines Bruders ist wie eine Wolke, die immer noch schwer auf unserer Familie lastet. Ich war erst fünf, als es passiert ist, aber es hat meine Kindheit sehr geprägt. Es hat meine Mutter krank gemacht. Ich bin überzeugt davon, dass der Stress ihre Krebserkrankung begünstigt und sie vor der Zeit umgebracht hat. Ich kann nur hoffen, dass es dieses Mal eine faire und gleichberechtigte Ermittlung gibt.«

»Genau das haben wir vor«, versichert Jane. »Und alles, was uns dabei helfen kann, Darryl und seine Beziehung zu Annalise besser zu verstehen, wird uns dabei unterstützen.«

Danielle nickt. Ihr Vater starrt sie nur aus seinen blinden Augen an.

Duncan klappt sein Notizbuch auf und lässt den Kugelschreiber klicken.

»Können Sie uns etwas über Darryls Beziehung zu Annalise erzählen?«, fragt Jane.

»Darryl war ihr Nachhilfelehrer in Mathe. Und sie waren gute Freunde.«

»Nur Freunde?«, hakt Jane nach.

»Ja.«

»Hatte Darryl eine feste Freundin?«

»Nein, hatte er nicht«, antwortet Ahmed.

»Sind Sie sich da sicher, Mr Hendricks?«

Da mischt sich Danielle ein. »Hören Sie, ich weiß, dass es Zeugen gab, die behauptet haben, sie hätten meinen Bruder dabei gesehen, wie er mit Annalise intim war, aber meine Mutter hat das nie geglaubt. Und dann, vor ein paar Jahren, habe ich Jill Osman kennengelernt, als sie uns gebeten hat, bei einem ihrer Events zu catern, und sie hat zugegeben, so etwas nie gesehen zu haben.«

»Osman?«

»Jill Wainwright Osman, sie gehörte zu den Shoreview Six«, erklärt Danielle. »Sie hat mir selbst gesagt, dass sie nie daran geglaubt hat, mein Bruder und Annalise wären ein Paar gewesen.«

»Dann haben Jill Wainwright Osman und Sie also in der Vergangenheit über den Fall gesprochen?«

»Als wir begonnen haben, miteinander zu arbeiten, hat Jill das Thema zur Sprache gebracht, ja. Sie sagte, sie müsse gleich von Anfang an klarstellen, dass sie meinen Bruder kannte und durch den Fall von Annalise Jansens Verschwinden von meiner Familie wüsste. Sie hat mir erzählt, Annalise sei eine enge Freundin von ihr gewesen, und sie hat mir gestanden, dass sie der Polizei damals gesagt hat, sie hätte die beiden miteinander gesehen, auf eine intime Art. Außerdem hätte sie ausgesagt, Darryl wäre ihrer Meinung nach entweder mit Annalise durchgebrannt oder er hätte ihr vielleicht etwas getan und sei dann abgehauen, aber in Wahrheit hat sie die beiden nie mit eigenen Augen zusammen gesehen, und sie bereut es, das behauptet zu haben.«

Schnell schreibt Duncan alles mit. Jane nimmt sich vor, Jills Aussage zu überprüfen, wenn sie die Akte finden.

»Danach haben wir nie wieder darüber gesprochen«, berichtet Danielle.

»Also wollte Jill reinen Tisch machen, obwohl sie die Ermittler damals in die Irre geführt hat?«, hakt Jane nach, deren Interesse an Jill Wainwright Osman nun geweckt ist.

»Ich glaube, sie bereut vieles aus der damaligen Zeit.«

Jane und Duncan wechseln einen raschen Blick.

»Hatten Sie auch Kontakt zu einem der anderen?«, möchte Duncan wissen.

»Sie meinen die Shoreview Six? Nur mit Cara, Jills Freundin.«

»Cara Constantine?«, versichert sich Duncan.

»Sie heißt inzwischen Davine. Sie ist mit Bob verheiratet.«

»Bob wie Robbie?«, fragt Duncan.

»Genau. Als sie den Schulabschluss gemacht haben, nannten ihn offenbar alle Bob. Aus ihm ist ein Topanwalt geworden, aber er ist vor Kurzem in den Ruhestand gegangen. Cara und er haben ein Weingut mit einem kleinen Restaurant auf Somersby Island gekauft und sind gerade dort hingezogen. Wir nehmen ihren Wein für Jills nächste Benefizveranstaltung.«

Duncan schreibt das auf.

»Mr Hendricks«, meldet sich Jane wieder zu Wort. »Können Sie uns sagen, wann Ihre Frau und Sie bemerkt haben, dass Darryl vielleicht verschwunden ist?«

»Tja, er ist auf diese Party gegangen. Dort hat man ihn auch gesehen. Er ist mit seinem VW-Bus hingefahren. Aber am nächsten Morgen war er nicht zu Hause. Was ungewöhnlich war. Darryl hat immer Bescheid gesagt, wenn er nicht nach Hause gekommen ist. Mimi – meine Frau – wollte sofort die Polizei rufen, aber ich habe gesagt, dass wir warten sollten und dass er ja vielleicht gleich auftaucht. Er war achtzehn. Es war das letzte Wochenende der Sommerferien. Aber als es dann langsam Abend geworden ist, habe ich angefangen, mir Sorgen zu machen. Ich bin zum Reggae Club runtergegangen, wo Darryl oft mit seinen Freunden war. Das Marley Joint. Lag damals unten am Ufer. Da sind jetzt nur noch Wohnhochhäuser. Einer von Darryls guten Freunden hat da gearbeitet, und er hat mir gesagt, dass Darryl eigentlich nach der Party noch kommen wollte, aber nicht aufgetaucht ist. Ein anderer von Darryls Freunden hat gesagt, dass er glaubt, seinen VW in der Einfahrt neben der alten Reifenwerkstatt gesehen zu haben. Die Besitzer der Werkstatt kannten Darryl und haben ihm erlaubt, dort zu parken, wenn er in den Club wollte – nach Feierabend war normalerweise niemand mehr da, also war der Parkplatz frei. Aber sein VW war nicht da. Die anderen Besucher im Club haben ausgesagt, es hätte irgendeine Auseinandersetzung bei der Werkstatt gegeben. Als ich hingefahren bin, hat es heftig geregnet. Ich habe keine Spuren eines Kampfs gefunden, kein Blut, nichts. Und keinen VW. Aber die Leute von der Werkstatt haben mir erzählt, dass zwei der Kreuzschlüssel fehlten, die sie neben einem Stapel alter Reifen in ihrer Privateinfahrt liegen gelassen hatten. Mimi und ich sind auf direktem Weg zur Polizei gefahren und haben eine Vermisstenanzeige aufgegeben.«

»Dann haben Sie Darryls Verschwinden also am Sonntagmorgen gemeldet?«, fragt Duncan und sieht von seinen Notizen auf.

»Genau, Sonntagmorgen. Einen ganzen Tag, bevor Mr und Mrs Jansen der Polizei gesagt haben, dass ihr Mädchen verschwunden ist, aber glauben Sie, es hat sich irgendjemand Gedanken um Darryl gemacht? Auf einmal waren alle in Panik wegen der hübschen blonden Fünfzehnjährigen. Und dann haben plötzlich alle unserem Jungen die Schuld gegeben. Und sie haben einen Fahndungsbefehl im ganzen Land und sogar bis über die Grenzen rausgegeben, aber nicht, weil er verschwunden war, sondern weil sie geglaubt haben, er hätte Annalise Jansen entführt.«

»Was können Sie uns sonst noch über Ihren Sohn erzählen, Mr Hendricks?«, fragt Jane. »Was sollten wir Ihrer Meinung nach über ihn wissen?«

»Es gibt vor allem zwei Dinge, die Sie über meinen Sohn erfahren müssen. Er war klug. Und freundlich. Darryl war immer sehr, sehr freundlich. Zu jedem. Außerdem war er, was die Kids an der Shoreview High angeht, in gewisser Weise auch ein Außenseiter, was aber wohl daran lag, dass er dunkelhäutig war und die meisten anderen Kids auf der Shoreview weiß und reich. Ich wollte ihn auf die andere Schule schicken, auf die auch einige der Kinder aus der jamaikanischen Gemeinschaft gegangen sind, aber Mimi hat auf der Shoreview bestanden. Sie glaubte, mit dieser Schule wären seine Zukunftsaussichten besser. Sie hat gesagt, in Kanada geht es immer um Chancengleichheit und dass wir genau deshalb hier eingewandert sind und nicht davor zurückschrecken sollten, uns unter die Leute zu mischen, mit denen wir zu tun haben wollen. Tja, nachdem Darryl verschwunden war, hat sie das nicht mehr gesagt, was?« Er beugt sich vor und starrt Jane und Duncan blicklos an.

»Ich möchte, dass die ganze Welt weiß, dass mein Darryl diesem Mädchen nichts getan hat. Darryl hätte keiner Fliege etwas zuleide getan.« Mit einem verdrehten, arthritischen Finger deutet er auf sie. »Ich möchte, dass Sie meinem Jungen Gerechtigkeit verschaffen.«

Duncan räuspert sich. »In Darryls Vermisstenakte wird erwähnt, dass er einen Anhänger oder ein Medaillon mit einer Inschrift getragen hat.«

»Ja. Ein Geschenk, das ihm meine Schwester an seinem achtzehnten Geburtstag aus Kapstadt geschickt hat. Es war ein ganz besonderes Geschenk – eine platinüberzogene Silberscheibe. Die Inschrift darauf war auf Afrikaans. *Wees die verandering wat jy wil sien in die wêreld.* Was bedeutet: ›Sei selbst der Wandel, den du in der Welt sehen möchtest.‹«

»Ist das dort Darryl auf dem Foto an der Wand?«, fragt Duncan.

»Ja«, bestätigt Danielle. »Sein letztes Schulfoto.«

»Und das Medaillon mit der Inschrift ist das, was er auf dem Bild trägt?«, vergewissert sich Jane.

»Genau«, antwortet Ahmed. »Ich habe sein Foto gern hier. Ich fühle, wie er auf uns heruntersieht. Er ist immer bei uns« – er ballt die Hand zur Faust und klopft sich auf die Brust – »genau hier, in unseren Herzen.«

Jane steht auf, um sich das Foto genauer anzusehen. »Was ist das für ein Bild vorne auf dem Medaillon?«

»Der Umriss des Tafelbergs«, erklärt der alte Mann. »Genau wie unser Geschäftslogo. Dort kommen wir her, unsere Familie Hendricks. Aus einem Ort namens District Six an den Flanken dieses Bergs. Früher war es einmal eine florierende multikulturelle Gemeinschaft im Herzen unserer Mutterstadt. Kapstadt. Aber im Jahr 1966 wurde die Region zu einem Distrikt erklärt, in dem nur Weiße leben durften. Die Apartheidregierung kam und vertrieb über sechzigtausend Menschen. Sie haben Häuser eingerissen, Gemeinden, Schulen, Andachtsstädten und Familien zerstört. Die Vertriebenen wurden an unterschiedlichen Orten in den Cape Flats neu angesiedelt, in ausreichend weiter Entfernung zu der Stadt der Weißen. Die Leute mussten jeden Tag in überfüllten Zügen und Bussen stundenlang in die Stadt fahren, um den Weißen dort dienlich zu sein. Mimi und ich sind nach Kanada gegangen, bevor das passiert ist, aber meine Schwester, Darryls Tante, und ihre Familie wurden umgesiedelt. Von ihrem Haus sind nur noch Trümmer geblieben. Dieses Medaillon sollte Darryl an seine Wurzeln erinnern.«

»Aber er wurde doch hier geboren?«, wirft Duncan ein.

»Es ist egal, wo man geboren ist, mein Junge«, entgegnet der alte Mann. »Man hat trotzdem noch dieselben Wurzeln wie seine Familie.« Seine weißen Augen blicken leidenschaftlich über Duncans Kopf hinweg.

Jane setzt sich wieder. »Wenn Sie die Nachrichten verfolgt haben, dann wissen Sie auch, dass die junge Frau, die unter der Kapelle gefunden wurde, zum Zeitpunkt ihres Todes schwanger war. Ist es möglich, dass Darryl der Vater des Babys ist?«

Der alte Mann schnaubt. »Ihr hört einfach nicht zu, oder? Warum machen Sie nicht Ihre DNS-Tests mit diesem Embryo und finden es selbst heraus. Die Polizei muss endlich die Wahrheit aufklären. Kriegen Sie heraus, wo mein Junge ist, dann kann ich sterben und in Frieden ruhen.« Er wendet sich an seine Tochter. »Dann kannst du mich beerdigen, Danni. Und ich gehe zu Mimi.«

»Was mich zu unserer nächsten Frage führt, Mr Hendricks«, sagt Jane. »Wir haben keine DNS-Probe von Darryl in

Verwahrung. Wären Danielle oder Sie damit einverstanden, uns eine Probe zur Verfügung zu stellen, damit ...«

»Damit Sie überprüfen können, ob er dieses Mädchen geschwängert hat?«

»Damit wir seine DNS in den Akten haben, falls wir ihn finden«, gibt Jane sanft zurück. »Und ja, um ihn als Kindsvater ausschließen zu können.«

Ahmed Hendricks schweigt.

Danielle ergreift leise das Wort: »Natürlich stellen wir Ihnen Proben zur Verfügung. Nicht wahr, Dad?«

Er nickt, sieht aber auf einmal sehr müde aus. Dieses Gespräch hat den alten Mann erschöpft.

»Mr Hendricks«, sagt Jane leise. »Haben Sie zufällig die Kontaktdaten von Darryls früheren Freunden aus dem Reggae Club, den Sie erwähnt haben? Von irgendjemandem, der diese Auseinandersetzung mitbekommen hat? Oder auch Kontaktdaten von jemandem, der damals in der Reifenwerkstatt gearbeitet hat?«

Nachdenklich presst er die Lippen aufeinander, dann schüttelt er den Kopf. »Dieser Club wurde schon vor langer Zeit abgerissen. Da stehen heute nur noch die neuen Wohntürme. Alles aufgewertet und sehr teuer. Nicht wie früher. Die Werkstadt hieß ›Dan-Tires‹. Dan war der Besitzer – an seinen Nachnamen erinnere ich mich nicht.«

»Darryls Freund, der im Marley Joint hinter der Bar gearbeitet hat, wohnt noch in der Gegend«, mischt sich Danielle ein. »Ich bin ihm vor etwa einem Jahr begegnet. Er ist inzwischen Ende sechzig und der Eigentümer eines Einrichtungsgeschäfts in North Van.« Sie hält inne, während sie offenbar versucht, sich an den Namen des Geschäfts zu erinnern. »Das Mexican Warehouse, genau. Er importiert Waren aus Mexico. Jevaun Francis.«

Duncan schreibt sich den Namen auf.

Jane kommt noch einmal auf einen früheren Punkt der Unterhaltung zu sprechen. »Und die Kontaktdaten von Jill Osman?«

Danielle zieht ihr Smartphone hervor und ruft ihr Kontaktverzeichnis auf. Dann liest sie eine Nummer vor, die Duncan mitschreibt. »Sie wohnt in einem großen Haus am Wasser in der Nähe von Eagle Harbour.«

»Und Jill Osman ist einfach so auf Sie zugekommen wegen des Caterings?«, will Jane wissen.

Danielle nickt.

»Ein ziemlicher Zufall, oder nicht?«, fragt Duncan.

»Sie meinen, es ist ein Zufall, dass sie meinen Bruder kannte und zu den Shoreview Six gehört hat? Eigentlich nicht. In den letzten Jahrzehnten hat sich der North Shore so sehr verändert und ist sehr gewachsen, aber damals war es im Grunde eine Kleinstadt. Eine Gemeinschaft, in der jeder jeden kannte. Alle, die immer noch am North Shore leben, stehen irgendwie um sechs Ecken miteinander in Verbindung. Außerdem gehören wir zu den wenigen hiesigen Catering Services, die Jills Vorgaben entsprechen.«

»Und die wären?«, hakt Jane nach.

»Fusion-Küche. Außerdem möchte sie Unternehmen unterstützen, die von Geflüchteten gegründet wurden oder die Geflüchtete beschäftigen, hauptsächlich aus Afrika«, erklärt Danielle. »Jill unterstützt nur wohltätige Zwecke, die Geflüchteten dabei helfen, hier ein neues Leben zu beginnen.«

»Und sie hat die Polizei in Bezug auf Ihren Bruder belogen«, schließt Jane ruhig.

Danielle hält ihren Blick und schluckt.

Die Shoreview Six

Mary

Mary hat sich zu einem späten Brunch mit ihrer Tochter Heather in einem winzigen Hipster-Schuppen in Kitsilano in der Nähe von Heathers Haus getroffen. Sie sitzen an einem wuchtigen Holztresen vor dem Fenster und sehen den Leuten am Strand zu. Hundespaziergänger. Wellen mit weißen Schaumkronen, aufgepeitscht vom Wind. Seemöwen kreischen. Große fremdländische Tanker treiben in der Bucht. Auf der anderen Seite des Meeresarms erheben sich die North Shore Mountains. Sie erstrecken sich nach Norden bis in die Wildnis und tragen immer noch Schneekronen.

Heather sprudelt geradezu über vor Aufregung. »Der Vorstand sagt, dass ich inzwischen praktisch die Favoritin für die Stelle bin. Ich kann einfach nicht fassen, dass dieser Job und die Adoption plötzlich gleichzeitig anlaufen.« Ihre Augen leuchten, und es trifft Mary mit voller Wucht, wie schön ihr Kind ist und dass sie als Mutter alles tun würde, um ihre Kleine zu beschützen und dafür zu sorgen, dass sie glücklich ist.

»Es ist, als hätte ich jahrelang gewartet und auf einmal geht es los. Ich freue mich so, Mom. Endlich fängt eine richtig gute

223

Zeit an, und ich habe irgendwie Angst, dass es einfach zu gut ist, um wahr zu sein. Ich habe furchtbare Angst, dass jetzt doch noch was dazwischenkommt.«

Mary nippt an ihrem Cappuccino, nickt und blickt aufs Meer hinaus. Sie hat auch Angst, dass es schiefgehen könnte. Heather hatte es in ihrem Leben nicht leicht, was hauptsächlich Marys Schuld ist. Ihre Tochter war vier, als sie ihren vierzigsten Geburtstag gefeiert hat und Hals über Kopf in eine Lebenskrise gestürzt ist. Als dieser Meilenstein ihres Lebensalters näher rückte, überkam sie das demütigende Gefühl, dass ihre gesamte Existenz auf Falschheit beruht. Auf Lügen. Besonders auf Lügen, die sie sich über sich selbst erzählte. Sie musste entweder abstürzen und wie ein Komet in der Erdatmosphäre verbrennen oder endlich ehrlich zu sich selbst sein. Und genau das tat sie. Sie gestand ihrem Ehemann schließlich, dass sie lesbisch ist. Mary und er kämpften sich für Heather noch durch fünf weitere Ehejahre. Sie wollten ihr eine stabile Umgebung bieten, bis sie wenigstens noch etwas älter war. Als Heather neun wurde, trennten sie sich, und darauf folgte die Scheidung. Heather wurde zwischen zwei Häusern hin- und hergefahren.

Die Trennung war einigermaßen freundschaftlich, und Heather verstand schließlich, warum es so gekommen war. Trotzdem ist eine Scheidung, ganz gleich aus welchen Gründen, nie leicht für ein Kind. Heather hatte auf viele verschiedene Arten damit zu kämpfen. Und Mary hat seither getan, was sie konnte, um es wiedergutzumachen.

Jetzt will sie ihrer Tochter beistehen, während sie eine Single Working Mom wird. Mary will sich sowieso bald zur Ruhe setzen und das Zepter an ihre Angestellten weitergeben. Außerdem hat sie eine lange Liste an Reiseträumen, die sie endlich verwirklichen will. Wie ihre Tochter hat auch Mary geglaubt, dass nun endlich eine richtig gute Zeit anbricht.

Dann kam die Nachricht von der Kapellenleiche.

Sie hat dunkle Erinnerungen mit sich gebracht und ungesunde Gefühle getriggert.

Marys Gedanken wenden sich Annalise und ihrer Sechsergruppe zu. Wenn es tatsächlich Annalises Leiche ist, dann ist die Tatsache, dass sie bei ihrem Verschwinden schwanger war, sogar noch schockierender als der Fund ihrer sterblichen Überreste.

»Du bist ja gar nicht bei der Sache, Mom. Ist alles in Ordnung?«

»Natürlich.« Schnell greift sie nach ihrem Kaffee. »Wie laufen die Gespräche mit den Kindermädchen?«

»Es stehen nur noch drei auf meiner Liste. Gerade überprüfe ich noch ihre Referenzen.«

Marys Handy summt und wandert vibrierend über den Holztresen neben ihrem halb leer gegessenen Teller mit Eiern Benedikt. Ihre Nerven zucken. Sie starrt ihr Handy an. Wieder summt es und wandert ein Stück weiter. Noch ein Summen und es wird über die Kante des Tresens rutschen und zu Boden fallen. Sie fühlt Heathers Blick auf sich. Sie scheint sich einfach nicht bewegen und den Anruf entgegennehmen zu können.

»Willst du denn nicht rangehen?«, fragt Heather.

Mit langsamen, wie mit Sirup verklebten Bewegungen greift Mary nach ihrem Handy. Irgendwie hat sie das hier fast erwartet. Einen Anruf. Oder ein Klopfen. Die Medien. Die Polizei. Eine unbekannte Nummer blinkt auf dem Bildschirm. Eine unheilvolle Wolke senkt sich auf sie herab.

Sie sieht Heather an, dann nimmt sie den Anruf entgegen.

»Hallo?«, sagt sie vorsichtig.

»Mary? Hier ist Claude. Claude Betancourt.«

Ihr Herz setzt einen Schlag aus, und kurz ist sie vollkommen sprachlos. Sie wendet sich an ihre Tochter. »Schatz, ich … ich glaube, das könnte wichtig sein.«

Sie verlässt das Bistro und bleibt in der Meeresbrise auf dem Bürgersteig stehen.

»Was willst du, Claude?«

»Wie geht's dir?«

»*Wie es mir geht?*« Nach all den Jahren, dem ganzen Mist, ohne irgendeine Entschuldigung ist es das, was zuerst aus seinem Mund kommt?

Claude räuspert sich. »Pass auf, das hier ist nicht leicht. Ich … Hast du die Nachrichten gesehen?«

Sie antwortet nicht. Ihre Gedanken rasen. Sie hat die Polizei oder einen Reporter erwartet, aber nicht Claude. Sie weiß nicht, wie sie damit umgehen soll. Eine Erinnerung flutet ihren Verstand.

Es ist 3.35 Uhr am Samstag, dem 4. September 1976, und Mary wälzt sich im Bett in ihrem mondhellen Zimmer im ersten Stock hin und her. Ihr Adrenalinspiegel ist zu hoch, und seit sie nach ihrem Streit mit Annalise auf der Straße nach Hause gekommen ist, kann sie nicht schlafen. Sie schlägt ihre Decke zurück, es ist heiß. Sie ist wütend. Eingeschüchtert. Zutiefst verletzt. Beschämt. Gedemütigt. Wie kann ihre Freundin das alles nur gesagt und getan und ihr dann noch ins Gesicht gelacht haben?

Annalises Worte winden sich durch ihren Kopf.

»Ich weiß, wieso du mit Claude zusammen bist. Ich weiß, wieso du es die ganze Zeit mit ihm machst. Du bist lesbisch, deswegen. Du bist lesbisch und hast nicht den Mumm, es zuzugeben. Und du glaubst, wenn alle wissen, dass du mit Claude Betancourt in die Kiste steigst, dann sehen sie die Wahrheit nicht. Sogar Claude sagt das.«

Frische Tränen brennen in ihren Augen. Sie ballt die Hände um das Kissen zu Fäusten.

»Ich brauche deine Freundschaft nicht, Memme Mary. Ich bin fertig. Weißt du was? Vielleicht haue ich auch von hier ab. Und zwar sehr bald. Ich lasse dieses Drecksloch hinter mir. Und weißt du, mit wem ich es auf der Party getrieben habe? Mit Claude.«

Mary ist so zornig, so rasend vor Wut, dass sie jemanden umbringen könnte.

Ein Ticken kommt von ihrem Fenster. In ihrem Kopf wird es ganz still. Sie lauscht. Kein weiteres Geräusch folgt. Wahrscheinlich nur der auffrischende Wind, der die Zweige gegen das Glas klopfen lässt. Wieder sieht sie auf die Uhr. Es ist 3.43 Uhr. Wie in Zeitlupe kriechen die Minuten vorbei.

Da ist es wieder, das Ticken an der Scheibe, gefolgt von einem lauteren Klacken. Mary erstarrt. Da wirft jemand Steinchen an ihr Fenster. Sie steigt aus dem Bett und nähert sich vorsichtig barfuß der Scheibe. Sie späht in den mondhellen Garten hinaus. Die Bäume schwanken im Wind und werfen tanzende Schatten auf den Rasen. Und da ist jemand. Es ist Claude. Er steht in einer silbernen Pfütze aus Mondlicht.

Sie öffnet das Fenster und raunt: »Was willst du?«

Er legt sich einen Finger auf die Lippen, dann gibt er ihr gestisch zu verstehen, dass er zu ihr hinaufklettern wird.

»Nein!«

Er beginnt zu klettern.

Panik peitscht durch Mary. »Halt, Claude!«, zischt sie. Aber er hat das Spalier schon zur Hälfte erklommen. Die Panik verwandelt sich in Entsetzen. Ihre Eltern. Sie werden sie umbringen, wenn sie herausfinden, dass sie nachts einen Jungen in ihr Schlafzimmer gelassen hat. Und nicht nur das. Claude, ihr Freund, hat gerade auf der Party ihre beste Freundin gevögelt und schreckliche Dinge gesagt, die Marys Selbstwertgefühl und ihr Selbstbild untergraben und damit alles, woran sie sich zu klammern versucht.

Während er durch ihr Fenster klettert und zu Boden springt, steigt ihr ein unangenehmer Geruch in die Nase. Schweiß. Beißend. Irgendwie falsch. Gemischt mit Seife und Shampoo. Sie weicht einen Schritt zurück. »Weißt du, wie spät es ist?«

Er setzt sich zu ihr aufs Bett. Sein Gesicht ist blass und seltsam hager im Mondschein. Seine Knöchel sind aufgeschürft und blutig. Aber seine Kleidung ist sauber, und er hat eindeutig geduscht.

»Was ist mit deinen Händen passiert?«, flüstert sie.

»Wir haben uns geprügelt«, sagt er leise.

»Wer?«

»Robbie und ich. Ich habe mich mit Robbie geprügelt.«

Der Schreck rieselt durch ihren Körper. Sie weiß, dass beide betrunken und vielleicht auch ein bisschen high von den Pilzen waren, die Rocco mit zur Party gebracht hat. »Warum habt ihr euch geprügelt? Wegen Annalise?«

Er fährt sich durchs Haar, das immer noch feucht ist und zu allen Seiten absteht. Dann reibt er sich hart übers Gesicht. »Genau. Sie hat anscheinend irgendeine Geschichte erfunden und rumerzählt, sie hätte Sex mit mir gehabt. Und Robbie hat Wind davon bekommen und ist auf mich losgegangen, bevor ich überhaupt wusste, was da passiert.«

Mary schluckt und starrt ihn an. Könnte es sein, dass Annalise gelogen und alles nur erfunden hat? Oder lügt Claude jetzt?

»Hast du?«

»Hab ich was?«

»Annalise gevögelt?«

»Gott, nein, Mary. Sie ist total durchgeknallt. Schon seit Wochen. Keiner von uns weiß, was mit ihr los ist.«

Langsam lässt sich Mary neben Claude aufs Bett sinken. Sie will ihm seine Geschichte unbedingt glauben.

»Mit irgendjemandem hatte sie auf der Party aber Sex«, sagt sie ganz leise. Sie sieht zu ihrer Schlafzimmertür. Das Zimmer ihrer Eltern befindet sich am anderen Ende des Flurs. Sie macht sich Sorgen, dass man sie hören könnte.

Fest sieht er sie an. »Warum sagst du das?«

»Darryl hat es mir erzählt. Er sagt, er hat es gesehen. Und er meinte, ich sollte Annalise nach Hause bringen, weil sie sich sonst nur in Schwierigkeiten bringen würde, und dass sie betrunken wäre. Deshalb habe ich sie überredet, mit mir nach Hause zu gehen, statt mit euch Kerlen noch mehr zu trinken.« Sie zögert. »Annalise hat mir erzählt, dass sie es mit dir getrieben hat.«

Fluchend reibt er sich mit seinen verletzten Händen übers Gesicht. Als er dabei sein Haar zurückstreicht, fällt ihr eine frische Wunde an der Schläfe auf, fast unter dem Haaransatz. Es ist ein ziemlich großer Schnitt, der vielleicht genäht werden muss.

»Das stimmt nicht«, versichert er. »Ich konnte Robbie am Ende auch überzeugen, dass das alles gelogen ist. Warum zum Teufel sollte ich so was tun?« Er reibt sich die Knie; kann nicht stillhalten. Mary erkennt, dass seine Hände zittern. In seinen Augen beginnen Tränen zu glänzen. Plötzlich tut er ihr leid, auch wenn sie gleichzeitig das Bedürfnis hat, sich selbst zu schützen. Sie war schon immer zu vertrauensvoll, eine Jasagerin. Ihre große Schwäche. Sie würde praktisch alles tun, um andere zufriedenzustellen. Auch wenn es am Ende ziemlich mies für sie ausgeht.

»Warum sollte Annalise mich anlügen?«, fragt sie vorsichtig.

»Ich weiß es nicht. Robbie hat irgendwann zugegeben, dass sie total selbstzerstörerisch drauf ist und ihm widersprüchliche Signale gibt. Dass sie zu viel trinkt.« Sein Blick huscht zu Mary. »Da läuft was mit ihrem Nachhilfelehrer.«

»Mit Darryl? Auf keinen Fall.«

»Doch, klar. Mit diesem Mathetypen. Dem Jamaikaner.«

»Er ist kein Jamaikaner, Claude. Er ist Kanadier. Seine Eltern stammen aus Kapstadt in Südafrika.«

»Ja, okay, jedenfalls hängt er mit diesen Typen von dem jamaikanischen Reggae Club unten an den Docks ab. Könnte also auch einer von denen sein.«

»Annalise hätte es mir erzählt, wenn sie auf diese Art mit ihm zusammen wäre.«

»Ach, wirklich? Hätte sie?«

Mary wendet den Blick ab. Sie kennt ihre beste Freundin nicht mehr. Sie dachte, sie würde Annalise verstehen. Sie sind praktisch schon ihr ganzes Leben lang befreundet, und sie haben früher alle Geheimnisse miteinander geteilt. Aber irgendwann früher in diesem Jahr ist Annalise immer verschlossener geworden. Einmal hat sie sogar einen »gefährlich heißen« Typen im Donut Diner erwähnt, aber als Mary gefragt hat, warum er gefährlich sein sollte, hat Annalise nur gelacht und geantwortet, dass er einen Ehering trägt. Sie meinte, dass er vielleicht auch eine Waffe bei sich hat. Aber Mary ist sich auch nicht sicher, ob sie Claude trauen kann. Sie weiß nicht, wem sie glauben soll.

»Kann ich bis morgen früh hierbleiben?«, fragt er.

»Auf keinen Fall. Mein Dad …«

»Bitte, Mary. Ich bin auch leise. Total leise. Und ich gehe, sobald es hell wird.«

»Aber warum?«

»Du musst einfach nur sagen, dass ich heute Nacht bei dir war.« Tränen laufen ihm über die Wangen, und irgendein Teil ihres Herzens reagiert darauf. »Egal, wer dich danach fragt, okay? Versprich mir, dass du das sagst. Dass ich gegen halb eins hergekommen bin. Nachdem der Rest von uns Schnaps holen und dann ganz kurz im Wald war. Dann haben sie mich hier abgesetzt.«

»Ist mit Robbie alles okay?«

»Dem geht's besser als mir.«

»Wurde sonst irgendjemand bei der Prügelei verletzt?«

»Das waren nur Robbie und ich.«

»Warum soll ich dann lügen und behaupten, dass du hier warst?«

»Weil der Streit angefangen hat, als wir im Auto waren.«

»In welchem Auto?«

»In dem Auto von Roccos Bruder. Ich bin gerade den Marine Drive hochgefahren, als sich Robbie auf mich gestürzt hat.«

»Warum bist du gefahren? Wo war Zane?«

»Der hatte sein Bike dabei. Ich hab das Lenkrad verrissen, und wir haben einen VW-Bus geschrammt, der an der Straßenseite geparkt war. Ich ... ich habe nicht angehalten, Mary. Wir hatten alle was getrunken, und du weißt ja, dass ich nur einen vorläufigen Führerschein habe. Ich darf nur mit einem Erwachsenen fahren, der den Führerschein hat.«

»War irgendjemand in dem VW?«

»Nein. Er war leer. Hat nur nachts an der Straße gestanden.«

»Bist du sicher?«

»Ja, ganz sicher. Mann, wir haben nachgeschaut ...«

»Du hast doch gesagt, dass du nicht angehalten hast.«

»Ich meine, wir haben kurz nachgeschaut, niemanden gesehen und sind dann schnell weitergefahren. Versprichst du's mir? Bitte? Dann stehe ich so tief in deiner Schuld.«

»Mary? Bist du noch dran?« Die Stimme, die aus ihrem Handy dringt, holt sie mit einem Ruck zurück in die Gegenwart.

Sie räuspert sich. »Ich bin dran.« Rasch läuft sie auf ihr Auto zu, das am Randstein steht, entriegelt es, steigt ein und schlägt die Tür hinter sich zu. Jetzt kann niemand ihre Unterhaltung mithören.

»Wir müssen uns treffen«, sagt Claude. »Wir alle sechs.«

»Ich habe euch nichts zu sagen.« *Ich will keinen von euch jemals wiedersehen.*

»Die Polizei wird kommen, Mary. Sie werden den Fall wieder aufrollen und uns alle noch mal befragen.«

»Und? Ich werde mit ihnen reden. Ich habe nichts zu verbergen.« Seit der Neuigkeit, dass unter der Kapelle menschliche Überreste gefunden wurden, denkt sie darüber nach. Sollte tatsächlich bestätigt werden, dass es sich dabei um Annalise handelt, dann ist das Beste, was sie um Heathers willen tun kann, die Wahrheit zu sagen, und zwar schnell. Sich der Tatsache stellen, dass sie für Claude gelogen hat. Wodurch herauskommt,

231

dass er nie ein Alibi hatte. Aber das ist sein Problem, nicht ihres. Sie war jung und dumm. Jetzt ist sie beides nicht mehr. Ja, sie hat sich in jener Nacht auf der Straße mit ihrer besten Freundin gestritten, aber sie hätte ihr niemals wehgetan. Sie hat Annalise geliebt. Tief und innig. Auf alle möglichen Arten. Und vermutlich war genau das Teil des Problems.

»Wir müssen alle am selben Strang ziehen, Mary. Wir müssen dieselbe Geschichte erzählen. Und zwar genau dieselbe Geschichte wie damals. Wenn Risse oder Widersprüche auftauchen, dann werden die Mordermittler tiefer graben. Die werden nicht locker lassen. Das Medieninteresse wird gewaltig. Das ist nicht wie damals, als es noch kein Internet gab.«

Sie hört, wie die Verzweiflung in seine Stimme kriecht. Doch Mary weiß inzwischen, wer sie ist. Sie hat gelernt, standhaft zu bleiben. Stark zu bleiben.

»Wessen Baby ist es, Claude? Deins?«

»Gott, nein. Ich habe dir doch gesagt, dass das alles gelogen war. Außerdem, wenn der Embryo damals drei Monate alt war, dann kann es nicht auf der Party passiert sein.«

»Die DNS wird das wohl zeigen, was?«

»Mary, wenn das schiefgeht …«

»Ich werde nicht für dich lügen, Claude. Jetzt nicht mehr. Als du mich damals gebeten hast, dich zu decken, wusste ich nicht, dass Annalise verschwunden war. Vielleicht warst du es. Vielleicht war es Robbie. Vielleicht …«

»Vielleicht warst *du* es, Mary! Genau wie es manche Leute damals geglaubt haben. *Du* hast dich auf der Straße mit ihr gestritten. *Du* wurdest dabei gesehen, wie du sie geschubst und angeschrien hast. Ist dir mal durch den Kopf gegangen, dass deine Lüge auch *dir* ein Alibi gibt? Hast du daran gedacht, dass ich der Polizei auch sagen könnte, *du* hättest *mich* gebeten, zu erzählen, ich wäre bei dir gewesen, um *dir* den Arsch zu retten?«

Ihr wird eiskalt. Ihre Gedanken fahren Karussell, während sie versucht, sich vorzustellen, wie das hier ausgehen könnte. Sie sieht zu dem Bistro hinüber, in dem Heather sitzt und sich wahrscheinlich fragt, wohin ihre Mutter gegangen ist. Sie könnte jeden Moment herauskommen, um nach ihr zu suchen.

»Wenn du die Reißleine ziehst, Mary, dann hast du selbst auch kein Alibi mehr.«

»Ich brauche keins.«

»Bist du dir da sicher? Hör zu, lass uns einfach persönlich darüber sprechen. In aller Ruhe. Ich möchte mich dieser Sache genauso wenig stellen wie du. Und es tut mir leid – wirklich leid –, was damals zwischen dir und mir passiert ist, aber ich weiß auch, dass Annalise einmal zu Robbie gesagt hat, dass du vielleicht vom anderen Ufer bist. Sie hat ihm erzählt, dass du unbedingt ›normal‹ wirken willst und dass du vielleicht deshalb immer so bereitwillig mit mir geschlafen hast. Zur Tarnung. Wenn die Cops das rausfinden, dann ist es ein mögliches Motiv, Mary. Wenn Annalise gedroht hat, es der ganzen Schule zu erzählen, und ihr euch deshalb gestritten habt …«

»Verpiss dich«, zischt sie wütend und ihre Hand krampft sich um ihr Smartphone zusammen. »Verpiss dich mit deinen miesen Lügen, Claude.«

»Das wird die Cops interessieren.«

»Das sind alles Lügen.« Tränen brennen in ihren Augen.

»Weißt du, was das heißt? Ganz, ganz schlechte Presse. Und weißt du noch was? Wenn die Medien mitmischen, wenn das alles auf den sozialen Medien viral geht, dann wird es Heather die Spitzenstelle bei Brockton House kosten. Ich habe davon gehört. Für den Elternrat bei Brockton House zählen nur zwei Dinge: Prestige und Reputation. Wenn es auch nur den Hauch eines Skandals gibt, ist sie weg vom Fenster.«

»Das hat nichts mit Heather zu tun.«

»Ach, wirklich nicht?«

Sie schließt die Augen, versucht zu atmen.

»Ich will diese Dinge nicht über dich in Umlauf bringen, das kannst du mir glauben. Aber ich muss meine Familie schützen. Genau wie du. Zwing mich nicht dazu, Mary. Ich hole dich heute Abend um halb acht beim Gartenmarkt ab. Sei da.«

Dann legt er auf.

JANE

Als Jane und Duncan im forensischen Institut der SHU erscheinen, um die DNS-Proben abzugeben, ruft Ella sie in ihr Labor.

»Da Sie schon mal hier sind – ich habe da etwas, das Sie
sich vielleicht persönlich ansehen wollen«, sagt sie und führt
die Detectives zu den Tischen, an denen die Beweismittel bearbeitet werden.

Der Tonfall zwischen Jane und Ella ist weiterhin kühl.
Jane ist immer noch verärgert, weil die Nachricht über die
Schwangerschaft durchgesickert ist, und auch Ella wirkt ver-
stimmt. Während Jane hinter Ella hergeht, schaut sie reflexar-
tig zur Besuchergalerie hinauf. Kein Noah. Sie bemerkt, dass
Duncan ihr Blick aufgefallen ist. Wieder registriert sie, wie aufmerksam ihr Partner jederzeit ist, wie er stumm alles und jeden
um ihn herum studiert.

»Das alles hier haben wir bisher gereinigt und weiterver-
arbeitet«, erklärt Ella und deutet auf ein kleines Metalltablett.
»Die hier wurden in der Erde um ihre Leiche gefunden – silberne Ohrstecker in Form kleiner Kreuze. Wir vermuten, dass
es sich angesichts des Zustands um echtes Silber handelt oder
dass die Ohrringe zumindest mit echtem Silber überzogen sind.
Ganz sicher wissen wir es, nachdem sie getestet wurden.«

»Die sind auf einem der Fotos in ihrer Vermisstenakte zu sehen«, sagt Duncan und sieht Jane an. »Und sie gehören zu den Dingen, die sie getragen hat, als sie das letzte Mal gesehen wurde.«

Jane beugt sich vor und betrachtet die Ohrringe. »Sind dir irgendwelche anderen religiösen Artefakte im Haus der Jansens aufgefallen?«, fragt sie Duncan.

»Nicht, dass ich wüsste. Glaubst du, sie hat die Ohrringe aus religiösen Gründen getragen? Dass es da irgendeine Verbindung zur Kapelle gibt?«

»Ich weiß es nicht«, antwortet sie. »Aber diesen Symbolismus kann man kaum übersehen – ob nun beabsichtigt oder nicht. Annalise Jansen war eine junge, schwangere Frau, die unter einer Kapelle mit einem auffälligen Buntglasfenster begraben wurde, das ein Marienbild mit Kind zeigt.«

»Und was ist das da drüben?« Duncan deutet auf ein weiteres Tablett, auf dem eine Art gewundene lange Metallschnur zu sehen ist.

»Ein Reißverschluss«, erklärt Ella.

»Ein ganz schön langer Reißverschluss. Wofür braucht man denn einen so langen Reißverschluss?«

»Bettwäsche«, schlägt Jane vor. »Ich habe vor Kurzem neue gekauft, und ich mag sie am liebsten mit Reißverschluss.«

Duncan runzelt die Stirn. »Du glaubst, sie wurde in eine Decke gewickelt?«

»Das würde zu einigen der sehr dünnen Federfragmente passen, die wir eingeschlossen in der Adipocire gefunden haben«, wirft Ella ein. »Wir lassen noch ein paar zusätzliche Tests laufen, um herauszufinden, von welchem Vogel sie stammen.«

»Wenn sie von einer Decke kommen, dann könnten es Gänse- oder Entendaunen sein«, mutmaßt Jane. »War sonst noch etwas in der Adipocire eingeschlossen?«

»Wir haben sie bisher noch nicht angeschnitten, aber Proben von der Oberfläche entnommen. Wir haben auch etwas gefunden, das Tierhaar sein könnte. Und Textilfasern, vielleicht von einer Art Teppich. Ich würde auf Nylon tippen – vielleicht von einem Auto. Auch hier lassen wir noch weitere Tests laufen. Vielleicht könnten die Fasern durch eine Textil-Datenbank geschickt werden. Das FBI entwickelt zum Beispiel gerade eine forensische Datenbank für Automobilinnenverkleidung. Vielleicht haben wir Glück, aber es wird eine Herausforderung, mit historischen Textilfasern aus den Siebzigern einen Treffer zu erzielen.«

»Wir könnten mit dem Teppichbelag eines VW-Busses anfangen«, schlägt Duncan vor.

»Ein VW-Bus aus den Siebzigern könnte theoretisch nach Kundenwünschen mit jedem beliebigen Teppich ausgekleidet worden sein«, kontert Jane.

»Wir haben auch das Medaillon gereinigt, das wir bei ihrer Leiche gefunden haben. Auf diesem Tablett hier.« Sie zeigt ihnen ein weiteres Artefakt. »Auf dem Monitor über dem Tisch können Sie das Bild auf der Vorder- und die Inschrift auf der Rückseite sehen, beides vergrößert.«

»Das St.-Christopher-Medaillon, das in der Akte erwähnt wurde«, sagt Jane.

Sie alle starren das eingravierte Herz auf der Rückseite an, die Buchstaben in der Mitte des Herzens. R+A.

»Robbie und Annalise«, folgert Jane. Sie sieht zu Duncan auf. »Wir müssen mit diesem Robbie-Bob Davine sprechen. Ella, ist es das, was Sie uns persönlich zeigen wollten?«

»Ich weiß doch, dass Sie das Beste gern zum Schluss hören«, erklärt Ella, lächelt dabei jedoch nicht. Seit dem Zwischenfall mit der Reporterin herrscht immer noch eine gewisse Reserviertheit zwischen den beiden.

Sie zeigt ihnen ein weiteres Tablett. Darauf liegt eine Metallbrosche mit einem Durchmesser von etwa zweieinhalb Zentimetern.

»Ich dachte, das hier könnte Sie besonders interessieren.«

»Eine Anstecknadel?«, fragt Duncan. »Hat sie die getragen?«

»Sehen Sie mal genauer hin«, fordert Ella ihn und Jane auf.

Jane beugt sich vor, und sofort schnellt ihr Puls in die Höhe. »Haben Sie auch eine Vergrößerung hiervon?«

Ella ruft das Bild auf dem Monitor auf.

Jane starrt die Brosche an, in deren Mitte die Frontalansicht eines Büffelschädels prangt. Der Büffel wird von Blättern eingerahmt, zusammen mit den nun lesbaren Worten »Maintiens le droit«. Über den Blättern schwebt eine Krone. Den unteren Rand der Anstecknadel bildet ein gewundenes Spruchband, auf dem »Royal Canadian Mounted Police« steht.

»Was zum Teufel?«, flüstert Duncan. »Das ist eine RCMP-Nadel. Und das dadrauf sind das Wappen und das Motto der RCMP.«

»Eine Dienstmarke«, sagt Jane sehr leise. »Genau genommen ist es kein Wappen, sondern eine Dienstmarke. ›Maintiens le droit‹ – das heißt so viel wie ›Wahrt das Recht‹. Das ist das Motto und das Symbol der RCMP aus dem neunzehnten Jahrhundert, als sie noch ›North-West Mounted Police‹ hieß.«

»Was in aller Welt hat sie damit gemacht?«, fragt Duncan. »Hat sie das Ding getragen? Oder jemandem abgerissen, mit dem sie gekämpft hat?«

Jane antwortet nicht. Sie konzentriert sich ganz auf das Bild der Polizeimarke.

DIE SHOREVIEW SIX

MARY

Mary sitzt unbequem auf dem Beifahrersitz von Claudes klobigem SUV. Das Schweigen zwischen Claude und ihr hängt dick und schwer in der Luft. Die Scheinwerfer der entgegenkommenden Autos lassen abwechselnd Licht und Schatten über sein Gesicht und seine Arme huschen, während er das Steuer fest umfasst. Sie hat ihren früheren Freund seit vielen Jahren nicht gesehen, und der mächtig wirkende Mann, der aus ihm geworden ist, kommt ihr zugleich vollkommen fremd und so verstörend vertraut vor.

Er biegt in eine schmale und dunkle Straße ein, die sich zwischen riesigen Nadelbäumen hindurchwindet und sie zu einer exklusiven Enklave am Felsstrand in der Nähe des Jachtclubs führt. Die Häuser in dieser Hochglanzwohngegend kosten zehn bis zwanzig Millionen Dollar aufwärts. Sie biegen in eine Einfahrt zwischen zwei Steinsäulen ein, die von direktem Licht sanft erleuchtet werden. Als sie den ringförmigen Parkbereich vor einem Haus aus Glas und Beton erreichen, fällt Marys Blick auf einen schwarzen Escalade, der vor dem Haus parkt. Claudes Scheinwerferlicht gleitet über einen Aufkleber von Davine

239

Estate auf der Heckklappe des Wagens. Bob und Cara sind schon hier. Mary versucht, gegen den Kloß aus Anspannung anzuschlucken, der sich in ihrer Kehle gebildet hat.

Als er den Motor ausstellt, fragt sie gedämpft: »Was ist in dieser Nacht wirklich passiert, Claude?«

Sie weiß, dass dieses Treffen dazu dienen soll, ihre Reihen zu schließen und ihre Lügen miteinander abzugleichen. Doch Mary hat etwas anderes vor. Sie will sticheln und provozieren, sie will nach Lücken suchen, in denen sie vielleicht einen Hebel ansetzen und sich selbst und Heather aus dieser Lage befreien kann. Das ist sie ihrer Tochter schuldig. Heathers Glück ist im Moment noch so fragil. Es steht auf Messers Schneide.

»Spar dir das für die Gruppe auf.« Er umfasst den Türgriff.

»Es gibt die Geschichte der Gruppe, und es gibt unsere Geschichte«, gibt Mary zurück. »Ich habe für dich gelogen, Claude. Das war etwas zwischen dir und mir. Es hatte nichts mit der Gruppe zu tun. Sag mir, wo du in dieser Nacht wirklich warst. Gib mir einen Grund, mich an die Geschichte zu halten, die ich für dich erzählt habe.«

Er holt tief Luft und starrt auf das hell erleuchtete Haus, das auf sie wartet, die Hand immer noch auf dem Türgriff, die Kiefermuskeln angespannt. Er hat Angst, denkt Mary. Diese Erkenntnis füttert etwas Dunkles und Geheimes in ihr. Es lässt ihren Rachehunger erwachen. Dieser böse Teil in Mary will Claude und die anderen auf einmal für alles bestrafen, was in ihrem Leben nach jener Nacht schiefgelaufen ist. Sie haben grässliche Dinge getan. Sollen sie für den Rest ihres Lebens ungeschoren davonkommen? Es muss doch in irgendeiner Form Gerechtigkeit geben? Oder vielleicht ist diese Gerechtigkeit ja auf stille und subtile Weise längst eingetreten, da jene Nacht vor siebenundvierzig Jahren jeden Einzelnen von ihnen verändert hat.

»Habt ihr sie umgebracht?«

Claude fährt zu ihr herum. »Wie kannst du es wagen, das auch nur zu fragen?«

»Irgendjemand hat es getan. Ihre Leiche lag seit damals unter der Kapelle begraben. Und irgendetwas ist mit euch in dieser Nacht passiert. Und mit Darryl. Wenn Annalise nämlich die ganze Zeit auf dem Hemlock lag, dann ist Darryl jedenfalls nicht mit ihr durchgebrannt. Und wo ist er dann?«

»Vielleicht hat er es getan. Vielleicht hat Darryl sie umgebracht, ihre Leiche versteckt und ist geflohen. Vielleicht ist das der Grund, warum er geflohen ist. Genau wie es damals alle gesagt haben.«

»Oder vielleicht warst *du* es.«

»Du weißt, dass ich es nicht war.«

»Ach wirklich? Ich habe keine Ahnung, wo du gewesen bist, bevor du Steinchen an mein Fenster geworfen hast.«

»Euer Nachbar hat gesehen, wie du sie geschubst hast. Ihr habt einander auf der Straße angeschrien. Du warst die Letzte, die sie lebend gesehen hat.«

»Ich hätte ihr niemals wehgetan. Ich habe sie geliebt.«

»Ach, richtig. Muss ihr einen ganz schönen Schrecken eingejagt haben, als sie erfahren hat, dass du sie auf diese Weise liebst?«

»*Meine* Hände und Fingerknöchel waren nicht blutig, Claude«, faucht sie. »Du hast geduscht, bevor du zu mir gekommen bist, und du hast dich umgezogen. Ich glaube nicht, dass du dich mit Robbie geprügelt hast. Sag mir, was passiert ist.«

Bevor er antworten kann, schwingt die Haustür weit auf, und in dem Viereck aus gelbem Licht steht Bob, nicht Jill. Als würde Bob Davine dieses Haus gehören, nicht den Osmans. Er winkt ihnen zu, damit sie sich beeilen.

Mary und Claude steigen aus dem SUV. Sie geht etwas hinter Claude. Gerade als sie die Eingangsstufen hinaufsteigen, murmelt sie ihm zu: »Ich weiß, dass du mehr als einmal mit ihr geschlafen hast, Claude. Annalise hat es mir selbst erzählt. Und weißt du, was sie mir noch erzählt hat? Sie hatte nie Sex mit Robbie.«

Claude erstarrt auf der Treppe. Mehrere Sekunden lang rührt er sich nicht, dann fährt er abrupt zu ihr herum. Sein streitlustiges Gesicht ist blass, seine Augen riesig und wütend in der Dunkelheit. Angst prickelt durch Marys Adern, aber sie bleibt standhaft.

Sie flüstert: »Die Frage ist, weiß Robbie, dass du mit seiner Freundin geschlafen hast? Ich könnte nämlich wetten, dass er das nie herausgefunden hat.«

Claude öffnet den Mund, aber da ruft Bob ihnen zu: »Claude, hey. Mary. Kommt rein.« Er weicht einen Schritt zurück und hält ihnen die Tür weit auf.

Sie betreten einen großen Eingangsbereich. Durch ein riesiges offenes Wohnzimmer kann man bis in den Küchenbereich blicken. Fenster, die vom Boden bis zur Decke reichen, säumen eine gesamte Seite des Hauses und bieten einen Blick auf das Meer. Hinter dem Glas schimmert die Beleuchtung eines Infinity-Pools in einem phosphoreszierenden Blaugrün. Und jenseits des Pools erstreckt sich die tintenschwarze Meerenge.

»Was kann ich euch zu trinken anbieten?«, fragt Bob, als wäre das hier eine Art Wiedersehensfeier, um auf die gute alte Zeit anzustoßen.

»Bourbon«, erwidert Claude knapp, während Mary und er die Jacken ausziehen. »Mindestens vier Finger breit.«

»Ein Bier«, sagt Mary. »Flasche oder Dose ist egal.«

Während Bob in Richtung Küche geht, hängt Mary ihre Jacke an einen Haken und setzt sich dann auf eine Bank, um sich die Schuhe auszuziehen. Diese Mühe macht Claude sich nicht. Er trägt den Schmutz an seinen Schuhen einfach mit ins Wohnzimmer.

Auf Strumpfsocken folgt Mary ihm.

Auf einer langen, niedrigen Couchgarnitur sitzen Jill, Cara und Rocco. Jeder von ihnen hält ein Glas in der Hand. Alle starren Mary an. Seit Jahrzehnten hat sie ihre Gesichter nicht mehr gesehen. Obwohl sie gealtert und mittlerweile im Grunde Senioren sind, ist es, als wären sie durch ein bizarres Wurmloch zurück ins Jahr 1976 gefallen. Trotz ihrer Falten sind sie auf einmal wieder sechzehn. Und Mary ist wieder die Außenseiterin.

Vielleicht ist bei jedem von ihnen ein Teil ihrer selbst noch immer in jenem Herbst des Jahres 1976 gefangen. Ein Schwebezustand – oder ein Gefängnis – für ihre Lügen. Weder Himmel noch Hölle. Alle warten sie auf ihre eigene Weise auf jenes Klopfen an der Tür. Sie warten darauf, dass die Gerechtigkeit sie endlich findet. Sie fürchten sich davor.

»Mary«, sagt Jill. »Danke, dass du gekommen bist.« Ihr Gesicht wirkt ebenso angespannt wie ihre Stimme. Der Stress hat ihre Züge verhärmt, trotz der unübersehbaren Botoxbehandlungen, Lip Filler und was auch immer sie sich noch geleistet hat. Mary fragt sich, ob Jill ihrem Ehemann jemals von dieser Nacht erzählt hat. Oder ob Isaias Osman nichts davon weiß, dass vor fast fünfzig Jahren die Freundin seiner Frau verschwunden und ihre Gruppe in den Mittelpunkt der intensiven Aufmerksamkeit der Medien und der Polizei gerückt ist. Mary nickt erst Jill, dann Cara und Rocco zu, der nichts sagt.

Cara hockt auf der Sofakante, fühlt sich sichtlich unwohl und umklammert eine Proseccoflöte. Die dazugehörige Flasche steht in einem Eimer voller Eis auf dem Tisch. Roccos Gesicht ist rot, seine Augen trüb. Er wirkt schlapp und ist möglicherweise schon ziemlich betrunken.

Bob kehrt mit den Getränken zurück.

»Wie läuft das Gartengeschäft?«, fragt er gezwungen fröhlich und drückt ihr ein kaltes Bier in die Hand. Es ist irgendein snobistisches Gebräu mit einem lächerlichen Namen und einem genauso lächerlichen Etikett.

»Gut. Was gibt's Neues in der Wirtschaftskriminalität und beim Weinanbau?«

Er presst die Lippen zu einer schmalen Linie zusammen und reicht Claude den Bourbon. Dann räuspert er sich, greift nach seinem eigenen Glas und hebt es der Gruppe entgegen.

»Tja, Cheers. Auf die Wiedervereinigung der Shoreview Six.«

»Haha. Cheers.« Claude trinkt einen großen Schluck Bourbon. »Wir haben verdammt lang gebraucht, um diesen Spitznamen loszuwerden. Hoffen wir, dass die Medien ihn nicht wieder ausgraben.«

»Auf Annalise.« Mary hebt die Flasche. »Und auf sehr verspätete Glückwünsche zur Schwangerschaft meiner lieben alten vermissten Freundin. Das ist doch mal was, oder?« Sie nippt an ihrem Bier. »Ach, und natürlich auch auf den Vater ihres Kindes.« Wieder hebt sie die Flasche.

Stille, schwer und unheilvoll, hängt summend in der Luft zwischen ihnen.

Mary setzt die Flasche an und nimmt einen tiefen Zug.

Cara beugt sich vor. »Okay, ich spreche es jetzt einfach aus. Wir wissen nicht, was mit Annalise passiert ist, okay? Oder mit Darryl, wenn wir schon dabei sind. Aber wir brauchen eine Strategie, damit ...«

»Ist das so, Cara?«, fällt Mary ihr ins Wort. »Eines verstehe ich nämlich nicht. Wenn keiner von uns weiß, was passiert ist, dann hat das auch nichts mit uns zu tun. Warum dann der Aufwand? Warum brauchen wir eine Strategie?«

Cara durchbohrt sie geradezu mit ihrem Blick. Ihre Augen blitzen mörderisch, und die Drohung darin ist nicht zu übersehen.

Mary setzt sich. »Ich habe damals eine kleine Lüge erzählt, Cara. Das war mein Verbrechen. Und nachdem ich sie ausgesprochen hatte, wurde ich einfach von allem anderen mitgerissen und hatte zu viel Angst, meine Aussage zurückzunehmen. Aber von euch hat mir nie jemand reinen Wein eingeschenkt, also bitte fühlt euch jetzt frei, mich davon zu überzeugen, warum ich nicht einfach zur Polizei gehen und dieses Mal die Wahrheit sagen sollte.«

Rasch wechseln die anderen Blicke. Die Spannung wird noch greifbarer. Draußen erhebt sich der Wind und raut die glatte Oberfläche des Pools auf. Bäume schwanken und werfen Schatten auf die Veranda. Mary trinkt noch einen Schluck Bier. Unter ihrem zur Schau gestellten Wagemut zittert sie innerlich. Ihre alte Clique mit ihrem Reichtum und ihrer im Laufe der Jahre angehäuften Macht flößt ihr Angst ein. Wie weit würden sie gehen, um ein Geheimnis zu wahren, das jedem von ihnen den Boden unter den Füßen wegreißen könnte?

Haben sie gemordet?

Würden sie wieder morden, um ihr Geheimnis zu hüten?

»Vielleicht warst du es ja, Mary«, kontert Cara kalt. »Vielleicht bist du es, die *uns* nie reinen Wein eingeschenkt hat. Aber unschuldig oder nicht, wir alle haben vor siebenundvierzig Jahren eine bestimmte Geschichte erzählt. Und wir müssen uns nur an genau diese Geschichte halten, damit der Sturm an uns vorüberzieht. Keiner von uns will ins Rampenlicht gezerrt werden, und Ungereimtheiten werden das Interesse der Polizei und der Medien nur noch verstärken, was für uns *alle* negative Konsequenzen bedeutet. Und wir alle haben jetzt so viel mehr zu verlieren als damals mit sechzehn, oder? Wir haben Kinder, Schwiegertöchter und -söhne, Enkel, unsere Firmen.« Cara sieht Jill an. »Wohltätigkeitsorganisationen.« Ihr Blick wandert zu Claude. »Ehepartner, Stiftungen, eine Reputation. Das alles könnte Schaden nehmen oder sogar zerstört werden.« Sie legt

Bob eine Hand auf den Oberschenkel. »Und niemand muss freiwillig eine DNS-Probe abgeben.«

»Warum nicht?«, will Mary wissen.

»Verdammt noch mal, Mary, willst du echt Probleme machen?«, ruft Rocco.

»Irgendjemand hat sie geschwängert«, beharrt Mary.

»Wahrscheinlich Darryl«, schießt Jill zurück.

»Tja, das wird der DNS-Test zeigen, oder? Aber soweit ich weiß, hat mir meine beste Freundin so ziemlich alles erzählt, und davon, dass sie mit Darryl geschlafen hat, weiß ich nichts.« Sie sieht Bob an, während sie spricht.

Bob rutscht befangen auf dem Sofa hin und her. Genau wie Claude. Und interessanterweise auch Rocco. Cara schließt die Hand noch fester um den Oberschenkel ihres Mannes. Besitzergreifend. Eine Leibwächterin, mit der man sich nicht anlegen sollte.

Claude nimmt einen weiteren großen Schluck Bourbon. »Ich sehe das wie Cara. Wenn keiner von uns freiwillig eine DNS-Probe abgibt, dann sieht es für Bob nicht so übel aus, wenn er sich weigert. Und *ihn* werden sie ganz sicher fragen.«

»Ja, von ihm werden sie bestimmt als Erstes eine Probe wollen«, sagt Mary und wendet sich an Claude. Sie weiß, dass er daran denkt, was sie draußen auf der Treppe gesagt hat. Seine Miene ist unheilschwanger.

Rocco senkt den Blick auf seinen Schoß. Er sieht nicht gut aus.

»Wenn sie Bobs DNS wollen, müssen sie schon mit einer richterlichen Anordnung kommen.« Cara greift nach der Proseccoflasche und füllt ihr Glas auf.

Sie hat große Angst, denkt Mary.

Cara hält Jill die Flasche hin, die nickt, woraufhin Cara auch ihr Glas auffüllt. Allmählich werden Jills Wangen immer röter. Caras Miene wirkt dagegen noch härter als zuvor – Cara, die immer bekommen hat, was sie wollte. Und Mary glaubt, dass Cara schon immer Robbie wollte. Seit er damals aus Kalifornien an ihre Schule gekommen ist. Cara musste nur einen Weg finden, ihn von der hübschen, anmutigen, beliebten, klugen, lustigen und sympathischen Annalise Jansen wegzubekommen. Eine dunkle, hässliche kleine Idee bricht in Marys Kopf auf und heraus sickert ein toxischer Gedanke.

Nein. Das kann nicht sein. Oder? Könnte Cara irgendetwas eingefädelt haben, um Annalise wehzutun und Robbie zu kriegen?

»Aber genau das könnte passieren – dass sie mit einer richterlichen Anordnung kommen«, kontert Jill. »Bei Robbie liegt ein hinreichender Tatverdacht vor, oder nicht?«

»Auf welcher Seite stehst du, Jill?«, fragt Cara.

»Ich spiele hier nur den Advocatus Diaboli, okay? Weil wir nämlich alle Eventualitäten abdecken müssen. Wenn, dann. Schadensbegrenzung. Und Mary hat recht. Sie *werden* Robbie wieder ins Visier nehmen. Es war immer der Freund, oder? Annalises Schwangerschaft ist ein mögliches Motiv – oder zumindest wird es das neue Ermittlerteam so sehen.« Rasch hebt sie die Hände, als Bob den Mund öffnet, um etwas zu entgegnen. »*Ich* sehe es nicht so, Bob. Aber genau das hört man doch immer in den Nachrichten, sobald irgendwo eine Frau verschwindet. Es war immer der Ehemann oder der Freund, in praktisch neunundneunzig Prozent der Fälle. Und die Cops hatten es schon auf dich abgesehen, als sie damals verschwunden ist. Jetzt stehen ihnen fast fünf Jahrzehnte weiterentwickelter forensischer Wissenschaft zur Verfügung. Und sie haben die Leiche, was damals nicht so war. Und einen Embryo dazu. Außerdem sind es nicht irgendwelche Cops – dieses Mal sind es Mordermittler.«

Claude meldet sich zu Wort: »Nur um mal einen Gang runterzuschalten, die Leiche wurde noch nicht offiziell identifiziert. Die Polizei hat nicht bestätigt, dass es Annalise ist.«

»Noch nich«, wirft Rocco ein. »Aber niemand sweifelt daran, dass sie es is. Die Stiefel. Der Seitpunkt am Labour-Day-Wochenende. Wie stehen die Chancen, dassses ein anderes Mädchen is?« Seine Aussprache ist erschreckend verwaschen.

»Tja, Bob hat für diese Nacht ein Alibi«, verkündet Cara. »Nachdem die Männer sich noch mehr Schnaps besorgt haben und kurz in den Park gegangen sind, hat er bei mir übernachtet.«

»Und warum hätte er das tun sollen?«, bohrt Mary nach. »Ich meine, er war damals fest mit Annalise zusammen.«

»Weil Annalise ohne ihn nach Hause gegangen ist und sich komisch benommen hat.« Cara wendet sich an ihren Ehemann. »So war es doch, Bob? Sie hat irgendwelche Geschichten erfunden und … jedenfalls hat Bob geglaubt, dass es zwischen ihnen wahrscheinlich sowieso vorbei wäre.«

»Stimmt das, Bob?«, fragt Mary.

Er antwortet nicht.

»Claude und Mary haben auch Alibis«, sagt Jill. Sie sieht Rocco an.

Rocco holt tief Luft und wirkt nun sogar noch rotgesichtiger und aufgebrachter. »Ich … ich war mit meinem Bruder zusammen.«

»Der zufälligerweise tot ist«, sagt Mary.

»Herrgott, Mary«, faucht Jill. »Wie grausam willst du noch werden? Zanes Tod war ein furchtbarer Verlust für Roc.«

»Ich weiß jedenfalls, dass ich gelogen habe, was Claudes Alibi angeht«, sagt Mary. »Claude hat mich gebeten, ihn zu decken, weil er behauptet, sich mit Robbie geprügelt und dann ein anderes Auto gestreift zu haben, während er ohne voll gültigen Führerschein und mit Alkohol im Blut gefahren ist. Ich habe keine Ahnung, wo er wirklich war in der Zeit, nachdem Annalise und ich die Party verlassen haben, bis er mit blutigen Knöcheln durch mein Fenster geklettert ist.«

Stille verschluckt die Gruppe. Draußen vor dem Fenster weht der Wind stärker. Die Lichter auf der anderen Seite des Wassers blinken, verschwinden und tauchen wieder auf, während die Zweige wehen.

Leise fügt Mary hinzu: »Vielleicht war Claude ja mit euch zusammen – Rocco, Cara, Robbie, Jill.«

Jill meldet sich zu Wort: »Ich bin nach Hause gegangen zu meinen Eltern. Cara hat mir gesagt, dass sie mit Robbie zusammen war und dass Rocco und Zane im Gartenhaus bei ihren Eltern übernachtet haben. Wenn Claude nicht bei dir war, Mary, dann weiß ich nicht, wo er gewesen ist. Was aber bedeutet, dass auch niemand weiß, wo *du* warst.«

»Darauf läuft es also hinaus?«, meldet sich Claude zu Wort. »Du wirfst mich den Wölfen vor, Mary?«

Rocco macht einen Satz, packt die Tequilaflasche vor ihm, schüttet mehrere Shots in sein Glas, kippt es in einem Zug und schenkt sich nach. »Tja, ich stimme Claude zu.« Er hält Claude sein Glas entgegen. »Niemand gibt freiwillig eine DNS-Probe ab. Alle für einen. Einer für alle. Schließt die Wagenreihe um Bob.«

»Dieser Ausdruck entstammt der Manifest-Destiny-Ideologie, und du solltest ihn wirklich nicht benutzen.« Jills Stimme klingt spröde, abgehackt.

»Meinetwegen.« Wieder hebt er sein Glas. »Außerdem hat Bob genug finanzielle Mittel und die nötigen Eier vor Gericht, um sich gegen eine richterliche Anordnung zu wehren.«

Nun gilt Rocco die geballte Aufmerksamkeit.

»Und nur, dass sie jemand geschwängert hat, heißt gar nix. Deshalb hat er sie noch lange nicht umgebracht und im Dunkeln auf dem Berg verscharrt.«

Bob beugt sich vor und ein misstrauischer Ausdruck tritt in seine Züge. »Was willst du damit sagen?«

»Nichts. Nur was ich gesagt hab.«

»Dieses Kind stellt definitiv ein Motiv dar«, wirft Mary ein. »Wenn der Embryo zum Beispiel nicht von Bob ist und er rausgefunden hat, dass sie schwanger geworden ist, als sie ihn betrogen hat, tja, das könnte einen so eifersüchtigen Mann wie Bob schon wütend machen.«

»Halt die Klappe, Mary«, faucht Cara.

»Und du, Cara, du wolltest Robbie-Bob so unbedingt – was, wenn *du* herausgefunden hast, dass Annalise von Bob schwanger war? Das hätte deine Chancen bei ihm endgültig kaputtgemacht. Vielleicht hast du die Sache ja selbst in die Hand genommen, um das zu verhindern?«

Bob steht auf, greift nach der Scotch-Flasche, schenkt sich dann ruhig einen weiteren Schluck ein und sagt: »Ich werde freiwillig eine DNS-Probe abgeben.« Er sieht Claude an.

Bob dämmert etwas, denkt Mary. *Es muss stimmen, was Annalise ihr erzählt hat – sie hat nie mit Bob geschlafen. Hat er uns deshalb alle zusammengerufen? Um herauszukriegen, ob einer seiner früheren besten Freunde es mit ihr getan hat?*

Vielleicht ist ja nicht nur Mary hier, um ein Druckmittel zu finden. Sie sieht sich um. Vielleicht tun sie das ja alle. Diese Wiedervereinigung wird sie nicht zusammenbringen, sondern auseinandertreiben.

»Das halte ich für keine gute Idee, Bob«, widerspricht Claude. »Was, wenn es doch deine DNS ist?«

»Vielleicht lasse ich es darauf ankommen«, erklärt Bob ruhig und setzt sich wieder neben seine Frau. Er nippt an seinem Drink, ohne Claude aus den Augen zu lassen.

Bob Davine verwandelt sich in einen Hai, der vor Gericht mit dem Richter und den Geschworenen spielt. Er klopft auf den Busch. Auf einmal scheint es viel dunkler im Raum geworden zu sein, als würde das Licht flackern. Es rüttelt sie alle sichtlich auf. Etwas hat sich gerade fundamental verändert. Langsam wandert Bobs Blick zu Rocco.

»Ein bisschen wie russisches Roulette, was, Roc?« Mit der Hand formt er eine Pistole und setzt sich den Zeigefinger an die Schläfe. »Ich drehe die Trommel …« Er drückt den imaginären Abzug. »Klick. Ich bin nicht der Vater. Oder …« Wieder lässt er gestisch die Trommel kreisen, zielt und drückt den Abzug. »Oder bumm. Es ist mein kleiner saponifizierter Embryo. Aber wie du schon gesagt hast, das macht mich noch nicht zum Mörder, nicht wahr, Roc?« Sein Blick wandert über die Gruppe. »Oder, Leute?«

Marys Anspannung steigert sich noch weiter. Sie dreht sich zu den Türen. Ihr ist überdeutlich bewusst, wo sich die Ausgänge befinden. Was genau hat Bob vor?

Cara wirkt mit einem Mal verstört. »Bob, ich glaube wirklich, es ist besser, wenn du nicht …«

Er legt ihr nachdrücklich die Hand auf den Arm, um sie zum Schweigen zu bringen, während er die anderen beiden Männer im Raum mustert. Und jetzt ist Mary sicher. Annalise hat ihr die Wahrheit gesagt. Sie hat nie mit Bob geschlafen.

Es ist nicht sein Baby, und das weiß Bob genau.

Mary beugt sich vor. »Ich habe eine Frage an dich. Hast du jemals mit Annalise geschlafen, Bob?«

JANE

Es ist Abend, und Melissa bestellt Pizza für das ganze Team, während Jane die Kopien der Fotos aufhängt, die sie aus Annalise Jansens Zimmer mitgenommen hat: von der Gruppe fröhlicher Teens, die sich vor dem Badesee versammelt haben, und auf dem Hemlock im Jahr 1976. Sie lächeln vom Whiteboard auf sie herab. Darüber hängen zwei größere Fotos: eines von Annalise Jansen und eines von Darryl Hendricks.

Auch die Aufnahmen, die Jane selbst in Annalises Zimmer gemacht hat, pinnt sie ans Board. Gefolgt von einem Foto von Hugo Glucklich, das ihnen das Management vom Hemlock zur Verfügung gestellt hat, und Bildern, die sie online gefunden hat von Bob Davine und Cara Constantine Davine auf ihrem Weingut. Von Jill Wainwright Osman mit ihrem Ehemann Isaias Osman bei einer Wohltätigkeitsveranstaltung. Von Mary Metcalfe aus einem Artikel über Blumenampeln und von Claude Betancourt und seiner Frau Susan Presley Betancourt bei einer Hockey-Benefizveranstaltung.

Auf eine Seite des Boards hängt sie Bilder von den Artefakten, die bei den Überresten in dem flachen Grab auf dem Hemlock gefunden wurden, darunter auch die Stiefel, die

Ohrringe, der Geldbeutel, die Münzen, der Schlüssel, der lange Reißverschluss und der RCMP-Anstecker.

»Okay, hört mal alle her.« Jane wendet sich ihrem Team zu und deutet auf die aktuellen Fotos der Shoreview Six. »Wir haben jetzt die Kontaktdaten von fünf der Shoreview Six, aber Rocco Jones müssen wir erst noch ausfindig machen. Ein wichtiger Fakt, den wir ans Licht gebracht haben, ist der, dass Zane Jones, Roccos älterer Bruder, bei einem Motorradunfall Ende des Jahres 1978 ums Leben gekommen ist. Also gibt es von ihm natürlich keine Kontaktdaten. Außerdem haben wir Kopien der originalen Vermisstenakten von Jansen und Hendricks zur Hand, mitsamt den Zeugenaussagen und den Notizen der Ermittler. Danke an Tank, weil er sie ausgegraben hat. Tank, kannst du uns kurz die wichtigsten Fakten darlegen? Dann sehen wir, ob wir einige Puzzlestücke einsetzen können, ganz besonders dieses neue hier.« Sie tippt auf das Foto des RCMP-Ansteckers.

Tank tritt an das Whiteboard. Daneben hat er eine große Karte der Gegend um North Vancouver aufgehängt.

»Der leitende Ermittler damals war Sergeant Chuck Harrison«, verkündet er. »Wir haben heute Vormittag Kontakt zu seiner Frau aufgenommen und von ihr erfahren, dass Sergeant Harrison vor drei Jahren verstorben ist. Sie hat uns gesagt, dass es ihr Ehemann war, der im Jahr 2004 das Alterungsbild von Annalise Jansen angefordert hat. Mrs Harrison zufolge war es einer der herbsten Rückschläge in der Karriere ihres Mannes, dass sein Team diesen Fall nie lösen konnte.«

Mit einem roten Marker kreist Tank ein Gebiet auf der Karte ein. »Das zentrale Ereignis – die Party – hat hier in einem Privathaus in der Nähe des Upper Levels Highway in der Nacht auf Freitag, den 3. September 1976, stattgefunden. Rose Tuttle, sechzehn, hat die Party ausgerichtet, während ihre Eltern nicht zu Hause waren. Annalise Jansen hat die Party zusammen mit ihrer eng vertrauten Gruppe von Freunden besucht, allesamt Schüler der Shoreview High. Darryl Hendricks war ebenfalls auf der Party.« Tank deutet auf die entsprechenden Bilder.

»Die Party wurde gegen Viertel vor zehn von einer Gruppe von älteren Teenagern gesprengt, die nicht eingeladen waren, darunter auch Zane Jones, der damals zweiundzwanzigjährige Bruder von Rocco Jones. Den Aussagen der Befragten zufolge ist die Sache schnell aus dem Ruder gelaufen. Die North Van RCMP hat um 22.17 Uhr einen Anruf aus Rose Tuttles Haus entgegengenommen, bei dem um Hilfe gebeten wurde.«

»Gibt es Aufzeichnungen darüber, welche Officers den Anruf entgegengenommen haben?«, fragt Jane.

Tank sieht in seinen Notizen nach. »Vier Beamte in Uniform. Die Constables Bing, Simon und Raymond sowie Corporal Jackson.«

Janes Blick wandert zu dem Foto der RCMP-Marke, die sie bei der Leiche gefunden haben. »Okay, Melissa, sehen wir zu, ob wir diese Officers ausfindig machen und nach weiteren Hintergrundinformationen befragen können.«

»Bin dran.« Melissa macht sich eine Notiz.

Tank übernimmt wieder das Wort. »Beim Eintreffen der RCMP haben sich die Partygäste zerstreut. Metcalfe und Jansen haben sich vom Rest der Gruppe getrennt und sind entlang dieser Route nach Hause gelaufen.« Er zeichnet eine Zickzacklinie zwischen den Wohnblöcken, gefolgt von einer geraden Linie die Linden Street hinunter.

»Metcalfes Aussage zufolge hat sie auf dem Weg einen Motorradfahrer auf einem schwarzen Motorrad und mit einem schwarzen Helm gesehen, und zwar hier.« Er malt ein kleines X auf die Route. »Metcalfe glaubte, der Motorradfahrer könnte Jansen und sie vielleicht verfolgt haben.« Er liest in seinen Notizen nach. »Ihre Worte waren: ›Er hat mich nervös gemacht. Ich habe weder ihn noch das Motorrad erkannt. Es war einfach alles schwarz. Annalise kam mir nicht besorgt vor. Es war fast, als würde sie ihn kennen oder als fände sie es lustig, dass er uns verfolgt.‹«

Tank zeichnet ein weiteres X auf die Karte. »Metcalfe und Jansen haben sich hier gestritten, auf der gegenüberliegenden Straßenseite von Metcalfes Haus. Wir haben eine Aussage von einem Nachbarn, der meinte, er hätte Metcalfe und Jansen erst streiten gehört und sie dann auch gesehen, gegen Viertel nach elf.« Tank liest aus seinen Notizen vor. »›Sie haben einander angeschrien, und ich bin von dem Lärm aufgewacht. Ich habe aus dem Fenster geschaut und gesehen, wie sie einander geschubst haben. Dann habe ich Mary und Annalise erkannt, und weil ich wusste, dass sie Freundinnen waren, dachte ich, sie wären einfach betrunken. Irgendein Freitagabend-Teeniequatsch. Also bin ich wieder ins Bett gegangen und habe nicht gesehen, was danach passiert ist.‹« Tank blättert um.

»Was er gesagt hat, passt zu Metcalfes eigener Aussage, der zufolge sie gegen Viertel nach elf zu Hause angekommen ist. Metcalfe erklärte, dass sie wütend auf ihre Freundin war und Jansen deshalb nicht nachgeschaut hat, während diese noch zwei Blocks weiter zu ihrem Haus am Ende der Sackgasse gelaufen ist. Sie sagte, dass damals zwei der Straßenlaternen kaputt waren, weshalb es ›ziemlich dunkel da unten‹ war.« Tank kreist Jansens Haus in der Linden Street ein. »Es gibt auch Zeugen in diesem Haus, gegenüber dem der Jansens.« Er kreist ein Grundstück am Ende der Sackgasse ein, direkt dort, wo der Weg durch den Park beginnt. »Ein älteres Ehepaar namens Elise und Will Janyk sagte aus, dass sie ihren Pudel rausgelassen haben, bevor sie ins Bett gegangen sind, als Elise Janyk, die mit ihrem Hund gerade im Vorgarten stand, gesehen hat, wie ein Mädchen, das sie für Annalise Jansen hielt, über die Straße auf eine Limousine in metallic Braun zugerannt ist, die auf der anderen Seite der Sackgasse geparkt war. Genau dort, wo der Weg in den Wald abgeht.« Noch ein X auf der Karte.

Yusra fragt: »Elise Janyk konnte nicht mit Sicherheit sagen, ob es sich um ihre Nachbarin Annalise handelte?«

»Anscheinend hat sie nicht sonderlich darauf geachtet. Es war später Freitagabend. Am Wochenende waren viele Teenager nachts auf der Straße unterwegs, besonders während der Sommerferien, und oft angetrunken. Sie hat außerdem ebenfalls erklärt, dass zwei Straßenlaternen kaputt waren und es deshalb ungewöhnlich dunkel war. Erst nachdem sie davon hörte, dass Jansen vermisst wurde, ist ihr wieder eingefallen, dass sie dieses Mädchen gesehen hat, und sie hat es gemeldet.«

»Dann hat sie sich das Autokennzeichen also nicht gemerkt?«, fragt Yusra.

Tank schüttelt den Kopf. »Nein. Und sie weiß auch nicht, welches Modell es war oder von welchem Hersteller, nur dass es eine viertürige Limousine in metallic Braun war. Sie meinte gesehen zu haben, wie sich das Mädchen zum Fahrerfenster herunterbeugte, als würde es mit dem Fahrer reden. Dann hat Elise Janyk ihren Pudel wieder ins Haus gebracht, sich aber beim Schließen der Tür noch mal umgedreht. Sie sagte: ›Eine Hand kam aus dem Fahrerfenster und hat das Mädchen am Arm gepackt. Sie schien sich zu wehren, was mich kurz aufmerksam gemacht hat, aber dann habe ich sie lachen gehört. Sie wurde losgelassen, ist dann zur Beifahrerseite gelaufen und in das Auto gestiegen. Ich habe die Tür zugemacht und bin ins Bett gegangen.‹«

Tank sieht auf. »Als Janyk am Samstagmorgen aufgewacht ist, war die Limousine verschwunden. Erst am Dienstag hat sie erfahren, dass Annalise vermisst wird. Sie war am Boden zerstört.« Wieder liest er aus Elise Janyks Aussage vor. »»Sie sind eine so nette, freundliche Familie, und sie haben uns im Laufe der Jahre bei so vielem geholfen. Die Regenrinne gesäubert, Sachen zur Mülldeponie gebracht, den Rasen gemäht, unseren alten Pudel zum Tierarzt gefahren, nachdem er einen Krampfanfall hatte. Ich wünschte wirklich, wir hätten früher berichtet, was wir gesehen haben, aber zu dem Zeitpunkt kam es mir nicht beunruhigend vor.‹«

»Dr. Quinn hat erwähnt, dass Fasern in der Adipocire gefunden wurden, die möglicherweise von der Innenverkleidung eines Autos stammen. Wenn wir Modell und Marke der Limousine in metallic Braun identifizieren können, könnte das ein Ausgangspunkt sein, von dem aus wir nach Kreuzreferenzen in den forensischen Datenbanken für Autotextilien suchen können.«

»Wenn Annalise Jansen in diese Limousine gestiegen ist, dann scheint sie den Fahrer gekannt zu haben und aus freiem Willen mit ihm gegangen zu sein«, wirft Melissa ein.

Yusra fragt: »Und was ist mit dem Rest der Clique? Wohin sind sie nach der Party gegangen?«

»Darryl Hendricks hat sich offenbar im Marley Reggae Club mit ein paar seiner Freunde getroffen«, antwortet Jane. »Jedenfalls seinem Vater Ahmed Hendricks zufolge, der im Club mit ein paar Freunden seines Sohns gesprochen hat. Von einem davon haben wir den Namen. Duncan geht der Sache morgen weiter nach.«

Tank meldet sich wieder zu Wort: »Den Aussagen in den Akten zufolge haben Robbie Davine, Rocco Jones, Claude Betancourt, Cara Constantine und Jill Wainwright die Party in Zane Jones' Auto verlassen. Zane ist gefahren.« Er sieht auf. »Und jetzt wird's interessant – Zane Jones hat einen 1973er Dodge Dart Custom in metallic Braun gefahren.«

Tank pinnt das Foto eines alten braunen Dodge Dart Custom an das Whiteboard. Er tippt darauf. »Eine viertürige Limousine. Damals ein ziemlich übliches Modell in einer typischen Farbe. Aber die fünf Teenager haben behauptet, in dieser

Nacht nicht einmal in der Nähe von Annalise Jansens Haus gewesen zu sein. Tatsächlich sind ihre Aussagen fast identisch.«

»Abgesprochen?«, fragt Melissa.

»Auf jeden Fall sind die Ermittler damals aufmerksam geworden, ihren Notizen zufolge«, bestätigt Tank. »Was genau der Grund ist, warum sie die Teenager weiter verhört haben, aber es ist ihnen nie gelungen, Löcher in ihre Geschichte zu reißen.« Er schaut wieder auf seine Mitschrift. »Die vier Jungen – Davine, die Jones-Brüder und Betancourt – haben die beiden Mädchen, Wainwright und Constantine, vorgeblich bei Wainwrights Haus abgesetzt, damit sich die beiden für den Wald etwas Wärmeres anziehen konnten. In der Zwischenzeit sind die Jungen zu einem Motel in der Nähe des Kais weitergefahren, um dort noch mehr Alkohol zu kaufen.« In der Nähe des Meeresufers malt er noch ein rotes X auf die Karte. »Und jetzt wird es komisch.« Er sieht sie an. »Davine, Betancourt und die beiden Jones-Brüder haben zugegeben, einen gefälschten Ausweis auf den Namen Leon Springer verwendet zu haben, um Alkohol kaufen zu können, und es war Betancourt, der den Kauf übernommen hat.«

»Warum hat das nicht Zane Jones gemacht?«, hakt Jane nach. »Mit zweiundzwanzig war er volljährig und hätte legal Alkohol erwerben können.«

Tank schüttelt den Kopf. »Keine Ahnung. Hier steht nur, dass Zane Jones der Fahrer war und dass Betancourt in den Laden gegangen ist, um mit dem gefälschten Ausweis den Alkohol zu kaufen. Der Verkäufer hat später bestätigt, dass es Betancourt war, der als Leon Springer hereingekommen ist. Eine weitere Auffälligkeit in den Akten ist, dass zwei der Partygäste ausgesagt haben, sie hätten Zane Jones bei der Party ankommen und auf seinem Motorrad wieder abfahren gesehen.«

Yusra ergreift das Wort. »Dann war Zane also vielleicht überhaupt nicht in diesem Dodge Dart. Könnte es Zane Jones gewesen sein, der Jansen und Metcalf auf dem Heimweg verfolgt hat?«

»Möglich«, bestätigt Jane. »Und die Teenager haben vielleicht einfach behauptet, dass Zane den Wagen gefahren hat, weil sie damals noch nicht alt genug waren, um ohne einen Erwachsenen im Besitz eines Führerscheins fahren zu dürfen.«

»Das würde jedenfalls erklären, warum Zane nicht zur Stelle war, um den Alkohol zu kaufen«, stimmt Duncan zu. »Und warum Claude das mit einem gefälschten Ausweis übernommen hat.«

»Und vielleicht haben sie nur deswegen die Sache mit dem Leon-Springer-Ausweis gestanden«, spinnt Tank den Faden weiter. »Weil sie wussten, dass der Verkäufer das alles der Polizei gegenüber bestätigen könnte und würde.«

Yusra meldet sich wieder zu Wort. »Haben die Ermittler damals Zane Jones wegen dieser Ungereimtheit befragt?«

»Ja. Er scheint dieselbe Geschichte erzählt zu haben wie die anderen: Danach sind die Jungen zurückgekehrt, um die Mädchen vom Wainwright-Haus abzuholen. Anschließend sind sie alle zu diesem Wald hier gefahren.« Tank malt noch ein X auf der Karte. »Sie behaupten, dort eine Weile getrunken zu haben, und sie behaupten auch, Zane wäre nüchtern geblieben, um fahren zu können. Sie alle haben ausgesagt, den Wald gegen Mitternacht in dem Dodge Dart verlassen zu haben. Erst haben sie Jill Wainwright bei ihrem Haus abgesetzt. Dann haben sie Betancourt zu Mary Metcalfes Haus gefahren. Er behauptet, gegen halb eins bei Metcalfes Haus angekommen zu sein, was Metcalfe bestätigt, woraufhin er durch ihr Fenster geklettert und den Rest der Nacht geblieben ist. Robbie Davine und Cara Constantine wurden von den Jones-Brüdern bei Constantines Haus abgesetzt, wo sie die Nacht zusammen verbracht haben.«

»Obwohl Davine damals mit Jansen zusammen war, hat er die Nacht mit Constantine verbracht?«, fragt Jane.

»Verdächtig, oder?«, sagt Melissa.

»Danach sind Rocco und Zane Jones angeblich nach Hause gefahren«, berichtet Tank. »Ihre Eltern waren nicht da. Die Jungen haben zusammen in einem separaten Haus im Garten gewohnt.«

Jane tritt an das Whiteboard und tippt auf Tanks rotes X. »Die Alkoholverkaufsstelle des Motels befindet sich ganz in der Nähe des Reggae Clubs, der früher einmal hier war.« Sie setzt einen weiteren Marker. »Das ist praktisch nur einen Block entfernt. Und die alte Reifenwerkstatt, wo Aussagen zufolge ein Kampf stattgefunden haben soll und wo Darryl Hendricks üblicherweise seinen VW geparkt hat, wenn er ins Marley Joint gegangen ist, befand sich hier, auch kaum einen Block entfernt.« Sie kreist den Bereich ein. »Was bedeutet, dass sich diese Jungengruppe nach der Party in unmittelbarer Nähe von Hendricks aufgehalten hat.«

»Interessant«, bemerkt Melissa. »Aber was ist mit der braunen Limousine in der Linden Street? Wäre es vorstellbar – wenn man den Zeitpunkt des Alkoholkaufs in Betracht zieht –, dass die Jungen in dem braunen Dodge auch bis ans Ende der Sackgasse gefahren sind?«

Tank liest in seinen Unterlagen nach. »Der Alkoholkauf hat offensichtlich um 22.47 Uhr stattgefunden, also ja, es wäre vorstellbar, dass die Jungen in die Linden Street gefahren sind und um Viertel nach elf, als Jansen zuletzt lebend gesehen wurde, am Ende der Sackgasse gewartet haben.«

»Hat Metcalfe ausgesagt, worüber Jansen und sie sich gestritten haben?«, fragt Jane.

»Metcalfe hat behauptet, Jansen wäre wütend geworden, weil Metcalfe ihr vorgeworfen hat, betrunken zu sein und sich auf der Party promiskuitiv verhalten zu haben«, antwortet Tank.

Jane hebt eine Braue. »Und was hat Robbie Davine davon gehalten, dass sich seine Freundin auf der Party promiskuitiv verhalten haben soll?«

»Davine behauptet, nichts davon bemerkt zu haben.« Wieder zieht Tank seine Notizen zurate. »Er hat ausgesagt: ›Annalise hat nur gesagt, dass sie mit Mary nach Hause gehen wollte, um mit ihr über den Abend zu sprechen. Auch darüber, dass die Typen von Ambleside Roses Party gesprengt haben.‹«

»Ich finde, wir sollten uns Davine mal vornehmen«, sagt Yusra.

»Finde ich auch«, bekräftigt Jane. »Was haben die Jungen den Ermittlern erzählt, als man sie nach Darryl Hendricks' Verbleib gefragt hat?«

»Anscheinend haben sowohl Constantine als auch Wainwright behauptet, früher gesehen zu haben, wie Hendricks mit Jansen intim war. Sie hatten den Verdacht, dass Hendricks ihr etwas angetan haben oder dass sie zusammen durchgebrannt sein könnten.«

»Aber Darryls kleine Schwester Danielle Hendricks, die jetzt für Jill Wainwright Osmans Wohltätigkeitsveranstaltungen catert, hat uns erzählt, Jill hätte sich bei ihr dafür entschuldigt, dass sie die Ermittler in diesem Punkt belogen hat«, berichtet Duncan. »Sie meinte, sie würde es bereuen, das getan zu haben.«

Yusra fügt an: »Ich jedenfalls möchte jetzt wirklich Jill Osmans Geschichte hören und sie fragen, warum sie gelogen hat.«

»Wir holen sie her«, verkündet Jane. »Sobald die Leiche offiziell identifiziert ist. Bis dahin versuchen wir weiter, ein Bild davon zu erstellen, was damals vorgefallen ist. Noch irgendetwas Relevantes in den Akten, Tank?«

»Die Ermittler haben damals die Kleidung sichergestellt, die Robbie Davine erst bei der Party und dann im Wald getragen haben will. Als Jansen allerdings von ihren Eltern als vermisst gemeldet wurde, waren seine Kleider bereits gewaschen worden. Außerdem haben wir diese Kleidungsstücke nicht mehr.« Er räuspert sich. »Die Ermittler haben festgehalten, dass Betancourts Hände Schnitte und Schürfwunden aufgewiesen haben und dass er eine Platzwunde am Kopf hatte. Davines Hände waren ebenfalls verletzt. Die Jungen haben erklärt, sie hätten sich im Wald betrunken miteinander geprügelt, wegen irgendeiner Nebensächlichkeit, an die sich keiner von ihnen noch erinnern konnte.« Tank sieht auf. »Eine ausgedehnte Umfrage in der Nachbarschaft um Jansens Haus herum hat keine weiteren Zeugen zutage gefördert. Ansonsten wurde in dieser Nacht nichts Ungewöhnliches gemeldet. Anscheinend haben sich die Ermittler letztendlich auf die Theorie verlegt, dass Hendricks der vermissten Annalise Jansen entweder etwas angetan hat und danach geflohen ist oder dass er sie entführt oder dass Jansen aus freien Stücken mit ihm die Stadt verlassen hat.« Er hält inne. »Diesen Akten zufolge wusste niemand von ihrer Schwangerschaft, und nirgends ist die Rede davon, dass sich ein RCMP-Anstecker in ihrem Besitz befunden hat.«

»Wenn die DNS-Ergebnisse reinkommen, könnten sie uns einen Anhaltspunkt für eine bestimmte Ermittlungsrichtung liefern«, sagt Duncan. »Und vielleicht auch ein mögliches Motiv.«

»Was ist mit Hugo Glucklich?«, fragt Melissa und ruckt mit dem Kinn in Richtung seines Fotos am Whiteboard.

Jane nickt. »Ich möchte, dass er noch einmal zum Verhör geholt und offiziell befragt wird.« Sie deutet auf das Board. »Glucklich war in dieser Nacht allein dort und hatte Zugang zu sämtlicher Ausrüstung, außerdem war er auch dabei, als der Kapellenboden gegossen wurde. Darüber hinaus scheint er ein bisschen zu interessiert daran zu sein, in diesen Fall involviert zu werden. Und von den Fotos aus Jansens Zimmer wissen wir, dass die Kids im Sommer 1976 dort waren. Könnte Annalise

Jansen in diesem Sommer einem jungen Hugo Glucklich begegnet sein? Könnte er Interesse an ihr entwickelt und sie später verfolgt haben?« Sie wirft einen Blick auf die Uhr, auf einmal erschöpft. »Okay, lasst uns für heute Schluss machen, Leute. Ruht euch aus. Wir treffen uns morgen früh um halb acht wieder. Morgen fragen wir bei der Baugesellschaft nach eventuellen Unterlagen zu dem Kapellenboden. Außerdem möchte ich wissen, inwieweit Mitarbeiter und andere Geschäftsleute an den Bauarbeiten an der Kapelle beteiligt waren. Und ich möchte mit den RCMP Officers sprechen, die am 3. September 1976 die Party beendet haben, wenn sie noch am Leben sind. Ich möchte, dass Rocco Jones ausfindig gemacht wird und dass die Hintergründe unserer Shoreview Six ausgeleuchtet werden.«

Die Shoreview Six

Mary

Mary wartet darauf, dass Bob ihre Frage, ob er jemals mit Annalise geschlafen hat, beantwortet. Es ist so still im Raum, dass sie das Ticken einer Uhr im Eingangsbereich hören können. Spannung baut sich auf.

Jill stößt ein schrilles Lachen aus, verstummt dann jedoch schnell. Was einen verstörenden Effekt hat.

»Natürlich hat er mit Annalise geschlafen«, sagt Claude. »Das hat er uns allen erzählt.«

»Hm, aber stimmt das auch, Bob?«, beharrt Mary. »Oder hast du das nur behauptet, um als Macho dazustehen, um mitreden zu können?«

Er sieht sie an, liest sie. Auf einmal beugt er sich vor und nagelt sie mit seinem Blick fest. Raubtierhaft. »Es ist so, Mary«, sagt er ruhig. »Das ist egal. Vielleicht habe ich mit ihr geschlafen. Vielleicht auch nicht. Aber wenn ich mich weigere, meine DNS zur Verfügung zu stellen, werde ich so oder so schuldig aussehen. Ich werde der Polizei und den Medien gegenüber den Eindruck erwecken, als hätte ich etwas zu verbergen. Und glaub mir, diese schlagzeilengeilen Medien werden über uns herfallen wie tollwütige Hunde, die verzweifelt darauf aus sind, die Privilegierten unter uns zu Fall zu bringen, aus irgendeinem selbstgefälligen Impuls der Schadenfreude heraus.« Er lehnt sich zurück. »Aber wenn meine DNS zeigt, dass ich nicht der Vater des Kindes bin, dann müssen wir uns fragen: Wenn nicht ich, wer dann? Ich würde das gern wissen.«

»Ich habe noch eine Frage«, sagt Mary.

»Du hattest schon eine Frage«, lallt Rocco. »Warum darf sie alle Fragen stellen?«

»Lass sie«, fordert Jill.

»Man hat uns damals die Shoreview Six genannt, aber eigentlich hätte es die Shoreview Five heißen müssen, oder? Ich habe nie wirklich zu eurer Gruppe gehört. Ich war nur ein Anhängsel, weil ich Annalises Freundin war. Ich weiß nicht, was in jener Nacht passiert ist, aber ich glaube, ihr alle schon. Und der einzige Grund dafür, dass ihr mich gedrängt habt, heute herzukommen, ist der, dass Claude immer noch sein Alibi braucht, wenn das hier funktionieren soll. Aber ich bin fertig damit. Ich mache nicht mehr mit, es sei denn, ihr verratet mir, was hier gespielt wird. Was ist nach der Party passiert?«

Wieder lastet die Decke des Schweigens schwer auf ihnen. Und wieder hört Mary das metronomische *Ticktack Ticktack* der Uhr im Eingangsbereich.

»Cara, hast du wirklich gesehen, wie Darryl und Annalise sich geküsst haben?«, fragt sie.

»Natürlich.«

»Wann, wie, wo?«

Cara antwortet nicht.

Mary sieht Jill an. »Was ist mit dir, Jill? Du hast der Polizei gesagt, du hättest gesehen, wie Darryl und Annalise intim miteinander waren. Stimmt das denn?«

Jills Gesicht läuft dunkelrot an. Ihr Blick schießt zu Cara.

»Cara hat dir gesagt, dass du lügen sollst, nicht wahr, Jill?«, fragt Mary, der Spur der Hinweise folgend. »Cara hat sie nie zusammen gesehen, oder, Cara? Trotzdem habt ihr alle – jeder Einzelne von euch – gelogen und behauptet, Darryl und Annalise hätten etwas miteinander gehabt. Warum? Damit ihr Darryl die Schuld dafür geben konntet, was mit meiner besten Freundin passiert ist? Ist es das? Wo ist Darryl? Was ist mit ihm passiert?«

»Mary! Halt verdammt noch mal einfach die Klappe, okay?«, faucht Cara, die nun nichts Weiches mehr an sich hat.

Bob sieht seine Frau finster an.

»Oder was?«, will Mary wissen. Ihr Herz galoppiert. Ihre Angst schießt in die Höhe. Sie ist zu weit gegangen. Sie hat in einem Wespennest herumgestochert und sie wütend gemacht, und sie weiß nicht, was sie jetzt tun werden – wozu sie imstande sind. Aber sie kann sich einfach nicht zurückhalten, sie muss weitermachen.

»Es ist scheißegal, was in dieser Nacht passiert ist.« Wieder greift Cara nach der Proseccoflasche. »Wir müssen nur unsere Geschichten abgleichen. Und eines kann ich euch sagen: Wir haben alle gelogen.« Ihr Blick flackert zu Bob. »Vielleicht haben wir sogar einander belogen. Und ich weiß noch was: Die Justiz zu behindern, Polizisten zu behindern, eine Ermittlung zu behindern, eine eidliche Falschaussage zu machen oder sich irgendwie sonst in die Rechtsprechung einzumischen – das alles sind ernste Straftaten.« Sie füllt ihr Glas fast bis zum Rand mit dem sprudelnden Wein. »Eine Verurteilung kann eine Gefängnisstrafe bedeuten. Die Konsequenzen wären für jeden von uns lebensverändernd.« Mit ihrem Glas in der Hand lehnt sie sich zurück. »Wie wäre es also, wenn wir uns einfach alle an unseren Pakt halten, hm? Wir waren bei der Party. Wir alle zusammen. Roccos Bruder hat einer ganzen Meute am Ambleside Beach erzählt, was auf dem Berg los ist. Sie haben die Party gesprengt. Die Gastgeberin – Rose Tuttle – hat Angst bekommen und die Polizei gerufen. Die Cops sind aufgetaucht. Die Menge hat sich zerstreut. Wir …«

»Verdammte Scheiße!« Rocco springt auf. Er ist schweißgebadet. Mary kann seine Angst riechen. Sauer und beißend. »Ich halte das nicht mehr aus. Sagt es Mary!« Er deutet auf sie. »Sagt es mir! Ich will wissen, was ich in dieser Nacht getan habe. Ich muss wissen, woran ich mich nicht erinnere – wovor ihr mich wahrscheinlich beschützen wollt. Habe ich es getan? Habe ich auch Annalise umgebracht?«

Das trifft Mary wie eine Ladung Ziegelsteine.

Rocco glaubt, dass er Darryl getötet hat.

»Sagt es mir einfach«, fleht Roc. »Bitte. Ich werde noch verrückt.«

Betont ruhig fordert Mary die anderen auf: »Na los. Sagt es ihm. Was habt ihr ihm eingeredet? Was soll er getan haben, als er sturzbetrunken war? Immerhin hatte Roc ständig Blackouts, oder? Der ganze Mist, den er in den durchsoffenen Nächten angestellt hat und an den er sich dann am Morgen nicht mehr erinnern konnte. Habt ihr das ausgenutzt? Habt ihr *ihm* die Schuld für etwas zugeschoben, das eigentlich *ihr* getan habt? Was zum Teufel habt ihr alle in dieser Nacht getan?«

Rocco lässt sich wieder aufs Sofa fallen und das Gesicht in die Hände sinken. Stöhnend wiegt er sich vor und zurück. »Ich habe ihn getötet. Ich habe Darryl getötet. Ich bin am Samstagmorgen in unserem Gartencottage aufgewacht und war voller Blut und blauer Flecken, und sie haben gesagt, dass ich es getan habe. An Teile davon erinnere ich mich tatsächlich. Sie haben gesagt, sie wollten mich aufhalten, konnten es aber nicht. Sie haben gesagt, dass ich nach dem ganzen Alkohol und den Pilzen einfach durchgedreht bin und ihn mit einem Kreuzschlüssel totgeschlagen habe und dass sie mich nicht stoppen konnten, weil ich auch sie angreifen wollte. Sie haben

267

gesagt, sie würden mich decken. Mich beschützen. Für mich lügen. Wir haben einen Pakt geschlossen. Ich hatte solche Angst. Ich wusste nicht, was ich getan hatte, zu was ich fähig war.« Er richtet sich auf und starrt auf seine offenen Hände hinab, wie auf der Suche nach den alten Blutflecken. »Ich weiß immer noch nicht, zu was ich fähig bin.«

Fassungslos starrt Mary ihn an. Alles Blut weicht ihr aus dem Kopf. »*Das* hat er all die Jahre geglaubt? Das habt ihr ihm vorgegaukelt?«

Cara springt auf. »So ist das nicht. Es ist …«

Ein lautes Klopfen kommt von der Haustür. Alle fahren herum. Die Tür schwingt auf und ein Mann mit einer Reisetasche tritt ein. Jill schnappt scharf nach Luft. Hastig steht sie auf und wird weiß wie ein Gespenst.

»Isaias! Was machst du denn hier? Ich … ich dachte, du kommst erst morgen Abend zurück.«

Er steht da. Dunkel. Attraktiv in seinem langen Wollmantel. Und er mustert seine Frau. Dann schweift sein Blick über die Gruppe, die sich auf dem Sofa in seinem Wohnzimmer versammelt hat. Leise legt er seine Schlüssel auf einen Wandtisch im Eingangsbereich.

»Du hast mir gar nicht erzählt, dass du Gäste hast, Jill.«

»Ich … ähm …« Ihre Stimme vergeht.

»Cara.« Er nickt ihr zu. »Bob.« Dann wandert seine Aufmerksamkeit zu Mary, Rocco und Claude. »Möchtest du mich deinen Freunden nicht vorstellen, Jill?«

JANE

»Ich kann nicht bleiben. Ich … ich wollte nur auf dem Heimweg kurz vorbeischauen«, sagt Jane zu ihrer Mutter, die ihr die Tür ihres Kindheitszuhauses in North Vancouver aufhält. Es ist spät, kalt, und Jane ist erledigt. Sie wollte eigentlich gar nicht herkommen, aber als sie ein paar Blocks entfernt vorbeigefahren ist, hat sie irgendwie auf Autopilot geschaltet und ist in ihr altes Viertel eingebogen. Und jetzt ist sie hier. Wahrscheinlich getrieben von einem schlechten Gewissen, weil sie auf die Anrufe ihrer Mutter zuvor nicht reagiert hat. Oder vielleicht steckt auch irgendeine tiefere Sehnsucht dahinter, aber sie ist im Moment wirklich zu müde, um das einzugestehen, auch nicht sich selbst gegenüber.

Ihre Mutter trägt einen Malerkittel über einem Sweatshirt und Jeans. Der Kittel ist voller Acrylfarbenspritzer und -flecken. Strahlend bunt. Jane weiß, dass es Acryl ist. Ihre Mom malt immer damit in ihrem Atelier im Keller.

»Komm rein. Der Kapellenfall muss dich ja ganz schön auf Trab halten.«

»Ja. Tut mir leid, dass ich dich nicht zurückgerufen habe.«

Sie nimmt Janes Jacke und hängt sie auf. »Ich habe einen Topf Bolognese auf dem Herd.«

»Ich hab eigentlich keinen Hunger.«

»Du musst was essen. Komm mit in die Küche. Da können wir reden.« Sie scheucht Jane ins Haus.

»Du erinnerst dich doch bestimmt an Annalise Jansens Verschwinden?«, fragt Jane, während sie ihrer Mom durchs Wohnzimmer folgt. »Sie war nur ein Jahr jünger als du und hat nur ein paar Blocks von dort gewohnt, wo du aufgewachsen bist.«

»Ich erinnere mich an Annalise. Und auch an den Jungen. Darryl. Aber wir waren nicht auf derselben Schule. Darryl war der Sohn von Ahmed und Mimi Hendricks von Cape Winds.«

»Du erinnerst dich also noch an ihre Namen?« Jane setzt sich auf einen der Hocker an der Kücheninsel, während ihre Mutter ihr stur einen Teller Pasta mit selbst gemachter Bolognese auftischt. Es duftet himmlisch, und die Küche ist voller Farben. Ein Strauß Osterglocken steht in einer Vase neben dem Waschbecken, auf die willkürlich lockere Art ihrer Mutter arrangiert.

»Ihr Verschwinden hat die ganze Gegend erschüttert«, erzählt sie, während sie einen Brocken Parmesan über die Soße reibt – genau wie Matt es immer gemacht hat. »Viele Eltern hatten Angst um ihre Kinder, sie fühlten sich bedroht. Türen wurden verriegelt. Man hat den Töchtern eingeschärft, nicht allein nach Hause zu gehen. Ich habe nie geglaubt, dass es Darryl war.« Sie stellt einen Teller vor Jane ab.

Liebe steigt in Jane auf, ein Gefühl von Zugehörigkeit, Zuhause. Obwohl sie gerade noch versichert hat, keinen Hunger zu haben, ist sie plötzlich halb verhungert. Während sie die Gabel in die Nudeln pikt und sie aufdreht, betrachtet sie ein Foto von ihrem Dad an der Wand im angrenzenden Wohnzimmer. Es wird von den lebensprühenden Gemälden ihrer Mutter eingerahmt. Jane denkt an die geliebten Menschen, die sie auf die eine oder andere Art verloren haben. Sie denkt an die Jansens und Hendricksens, an das winzige Baby, das in Annalises Bauch herangewachsen ist und das nun von Wissenschaftlern in einem Labor untersucht wird. An das Marienbild mit dem Kind auf dem Buntglasfenster der Kapelle. Sie sieht ihre Mom an, und einen Moment lang sieht sie nicht ihre Mutter, sondern eine starke alleinstehende Frau, eine Witwe, die ihren Ehemann, der ebenfalls Polizist war, an sinnlose Gewalt verloren und die alles gegeben und so verdammt hart gekämpft hat, um auf eigene Faust eine sture Tochter großzuziehen, und ganz kurz kommt es Jane vor, als hätte ihr jemand einen Spiegel vorgehalten. Sie wird eine Mutter sein, so wie Helen Jansen, wie Mimi Hendricks, wie ihre eigene Mom. Auf einmal ist Jane überwältigt, und ihre Gefühle sprudeln empor, verstopfen ihre Nebenhöhlen, schnüren ihr die Kehle zu und lassen ihre Augen brennen. Sie lässt die Gabel sinken.

Nur die Schwangerschaftshormone, sagt sie sich. *Außerdem brauche ich ein paar Stunden Schlaf.*

»Iss, Jane. Ich weiß, dass du mit dem Fall alle Hände voll zu tun hast, aber essen musst du trotzdem. Und zwar einigermaßen ausgewogen. Du hast jetzt eine Verantwortung, ob es dir gefällt oder nicht.«

Jane lächelt trocken und schaufelt sich eine Ladung Pasta mit Soße in den Mund. »Ist ja gut. Diese Schallplatte hat einen Sprung, Mom. Du bist ja sogar noch herrischer geworden – wie geht das überhaupt?«, kommentiert sie kauend.

»Das staut sich eben auf«, antwortet ihre Mom, öffnet den Kühlschrank und holt eine Flasche Wein heraus. »Dein Vater und du seid nicht mehr hier, also fehlt mir das Ventil.« Grinsend gießt sie zwei sehr kleine Gläser Wein ein. Eines davon reicht sie Jane, während sie sich mit dem anderen an den Tresen setzt.

»Ich sollte lieber nicht.« Jane nickt in Richtung des Glases.

»Das geht schon in Ordnung. Ich habe auch ab und zu einen Schluck Wein getrunken, als ich mit dir schwanger war, und du bist trotzdem ganz gut geraten, oder?«

»Tja, da bin ich mir nicht so sicher.«

Ihre Mutter nippt an dem Glas und stellt es wieder ab. »Ich glaube, man hat damals Darryl Hendricks die Schuld gegeben, weil es leicht war. Wenn die Leute keine Antworten haben, dann erfinden sie eben welche, um die Lücken in ihrem Verstand zu füllen. Und weil Darryl auch verschwunden war, hat es Sinn für sie ergeben. Ich weiß wirklich nicht, wie seine Eltern das ertragen haben.«

»Ich glaube, seine Mutter hat es nicht ertragen.«

Ihre Mom nickt ernst und trinkt noch einen kleinen Schluck Wein.

»Erinnerst du dich sonst noch an irgendwas?«, fragt Jane und dreht eine weitere Gabel Pasta auf.

»Tja, ich weiß noch, dass die Nachricht von Annalises Verschwinden eine Weile lang einfach überall war. Plakate von ihr an Laternenpfosten und in Schaufenstern und bei der Post. Mahnwachen mit Kerzen im Park hinter ihrem Haus. Ich erinnere mich daran, dass ihre Eltern im Fernsehen und in den Zeitungen verzweifelt um Informationen gebeten und sie angefleht haben, nach Hause zu kommen, falls sie irgendwo dort draußen ist und zuhört. Überall wurde darüber berichtet, was für ein ›gutes Mädchen‹ sie war. Klug, freundlich. In der Schule wurde sie von einfach allen gemocht, von den Sportlern, den Strebern und den Rockern. Sie hat nebenher im Donut Diner gejobbt – das stand damals unten am Hafen. Wir sind oft dort gewesen. Man hat dort richtig gute Donuts und Milchshakes bekommen.«

»Erinnerst du dich noch an irgendjemanden, der damals mit Annalise im Diner zusammengearbeitet hat?«

»Du könntest Beth Haverton fragen. Damals hieß sie noch Beth Blaylock. Sie war Geschäftsführerin dort in dem Sommer, in dem Annalise verschwunden ist.«

»Lebt sie noch? Weißt du das?«

Ihre Mutter lacht leise auf. »Beth? Ich glaube, die wird mindestens hundert. Sie muss Mitte bis Ende siebzig sein und hat letztes Jahr beim Kona Ironman mitgemacht. Und in ihrer Altersklasse gewonnen. Sie geht jeden Morgen in Dundarave schwimmen, bei Regen oder Sonnenschein, im Sommer oder Winter, das ganze Jahr, zusammen mit den Dundarave Dippers.«

Jane nippt an ihrem Wein. Ihr ganzer Körper fühlt sich schon besser. »Das tut richtig gut, Mom. Danke.«

Ihre Mutter nickt und betrachtet sie. Jane sieht, dass sie nachdenkt und in ihren Erinnerungen sucht.

»Damals gab es sogar Gerüchte, ihr Verschwinden könnte mit einem Serienmörder in Verbindung stehen. Es gab noch andere Frauen, die vermisst wurden, die meisten davon kamen aus der Stadt, aber ich glaube nicht, dass diese Ermittlungsrichtung irgendwo hingeführt hat.«

Jane denkt an Noah. Vielleicht hat er sie belogen. Vielleicht glaubt er, dieser Fall könnte mit einer Serie von damals in Verbindung stehen.

»Und warum glaubst du nicht, dass Darryl ihr etwas getan hat? Hast du ihn gekannt?«

Sie schüttelt den Kopf. »Ich bin ihm ein-, zweimal beim Einkaufen über den Weg gelaufen. Gut aussehender Kerl. Ich glaube, ich weiß gar nicht richtig, was ich damals eigentlich geglaubt habe, Jane. Ich meine, wir glauben, jemanden zu kennen, aber wirklich sicher sein können wir nie, oder? Das hat mir dein Vater beigebracht. Seine Arbeit hat mir gezeigt, dass die Bösen oft ganz normale Leute sind, die aus irgendwelchen Gründen schließlich schlimme Dinge tun. Es sind nur ganz selten schnurrbartzwirbelnde Bösewichte mit schwarzen

Hüten, die sich irgendwelche cleveren Pläne ausdenken, um die Weltherrschaft an sich zu reißen. Es sind deine Nachbarn, der Vater von irgendeinem anderen Kind, deine Freunde aus der Schule, dein Chef, dein fester Freund, der Typ, der in der Autowerkstatt arbeitet, der Postbote, einer der Lehrer. Manchmal tun auch gute Menschen sehr schlimme Dinge.«

Wieder betrachtet Jane das gerahmte Foto ihres Dads. Auf dem Kaminsims steht noch eines, das ihn in seiner Polizeiuniform zeigt, und daneben eine Aufnahme von ihrer Mutter, wie sie eine gefaltete Flagge entgegennimmt, während ein Dudelsackpfeifer »Amazing Grace« spielt und eine Salutsalve die Luft zerreißt. Jane erinnerte sich noch ganz genau an den Tag der Beerdigung. Sie ist auch auf diesem Foto. Sie sitzt auf einem Stuhl neben dem Platz ihrer Mutter. Es war der Tag, an dem das wild entschlossene kleine Mädchen in Jane geschworen hat, eines Tages selbst Polizistin zu werden und die bösen Menschen zu fangen, die guten Menschen wie ihrem Vater wehtun. Aber ihre Mom hat recht. Es sind die scheinbar Guten, die schreckliche Dinge tun. Es war ein obdachloser Veteran mit psychischen Problemen und einer Machete, der ihren Vater getötet hat, als dieser ihm von einer stark befahrenen Straße herunterhelfen wollte. Die Familie des Mannes hatte ihn nie für böse gehalten, nur für krank. Das System hatte sie alle im Stich gelassen, und manchmal liegt es auch im Auge des Betrachters, was »böse« ist.

»Ich erinnere mich auch noch daran, dass die Polizei durch unsere Straße gekommen ist«, berichtet ihre Mutter. Mit einem Ruck holt sich Jane zurück in die Gegenwart. »Sie haben an Türen geklopft und die Anwohner gefragt, ob sie irgendwas gesehen hätten.«

»In der Straße, in der du damals gewohnt hast?«

»Genau. Ich habe ihnen die Tür aufgemacht. Es waren zwei uniformierte RCMP-Officers. Junge Kerle. Das weiß ich noch, weil einer von ihnen wirklich gut aussah und unglaublich schöne grüne Augen hatte – viele Jahre später ist er tatsächlich Polizeichef in West Vancouver geworden. Ich habe zufällig ein Interview mit ihm im Fernsehen gesehen, als er befördert wurde, und da hat er auch erwähnt, dass er bei Annalise Jansens Fall mitgearbeitet hat. Er meinte, die Geschichte hätte ihn sehr mitgenommen, weil sie nie aufgeklärt wurde, und dass einige dieser ungelösten Fälle einem Polizisten wirklich unter die Haut gehen und ihn nie wieder loslassen. Er meinte, dass er damals ganz neu bei der Polizei war und persönlich von Haus zu Haus gegangen ist, auf der Suche nach Zeugen, und da habe ich begriffen, dass er es war. Dieselben hellgrünen Augen, die gefunkelt haben, als hätte er ein unanständiges Geheimnis.«

Jane lässt die Gabel sinken und starrt ihre Mom an. Das Bild der RCMP-Nadel taucht vor ihrem inneren Auge auf. »*Welcher* WVPD Chief war das?«

»Knox Raymond.«

DIE SHOREVIEW SIX

MARY

Mary und Claude sitzen in spannungsgeladenem Schweigen nebeneinander, während er sie nach Hause fährt. Das Damoklesschwert ist endlich niedergefahren und hat die Fesseln durchtrennt, die ihren Pakt über Jahrzehnte hinweg aufrechterhalten haben. Isaias hat sie alle rausgeworfen, bevor sie fertig waren, und nun verlassen die Shoreview Six das Haus der Osmans und zerstreuen sich in alle Richtungen, wie Trümmer im Weltall nach der Explosion eines Sterns. Keine Schwerkraft, die nun noch alles aufhalten kann. Niemand weiß, wo die Trümmerteile landen werden und was dabei alles zerstört werden wird. Das Gefühl drohenden Unheils lastet schwer auf ihnen.

Sie sieht Claude an und kämpft dabei immer noch mit dem erschreckenden Verdacht, ihre Freunde könnten Darryl getötet und Rocco in dem Glauben gelassen haben, er hätte es allein getan. Jetzt fürchtet sie sich davor, sie könnte außerdem herausfinden, dass sie auch ihre beste Freundin umgebracht und sie dazu verleitet haben, die Polizei zu belügen und damit einen Mord zu vertuschen. Kein Anwalt der Welt könnte die

Polizei oder die Geschworenen davon überzeugen, dass Mary damals nicht wusste, was sie tat. Dass sie nicht eingeweiht war. Welchen Beweis könnte sie jetzt noch liefern? Ihr Wort würde gegen das der anderen stehen. Sie könnte schon allein für Justizbehinderung dran sein.

Bevor sie das Haus der Osmans verlassen haben, hat Claude immerhin dafür gesorgt, dass ein Taxi für Rocco gerufen wurde, und während sie warteten, hat Mary allein in dem dunklen SUV gesessen und zugesehen, wie Claude und Rocco sich mit zusammengesteckten Köpfen unterhielten, außer Hörweite und im schwachen Licht bei den Büschen. Über ihnen, durch das erleuchtete Küchenfenster der Osmans, hat sie Jill und Isaias gesehen, die sich offenbar stritten, wild gestikulierten und aufeinander deuteten – Schauspieler in einer Art Schattentheater. Auch Cara und Bob konnte sie sehen, die sich in ihrem Escalade ein erbittertes Gefecht lieferten, bis das Innenlicht erlosch, der Wagen rückwärts ausparkte und seine Insassen zurück in ihr »perfektes Leben« brachte, zum Weingut der Davines auf Somersby Island.

Mary schluckt. Kaum hörbar sagt sie: »Ist das wahr? Ist Darryl tot? Wurde er in der Nacht umgebracht, in der Annalise verschwunden ist?«

Claude tritt fester aufs Gas, fährt schneller. Er antwortet nicht.

»Habe ich dich dafür gedeckt? Habe ich dir ein Alibi für einen *Mord* verschafft?«

Er flucht, biegt schlingernd auf den Highway ab, tritt das Gaspedal voll durch und überholt einen langen, schwankenden Sattelschlepper, der die dunkle Straße entlangdonnert.

»Claude!«

»Er ist tot, okay? So, jetzt habe ich es ausgesprochen. Er ist in dieser Nacht gestorben. Zufrieden?«

Der Inhalt ihres Magens verwandelt sich in einen kalten Stein in ihren Eingeweiden. Ihr wird schlecht. »Warum?«, flüstert sie. »*Warum* wurde er getötet? Was ist passiert?«

»Was du nicht weißt, kann dir nicht schaden, Mary. Also lass endlich die verdammte Fragerei sein, ja?«

»Und ob es das tut. Ich weigere mich, noch mal für dich zu lügen. Wenn du mir nicht erzählst, was wirklich passiert ist, gehe ich morgen selbst zur Polizei. Ich werde gestehen, dass du mich angefleht hast, dich zu decken.«

»Oh, starke Worte, Mary. Willst du mir etwa drohen?«

»In der Tat.«

Er wirft ihr einen mörderischen Blick zu. Innerlich zuckt Mary zurück. Vorsichtig schiebt sie die Hand in die Jackentasche, tastet nach ihrem Handy, bereit, den Notruf zu wählen. »Sag es mir, Claude. Ich schwöre, ich tue es – ich gehe zu den Cops. Was ist mit Darryl passiert? Wo ist seine Leiche?«

Claude überholt noch mehrere weitere Wagen, mit sogar noch höherer Geschwindigkeit. Sie jagen um eine Kurve auf dem Highway. Mary packt den Türgriff und wappnet sich, als sie die Fliehkräfte in den Sitz drücken. Ihr Herz rast. Schweiß prickelt auf ihrer Oberlippe. Sie wirft Claude einen weiteren Blick zu, und der Schreck fährt ihr in die Glieder. Seine Wangen sind tränennass. Das Licht der entgegenkommenden Fahrzeuge schimmert darauf.

»Claude?«

»Es fing alles mit einer Lüge an«, sagt er, wird aber immer noch nicht langsamer. Seine Stimme klingt rau. »Nach der Party ist Cara zu Robbie gegangen und hat ihm gesagt, sie hätte gesehen, wie Darryl beim Pool Sex mit Annalise hatte. Ich wusste, dass es eine Lüge war, weil *ich* es war, der am Pool mit Annalise geschlafen hat. Danach, als Annalise sich den Rock wieder zurechtgezogen hat, habe ich sie gesehen – Cara –, sie stand im Schatten und hat uns beobachtet. Ich glaube, Darryl hat uns vielleicht auch gesehen. Ich konnte Cara nicht auffliegen lassen, weil sie mich im Schwitzkasten hatte und das auch ganz genau wusste. Robbie ist total ausgerastet. Er war schon ziemlich high vom Alkohol und den Pilzen. Und als Robbie, Rocco und ich zum Schnapskaufen zu dem Motel bei den Docks gefahren sind, haben wir Darryls orange-weißen VW gesehen, der gerade in eine Seitengasse neben der alten Reifenwerkstatt eingebogen ist. Robbie hat darauf bestanden, dass wir ihm folgen. Ich habe nicht widersprochen. Ich hatte Angst. Mir war es lieber, Darryl die Schuld zuzuschieben, als meiner Freundschaft mit Robbie den Todesstoß zu geben. Scheiße, ich war schwach, okay? Und ziemlich high. Wir haben ihn zugeparkt, sind ausgestiegen und haben ihn aus seinem Wagen gezerrt. Robbie und ich haben uns ein paar Kreuzschlüssel geschnappt, die dort rumlagen, und dann haben wir ihm ›eine Lektion erteilt‹.« Er wischt sich die Tränen vom Gesicht. »Es ist außer Kontrolle geraten. Er … er hat es nicht geschafft.«

»*Ihr* habt ihn umgebracht? Ihr drei?«

»Robbie und ich. Rocco war so hinüber, dass er praktisch einmal ausgeholt hat und dann umgekippt ist. Wir haben Darryl und Rocco hinten in den VW geladen. Ich bin gefahren. Robbie hat Zanes Dodge genommen, und wir sind den VW und Darryls Leiche losgeworden, dann haben Robbie und ich Rocco im Dodge nach Hause gefahren und ihn ins Bett gebracht. Am Morgen ist er blutüberströmt aufgewacht, und wir … wir haben ihn besucht und haben ihn mehr oder weniger glauben lassen, er hätte es getan und wir wären die Leiche und den VW losgeworden, um ihn zu schützen. Wir haben ihm nicht erzählt, wohin wir Darryl gebracht haben, weil Rocco so gottverdammt unberechenbar war. Wahrscheinlich hätte er in einem seiner Rauschanfälle einfach alles ausgeplaudert.«

»Ihr habt ihm die Schuld in die Schuhe geschoben?«

»Wir wollten nicht für Mord verknackt werden, Mary. Und er war ein wandelndes Pulverfass. Es war besser, wenn er glaubte, er wäre uns was schuldig – wir dachten, dass er dann den Mund halten würde, aus Angst um sich selbst.« Wieder wischt er sich die Tränen von den Wangen und wird endlich etwas langsamer.

»Ihr wärt trotzdem verurteilt worden, weil ...«

Wütend funkelt er sie an. »Glaubst du, man denkt noch rational, wenn man jemanden umgebracht hat? Besonders, wenn man es nicht wollte? Hast du eine Ahnung, wie grauenhaft das ist? Wenn deine Hände voller Blut sind und du nicht weißt, was du tun sollst?«

Sie schluckt gegen ihre Übelkeit an. Gleich wird sie sich übergeben müssen. »Was habt ihr mit Darryls Leiche gemacht?« Ihre Stimme klingt belegt. »Und mit dem Bus? Wo habt ihr ihn versteckt?«

Claudes Kiefermuskeln spannen sich an. Seine Hand ballt sich um das Lenkrad zusammen. Er schaut stur geradeaus, während er weiterfährt. Er schweigt.

»Claude, ich schwöre dir, ich werde ...«

»Denk an deine Familie, Mary. Denk an deine Tochter.«

»Denk du lieber an deine Familie, Betancourt. Wenn du mir nicht sagst, wohin ihr ihn gebracht habt und wofür genau ich lüge, werde ich nicht lügen. Glaub nicht, du könntest mich so tief in das alles mit reinziehen und mich nicht mal einweihen.«

Er holt tief Luft. An seiner Schläfe pulsiert eine Ader. »Blackwater Lake«, antwortet er schließlich.

»Was?«

»Da ist Darryl. In seinem VW-Bus. In dem tiefen Wasser unter den Sprungklippen.«

Sie starrt sein Profil an. Schwarze Ränder schieben sich in ihr Sichtfeld. Ihr ist schwindlig.

Er sieht sie an. »Und wenn du das den Cops sagst, Mary, wenn du ihnen irgendwas davon erzählst, dann kannst du nicht beweisen, dass du nicht genauso mit drinhängst.«

»Wo war Zane die ganze Zeit?«

»Keine Ahnung. Auf seinem Motorrad, schätze ich. Wir haben den Cops gesagt, dass er bei uns war, weil wir noch keinen voll gültigen Führerschein hatten und jemanden brauchten, der nichts getrunken und das Fahren übernommen hat. Zane hat zugestimmt.«

Sie schaut aus dem Fenster. Die Vorstadtwelt rast vorbei. Die Lichter der Stadt funkeln in der Ferne und spiegeln sich im Wasser. Ganz leise fragt sie: »Was ist mit Annalise? Warum denkt Rocco, er hätte auch sie umgebracht?« Ihre Stimme bricht sich an einer Welle der Gefühle. Sie ringt um Fassung, räuspert sich, wendet sich an Claude und sagt: »Wart ihr das in dem braunen Auto, wegen dem die Cops rumgefragt haben? Habt ihr im Dunkeln vor ihrem Haus in Zanes Auto auf sie gewartet?«

Er antwortet nicht. Verzweiflung – Entsetzen – steigt aus Marys Brust auf, und sie kann nichts gegen die darauffolgende Panik tun.

»Habt ihr Annalise umgebracht?«, fordert sie ihn heraus. »*Sag es mir!*«

Auf einmal zieht er den SUV schlingernd auf den Standstreifen und tritt voll auf die Bremse. Der SUV rutscht über Kies, und quietschend kommen sie auf dem Bankett zum Stehen.

»Raus.«

Sie wird stockstarr. »Was?«

»Ich habe gesagt, raus aus meinem Wagen.«

»Wir sind mitten auf dem Highway.«

Er beugt sich über sie und stößt die Beifahrertür weit auf. »Mach, dass du aus meinem Auto kommst.«

»Claude …«

»Sofort!« Er löst ihren Sicherheitsgurt. »Geh.« Er schubst sie vom Sitz.

Halb stolpert, halb fällt sie aus dem SUV auf den Seitenstreifen hinaus.

Er schlägt die Tür zu. Wieder quietschen die Reifen, als er auf die Fahrbahn rollt und davonrast. Mary zittert. Sie starrt den Rücklichtern hinterher. Und sie weiß es. Ihre Tage sind gezählt.

Wenn sie einmal getötet haben, dann können sie auch wieder töten, um ihr furchtbares Geheimnis zu wahren.

Was kann sie jetzt tun, um ihre eigene Familie zu retten?

DIE SHOREVIEW SIX

CARA

Cara und Bob biegen auf den Parkplatz eines Motels in der Nähe der Fähranlegestelle in Tsawwassen ein, damit sie sich am nächsten Morgen so früh wie möglich in die Schlange für die Fahrt zurück nach Somersby Island einreihen können. Die letzte Fähre des Tages hat schon um kurz nach fünf Uhr nachmittags abgelegt.

Cara starrt die Fassade des billigen Motels an. Die Farbe blättert von den schindelverkleideten Wänden. Auf dem Neonschild fehlt ein Buchstabe und es flackert wie in einem Horrorfilmklischee. Der Wind pfeift vom Meer herab und weht Papierfetzen und anderen Müll über den rissigen Asphalt des Parkplatzes. Im erleuchteten Empfangsbereich sitzt ein Mann mit Halbglatze, der sich über einen Burger beugt und fernsieht.

Sie fühlt sich krank. Normalerweise würden Bob und sie an einem solchen Ort nicht mal begraben sein wollen, aber sie möchten nicht gesehen werden. So tief sind sie schon gesunken – verstohlene Gestalten, die sich im Dunkel herumtreiben, weil niemand wissen darf, dass sie sechs sich in West Van getroffen haben. Vielleicht ist das übertrieben, aber sie haben beide wirklich Angst, und Bob bereitet sich als Anwalt schon auf das Verhör der Polizei und möglicherweise auch der Staatsanwaltschaft vor. Auf die Frage, ob sie sechs sich ein weiteres Mal getroffen haben, um ihre Geschichten aufeinander abzustimmen.

Er reibt sich übers Gesicht. »Ist das wahr, Cara?«

»Ist was wahr?« Aber sie weiß längst, was er wissen will.

Eine Katze läuft über den Parkplatz, geduckt, als wäre sie auf der Jagd.

»Hast du wirklich gesehen, wie sich Annalise und Darryl ein paar Wochen vor der Party geküsst haben? Hast du wirklich gesehen, wie er es auf der Party mit meinem Mädchen getrieben hat?«

Mit meinem Mädchen.

Cara schluckt. Ihr ganzer Körper wird starr. Alles bricht auseinander. Fast fünfzig Jahre später, als sie schon geglaubt hat, diese furchtbare Vergangenheit wäre endlich ganz und gar verschwunden, würde nicht mal wirklich zu ihr gehören und das alles wäre irgendeiner anderen jungen Frau zugestoßen, nicht ihr, sitzen sie hier, vor diesem schäbigen Motel mit dem kaputten Schild, und stochern in den alten Lügen herum.

»War das gelogen, Cara?«

Sie sieht ihn an. Seine Miene ist finster, unheilvoll. Sie erkennt ihren Ehemann nicht einmal richtig in ihm.

»Es tut mir leid«, wispert sie.

»Es tut dir leid?«

Sie sieht auf ihre Hände in ihrem Schoß hinab.

»Es tut dir leid!« Mit beiden Händen schlägt er auf das Lenkrad ein. »Verdammte Scheiße! Warum? Warum hast du mich angelogen?«

Tränen steigen ihr in die Augen. »Ich wollte nur, dass du mit Annalise Schluss machst«, erklärt sie kläglich. »Ich habe

dich geliebt, Bob. Ich habe dich so sehr geliebt. Ich wollte dich
für mich haben.«

Bob wird ganz ruhig, totenstill. Er starrt sie an, als würde
er sie überhaupt nicht kennen. Als wäre sie nur ein Stück
Dreck, das bizarrerweise über all die Jahre hinweg unter seiner
Schuhsohle kleben geblieben und das ihm erst jetzt aufgefallen
ist.

»Es tut dir leid? Weißt du, was passiert ist, weil du gelogen
hast, Cara?«

Nun laufen die Tränen über und strömen ihr über die
Wangen.

»Weißt du, wozu du uns alle getrieben hast?«

Auf einmal blitzt die Wut in ihr auf. »Ich habe dich zu gar
nichts *getrieben*, Bob. Ich habe euch nicht dazu *getrieben*, Darryl
zu verfolgen und mit einem Kreuzschlüssel auf ihn einzuschlagen. Ich habe dich nicht dazu *getrieben*, ihn zu töten, und ich
habe dich und deine Freunde nicht dazu *getrieben*, seinen VW
zum Blackwater raufzufahren und ihn in seinem Bus über die
Klippen zu stoßen.«

»Du hättest uns aufhalten können. Wenn du zugegeben
hättest, dass es eine Lüge war.«

»Ich war aber nicht mit euch drei im Auto, oder? Ihr habt
Jill und mich bei Jills Haus abgesetzt, damit wir uns umziehen konnten, bevor wir in den Wald gefahren sind – weißt du
noch? Als ihr zurück wart und mir gesagt habt, was passiert ist,
war alles schon vorbei. Ich hätte nichts mehr tun können, um
Darryl wieder lebendig zu machen, oder?« Sie wischt die Tränen
fort. »Ich habe dir geholfen und dir ein Alibi gegeben, Bob.
Und ich habe Jill dazu überredet, auch bei dieser Geschichte
zu bleiben. Ich habe dich später nicht mal gefragt, was ihr mit
Annalise gemacht habt.«

»Ich habe Annalise nichts getan.«

»Meinetwegen. Ich will es gar nicht wissen.«

»Ich habe auch nie mit Annalise geschlafen. Was Mary gesagt hat, stimmt.«

Sie fährt zu ihrem Ehemann herum. Ihr Herz beginnt zu hämmern. Sie starrt ihn an. Die Sekunden verticken. »Warum hast du nie mit ihr geschlafen?«, fragt sie dann.

Er sieht weg, reibt sich übers Knie, dann holt er tief Luft. »Weil ich sie geliebt habe, Cara. Weil Annalise nervös deswegen war und ich sie nicht drängen wollte. Ich wollte, dass sie mir vertraut. Ich … ich dachte, sie wäre vielleicht die Richtige. Ich könnte vielleicht für immer mit ihr zusammen sein.«

Die Gefühle brennen in Caras Kehle. Irrationale Eifersucht ballt sich in ihr zusammen. Sie kann die Worte, die als Nächstes aus ihrem Mund kommen, nicht zurückhalten.

»Tja, ich bin froh, dass sie tot ist.«

Mit offenem Mund starrt ihr Ehemann sie an. »Das meinst du nicht ernst?«

»O doch. Und du weißt nicht mal die Hälfte. Dich wollte sie vielleicht nicht vögeln, aber ich habe wirklich gesehen, wie sie es beim Poolhaus mit einem anderen getrieben hat. Nur war das nicht Darryl. Sondern Claude.«

»Du hinterhältiges Miststück«, flüstert er. »Warum sollte ich dir überhaupt noch irgendwas glauben?«

»Dann lass es. Warte einfach auf das DNS-Ergebnis. Claude hat nämlich nicht nur einmal mit ihr geschlafen. Er hatte auch schon vor den Sommerferien Sex mit ihr.« Ein kleines Samenkorn der Bitterkeit bricht in Cara auf, und heraus sickern Hass und Schmerz in ihre Adern. »Ich glaube, sie hat auch mit Rocco geschlafen. Sie hat es mit jedem getrieben außer mit dir. Vielleicht hast du sie ja deshalb umgebracht. Vielleicht werde ich das der Polizei erzählen.«

»Damit würdest du alles zerstören, was wir haben.«

»Was genau haben wir denn wirklich?« Cara packt den Griff und stößt die Beifahrertür auf. Sie steigt aus, knallt die

Tür hinter sich zu und stürmt zum Eingang des Motels. Der Meereswind zerrt an ihrem Haar. Sie wird sich ein Einzelzimmer nehmen. Wenn sie Bobs Liebe und Vertrauen unwiederbringlich verloren hat, sollte sie es dann riskieren, ihn ans Messer zu liefern, um wenigstens ihre eigene Haut und den Rest ihrer Familie zu retten?

Und was ist mit Rocco? Ist die Zeit für ihren alten Notfallplan gekommen? Ihm alle Schuld in die Schuhe zu schieben und ihn dann endgültig zum Schweigen zu bringen?

Manchmal erfordern große Probleme eben große Opfer. Sie muss nur noch entscheiden, welches Opfer es sein soll.

Die Shoreview Six

Jill

Jill sitzt auf dem Sofa, während Isaias unablässig vor ihr auf und ab geht. Sie ist erschöpft, nachdem sie ihrem Ehemann erklärt hat, was passiert ist.

»Und das ist wirklich alles?«, fragt er.

Sie nickt.

»Die ganze Wahrheit?«

»Die ganze Wahrheit. Versprochen. Isaias, bitte. Bitte hass mich nicht.«

Er setzt sich. Endlich. Ihr Ehemann ist eindeutig tief erschüttert. Er lässt das Gesicht in die Hände sinken.

Jill weiß nicht, ob ihre Ehe dies hier überleben kann. Zuerst hat sie versucht abzulenken, zu argumentieren, zu rationalisieren, anderen die Schuld zu geben. Aber er hat sie in die Knie gezwungen, einfach, indem er sie aus seinen gütigen dunklen Augen angesehen hat. Mehr als alles andere hat sie sein unverhohlener Schrecken aus der Bahn geworfen. Seine Enttäuschung. Es lässt ihre Taten sogar noch realer, schrecklicher und heimtückischer erscheinen.

Isaias sitzt einfach da, während es ihr vorkommt, als würde langsam und zäh ein ganzes Zeitalter verstreichen. Dann steht er abrupt auf, holt seinen Laptop aus seiner Aktentasche, die noch neben der Tür steht, setzt sich an den Kaffeetisch und klappt ihn auf. Schweigend liest er einen Artikel nach dem anderen über die alten Vermisstenfälle.

Er hebt den Kopf, betrachtet sie. Der Schmerz, den sie in seinen Zügen liest, schneidet ihr physisch ins Herz.

Mit der Handfläche nach oben macht er eine Geste in Richtung des Laptops. »Du willst mir sagen, dass du die ganze Zeit gewusst hast, was mit diesem vermissten Jungen passiert ist? Mit Darryl?«

»Ich wusste es von Cara. Robbie – Bob – hat Cara erzählt, was passiert ist. Er musste mit irgendjemandem darüber sprechen, es sich von der Seele reden. Er ist zitternd und blutverschmiert bei ihr zu Hause angekommen. Er konnte es nicht vor ihr verbergen. Und Cara hat es mir erzählt, weil ich wissen musste, wie ernst die Lage war. Damit ich für sie lügen würde.«

»Du hast die Polizei belogen – du hast ausgesagt, die Jungen hätten Cara und dich abgeholt, nachdem ihr euch umgezogen hattet, aber sie waren nie bei euch, oder? Ihr seid gar nicht mit ihnen in den Wald gefahren, um zu trinken.«

»Nein«, flüstert sie. Er starrt sie an. Jill wünscht sich, sie könnte lesen, was im Kopf ihres Mannes vor sich geht, aber sie kann nur raten.

»Und du hast der Polizei erzählt, du hättest gesehen, wie sich Darryl und Annalise geküsst haben?«

Sie schluckt. »Cara hat sie gesehen. Ich … ich habe ihr damals geglaubt, Isaias.«

»Jemandem zu glauben ist das eine. Der Polizei zu erzählen, du hättest etwas mit eigenen Augen gesehen, ist etwas ganz anderes.«

»Ich bereue es. Es tut mir so leid. Ich habe erst später erfahren, dass Annalise auch verschwunden war. Aber dann hatte ich zu viel Angst, die Geschichte noch zu ändern.«

Langsam und leise, als würde er versuchen, die Fakten zu verarbeiten, indem er sie ausspricht, sagt er: »Du hast gewusst, dass Darryl totgeprügelt worden ist, die ganze Zeit, während seine Mutter, sein Vater und seine kleine Schwester nach ihm gesucht haben? Während sie so schrecklich gelitten haben? Du hast die ganze Zeit gewusst, wo er war, während die Polizei ihn gejagt hat wie einen Kidnapper oder potenziellen Mörder? Während seine Familie öffentlich geschmäht wurde? Und du hast ihnen diesen Schmerz nicht erspart?«

»Ich war sechzehn, Isaias, und …«

»Warum, Jill? Warum war es so leicht für dich, dem schwarzen Jungen die Schuld zu geben? Weil er ›anders‹ war? Weil es bequem war? Weil du bereit warst, ihn und seine Familie für ein paar weiße Jungs zu opfern?«

»Dabei ging es nicht um Rassismus, Isaias. Es …«

»Worum dann?«, fordert er. »Du *wusstest,* dass er tot war, Herrgott. Du wusstest, wo seine Eltern ihn finden konnten. Du wusstest, wie man ihren Ruf hätte retten können. In diesem Artikel hier« – er deutet auf seinen Laptop – »da steht, dass seine Mutter mit gebrochenem Herzen gestorben ist. Auch ihr Geschäft hat darunter gelitten.«

»Es tut mir leid.«

Er starrt sie an. Als wäre sie eine Fremde. Und vielleicht ist sie das ja auch. Der Wind raut die Oberfläche ihres Pools auf, von dem aus man auf den Meeresarm hinausblicken kann. Wolken treiben vor den Mond. Jill hat das Gefühl, das Fundament ihrer Welt würde sich leise verschieben, ihr entgleiten. Sie versteht ja selbst nicht, wer oder was sie ist oder wie sie in diese Geschichte verwickelt wurde. Aber sie wollte damals so unbedingt zu dieser Clique gehören. Der Wunsch nach Zugehörigkeit ist ein Überlebensinstinkt, viel mächtiger als die Logik. Die Biologie übertrifft selbst die grundlegendste Vernunft. Aus der Herde ausgeschlossen zu werden, stellt auf einer gewissen unterbewussten biologischen Ebene eine Gefahr dar, die damals als Teenager ihren Verstand geleitet hat. Auf dieselbe Weise werden Leute in Sekten gelockt und isolieren sich zunehmend von äußeren Einflüssen. Genau das ist auch mit ihrer Sechsergruppe passiert.

Isaias schüttelt den Kopf und wiederholt, was sie ihm gesagt hat. »Und sie haben diesen Bus mit seiner Leiche darin beim Blackwater Lake über die Klippen rollen lassen?«

Sie nickt.

»War er überhaupt wirklich tot, als sie das getan haben?«

Nun laufen ihr die Tränen übers Gesicht. Als sie antwortet, klingt ihre Stimme rau und heiser. »Ich weiß nur, was Cara mir weitererzählt hat. So etwas plant man nicht, Isaias. Es passiert einfach. Und dann steckt man fest. Das ist nicht wie im Fernsehen oder im Kino. Jemand stirbt, und es ist chaotisch und verwirrend, und alle verfallen in Panik und erzählen irgendeine Version der Wahrheit oder auch nicht. Und dann kommt die Polizei und man hat Angst und sitzt in der Falle.«

»Haben sie das Mädchen auch umgebracht?«

Sie beginnt zu schluchzen.

Isaias konzentriert sich wieder auf den Laptop. Jill sieht, wie er auf ein Foto von Darryl Hendricks klickt. Er vergrößert das Bild, sodass es den ganzen Monitor ausfüllt. Der Junge sieht gut aus. Fesselnde Gesichtszüge, voluminöse Afrofrisur. Ein ansteckendes, breites Lächeln. Es ist sein Schulporträt. Er trägt seine übliche Lederweste über einem T-Shirt. Jill erkennt die Kette mit dem Medaillon um seinen Hals.

Isaias liest die Inschrift auf dem Medaillon vor, deren Wortlaut die Polizei an die Medien weitergegeben hat: »Sei selbst der Wandel, den du in der Welt sehen möchtest.«

Die Augen ihres Ehemanns füllen sich mit Tränen. Und sie weiß, was Isaias sieht – einen jungen Mann, der dem Isaias von damals, der ihr in jener Nacht während ihres Brückenjahrs in einer Bar in Paris aufgefallen ist, sehr ähnlich ist. Auch wenn sie es sich selbst damals nicht eingestehen konnte, sieht sie es nun, nachdem Cara es ausgesprochen hat, ganz deutlich. Isaias war Darryl. Ein Darryl, den sie noch retten konnte. Und lieben. Um den sie sich kümmern und den sie lebendig halten konnte. Und indem sie genau das tat, wurde Isaias zu dem Mann, der ihr dabei half, Buße zu tun. Der ihr erlaubte, ihr eigenes Leben zu rechtfertigen. Der es ihr ermöglichte, ohne die niederschmetternde Schuld zu existieren. Dieser unbewusste, unverhüllte Impuls – das begreift sie jetzt – war es, der die junge Jill dazu getrieben hat, sich durch die pulsierende Menschenmenge in dieser Bar zu schieben und ihn zu wählen. Das ist der Grund dafür, dass sie ihm ihr schönstes Lächeln schenkte, ihn am Arm berührte und ihm anbot, ihn auf einen Drink einzuladen.

Und Jill ist sich ganz sicher, dass auch Isaias das begreift. Er erkennt die verblüffende Ähnlichkeit zwischen Darryl und sich selbst als jungem Mann.

»Und die ganze Zeit habt ihr Rocco, einen Unschuldigen, glauben lassen, er hätte das getan? Ihr dachtet, wenn irgendetwas schiefgeht, dann würde ihm die Schuld zufallen und ihr könntet ungeschoren davonkommen?«

»So ganz unschuldig war er nicht.«

»Unschuldiger als du.« Isaias steht auf. Holt seinen Mantel. Greift nach seinen Schlüsseln.

»W-wohin gehst du?«

Er hält inne, weigert sich jedoch, sie anzusehen. Mit dem Rücken zu ihr antwortet er: »Wenn ich morgen zurückkomme, will ich, dass du weg bist, Jill. Ich will, dass du aus diesem Haus verschwindest.«

»Bitte, Isaias, bitte rede mit mir. Versuch doch zu verstehen ...«

Er zieht die Tür auf, geht hinaus, und das Klicken, mit der die Tür wieder ins Schloss fällt, hört sich an wie der Tod.

Ihre Ehe, ihr Leben, wie sie es bisher kannte, sind vorbei.

Sie kennt ihren Mann. Moral und Gerechtigkeit gehen ihm über alles. Er wird auf direktem Weg zur Polizei gehen wollen. Die Frage ist, wird er es auch tun? Sie starrt die Tür an, und die plötzliche Leere des Hauses verschlingt sie.

Ob nun durch das Gesetz oder nicht, die Vergeltung hat sie gefunden.

Sie hat jeden Einzelnen von ihnen gefunden.

JANE

Jane sitzt im Haus ihrer Mutter vor dem Gaskamin auf dem Sofa und geht auf ihrem Laptop die Fallnotizen durch, wobei ihre besondere Aufmerksamkeit den Schilderungen der Ereignisse um die Party gilt. Draußen fällt leiser Regen, und neben ihr hat sich die Katze eingerollt. Ihre Mutter – die unten in ihrem Atelier malt – hat sie dazu überredet, hier zu übernachten, und Jane ist froh, nachgegeben zu haben. Mit vollem Bauch und eingehüllt in den Trost eines warmen, liebevollen Zuhauses voller guter Erinnerungen hat sie wieder Energie bekommen.

Sie betrachtet ein Foto von Annalise. Irgendetwas nagt an ihr. Es ist die Polizeianstecknadel, die sie bei Annalises Leiche gefunden haben. Welche Verbindung hatte das Mädchen damals zu einem RCMP Officer? War die Anstecknadel ein Erinnerungsstück? Ein Geschenk? Hat Annalise es sich aus irgendeinem Grund selbst gekauft?

Jane hebt den Kopf und starrt in die Flammen des Kamins, wobei sie daran denkt, was ihre Mutter ihr über den jungen Officer mit den grünen Augen erzählt hat, der an Türen geklopft und danach gefragt hat, ob irgendjemand etwas über das vermisste Mädchen wüsste. Ihre Gedanken wandern zu den Officers, die am Freitag, dem 3. September 1976, auf den Anruf von der Party reagiert haben.

Rasch scrollt Jane durch ihre Notizen. Sie hat die Namen nicht. Tank hat sie erwähnt, aber sie erinnert sich nicht daran.

Sie greift nach ihrem Handy, um Tank anzurufen. Und landet direkt auf der Mailbox. Frustriert sieht sie auf die Uhr. *So* spät ist es doch noch gar nicht. Sie versucht es noch mal, wird aber wieder direkt auf die Mailbox umgeleitet. Als Nächstes ruft sie Duncan an. Sein Gedächtnis ist phänomenal, damit hat er schon so manchen beeindruckt.

Beim dritten Klingeln hebt Duncan ab. Jane hört das Klirren und Poltern von Gewichten und Musik im Hintergrund. Stimmengewirr. Er ist im Fitnessstudio.

»Hey, hast du mal ne Minute?«, fragt sie.

»Eigentlich nicht. Was gibt's?«

Er atmet schwer. Sie stellt sich vor, wie er sich mit einem frischen Handtuch, das speziell für diesen Zweck gedacht ist, den Schweiß von der blassen Stirn wischt.

»Tut mir leid, wenn ich dich störe …«

»Nein, tut es nicht.«

Sie lächelt. »Okay, tut es nicht. Ich habe es zuerst bei Tank probiert, aber er nimmt nicht ab.«

»Weil er nicht so ein Idiot ist wie ich.«

»Wahrscheinlich hat er ein Leben.«

Duncan schnaubt. »Ich habe auch ein Leben.« Sie hört, wie er in einen ruhigeren Bereich geht.

»Kannst du reden?«

»Jetzt ja. Was ist los?«

»Bei einer Unterhaltung mit meiner Mom heute Abend hat sich was ergeben – der Name eines jungen Officers, der in ihrer Nachbarschaft die Anwohnerbefragung durchgeführt hat, als sie noch ein Teenager war. Sie hat damals in derselben Gegend gewohnt wie die Jansens. Und das hat mich nachdenklich gemacht – erinnerst du dich noch an die Namen der Officers, die damals auf den Anruf von der Party reagiert haben? Tank hat sie vorhin erwähnt.«

»Ach, erst machst du dich über mich lustig, und jetzt willst du mein überragendes Gedächtnis anzapfen?«

»Okay, Murtagh, du hast gewonnen. Du bist brillant. Grüne Smoothies, Keto, perfektes Erinnerungsvermögen. Hab's verstanden. Und jetzt mach deinen kleinen Zaubertrick für mich, ja? Erinnerst du dich noch an ihre Namen?«

Er lacht leise, verstummt dann jedoch.

»Bist du noch dran?«

»Einen Moment Geduld, bitte. Stör das Genie nicht bei der Arbeit.« Darauf folgt weiteres Schweigen. Jane hört leise die pulsierende Musik im Hintergrund. »Ich weiß noch, dass Tank gesagt hat, es wären vier Beamte in Uniform gewesen – ein Corporal, drei Constables.« Er hält inne. »Er hat nur ihre Nachnamen erwähnt. Einer davon war Bing. Das weiß ich noch, weil es so lustig klingt und mich an Bing Crosby erinnert hat. Einer hieß Simon, wie Paul Simon. Und noch einer hieß Jackson, wie Michael … erkennst du das Musikschema hier? Genauso funktioniert das. Man verankert einfach alles, was man sich merken möchte, in einem bestimmten Thema oder einer Geschichte. Dann muss man sich nur noch an die Geschichte oder das Thema erinnern, und sofort sind die Namen wieder da.«

»Aha. Klar. Musiker. Hatten alle von ihnen solche Namen?«

»Der Letzte war ein Ausreißer. Oder jedenfalls dachte ich das zuerst. Raymond. Mir wollte einfach kein Musiker mit dem Nachnamen Raymond einfallen, bis auf …«

»Usher Raymond IV.«

»Siehst du. Sogar du kannst das.«

»O Mann«, flüstert sie. »Raymond. Er war bei der Party also auch dabei. Ich glaube, das war es, was mich so beschäftigt hat – eine unterschwellige Erinnerung an die Namensverbindung.«

»Würdest du mich jetzt, nachdem du mich davon abgehalten hast, einen neuen persönlichen Rekord an der Hantelbank aufzustellen, bitte aufklären?«

»Knox Raymond. Er hat in der Nachbarschaft die Befragung durchgeführt und auch bei meiner Mom an die Tür geklopft. Und es klingt so, als wäre er auch einer von den Cops gewesen, die zu der Party gerufen wurden.«

»Knox – du meinst *Chief* Knox Raymond von der West Van PD, der vor Kurzem in den Ruhestand gegangen ist?«

»Wir haben eine Verbindung, Murtagh. Jemanden, der noch lebt und der uns vielleicht Hintergrundwissen zu der früheren Ermittlung liefern kann.«

Jane bedankt sich bei Duncan, dann ruft sie bei der WVPD an. Bestimmt hat dort jemand Dienst, der ihr die Kontaktdaten von dem Chief im Ruhestand geben kann.

Zwanzig Minuten später hat sie Knox Raymonds Ehefrau Meghan am Telefon.

»Knox ist nicht in der Stadt«, berichtet sie Jane. »Er ist oben im Norden beim Angeln. Dieser alte Jansen-Fall ist ihm wirklich unter die Haut gegangen – sie konnten ihn nie aufklären. Und er war damals noch so jung. Wir haben gerade unser erstes Kind erwartet, als er an diesem Fall mitgearbeitet hat.«

»Kann ich ihn auf dem Handy erreichen?«

»Wenn er irgendwo im Hinterland unterwegs ist, hat er manchmal keinen Empfang, aber probieren können Sie es. Vielleicht haben Sie ja Glück. Er wird Ihnen ganz bestimmt sehr gern helfen.« Meghan Raymond gibt Jane die Nummer durch.

»Eine wirklich tragische Geschichte«, fügt Meghan hinzu. »Ich weiß noch, dass Knox mir erzählt hat, er sei dem Mädchen ein paar Mal begegnet, bevor … Offenbar hat sie damals im Donut Diner am Marine Drive gejobbt.«

Eine Gänsehaut überläuft Janes Arme. Ihr fällt wieder ein, was Faith Jansen gesagt hat.

Sie hat auch einmal über einen Typen geredet, der in das Donut Diner kam, wo sie im Sommer und am Wochenende während der Schulzeit gearbeitet hat … Ich war noch klein und erinnere mich nicht an so viel, abgesehen von dem, was ich später gelesen habe, aber ich weiß noch, dass irgendetwas komisch an ihm war. So stalkermäßig. Mom, hat sie mit dir auch darüber geredet? Hat sie gesagt, dass er ihr gefährlich vorkommt oder so?

Jane denkt an die Anstecknadel. Sie räuspert sich. »War Ihr Ehemann damals öfter im Donut Diner?«

»Welcher Cop war das nicht?« Meghan lacht. »Dort gibt es die besten Donuts in der ganzen Stadt. Manchmal hat er mir welche mitgebracht. Als ich schwanger war, konnte ich gar nicht genug von dem Süßkram bekommen.«

Nachdem sie sich bei Meghan Raymond bedankt hat, versucht es Jane sofort auf Knox Raymonds Handy. Eine automatische Ansage verkündet, dass die gewählte Rufnummer derzeit nicht zu erreichen ist. Sie hinterlässt eine Nachricht und erklärt, dass sie bei einem alten Fall Hilfe braucht und dass er ihrem Team vielleicht wertvolle Hintergrundinformationen liefern könnte.

Dann widmet sie sich wieder ihrem Laptop und beginnt, nach Informationen über den pensionierten WVPD Chief Knox Raymond zu suchen. Etwa eine halbe Stunde später stößt sie auf etwas in den digitalisierten Onlinearchiven der *North Shore Gazette*. Ihr wird eiskalt.

Es ist ein kurzer Artikel mit Foto über die Geburt der kleinen Tochter des Officers Knox Raymond und seiner Frau Meghan im Oktober 1976. Was bedeutet, dass Raymonds Frau zum Zeitpunkt von Annalises Verschwinden Anfang September desselben Jahres etwa im achten Monat schwanger gewesen sein muss.

Das Foto zu dem Artikel zeigt Knox und seine Frau, die ein winziges Baby im Arm hält, vor einer Limousine in metallic Braun.

Janes Handy klingelt. Ihr Herz macht einen Satz. Sie schnappt sich das Telefon.

»Munro.«

»Sergeant Munro? Hier spricht Knox Raymond. Sie haben angerufen?«

ANGELA

Angela Sheldrick sitzt immer noch, spät am Abend, an ihrem Arbeitsplatz im Großraumbüro der Redaktion. Es ist nur eine Minimalbesetzung da, um Eilmeldungen entgegenzunehmen. Die Leuchtstofflampen sind gedimmt. Das Heulen eines Staubsaugers dringt aus dem Glasbüro des Redakteurs. Sogar Mason ist heute mal zu einer normalen Uhrzeit nach Hause gegangen, was sehr ungewöhnlich ist. Angela hat gehofft, ihn noch einmal zur Rede stellen zu können.

Sie ist sauer, weil er ihren Vorschlag abgewürgt hat. Obwohl Rahoul und sie diese Story als Erste gebracht haben, konnten andere Pressekanäle mit mehr Geld und Personal sie inzwischen überrunden. Außerdem ist sie deprimiert wegen der Hasspost und der Kommentare auf den sozialen Medien, die sie als respektlos hinstellen und sie eine Nachrichtenschlampe nennen. Unethisch, jemand, der Leben zerstört, ein billiger Abklatsch einer echten Reporterin und eine Schande für den wahren Journalismus.

Dieses Zeitalter sofortigen Feedbacks ist wirklich Mist.

Sie fährt sich durchs Haar, sie ist erschöpft und, ja, verletzt. Sie ist auf die Journalistenschule gegangen. Sie weiß, wie gute alte Berichterstattung aussieht. Sie hat Bücher und Artikel über

Korrespondentinnen wie Martha Gellhorn, Ida B. Wells und Marie Colvin gelesen. Christiane Amanpour ist immer noch ihr Idol. Es ist nicht ihre Schuld, dass sich die Medienlandschaft in der Welle der elektronischen Revolution, der sozialen Medien und der Fake News so verändert hat. Es gelingt einem nur noch, die Aufmerksamkeit der Öffentlichkeit für einen kurzen Moment zu fesseln, indem man eine Nachricht mit Schockwert verbreitet. Oder? Sollte sie vielleicht einen schonungslosen Blick in den Spiegel werfen und überdenken, was sie von ihrem Leben und ihrer Karriere will? Angela schaut lieber nicht zu genau in irgendwelche Spiegel – aus Angst, das kaputte kleine Mädchen und die wirbelnden dunklen Geheimnisse ihrer eigenen Vergangenheit darin zu erkennen.

Sie holt tief Luft, vertreibt die hässlichen E-Mails aus ihrem Kopf und wendet sich wieder ihren Nachforschungen zu. Da sie von der Polizei nichts wirklich Neues erfährt, hat sie sich an diesem Abend dem Lesen alter Zeitungsartikel gewidmet, um jede nur mögliche Information über die Shoreview Six zusammenzutragen. Mittlerweile weiß sie, was aus ihnen geworden ist und wo sie leben – abgesehen von Rocco Jones, der immer noch eine unbekannte Größe für sie ist. Sie findet einfach keine neueren Informationen über ihn.

Sie lehnt sich zurück und kaut an ihrem Stift, die Gedanken auf Rocco gerichtet, während sie das kleine Icon auf ihrem Computerbildschirm im Auge behält, das ihr anzeigt, wenn ein neuer Tipp oder eine Sprachnachricht eingeht.

»Hey«, ruft Rahoul hinter ihr.

Angela zuckt zusammen. »Verdammt, hast du mich erschreckt. Warum schleichst du dich so an?«

»Ich ›schleiche‹ mich nicht an, Angela.« Er lässt eine Tüte vom Take-away vor ihr auf den Schreibtisch fallen. »*Danke, Rahoul, dass du mir was zu essen mitgebracht hast.*«

»Danke, Rahoul, dass du mir Essen gebracht hast.« Sie öffnet die Tüte. Es duftet himmlisch. »Chow mein mit Rind?«

»Jep.« Er legt seine Kameraausrüstung auf seinem Schreibtisch ab, der in dem winzigen Arbeitsbereich, den sie sich teilen, nur etwa eine Armeslänge vor ihrem eigenen Tisch steht. Dann zieht er sich die Jacke aus, hängt sie hinten über seinen Stuhl, setzt sich, legt die Füße samt Stiefeln auf den Schreibtisch und öffnet seine eigene Pappschachtel mit Essen.

»Mit extrascharfer Soße?«

Er versetzt ihr nur einen schiefen Blick.

Sie grinst und pikt ihre Stäbchen in das Chow mein.

»Annalise Jansens alte Clique lebt immer noch in der Gegend«, berichtet sie und schiebt sich eine Ladung Nudeln in den Mund. Sie kaut. »Außer Rocco Jones, den habe ich noch nicht gefunden.«

»Was hast du als Nächstes vor?« Rahoul pikt seine Stäbchen ebenfalls in den Karton.

»Ich will sie interviewen.« Sie nimmt einen weiteren Mundvoll Chow mein und denkt darüber nach, wie sie das Thema auf eine Weise angehen kann, das sich von der Masse abhebt. Vielleicht könnte sie tiefer gehen, einen eher intellektuellen Ansatz wählen. Vielleicht hat sie deshalb noch kein grünes Licht für ihren Vorschlag bekommen – weil sie bisher noch nicht die Tiefe und Vielschichtigkeit an den Tag gelegt hat, zu der sie, wie sie weiß, durchaus fähig ist.

Da klingelt ihr Arbeitshandy auf dem Schreibtisch. Sie sieht auf. Auf dieses Handy werden auch sämtliche Anrufe vom extra dafür eingerichteten Hinweistelefon weitergeleitet. Schnell stellt sie ihren Pappkarton ab und schnappt sich das Telefon.

»Angela Sheldrick.«

»Interessieren Sie sich immer noch für die Kapellenleiche?«

Angelas Herz setzt einen Schlag aus. Sie kann nicht sagen, ob der Anrufer männlich oder weiblich ist – die Stimme wird von irgendeiner Stimmverzerrer-App unkenntlich gemacht. Sie gibt Rahoul ein Zeichen und drückt rasch die Aufnahmetaste. Dann stellt sie den Anruf laut.

Rahoul hört auf zu kauen und behält sie scharf im Blick, während sie lauscht.

»Ja, dafür interessiere ich mich«, sagt sie. »Haben Sie Informationen zu dem Fall«?«

»Ja.«

Angela weiß immer noch nicht, ob sie einen Mann oder eine Frau in der Leitung hat. »Und Sie möchten anonym bleiben.«

»Ja.«

»Was möchten Sie uns mitteilen?« Sie sieht Rahoul an. Seine dunklen Augen sind ganz groß geworden.

»Sie haben gelogen.«

»Wer hat gelogen?«

»Die Shoreview Six. Sie haben alle gelogen.«

»Worüber haben sie gelogen?«

»Über die Alibis.«

»Welche Alibis? Wann?«

»Ich schicke Ihnen etwas. Schauen Sie in Ihrem Posteingang nach.«

Dann ist die Leitung tot.

Angela sieht das rote Icon auf ihrem Bildschirm aufblinken. Eine neue Nachricht ist eingegangen. Hastig öffnet Angela sie.

Die gescannte Kopie eines Zeitungsartikels taucht auf. Erschienen im Juli 1982 in Bakersfield, Kalifornien. Sie liest die Schlagzeile.

Kanadier nach brutalem Überfall auf Spirituosenladen festgenommen

Ihr Herz schlägt immer schneller, während sie liest.

Der alkoholisierte und montierhebelschwingende Verdächtige, der sich gewaltsam Zutritt zum Tammy Vale Liquor Store verschaffte, wurde am Freitagmorgen auf einem Walmart-Parkplatz verhaftet, wo er in seinem Auto campierte. Rocco Jones, der ursprünglich aus Vancouver, Kanada, stammt, muss sich einer Anklage wegen …

»Was zum Teufel …«, murmelt Rahoul, der über ihre Schulter hinweg mitliest. Er deutet auf den Artikel. »Da hast du deinen Rocco Jones. Wo auch immer er jetzt ist, er hat in den USA eine Strafakte aus den Achtzigern?«

»Und eine gewalttätige Vorgeschichte«, ergänzt Angela. Adrenalin rauscht durch ihre Adern. »Irgendjemand weiß es. Irgendjemand weiß immer irgendwas. Genau, wie ich gesagt habe, Rahoul – die Zeit verändert die Umstände, und die Leute wollen endlich über die alten Fälle sprechen. Wir müssen da mitgehen.« Sie deutet auf ihren Bildschirm. »Ich muss das prüfen. Wir …«

Noch während sie spricht, taucht eine weitere Mail mit Anhang in ihrem Postfach auf.

Schauen Sie sich den angehängten Antrag beim Bürgeramt auf Namensänderung an. Von Rocco Jones zu Mason Gordon.

Die Mail enthält das Foto eines Namensänderungszertifikats des BC-Bürgeramts. Rocco Adam Jones hat im Jahr 1991 beantragt, seinen Namen in Mason Adam Gordon ändern zu dürfen. Und sein Antrag wurde bewilligt.

Angela blinzelt. Ihre Welt schrumpft zusammen, während sie das Foto betrachtet. Langsam sieht sie auf und begegnet Rahouls Blick.

»Verdammte Scheiße«, flüstert er.

»Das ist richtig groß«, sagt sie. »Wir müssen mit Mason sprechen. Vor laufender Kamera. Sofort. Schnapp dir deine Jacke.«

»Persönlich? Wir wissen nicht mal, wo er gerade ist. Sollen wir nicht erst die höheren Tiere darüber informieren?«

»Wenn wir es denen sagen oder ihn anrufen, schrecken wir ihn damit nur auf. Es muss ihn unvorbereitet treffen, dass er erwischt wurde, und das live vor der Kamera. Wenn er nicht zu Hause ist, dann warten wir vor seiner Wohnung, bis er heimkommt.«

Die Shoreview Six

Bob

Bob folgt Cara nicht ins Motel. Soll sie sich doch allein ein Zimmer nehmen. Er bleibt noch eine Weile einfach sitzen und geht die Ereignisse des Abends im Haus der Osmans ein weiteres Mal durch, peinlich genau. Seine Gedanken schwirren um Caras Lüge und darum, was sie als Teenager für ihn bedeutet hat. Er denkt an die wundervollen Möglichkeiten, die er mit Annalise hätte haben können. Er erinnert sich noch sehr genau an das Gefühl ihrer samtigen Haut, an den Duft ihres Haars, an ihren Cherry-Pop-Lipgloss. Ja, sie war seine erste große Liebe, und er war gefangen in jenem lustgetriebenen, hormongesteuerten Zustand der frühen Teenagerzeit, aber er glaubte tatsächlich, dass seine Liebe zu ihr tief genug war, um ewig zu halten. Die Sommermonate des Jahres 1976 – Schwimmen im See, Wandern und Lagerfeuer am Strand – breiteten sich wie ein goldener Teppich vor ihnen aus, mit dem Versprechen auf grenzenlose Möglichkeiten und Chancen. In jenem Sommer hat er sich darauf eingestellt, dass sein Leben eine ganz bestimmte Richtung einschlagen würde. Und dann hat sich in einem einzigen Moment alles geändert. Stattdessen war sein Leben ganz anders verlaufen. Wegen Caras Lüge war er am Ende bei Cara gelandet. Bei dem hier.

Und nun?

Darauf hat er keine Antwort.

Und er versteht auch nicht, warum Annalise zwar fest mit ihm zusammen sein, aber nicht mit ihm schlafen wollte, besonders wenn es wahr ist, dass sie mehrmals mit seinen Freunden geschlafen hat. Es ist so verwirrend. Es tut weh. Sogar jetzt noch.

Bob weiß nur eines mit Sicherheit, nämlich, dass irgendein anderer – vielleicht sogar einer seiner engsten Freunde – seine Freundin hinter seinem Rücken geschwängert hat. Und der Wunsch, demjenigen, wer auch immer das getan hat, einen Mord anzuhängen, lodert in ihm auf, heiß und wütend. Und noch etwas weiß er mit Sicherheit: Er braucht einen Drink. Sofort. Viele Drinks. Vielleicht wird es ihm gelingen, einen prägnanten Handlungsplan zu erstellen, sobald er seinen Zorn und seine wachsende Angst etwas gedämpft hat.

Bob schließt den Escalade ab und geht über den rissigen und mit Müll übersäten Parkplatz des Motels zu dem angrenzenden Pub hinüber.

Dort bestellt er einen Doppelten nach dem anderen und kippt jeden davon kurz und knapp, während er dem Honky Tonk aus der alten Jukebox lauscht und den Arbeitern in fortgeschrittenen Jahren dabei zusieht, wie sie Pool spielen oder allein an ihren Tischen sitzen, missmutig über ihr Bier oder ihren Whisky gebeugt. Er muss an diesen Song von Springsteen denken, über die glorreichen Tage, die vergangen sind, und auf einmal überkommt ihn eine überwältigende Trauer. Eine Frau mit schlecht gefärbten Haaren sitzt auf einem Barhocker an der Theke. Vermutlich eine Prostituierte, und dazu noch eine billige, denkt Bob. Ihr Kunstlederrock ist zu kurz, zu eng, ihre in Strümpfen steckenden Oberschenkel haben Dellen, und ihre Stilettos sehen aus, als würde es wehtun, darauf zu laufen. Sie lacht laut und flirtet mit dem Barkeeper, der ein Muskelshirt trägt und Biergläser poliert. Seine Arme und Hände sind voller Tattoos. Die ganze Bar stinkt nach sauer gewordenem, schalem Leben. Die Beleuchtung ist mies. Draußen vor dem Fenster sieht er die Spiegelung des flackernden pinken Neonschilds in einer Pfütze auf dem Parkplatz. Während er betrunken dem Spiel der Farben zusieht, bemerkt er einen schwarzen SUV, der am Fenster vorbeifährt.

Ist das mein Escalade?

Bob springt von seinem Barhocker und stolpert zum Fenster. Er sieht, wie das Fahrzeug am Ende der Straße hält. Die Bremslichter leuchten rot auf. Dann biegt er ab und ist verschwunden.

Bob starrt ihm nach.

Cara?

Er ist nicht mal wirklich sicher, ob es sein Auto war. Er lässt seinen Drink stehen und tritt auf den windigen Parkplatz hinaus. Es riecht nach Salzwasser und Dung von den Farmen in Delta, hier ganz in der Nähe. Sein SUV ist weg. Cara hat ihn genommen, und er hat keine Ahnung, wohin sie damit will. Oder ob sie je zurückkommen wird.

Bob holt tief Luft und versucht, seine Gedanken von der kühlen Luft klären zu lassen. Ist es das, worauf alles hinausläuft? Ist seine Ehe vorbei? Was ist mit seinem sonstigen Lebenswerk? Seinen Kindern? Enkeln? Ihrem Gutshof? Dem Weingut und dem Bistro? Mit all ihren Träumen? Er starrt auf die leere Parklücke, dort, wo er seinen Escalade abgestellt hatte. Die Sekunden verstreichen. Er braucht noch einen Drink. Er sieht zu dem schäbigen Pub hinüber, trifft eine Entscheidung und zieht sein Smartphone hervor, um sich ein Taxi zu rufen. Er wird in die Stadt fahren. Und dort wird er in einer Gegend weitertrinken, in die er gehört. In der Nähe seines früheren Büros gibt es einen Club. Rocco hat ihm erzählt, dass seine neue Wohnung dort um die Ecke liegt. Dahin wird Bob gehen. Vielleicht begegnen ihm ja auch irgendwelche freundlichen bekannten Gesichter. Zumindest sind die Prostituierten dort ansehnlicher.

Vielleicht läuft ihm sogar Rocco über den Weg. Auf einmal beginnt sich in Bobs Rechtsanwaltskopf ein Plan zu formen.

MARY

Mary folgt dem Bankett des Highways, wobei sie sich so weit wie nur möglich von dem vorbeirasenden Verkehr fernhält. Es ist dunkel. Die Fahrer können sie nicht sehen. Fußgänger sind auf dem Highway verboten. Sie hat schreckliche Angst davor, angefahren oder überfahren zu werden, und es fällt ihr schwer zu glauben, dass Claude ihr das angetan hat. Er hat eine dreiundsechzigjährige Frau einfach so auf dem Seitenstreifen des Upper Levels Highway zurückgelassen. Doch immerhin hat er ihr gerade bewiesen, wozu er fähig ist, und sogar noch mehr fürchtet sie sich davor, was er als Nächstes tun wird. Vielleicht hätte sie ihm nicht so unverhohlen drohen sollen. Sie braucht einen Plan – irgendwas. Bevor Claude und die anderen ihr zuvorkommen und sie selbst den Wölfen zum Fraß vorgeworfen wird. Oder schlimmer, bevor Heather alles verliert, wovon sie geträumt hat, weil ihre Mutter schon wieder alles versaut hat. Ein letzter, verzweifelter Einfall formt sich in ihrem Kopf, während sie weitergeht und dabei Ausschau nach dem gelben Taxi hält, das sie gerufen hat.

Wie schlimm wäre es für Rocco, wenn er die ganze Schuld auf sich nehmen würde?

Er ist sowieso schon völlig am Ende. Der Schaden ist längst angerichtet. Wäre es denn so schlimm, ihm die Schuld an den Morden zu geben, wenn dadurch alle anderen und vor allem

Heather gerettet werden könnten? Im selben Moment, in dem ihr dieser Gedanke kommt, fühlt sie sich schon schlecht. Doch nun ist die Idee gesät, und Mary kann sie nicht wieder vergessen.

Die Dinge, die wir für unsere Kinder tun – um sie zu schützen, um für unsere eigenen Jugendsünden Abbitte zu leisten, während wir in unseren alternden Körpern alle immer noch nur verängstigte und gequälte Kinder sind …

CLAUDE

Als Claude die Schlüssel im Hausflur ablegt, sieht er seine Frau, seine Kinder und seine Enkel, die im Wohnzimmer Karten spielen. Ein gemütliches Feuer flackert im Gaskamin. Die Stimmung ist warm und zufrieden. Sogar glücklich. Claude glaubt, sein Herz müsste einfach zerspringen. Er wird sie verlieren, sie alle. Dieser Abend war der Anfang vom Ende. Die Gerechtigkeit fordert endlich ihren Tribut.

Oder vielleicht verfolgt ihn die Gerechtigkeit auch schon die ganze Zeit, und ein Teil von Claude hat ihre Präsenz in seinem Leben immer gespürt, während sie dicht hinter seiner Schulter lauerte, ihn beobachtete, auf ihre Chance wartend, um ihn einzuholen, oder einfach abwartend, bis er sich selbst in den Wirren seiner Vergangenheit verfing, genau so, wie es jetzt geschehen ist. Vielleicht war es dieses lebenslange Bewusstsein ihrer konstanten und aufmerksamen Gegenwart, was Claude dazu getrieben hat, noch härter zu arbeiten, besser zu sein, von Grund auf sein eigenes Unternehmen aufzubauen, gegen alle Widerstände und ohne auch nur einen Penny von seinen reichen und in der Sportwelt berühmten Eltern anzunehmen. Vielleicht ist das der Grund, warum er seine gesamte Freizeit und sein ganzes Herz in den Unterricht hat fließen lassen, um Kindern seinen Sport nahezubringen. Vielleicht war dies seine

Art, der Gerechtigkeit zu zeigen: *Schau nur, ich kann auch gut sein. Ich bin kein von Grund auf schlechter Mensch. Ich helfe Kindern. Ich schenke ihnen meine Zeit, mein Geld, meine Liebe.*

Doch tatsächlich hat er dadurch nichts anderes getan, als das von sich zu schieben, was er tief in seinem Innern als unausweichlich betrachtet hat: dass eines Tages das kalte, harte Klopfen an seiner Tür erklingen würde. Und wenn er öffnete, würde sie vor ihm stehen mit ihren Waagschalen und mit ihrer Augenbinde, hinter der sie nichts von seiner Arbeit und Buße gesehen hat. Und sie würde von ihm verlangen zu bezahlen.

»Hallo, Schatz«, sagt seine Frau, die aufgestanden und zu ihm in den Flur gekommen ist. Sie streckt sich, um ihm einen Kuss zu geben. Dann sieht sie ihm in die Augen. Eine gewisse Ernsthaftigkeit zeichnet sich auf ihrem Gesicht ab, während sie ihn mustert. Sie legt ihm die Hand auf den Arm. »Ist alles in Ordnung?«

»Ja.« Er zieht sich die Jacke aus. Am liebsten würde er weinen.

»Konntest du das Problem mit der Lieferkette lösen?«

Das war die Ausrede, die Claude sich hat einfallen lassen, um zu erklären, dass er an diesem Abend nicht mit seiner Familie grillen kann. Er nickt. »Mal sehen. Wie war das Grillen?«

»Ich habe dir was aufgehoben. Soll ich es dir warm machen?«

»Spiel ruhig weiter Karten«, sagt er sanft. »Ich wärme mir mein Essen selbst auf.«

In der Küche sieht Claude zu, wie sich sein Teller in der Mikrowelle dreht, und dabei verhärtet sich etwas in ihm. Er kann das hier nicht einfach aufgeben. Er kann noch nicht einknicken. Er muss bis zum bitteren Ende weiterkämpfen. Claude Betancourt hat noch nie so einfach nachgegeben.

ISAIAS

Isaias findet einen Parkplatz am Straßenrand in der Nähe der North Van Police Station beim Krankenhaus. Er sitzt in seinem Auto und beobachtet das gedrungene Betongebäude in der Dunkelheit. Streifenwagen kommen und gehen. Officers unterhalten sich auf dem Bürgersteig und neben ihren Autos miteinander. Ein Feuerwehrauto verlässt die angrenzende Feuerwache. Rote Lichter flackern in der Finsternis auf, als sich das Heulen der Sirene erhebt.

Sein erster Impuls aus dem Bauch heraus war der, auf direktem Weg hierherzukommen und die Sache in Ordnung zu bringen. Der RCMP zu sagen, wo sie Darryl Hendricks' VW-Bus und seine Leiche finden können, damit die Familie Hendricks ihren Jungen nach so vielen verlorenen Jahren nach Hause holen kann. Damit Rocco Jones aus seinem mentalen Gefängnis befreit wird, das ihn zugrunde richtet. Damit Bob und Cara Davine und Claude Betancourt und Mary Metcalfe für ihre heimtückischen Taten und Vertuschungsgeschichten bestraft werden. Was jedoch mit absoluter Sicherheit bedeutet, dass auch Jill von all dem mitgerissen werden wird. Und das sollte sie auch. Aber Isaias hat seine Frau immer tief und innig geliebt, und der Schock des Ganzen entfaltet sich langsam, die Bedeutung beginnt einzusinken. Isaias sieht durch das Autofenster nach oben und erhascht einen Blick auf Polizisten, die sich oben in den erleuchteten Arbeitsräumen bewegen.

Noch eine Sirene jault auf, ein Heben und Fallen, das immer lauter wird und sich dem Krankenhaus auf der anderen Straßenseite nähert. Krankenwagen. Polizei. Feuerwehr. Die Gesellschaft, die sich um andere kümmert.

Er reibt sich die Stirn. Er kann nicht in diese Scharade einer Ehe zurückkehren, oder? Nicht, nachdem er nun weiß, was Jill ist und was sie getan hat. Nachdem er jetzt weiß, wie leicht sie sich von ihren Freunden hat kontrollieren lassen und wie schnell sie bereit war, der Gesellschaft zu gestatten, dem schwarzen Jungen die Schuld zu geben. Dem »anderen«, dem Sohn von Geflüchteten, denen sie zu helfen vorgibt. Sind ihre Wohltätigkeitsorganisationen auch nur ein Produkt ihres schlechten Gewissens?

Sollte ihr vergeben werden?

Was bedeutet Vergebung eigentlich?

Und wie kann er ihr vergeben, wenn sie *immer noch* zu feige ist, zu Darryls Familie zu gehen oder hierherzukommen und selbst mit der Polizei zu sprechen? Wenn sie nicht den Mut hat, Darryls Eltern Frieden zu bringen, nur weil es ihr schönes, privilegiertes Leben, ihre Freundschaften und ihre sogenannte Wohltätigkeitsarbeit auf den Kopf stellen wird?

Außerdem hat sie ihm nicht erzählt, was sie mit Annalise Jansen getan haben.

Er muss es der Polizei sagen. Aber zuerst möchte Isaias noch etwas anderes tun. Er beugt sich vor und lässt den Motor an.

Rocco

Rocco hält sich in seiner spärlich möblierten Wohnung im dreiundzwanzigsten Stock eines Hochhauses in einem protzigen, frisch modernisierten Stadtviertel an einem sehr großen Whisky fest. Diese Wohnung hat er sich nach seiner dritten Scheidung gekauft. Die riesigen Panoramafenster bieten ihm eine Aussicht über False Creek und zahllose andere Fenster, die ihm einen kurzen Einblick in Myriaden kleiner Apartmentboxen-Leben gewähren. Menschen, die übereinanderwohnen wie Termiten in einer Kolonie. Alle unterschiedlich und doch vollkommen gleich auf eine gewisse Art.

Nachdem das Taxi ihn abgesetzt hat, ist er durch den Eingangsbereich des Gebäudes getorkelt, mit dem Fahrstuhl nach oben gefahren und aus der Kabine getreten. Er hat den Flur durchquert, seine Wohnung betreten und direkt seinen Getränkeschrank angesteuert, mit dem einzigen Ziel vor Augen, die lodernde Panik etwas zu lindern, die seinen Verstand zu verschlingen droht. Er nimmt einen weiteren großen Schluck, während er die Augen zu Schlitzen verengt und versucht, die Abfolge der Ereignisse im Haus der Osmans im Geist noch einmal durchzugehen. Sie haben sich vorgeblich versammelt, um sich wieder zu vereinen, doch dann ist etwas Dunkleres passiert. Im Grunde waren sie alle nur auf der Suche nach einem Sündenbock, den sie den säbelrasselnden Göttern des Rechts opfern konnten, damit der Sturm an ihnen vorüberziehen würde. Und sie alle haben dabei ihn angesehen. Dann hat Mary diesen vergifteten Keim in seinen Kopf gepflanzt.

Wieder nippt er an dem Glas.

Ist es möglich, dass sie recht hat?

Dass er Darryl gar nicht getötet hat? Was, wenn er die ganze Zeit unschuldig war? Er trinkt einen größeren Schluck. Diese Vorstellung ist auf eine unerwartete und zutiefst verstörende Art bedrohlich, denn alles, was Rocco ist, alles, was aus ihm geworden ist und was er in seinem Erwachsenenleben getan hat, jeder jämmerliche Fehler, jedes betrunkene Missgeschick, jede Verhaftung, jeder Alkoholexzess, jede gescheiterte Ehe und jeder verlorene Job, all die Treffen der Anonymen Alkoholiker, sämtliche Gewaltausbrüche und die Aufenthalte in Entziehungskliniken – das alles kann er auf die fundamentale Überzeugung zurückführen, dass er einen Jungen aus seiner Schule totgeprügelt hat. Dass er ein böser und widerwärtiger Mensch ist. Ein unwürdiges und jämmerliches Stück Dreck. Dass er in seinem Leben einfach nichts Gutes verdient hat.

Nun hat er Zweifel. Finstere wispernde Fragen.

Was, wenn er gar nicht böse ist?

Was, wenn seine besten Freunde nie seine Freunde waren?

Was, wenn sie ihm tatsächlich damals die Schuld in die Schuhe geschoben haben, damit er über die Klinge springen kann, falls die Dinge schieflaufen, und was, wenn sie – da die Dinge nun tatsächlich schieflaufen – bereit sind, es noch einmal zu tun? Werden sie sein Schicksal besiegeln und ihm die Todesfälle irgendwie anlasten?

Er runzelt die Stirn und nimmt noch einen Schluck. Er erinnert sich doch wirklich daran, dass er jemanden geschlagen hat. Er erinnert sich an das Gefühl einer Metallstange in seiner Hand, an den Aufprall und das Nachgeben des Fleischs und an das Geräusch von brechenden Knochen. Er erinnert sich an den Geruch von Blut. Er erinnert sich sogar noch an das mit Entsetzen durchwirkte Hochgefühl darüber, was er einem anderen Menschen antat. Oder hat sein Gehirn diese albtraumhaften Erinnerungen selbst zusammenfantasiert? Waren es nie echte Erinnerungen? Haben ihm Robbie und Claude diese Bilder eingepflanzt?

War es auch nur entfernt möglich, dass er Annalise *tatsächlich* umgebracht hat und die beiden ihm diesen Teil nicht erzählt haben?

Er fühlt sich schlecht. Noch schlechter als sonst. Jede Zelle seines Körpers sehnt sich nach der Wahrheit, während er sie zugleich aus ganzer Seele fürchtet.

Er leert sein Glas und kommt ungeschickt auf die Füße. Er steuert den Getränkeschrank an, um sich die Flasche zu holen. Auf dem Weg gerät er ein bisschen ins Straucheln und stützt sich mit der Hand am Schrank ab. Er wartet einen Moment, bis die Welt aufhört, sich zu drehen, dann packt er die Flasche und schlurft zurück zum Sofa. Schwer lässt er sich darauf sinken und füllt sein Glas auf.

Als Rocco das Glas an die Lippen hebt, hört er ein Geräusch. Er hält inne, das Glas in der Luft, und lauscht.

Da ist es wieder. Einen Augenblick lang ist er verwirrt. Dann begreift er, dass es das Summen der Türklingel ist. Irgendjemand drückt unten vor der Haustür auf den Klingelknopf für seine Wohnung, doch dieses Geräusch ist ihm vollkommen fremd, weil ihn bisher noch niemand in seiner neuen Bleibe besucht hat.

Wieder summt es. Beharrlich.

Er kann jetzt niemandem gegenübertreten. Also beschließt er, das Klingeln zu ignorieren. Rocco kippt seinen zweiten Drink und schenkt sich sofort nach. Er verliert halb das Bewusstsein, wacht auf, trinkt noch mehr und fühlt, wie er erneut davongleitet. Das Summen der Klingel lässt ihn wieder hochfahren. War er überhaupt richtig weg?

Vor sich hin murmelnd stemmt er sich vom Sofa hoch und taumelt auf die Gegensprechanlange an der Wand neben der Tür zu, doch dann schlingert er plötzlich zur Seite und stößt krachend gegen einen kleinen Tisch. Ein gläserner Aschenbecher darauf fällt zu Boden und zerspringt in tausend Scherben. Rocco blinzelt. Die ganze Welt schwankt. Er hat viel zu viel getrunken, um noch laufen zu können.

Er hält sich am Esstisch fest und richtet den Blick auf die Tür. Dann holt er tief Luft und macht einen Satz darauf zu. Wieder torkelt er gegen die Wand, richtet sich auf und mustert aus schmalen Augen die Knöpfe der Gegensprechanlage, während er zu entscheiden versucht, welchen er drücken soll. Er wählt einen davon, und der kleine Bildschirm daneben erwacht zum Leben. Stirnrunzelnd versucht Rocco, das Gesicht, das unten in die Kamera blickt, zu erkennen. Langsam wird seine Sicht schärfer. Als er schließlich begreift, wer es ist, beginnt sein Herz zu rasen.

»Rocco? Wir müssen reden«, dringt eine Stimme aus der Anlage. »Das wird alles verändern. Bitte lass mich rein.«

Er starrt auf den Bildschirm, während sein Verstand zu begreifen versucht, was hier passiert. Aber irgendwo weiß er es längst. Es ist so weit – das Ende ist da. Das hier ist sein Ebenezer-Moment, komplett mitsamt dem Besuch vom Geist seiner Vergangenheit. Die Zeit der Abrechnung ist da. Doch anders als Ebenezer Scrooge kann Rocco keine Erlösung erwarten. Nicht von diesem Geist.

ANGELA

Wieder drücken Angela und Rahoul auf den Klingelknopf zu Masons Apartment. Mittlerweile ist es Nacht geworden, und die Lichter der Stadt verschwimmen in dem einsetzenden leichten Nieselregen.

»Du hättest ihn vorher anrufen sollen«, kommentiert Rahoul.

»Und ihn damit warnen?« Wieder drückt sie auf die Klingel. Immer noch keine Reaktion. Sie stößt ein entnervtes Seufzen aus und schaut auf die Uhr.

»Was hast du jetzt vor?«

Sie sieht sich um. »Wir können in dem Coffeeshop da drüben warten und das Gebäude im Auge behalten, bis er nach Hause kommt.«

»Was, wenn er direkt in die Tiefgarage fährt und den Fahrstuhl nach oben nimmt?«

»Er fährt schon seit Wochen nur noch mit dem Taxi. Wahrscheinlich, weil er ständig trinkt. Ich schätze mal, er ist mehr oder weniger dauerblau und füllt den Alkoholpegel nur immer wieder auf. Ich wette, dass ihn irgendwann ein Taxi vor der Tür absetzt. Na, komm.«

Gerade will sie die Straße überqueren, als irgendwo links von ihr ein dumpfer Aufprall zu hören ist. Verblüfft bleibt sie stehen und dreht sich um.

Da beginnt eine Frau zu schreien. Sie schreit und schreit.

»Scheiße!«, ruft Rahoul und rennt los, den Bürgersteig entlang.

Angela ist verwirrt. »Rahoul?« Sie sieht, wie er ein Stück weiter auf dem Gehweg stehen bleibt, wo sich vor einer Kleiderboutique auf einmal eine Menschentraube bildet. Angela rennt zu ihm. Er dreht sich zu ihr um.

Sein braunes Gesicht ist blass, fast kränklich grün in dem Licht, das von den Schaufenstern des Geschäfts zurückgeworfen wird. »Jemand … ist gefallen.«

»Was?«

»Jemand ist da runtergefallen …« Rahoul deutet nach oben. »Aus einer der Wohnungen da oben. Er ist auf dem Dach von dem geparkten Auto da gelandet, abgeprallt und auf dem Gehweg liegen geblieben.«

Die Menschentraube wird immer dichter. Stimmen erheben sich. Die Frau hört auf zu schreien. In der Ferne hört Angela das Jaulen von Sirenen. Adrenalin rauscht durch ihr Blut.

»Fang an zu filmen«, weist sie Rahoul rasch an, während sie beginnt, sich durch die Menge zu drängen, die sich um die Person versammelt hat, die da auf dem Bürgersteig liegt.

Sie schiebt sich weiter vor, winkt Rahoul hinter sich her. Als jemand vor ihr beiseitetritt, hat sie plötzlich einen ungehinderten Blick auf den Mann dort auf dem Asphalt. Dunkles, glänzendes Blut hat sich um seinen Kopf gesammelt. Seine Glieder stehen in unmöglichen Winkeln ab. Ihr Gehirn braucht einen Moment, um zu begreifen, was ihr Körper längst weiß, und einen Moment lang ist Angela sprachlos und kann sich nicht rühren. Die Sirenen werden lauter, immer lauter, sie kommen näher. Das Echo hallt in den Schluchten zwischen den gläsernen Wolkenkratzern, während der Regen immer heftiger auf die Menschenmenge niederprasselt und auf den Mann auf dem Bürgersteig.

Es ist Mason.

Und er sieht sehr tot aus.

»Er ist gesprungen.« Eine Frau deutet nach oben, während sich ihr ein Officer der Vancouver Police nähert. »Von da oben. Von fast ganz oben. Ich habe ihn fallen sehen.« Irgendjemand fängt an zu weinen. Ein Mann geht neben Mason in die Hocke und tastet an seinem Hals nach einem Puls. Ein anderer greift nach seiner schlaffen Hand.

Ein schwarz-weißer Streifenwagen legt eine dramatische Kurve hin und bleibt quer über der Straße stehen, um den Verkehr zu blockieren. Zwei Polizisten steigen aus und kommen herübergeeilt. Noch mehr Sirenen erheben sich. Ein Feuerwehrauto taucht auf und hält hinter dem Streifenwagen, gefolgt von einem Krankenwagen.

Rahoul filmt immer weiter, nimmt alles auf. Nur Angela kann sich immer noch nicht rühren.

Mason Gordon alias Rocco Jones ist tot.

JANE

Nach den mitternächtlichen Regenfällen ist ein klarer, heller Morgen angebrochen, und die Welt funkelt, während Jane zu Beth Haverton fährt, der ehemaligen Geschäftsführerin des Donut Diner, wo Annalise im Jahr 1976 gejobbt hat. Jane fühlt sich erfrischt nach der Nacht bei ihrer Mom in ihrem alten Zuhause. Eine bessere Stärkung hätte sie sich nicht wünschen können. Auch ihr Gespräch mit Knox Raymond hat ihr frische Energie gegeben. Während des Telefonats hat er Jane gesagt, ihr Timing sei wirklich ein Zufall – tatsächlich sei er gerade auf dem Weg aus dem Hinterland zu ihr, um sich mit ihr zu treffen und ihr sein Wissen zu diesem Fall anzubieten. Er würde später an diesem Morgen ins Revier kommen. Jane hat sich ihre Fragen für die persönliche Begegnung aufgehoben, um die Reaktionen des ehemaligen Chiefs zu sehen und mögliche verräterische Hinweise erkennen zu können.

Beim West-Vancouver-Erholungscenter biegt sie vom Marine Drive ab und fährt langsamer, während sie die Straßennamen liest und nach der Gemeinschaftseinrichtung sucht, in der Haverton wohnt.

Nachdem sie die richtige Adresse gefunden hat, parkt sie ihr Auto und betritt den Wohnbereich der Einrichtung. Eine betagte Frau steht aus einem Sessel auf und winkt sie zu sich.

Als Jane auf sie zukommt, streckt sie ihr die Hand entgegen. »Beth Haverton.« Ihr Händedruck ist fest. Kräftig. Ihr Körper ist drahtig und ihre Haut gebräunt, sogar zu dieser Jahreszeit.

»Wie schön, Sie kennenzulernen, Sergeant. Sie sehen aus wie Ihre Mom.«

Jane lacht. »Schön wär's, aber ich habe die Gene meines Vaters geerbt.«

Beth lächelt. »Eher eine gute Mischung, würde ich sagen. Setzen Sie sich doch.«

Sie lassen sich beide in den bequemen Sesseln vor einem Fenster nieder, von dem aus man in einen Gemüsegarten und auf einen Seerosenteich blickt. Beth ist zwar schon neunundsiebzig, aber sie könnte genauso gut Mitte sechzig sein, und wahrscheinlich kann sie immer noch schneller rennen, schwerere Gewichte stemmen und weiter Rad fahren als Jane, auch vor der Schwangerschaft.

»Es ist schön hier«, sagt Jane.

»Und es ist kein Altersheim, nur damit Sie es wissen«, erklärt Beth grinsend. »Es ist eine Art Gemeinschaftswohnprojekt. Hier gibt es Paare, Singles, junge Familien, mehrere Bewohner mittleren Alters und auch ein paar Oldies. Es gibt eine große Gemeinschaftsküche und ein Speisezimmer, falls jemand für alle kochen oder beim Essen gern Gesellschaft haben möchte. Wir haben einen Gemeinschaftsraum, ein Medienzimmer und den Gemüsegarten – und wir teilen uns die Haushaltspflichten. Es hat mehrere Jahre und einiges an Träumereien gekostet, bis alles angelaufen ist, aber ich stelle mir gern vor, dass es als Modell für weitere Projekte wie dieses in der Zukunft herhalten kann. Wir kümmern uns umeinander. Wir können unsere Ressourcen zusammenlegen, wir passen auf die Kinder auf, kümmern uns um die Haustiere, gehen mit den Hunden spazieren. Es funktioniert.«

Jane denkt daran, was ihre Mom gesagt hat.

Es braucht eine ganze Gemeinschaft – ein Dorf, einen Klan –, um ein Kind großzuziehen.

Gestern Abend hat ihre Mutter wieder vorgeschlagen, dass Jane eine Haushälfte für sich einrichten könnte. Langsam schlägt diese Vorstellung feine Wurzeln in Janes Kopf.

»Haben Sie schon die Nachrichten über die Leiche gehört oder gesehen, die auf dem Hemlock unter der alten Skifahrerkapelle gefunden wurde?«

»Ich habe Gerüchte gehört.«

Jane zeigt ihr das Foto von Annalise Jansen. »Erinnern Sie sich an sie?«

Beth betrachtet das Bild. »Ja, ich erinnere mich noch gut an sie.« Sie sieht auf. »Annalise. Ist es ihre Leiche?«

»Bisher noch nicht bestätigt, aber ich habe gehofft, Sie könnten mir vielleicht erzählen, woran Sie sich noch aus der Zeit erinnern, als Annalise im Donut Diner gearbeitet hat und Sie dort Geschäftsführerin waren.«

Beth nickt. »Annalise hat in dem Jahr vor ihrem Verschwinden im Diner gejobbt.« Sie zögert. »Es war eine furchtbare Geschichte, aber ehrlich gesagt – es klingt komisch, wenn man es laut ausspricht, und ich weiß, dass es sich anhört, als wollte ich dem Opfer die Schuld geben, aber Annalise hatte irgendetwas an sich, das diese Sache angezogen hat. Oder vielleicht sollte ich besser sagen, dass es mich nicht sonderlich überrascht hat, als ich davon gehört habe.«

»Wie meinen Sie das?«

»Die Art, wie sie sich verhalten hat.«

»Erklären Sie das.«

Beth schaut aus dem Fenster, während sie zurückdenkt. »Annalise hat mit einem viel älteren verheirateten Mann geflirtet. Oder zumindest habe ich angenommen, er wäre verheiratet, weil er einen Ehering getragen hat. Und ich erwähne das deshalb, weil die Geschichte einen Punkt erreicht hat, an dem ich mir Sorgen um sie gemacht und sie darauf angesprochen habe.«

»Wer war der Mann?«

»Ich weiß nicht mehr, ob ich seinen Namen überhaupt einmal gehört habe, aber er hat ihr geradezu nachgelechzt. Ich glaube, für ihn war es eine Art Spiel. Sie war interessiert, und er hat dieses Interesse befeuert, und je mehr er das getan hat, desto mehr schien sie darauf zu reagieren. Am Ende ist er etwa fünfmal die Woche ins Diner gekommen, immer zu anderen Uhrzeiten, und ich glaube, deshalb hatte ich den Eindruck, dass er im Schichtdienst gearbeitet hat.«

»Haben Sie eine Idee, was für eine Arbeit das war?«

Sie schüttelt den Kopf.

»Können Sie ihn beschreiben?«

»Er war groß und hat ganz gut ausgesehen, aber vor allem war er kräftig. Stark. Er hat echte Präsenz ausgestrahlt, und er hatte diese fesselnden leuchtend grünen Augen – das ist mir von ihm in Erinnerung geblieben. Ich konnte verstehen, was Annalise in ihm gesehen hat. Manchmal hat er sein Auto direkt vor den Fenstern geparkt und sie eine Weile beobachtet, bevor er reingekommen ist. Und sie wusste, dass er dort draußen war und sie beobachtet hat, das konnte man erkennen. Sie hat in sich hineingelächelt. Ich glaube, es hat ihr wirklich geschmeichelt. So bewundert zu werden. Aber nachdem er eines Tages wieder gegangen ist, habe ich sie beiseitegenommen und ihr gesagt, dass sie vorsichtig sein soll.«

»Warum?« Jane denkt an die Beschreibung ihrer Mutter des jungen Knox Raymond, der an ihre Tür gekommen ist: *Gut aussehend mit unglaublich schönen grünen Augen.*

Beth atmet tief durch. »Wegen der Art, wie er sie angesehen hat. Berechnend, wie ein Raubtier, das seine Beute einschätzt. Und dann war da dieser Ehering an seinem Finger. Er hat außerdem immer bar bezahlt und nie irgendwas mit seinem Namen drauf hinterlassen.«

»Wie hat Annalise reagiert, als Sie ihr geraten haben, vorsichtig zu sein?«

»Sie hat gelacht. Und irgendwas darüber gesagt, dass echte Gefahr nie so offensichtlich ist. Dass es die Gefahr ist, die man nicht kommen sieht, vor der man sich wirklich fürchten sollte.«

»Wie alt war er Ihrer Einschätzung nach?«

»Mitte bis Ende zwanzig«.«

»Können Sie das Auto beschreiben, mit dem er vor dem Diner geparkt hat?«

»Es war braun und hatte einen metallischen Schimmer. Einer dieser viertürigen Dodges, die damals so beliebt waren. Das weiß ich noch, weil mein Dad auch so einen hatte.«

»Ms Haverton, hat die RCMP Sie je in Verbindung mit Annalises Verschwinden befragt?«

»Mich? Nein. Und bitte nennen Sie mich Beth.«

Jane nickt. »Dann haben Sie der Polizei also nie von diesem Mann erzählt?«

»Tja, doch. Aber die Polizei ist nie zu mir ins Diner gekommen. Ich bin zum Revier gegangen und habe ihnen von diesem Kerl erzählt. Eine junge Polizistin hat sich alles angehört und sich ein paar Notizen gemacht, aber ich weiß nicht, ob die Informationen tatsächlich an irgendjemand Wichtigen weitergegeben wurden. Damals war die Polizei schon sehr auf ihren Freund Robbie Davine fixiert und auf den Rest der Shoreview Six, und dann haben sie sich völlig auf die Theorie versteift, dass ein junger Schwarzer – ihr Nachhilfelehrer – entweder mit ihr durchgebrannt ist oder ihr etwas Schlimmes angetan haben und dann geflohen sein musste. Ich glaube, das hat sie davon abgehalten, noch irgendwelche anderen Spuren zu verfolgen.«

Jane zieht ihr Smartphone hervor und öffnet eines der Fotos, die sie gestern Abend online gefunden hat.

»Erkennen Sie diesen Mann?«

Beth greift nach der bunten Brille, die ihr um den Hals hängt, und setzt sie sich auf die Nase, dann beugt sie sich vor, um das Foto genauer zu betrachten.

»Meine Güte. Ja. Das ist er. Das ist der Typ vom Diner. Sind das … seine Frau und sein Kind?«

»Sind Sie sicher, dass es der Mann ist?«

»Absolut sicher.«

Adrenalin knistert auf Janes Haut. »Danke, Beth. Sie waren mir eine große Hilfe.«

Auf dem Weg zurück zum Auto ruft sie Melissa an.

»Knox Raymond ist jetzt ein Verdächtiger«, sagt sie, entriegelt das Schloss und steigt ins Auto. »Ich will, dass Verhörzimmer C bereit ist, wenn er kommt. Und ich möchte, dass er entspannt ist und denkt, er wäre absolut freiwillig da, um uns zu helfen.«

FAITH

Es ist ein frischer, neuer Tag, und Faiths Eltern sind zu einem Arzttermin aufgebrochen. Sie hat ihrem Vater ins Auto geholfen, aber ihre Mutter hat heute darauf bestanden, selbst zu fahren. Es ist ein schmaler Grat – der Wunsch, ihnen zu helfen, ihnen dabei jedoch nicht die Eigenständigkeit zu nehmen. Und seit die Polizei da war, wirkt ihre Mutter wieder zunehmend haltlos, während sie auf die offizielle Bestätigung warten, dass es sich bei der Leiche um Annalise handelt. Also hat Faith ihrer Mutter ihren Willen gelassen. Was sie hoffentlich ablenken und ihr das Gefühl geben wird, dass sie wenigstens über irgendetwas die Kontrolle hat. Das Krankenhaus ist nur ein paar Blocks entfernt, und falls ihre Mom plötzlich doch bei irgendetwas Hilfe brauchen sollte, kann sich Faith ein Uber nehmen, zu ihnen kommen und sie dann alle nach Hause fahren.

Es ist außerdem ein kühler Morgen, was gut ist, weil es Faith einen Grund liefert, ein Feuer anzuzünden. Niemand wird sich wundern, wenn Rauch aus dem Kamin steigt.

Faith kniet sich hin und öffnet das Gitter und die Klappe für die Luftzufuhr, dann zerknüllt sie Zeitungsseiten zu Kugeln und legt sie in den Kamin. Sorgfältig stapelt sie Anzündholz und schließlich ein paar größere Zedernscheite darauf. In der

Kramschublade in der Küche hat sie ein Feuerzeug gefunden, mit dem sie nun alles anzündet. Die Flammen lodern zischend auf, und schon beginnt das Feuer zu knistern. Sofort fühlt sie Hitze auf dem Gesicht. Sie kniet vor dem Feuer, die Hände auf den Oberschenkeln, und betrachtet die Flammen. Sie will ganz sichergehen, dass die Tagebuchseiten auch vollständig verbrennen und dass kein Beweis zurückbleibt. Falls die Polizei vorbeikommt, muss alles so aussehen, als hätte sie einfach nur ein Feuer gemacht. Ganz normal.

Während sie den orangeroten knisternden und funkensprühenden Flammen zuschaut, kehren ihre Gedanken in die Vergangenheit zurück.

Zu einem Campingausflug. Mit ihrer großen Schwester und ihren Eltern. Eigentlich hatte es ein schönes Familienerlebnis werden sollen. Ein Rauschen setzt in ihrem Kopf ein, und so etwas wie eine dunkle, strähnige Schwärze beginnt, die Eindrücke, die sich in Faiths Kopf formen, zu überkritzeln – als würde ein Kind mit einem schwarzen Buntstift zornig ein Bild übermalen, um die Erinnerungen auszulöschen, bevor Faith sie richtig erkennen kann. Das passiert jedes Mal, wenn Faith versucht, sich an etwas aus ihrer Kindheit zu erinnern. Ein schlimmes Gefühl kriecht ihre Kehle hinauf, während Geräuschfetzen und Bilderscherben darum kämpfen, in ihren Kopf zu gelangen.

Wütende Eltern. Gebrüll. Zerdrückte leere Bierdosen. Ein umgekipptes Plastikweinglas. Eine Pfütze aus sauer riechendem Rotwein auf dem Picknicktisch. Tropfen, die durch die Ritzen sickern, und Ameisen unter dem Tisch. Annalise, die streitet, sich dramatisch aufführt und wütend vom Campingplatz stürmt. Einen schmalen Pfad entlang in Richtung eines großen Waldes aus dunkelgrünen Bäumen. In dem sie verschwindet. Die zupackende Angst. Faith erinnert sich daran, dass die Bäume so riesig waren, dass sie alles Licht schluckten. Ein Rabe krächzt von einem toten Stumpf herab. Sie runzelt die

Stirn. Wann genau war dieser Ausflug? Wie alt war sie damals? Sieben? Acht? War ihre große Schwester immer so eine zickige Primadonna gewesen?

Während sie den Flammen beim Tanzen zusieht und die Wärme des Feuers auf dem Gesicht fühlt, versucht sie, sich tiefer in die Erinnerung sinken zu lassen.

Laute Stimmen. Rufe. Verschiedene Stimmen. Männer. Frauen. *Annaliiiise, Annaliiiise ...* der Pfiff einer Notfallpfeife, Klatschen, um Bären zu vertreiben, irgendjemand erwähnt einen Puma in der Gegend und eine Bärin mit Jungen. *Annaliiiise ...* andere Camper, die ihnen helfen, ihre Rufe hallen im weit entfernten Canyon wider und werden von den Hügeln um sie herum zurückgeworfen, die unheimlichen Schreie der Seetaucher. *Annnaaaaliiiise ... Annnaaaaliiiise ...*

Faith erinnert sich daran, wie sie sich die Hände fest auf die Ohren gedrückt, wie sie den Kopf geschüttelt hat, damit alles einfach verschwindet. Die Augen fest zugedrückt. Ihre große Schwester fort – das durfte nicht sein.

Dann wieder das Kritzeln und das Rauschen wie wütende statische Störungen.

Sie weiß nicht mehr, was als Nächstes passiert ist. Sie erinnert sich nur noch an dieses schlimme dunkle, dunkle Gefühl.

Sie wird wütend.

Vor einer Weile hat sie ihre Mutter gefragt, was das für Erinnerungsfetzen sind. Ihre Mom hat nur gelacht und gesagt, Annalise hätte mal wieder geschmollt, wäre an jenem Tag wütend in den Wald gestampft und hätte sich prompt verirrt. Man hat sie noch vor Einbruch der Nacht gefunden, völlig verängstigt und sehr reuig.

Faith hat viele solche Lücken in ihren Kindheitserinnerungen. Sie hat mit der Therapeutin darüber gesprochen, zu der sie nach dem Missbrauch durch ihren Mann und der Scheidung gegangen ist. Faith hat der Therapeutin gesagt, sie hätte Angst, etwas könnte mit ihr tatsächlich nicht stimmen. Die Therapeutin hat erwidert, dass solche Lücken bei Frauen in ihrer Situation häufiger vorkommen. Sie sind ein Teil der jahrelang andauernden traumatischen Situation. Sie hat gesagt, Faith hätte mit ihrem Mann viel durchgemacht und sollte einfach versuchen, sich zu entspannen, sich keine Sorgen zu machen und sich darauf zu konzentrieren, wieder gesund und stark zu werden. Dann würde vielleicht alles wieder zurückkommen.

Aber Faith hat sich Sorgen gemacht. Und das Schlimmste war, dass sie das Gefühl hatte, sie wüsste die Antworten, ihr Verstand würde sie jedoch vor ihr selbst verstecken.

Sie schüttelt sich, schließt das Kamingitter und geht nach unten, um das Tagebuch zu holen. Sie hat beschlossen, den Rucksack und den Sockenaffen nicht zu verbrennen. Das würde furchtbar stinken und ziemlich schmutzig werden. Später, wenn das Auto wieder da ist, wird sie beides zur Müllkippe bringen.

Sie trägt Annalises Tagebuch nach oben, kniet sich wieder vors Feuer und hätte fast das ganze Buch einfach in die Flammen geworfen, doch dann hält sie inne. Vielleicht ist es besser, wenn sie immer nur ein paar Seiten herausreißt und verbrennt. Der Einband ist mit Plastik überzogen, das schmelzen und bestimmt komisch riechen wird. Vielleicht wäre der Rauch sogar giftig. Sie will nicht, dass ihrer Mutter irgendetwas merkwürdig vorkommt. Den Einband kann sie immer noch später mitsamt dem Sockenaffen und dem Rucksack loswerden.

Sie öffnet das Kamingitter und beginnt, die Seiten herauszureißen und sie in die Flammen zu werfen. Sie sieht zu, wie das Papier braun wird und sich zusammenrollt, bevor es rasch verschrumpelt, zu durchsichtigen Leuchtfasern wird und schließlich zu Asche zerfällt. Als sie eine weitere Handvoll der Seiten in das Feuer wirft, erhebt sich plötzlich ein mächtiges Gefühl in ihrer Brust. Ihr Gesicht glüht im Schein der Flammen immer heißer.

Du tust das Richtige. So ist es am besten. Die schwangere Polizistin wird kommen und uns sagen, dass es eindeutig Annalises Überreste sind, aber es muss ein Ende haben. Hier. Für immer. Zum Wohle aller.

Dann sieht sie etwas auf der Seite in ihrer Hand. Sie erstarrt.

Langsam liest sie die letzten beiden Seiten des Tagesbuchs ihrer Schwester noch einmal – die Worte, die Annalise an dem Tag geschrieben hat, bevor sie nie wieder nach Hause zurückkam.

KNOX

Knox sitzt im Empfangsbereich des Reviers der North Van RCMP auf einem Stuhl, während die Assistentin hinter der kugelsicheren Glasscheibe Sergeant Jane Munro anruft. Sein Angriffsplan, nachdem er aus dem Fernsehen von der Entdeckung der sterblichen Überreste erfahren hat, lautet, die Sache einfach frontal anzugehen – nach Hause zu fahren und den Ermittlern einen Besuch abzustatten, bevor sie zu ihm kommen. Aber Munro war schneller und hat ihn gestern Abend angerufen, was ihn aus der Bahn geworfen hat.

Mittlerweile hat er allerdings ein paar Nachforschungen angestellt und weiß ein bisschen mehr über Munro. Er hat einen alten Kontakt zum Integrated Homicide Investigations Team in Surrey reaktiviert und erfahren, dass sie eine intelligente Ermittlerin mit hervorragender Aufklärungsrate ist und es mit der Moral ganz genau nimmt. Allerdings hat sie momentan auch mit einer posttraumatischen Belastungsstörung zu kämpfen, seit ihr Verlobter in den Bergen verschwunden ist. Dieser mentale Druck hat zu einem Ausbruch bei der Arbeit geführt, was das IHIT um ein Haar den Abschluss eines Falls gekostet hätte. In der Folge wurde sie als Disziplinarmaßnahme in eine Einheit für Cold Cases abgeschoben, die praktisch nur aus einer Person besteht, aber dann kam fast sofort dieser potenzielle Mordfall mit der Kapellenleiche daher.

Annalise Jansens Fall.

Soweit Knox weiß, wurde noch nicht offiziell bestätigt, dass es Annalise ist, aber sie muss es sein.

Er hat vor, Munro auf eine Weise zu assistieren, die diese Ermittlung von ihm weglenkt. Er möchte sichergehen, dass nichts geschieht, was sie auf den Gedanken bringen könnte, ihn nach einer DNS-Probe zu fragen. Außerdem will er dabei sein. Er muss unbedingt wissen, was hinter den Kulissen vor sich geht. Er will wieder an diesem Nervenkitzel teilhaben.

Eine Seitentür schwingt auf, und eine schwangere Frau in bequemer Hose und Blazer tritt heraus. Ihr schimmerndes braunes Haar ist ordentlich zurückgebunden. Ihre Wangen sind gerötet und ihre Augen strahlen. Sie lächelt ihn an, während sie auf ihn zukommt.

»Chief Knox Raymond?«

Kurz ist Knox verunsichert. Trotz all des Geredes über Sergeant Jane Munros Probleme hat sie eine starke Ausstrahlung. Man sieht den Menschen psychische Probleme eben oft nicht an. Sie streckt ihm die Hand hin, und er schlägt ein. Ihre Hand ist klein, aber ihr Druck ähnelt einem Schraubstock. Was ihm verrät, dass Munro das Gefühl hat, sich beweisen zu müssen. Er muss vorsichtig sein. Ein Erscheinungsbild wie ihres kann man allzu leicht mit Freundlichkeit verwechseln, nur um dann überrumpelt zu werden.

»Danke, dass Sie hergekommen sind«, sagt sie. »Wir sind froh, jemanden gefunden zu haben, der damals an den Ermittlungen beteiligt war.«

Knox schenkt ihr ein breites Lächeln. »Tja, ich war damals noch ein Frischling. Und ich hatte nur ganz am Rand mit der Ermittlung zu tun, aber ich dachte, ich könnte Ihnen vielleicht ein bisschen Kontext liefern oder die eine oder andere Frage beantworten.«

»Ihr Timing ist perfekt. Wollen wir uns irgendwo unterhalten, wo es ein bisschen ruhiger ist?«

Bevor er etwas erwidern kann, geht sie schon auf die Seitentür zu und öffnet sie mit ihrer Zugangskarte. Sie winkt ihn voran.

»Hier entlang, bitte.«

Sie führt ihn einen Gang hinunter und öffnet die Tür zu einem Befragungsraum. Dann führt sie Knox hinein.

Er nimmt seine Fischermütze ab. Dies hier ist eindeutig einer der zwangloseren, freundlicheren Räume, in denen Kinder und Zeugen befragt werden, die eine harmlose Umgebung brauchen.

»Setzen Sie sich.« Sie deutet auf das Sofa, und Knox lässt sich darauf sinken. Die Überwachungskamera dicht unter der Decke fällt ihm auf, und er fragt sich, ob ihnen wohl jemand zusieht.

»Ich habe bisher noch keine Nachrichten über eine offizielle Identifikation gehört«, sagt er. »Ist es eindeutig sie – Annalise Jansen?«

Einen Moment lag mustert sie ihn schweigend. Das ungute Gefühl, das ihn gestern nach ihrem Anruf überkommen hat, vertieft sich.

»Ich habe online gelesen, dass darüber spekuliert wurde, sie könnte es sein«, versucht Knox zu erklären, bereut seine Worte aber noch in dem Moment, in dem sie aus seinem Mund kommen. Er ist prompt in die Schweigefalle getappt und hat versucht, die Leere zu füllen, wegen seiner eigenen Schuldgefühle.

»Wir sind ziemlich sicher, dass sie es ist«, erklärt sie. »In ein, zwei Tagen wird uns der verwandtschaftliche DNS-Abgleich mehr verraten.«

»Was ist mit Darryl Hendricks?«, fragt er. »Gibt es, was ihn betrifft, auch irgendwelche neuen Entwicklungen?«

»Noch nicht.«

Es klopft an der Tür, dann schwingt sie auf. Ein großer rothaariger Kerl mit sehr heller Haut kommt herein. Er reicht Munro einen blauen Ordner. Sie nimmt ihn entgegen und legt ihn vor sich auf den Kaffeetisch.

»Sonst noch was, Boss?«, fragt der Rotschopf.

»Ich sage Bescheid. Bleib in der Nähe.«

Der Rotschopf wirft einen kurzen Blick auf Knox und geht wieder hinaus. Leise schließt er die Tür hinter sich. Sofort ist Knox misstrauisch. Er ist ein erfahrener Ermittler. Er hat mehr als genug Befragungen durchgeführt, und er liest den Raum, spürt einen unterschwelligen Konfrontationskurs. Munro hat sich nicht die Mühe gemacht, ihm ihren Kollegen vorzustellen, und das ist kein gutes Zeichen.

Er schaut hoch zur Kamera, und langsam ballt sich die Wut tief in seinem Bauch zusammen. Er war Polizeichef. Er hatte Macht über Leute wie Munro und Rotschopf. Er hat es nicht verdient, von irgendeiner Schwangeren mit einer PTBS, die man zu den Cold Cases abgeschoben hat, wie Abschaum behandelt zu werden.

»Also, was können Sie uns aus dem Stegreif über diese Fälle sagen?«, will sie wissen. »Was ist Ihnen in Erinnerung geblieben? Gibt es etwas, das wir Ihrer Meinung nach wissen sollten und das vielleicht nicht in den Akten steht?«

Knox leckt sich über die Lippen und lehnt sich zurück, legt beiläufig einen Arm auf die Sofalehne, nimmt Raum ein. Er nutzt seine Körpersprache, um Selbstbewusstsein zu vermitteln, das er nicht empfindet.

»Tja, damals lautete die Hypothese, dass Annalise Jansen mit Darryl Hendricks die Stadt verlassen hat – entweder

freiwillig, oder sie wurde von ihm entführt«, berichtet Knox.
»Oder Hendricks hat ihr etwas angetan und ist dann geflohen.«

Sie lächelt leicht. »Die Entführungstheorie können wir jetzt ausschließen, da ihre Leiche noch hier ist. Was haben Sie von Hendricks gehalten? Hatte er Ihrer Meinung nach ein Motiv oder die Gelegenheit, Jansen etwas anzutun?« Ihr Blick bohrt sich in seinen. Knox ahnt den berechnenden Verstand hinter diesen trügerisch warmen Augen.

»Wie gesagt, ich war damals noch ganz neu bei der Polizei, und ich wurde nicht in die Theorien des Ermittlerteams einbezogen. Mein Job war es, von Tür zu Tür zu gehen und nach weiteren Zeugen zu suchen. Leider gab es einige Tage Verzögerung zwischen Jansens Verschwinden und der Vermisstenmeldung ihrer Eltern, weshalb wir wertvolle Zeit verloren haben. Bei Hendricks war es dasselbe.«

Munro nickt, greift nach dem Aktenordner auf dem Tisch, schlägt ihn auf und überfliegt eine Seite. »Der Akte zufolge hat die Haus-zu-Haus-Befragung keine weiteren Zeugen zutage gefördert?« Sie lässt es wie eine Frage klingen.

»Nein. Die einzigen Zeugen waren ein Mann, der im Haus gegenüber von Mary Metcalfe gewohnt und der gesehen hat, wie sich Metcalfe und Annalise auf dem Heimweg gestritten haben, und ein verheiratetes Paar aus dem letzten Haus der Sackgasse, an der Grenze zum Wald.«

»Die Janyks?«

»Ich … ähm, ich glaube, so hießen sie, ja.«

»Sie haben ausgesagt, eine Limousine in metallic Braun gesehen zu haben, und eine junge Frau, die vielleicht Annalise Jansen gewesen sein könnte, die sich dem Auto genähert hat?«

Knox fühlt, wie sich die Anspannung noch fester um ihn zusammenzieht. »Das klingt richtig, ja.«

»Hat damals irgendjemand erwähnt, dass Jansen schwanger war? Ist so etwas zur Sprache gekommen?«

Knox' Herz schlägt schneller. Er muss aufpassen, was er jetzt sagt. »Nein. Es war ein Schock, als ich das in den Nachrichten gesehen habe. Ein richtiger Schock.«

»Nachdem Sie es nun wissen – dass sie zum Zeitpunkt ihres Verschwindens etwa im dritten Monat schwanger war –, inwiefern hätte das die Vorgehensweise der Ermittlungen im Jahr 1976 geändert? Ich meine, wenn Sie damals die Ermittlungen geleitet hätten?«

Er stößt einen Mundvoll Luft aus, erkauft sich damit einen Moment Zeit, um seinen Herzschlag zu beruhigen. Das hier ist seine Chance, um abzulenken. »Wissen Sie, darüber habe ich auf der Fahrt in die Stadt gerade nachgedacht. Ich glaube, ich hätte ihren Freund Robbie Davine noch viel genauer unter die Lupe genommen. Vielleicht auch die anderen Männer in ihrem Umkreis. Sie war ein sehr hübsches Mädchen. Und einige der Partygäste haben ausgesagt, dass Jansen an dem Abend mit mehreren Männern geflirtet und ziemlich viel getrunken hat. Ein paar waren auch der Meinung, sie hätte mit einem dieser Männer an dem Abend Sex gehabt. Ich hätte nach den üblichen Motiven für häusliche Gewalt Ausschau gehalten, besonders seitens ihres Freundes: Eifersucht, Rachsucht, Vergeltung.«

»Warum hat das Team Davine damals aus dem Fokus gelassen?«

Er zuckt mit den Schultern. »Noch mal, ich war nur der Laufbursche. Aber ich weiß, dass sich die Ermittler sehr auf Hendricks eingeschossen haben, sobald bekannt wurde, dass auch er vermisst wurde und dass man auch ihn zuletzt bei dieser Party gesehen hatte. Vielleicht ist die Eifersuchtstheorie deshalb nach hinten gerückt.«

»Gibt es irgendeinen bestimmten Mann aus ihrem Freundeskreis, abgesehen von Davine, den Sie sich genauer ansehen würden?«

Knox ist heiß, und er hat Durst. Er begreift, dass er einen leichten Kater hat. Es ist stickig in diesem Raum. Unauffällig zieht er an seinem Kragen. »Tja, ihre Freundin Mary Metcalfe hat ausgesagt, dass da ein Typ mit einem schwarzen Helm auf einem Motorrad war, der sie an dem Abend verfolgt zu haben scheint. Sie wusste nicht, von welchem Hersteller, aber sie hat ausgesagt, das Motorrad sei schwarz mit Chromelementen gewesen. Rocco Jones' älterer Bruder Zane Jones ist damals ein Motorrad gefahren, das auf diese Beschreibung passt. Komische Vögel, diese Brüder. Deren Eltern hatten Kohle ohne Ende und waren ständig unterwegs. Die beiden waren wilde Jungs.«

Munro richtet ihre Aufmerksamkeit wieder auf den Aktenordner. »Aber die Shoreview Six haben ausgesagt, Zane Jones wäre an dem Abend ihr Fahrer gewesen?«

»Wissen Sie, viele dachten damals, diese Kids würden lügen. Ihre Geschichten waren verdächtig identisch. Vielleicht ist Zane gar nicht gefahren. Vielleicht haben sie gelogen, weil sie minderjährig waren und getrunken hatten.«

»Dann vermuten Sie also, dass Zane Jones vielleicht *nicht* mit ihnen zusammen war? Könnte er dieser Motorradfahrer gewesen sein?«

»Möglich. Und er kann uns dazu nichts mehr sagen. Er ist ein, zwei Jahre später bei einem Motorradunfall auf dem Sea to Sky Highway ums Leben gekommen. Allerdings war bekannt, dass er ein Auge auf Annalise Jansen geworfen hatte.«

»Das steht nicht in der Akte.«

»Wie gesagt, das Team hat sich damals auf Hendricks konzentriert. Ein Tunnelblick kann einer Ermittlung den Todesstoß versetzen.«

Sie senkt den Blick und liest. »Zanes Auto war ein ...«

»Dodge Dart Custom 73 in metallic Braun.«

Sie schaut auf. »Gutes Gedächtnis, Chief.«

»Manche Fälle bleiben einem in Erinnerung. Besonders diejenigen, die nie abgeschlossen werden können. Sie graben sich einem unter die Haut, verstehen Sie?«

»Ja, das verstehe ich.« Munro reibt sich das Kinn, auf die Akte vor sich konzentriert. Sie blättert um. »Hier steht, dass das Auto, das Zeugen zufolge am Ende der Sackgasse geparkt war, auch eine viertürige Limousine in metallic Braun war.« Sie sieht ihn an. »Ist es möglich, dass einer oder mehrere der Shoreview Six dort gewartet haben, bis Annalise Jansen nach Hause gekommen ist?«

»Darüber wurde tatsächlich spekuliert, ja. Aber die Zeugen – diese Janyks – haben offenbar nicht auf Marke und Modell des Fahrzeugs geachtet, das am Waldrand geparkt hat. Sie haben nur ausgesagt, es wäre eine ›ganz normale‹ braune Limousine gewesen. Und die Shoreview-Kids haben abgestritten, dort gewesen zu sein.«

Munro runzelt die Stirn über irgendetwas, das sie in den Akten sieht, und Knox überkommt das ungute Gefühl, dass ihr Ordner nur eine Requisite ist. Dass sie sämtliche Informationen bereits in ihrem Kopf gespeichert hat und ihm etwas vorspielt. Sie sieht auf. »Können Sie selbst bezeugen, dass Jansen bei der Party betrunken und in Flirtlaune war?«

Ihm stockt der Atem. *Sie weiß es.* Sie wusste die ganze verdammte Zeit, dass er einer der Officers war, die auf den Anruf wegen der Party in dieser Nacht reagiert haben.

Er räuspert sich und antwortet langsam und ruhig: »Ich kann es selbst bezeugen, ja – dass sie betrunken war. Ich gehörte zu den Officers, die den Anruf von der Party entgegengenommen haben.«

»Und war sie auch in Flirtlaune? Ich meine, speziell bei Ihnen?«

Ihre Blicke treffen sich, hart und fest. Die Stille scheint anzuschwellen. Es wird immer wärmer im Raum. Tief in seinem Bauch züngeln die ersten Flämmchen der Panik auf.

»War sie«, gibt er schließlich zu. »Und bei den anderen Officers auch. Das gilt für mehrere der Mädchen. So was kommt vor. Uniformhäschen. Mädchen, die zu viel getrunken haben und sich den Cops an den Hals werfen, die sie verhaften wollen.«

»Chief Knox, haben Sie Annalise Jansen schon vor der Party in der Nacht des 3. September 1976 gekannt?«

»Wie bitte?«

»Sind Sie Annalise schon früher in der Stadt begegnet? Ich meine, so groß ist die Stadt ja nicht – und in den Siebzigern war sie es erst recht nicht. Sie haben damals in der Gegend gewohnt, oder?«

Da begreift Knox, dass Sergeant Munro einige Hintergrundrecherchen zu ihm angestellt hat. Seine einzige Chance besteht jetzt darin, so nah wie nur möglich an der Wahrheit zu bleiben. Andernfalls könnte es für ihn tatsächlich ziemlich schlimm ausgehen.

Er ist sich der Kamera überaus bewusst, als er sich räuspert. »Ich habe etwa fünf Kilometer Luftlinie vom Haus der Jansens entfernt gewohnt. In unserem ersten Haus. Meine Frau und ich haben es Anfang des Jahres 1976 mit einem Darlehen meiner Schwiegereltern gekauft. Damals haben wir gerade unser erstes Kind erwartet. Also ja, ich habe das Mädchen in der Nachbarschaft gesehen.«

»Ist ja auch nicht leicht, ein Mädchen wie Annalise zu übersehen, könnte ich mir vorstellen. Wie Sie gesagt haben, sie war sehr hübsch.«

Er schweigt.

»Waren Sie jemals im Donut Diner am Marine Drive, Chief Knox?«

Sämtliches Blut weicht ihm aus dem Kopf. *Bleib ruhig, bleib cool.* »Waren wir alle. Ein Cop ohne Donuts ist ja kein echter Cop.« Er lacht, doch es klingt sogar in seinen eigenen Ohren hohl.

»Stimmt.« Wieder lächelt sie. »Mein Dad war auch Polizist. RCMP. Das Donut Diner gab es auch zu seiner Zeit. Piekfeine Gegend jetzt dort unten am Marine Drive.«

»Hat sich im Laufe der Jahre sehr verändert.« Knox' Herz hämmert ihm hart gegen die Rippen. Vor seinem inneren Auge sieht er plötzlich die hübsche blonde Annalise mit ihren schlanken, sonnengebräunten Gliedern, die im Diner an seinen Tisch kommt. Er sieht, wie ihre Brüste gegen die Schürze mit dem Donut-Logo drücken. Wie sie lächelt und ihn verführerisch von der Seite anschaut, während sie ihm Kaffee nachschenkt. Wie ihn diese großen, klaren Augen dazu einladen, es doch zu versuchen. Wie er leise den Song von Hot Chocolate über Wunder und Sexy Things vor sich hin gesummt und wie sie das zum Erröten gebracht hat. Wie sie ihn Mr HC genannt hat, wie Hot Chocolate. Knox leckt sich über die Lippen und sagt nichts mehr.

Munro holt ein Foto aus der Akte. Sie zögert, dann legt sie es auf den Kaffeetisch und schiebt es ihm zu. »Das hier wurde im Grab bei Annalise Jansens sterblichen Überresten gefunden. Jansen könnte es getragen haben, als die zwei tödlichen Schläge sie am Kopf getroffen haben, oder vielleicht stammt es auch von jemand anderem, möglicherweise von ihrem Angreifer, dem sie es bei einem Kampf abgerissen hat.«

»Sie haben Beweise dafür, dass zwei Schläge zu ihrem Tod geführt haben?«

»Diese Beweise gibt es, ja. Natürlich ist es auch möglich, dass die Verletzungen Folgen eines Unfalls sind, aber wenn man bedenkt, dass sie einfach verschwunden ist und wo sie nun gefunden wurde …« Ihre Stimme verklingt, während sie darauf wartet, dass sich Knox das Foto ansieht.

Er nimmt es in die Hand und betrachtet es.

Sein Magen krampft sich zusammen. Er hält den Blick fest auf das Bild gerichtet und kämpft darum, keine Reaktion zu zeigen, weil er weiß, dass sie ihn aufmerksam mustert und nur danach sucht.

Ich bin in eine verdammte Falle getappt, die ich mir selbst gestellt habe. Aber wenn man bedenkt, was sie alles weiß, wäre sie sowieso früher oder später zu mir gekommen.

»Eine RCMP-Marke?«, fragt er leise. »Die wurde bei ihrer Leiche gefunden?«

Sie nickt. »An der Nadel sind noch Stoffreste. Natürlich lassen wir den Stoff analysieren, aber dieser Gegenstand wurde in ihrer Vermisstenakte nicht aufgeführt. Wurde die Nadel in der Taskforce jemals erwähnt?«

»Nicht, dass ich wüsste.«

»Haben Sie eine Ahnung, warum sie die Nadel getragen haben könnte?«

»Nein.«

»Oder woher sie die Nadel hatte?«

»Keine Ahnung.«

Sie nimmt das Foto und schiebt es zurück in die Akte. »Und wie oft waren Sie damals im Donut Diner?«

»Was?«

»Einmal im Monat? Einmal pro Woche? Mehrmals die Woche?«

Er schluckt. »Das weiß ich nicht mehr.«

»Die frühere Geschäftsführerin Beth Haverton glaubt sich daran zu erinnern, dass Sie zu einer gewissen Zeit bis zu fünfmal die Woche dort waren.«

Sein Herz hämmert noch wütender und schneller gegen seine Rippen. »Möglich. Aber woher will sie überhaupt wissen, dass ich es war? Ich glaube nicht, dass ich mich ihr jemals vorgestellt habe.«

»Ihre grünen Augen.« Sie lächelt leicht. »Meine Mutter erinnert sich auch noch daran, von damals, als Sie während der Bürgerbefragung an ihre Tür geklopft haben.«

»Ich bin Ihrer Mutter so deutlich in Erinnerung geblieben? Ich muss ein wirklich *verdammt* gut aussehender Kerl gewesen sein, wenn sie noch weiß, wer ich bin.«

»Ganz offensichtlich waren Sie das, ja. Sie hat mir erzählt, dass sie sich an Sie erinnert hat, nachdem im Fernsehen ein Interview mit Ihnen als dem neuen WVPD Chief gesendet wurde, und dabei haben Sie erwähnt, als junger Officer auch im Fall von Annalise Jansen dabei gewesen zu sein und in der Nachbarschaft Befragungen durchgeführt zu haben.« Munro hält inne. »*Dieselben hellgrünen Augen*, hat sie gesagt.«

»Tja.« Er starrt sie an. Das hat er nicht kommen sehen – nicht mal ansatzweise. »Worauf läuft das hier hinaus, Sergeant?«

»Sie wussten also, dass Annalise Jansen dort gearbeitet hat?«

»Sie hat mich ein paar Mal bedient.«

Munro mustert ihn schweigend, und Knox fühlt, wie ihm die Hitze ins Gesicht steigt. »Haben Sie das damit gemeint, als Sie gesagt haben, Sie hätten Annalise in der Nachbarschaft gesehen?«

Er schweigt.

»Haben Sie im Diner einen Platz in dem Bereich verlangt, in dem sie bedient hat, Chief Raymond?«

»Mir gefällt nicht, was Sie damit andeuten wollen.«

»Ist das ein Ja oder ein Nein?«

Finster sieht er sie an, antwortet jedoch nicht.

»Haben Sie manchmal Ihr Auto vor dem Fenster des Diners geparkt und Annalise Jansen bei der Arbeit beobachtet, bevor Sie das Diner betreten haben?«

Auf einmal lodert Knox' Wut weiß glühend auf. »Ich habe keine Ahnung, wovon Sie da reden.«

»Was für ein Auto sind Sie damals gefahren?«

»Was hat das damit zu tun?«

Sie zieht ein weiteres Foto aus der Akte und schiebt es ihm zu. Knox nimmt es hoch. Es ist die Kopie eines kurzen Artikels, der im Jahr 1976 im Lokalblatt erschienen ist. Darin wird ihm – einem hiesigen Polizisten – und seiner Frau zur Geburt ihres Babys gratuliert.

»Ist das Ihr Auto auf diesem Foto von Ihnen und Ihrer Frau Meghan Raymond mit Ihrem Neugeborenen?«

»Das war damals ein ziemlich gängiges Modell. Ja, es war unseres.«

»Was für ein Modell war es denn?«

Er spürt das Brennen der Kameralinse unter der Decke. Er fühlt, dass ihnen jemand zuhört. Schnell antwortet er: »Ein Dodge Dart Custom.«

»Metallic Braun. Eine viertürige Limousine.«

»Das ist richtig.«

»Genau wie das Auto, das am 3. September 1976 am Ende der Sackgasse in der Nähe des Hauses der Jansens geparkt hat?«

»Wie ich Ihnen schon gesagt habe, es war ein wirklich sehr übliches Auto in den Siebzigern.«

»Um wie viel Uhr hat Ihre Schicht am 3. September 1976 geendet, Chief Raymond?«

»Ich habe keine Ahnung.«

»Haben Sie direkt nach dem Einsatz bei der Party ausgestempelt?«

Er springt auf und setzt sich ruckartig die Mütze wieder auf den Kopf. »Wir sind hier fertig, Sergeant. Ihr Ton gefällt mir nicht.« Er geht auf die Tür zu.

»Bleiben Sie in der Stadt, Chief Raymond?«

Er dreht sich zu ihr um und antwortet betont ruhig: »Ich habe meinen Angelurlaub abgebrochen und bin aus eigenem Antrieb den ganzen Weg hierher zurückgefahren, um Ihnen meine Hilfe anzubieten, und jetzt werde ich so behandelt?

Verhört? Wenn Sie noch mal mit mir sprechen möchten, dann rufen Sie meinen Anwalt an.« Er greift nach der Türklinke.

»Bevor Sie gehen, Sir«, sie steht ebenfalls auf, »wären Sie bereit, uns eine DNS-Probe zur Verfügung zu stellen? Nur zu Ausschlusszwecken.«

»Sie wollen meine DNS? Dann besorgen Sie sich verdammt noch mal einen richterlichen Beschluss.« Knox verlässt das Befragungszimmer und stürmt auf den Ausgang zu, sein Blut kocht.

Das hier war ein Fehler.

Ein beschissener Riesenfehler.

Er hat geglaubt, er könnte mit dieser Frau spielen, dabei hat sie die ganze Zeit mit ihm gespielt wie auf einer Geige.

Er muss machen, dass er hier wegkommt. Je schneller, desto besser.

ANGELA

Angela sitzt mit Rahoul im Schneideraum der Redaktion. Sie sind an diesem Morgen schon sehr, sehr früh reingekommen, obwohl sie beide erschöpft waren nach der Befragung der VPD Officers in der vergangenen Nacht. Die VPD wollte das unbearbeitete Bildmaterial von Mason sehen, der inmitten der sich versammelnden Menschenmenge zerschunden und zerbrochen auf dem Bürgersteig liegt, und jetzt sehen sich Angela und Rahoul genau dieses Bildmaterial noch einmal an.

Die Gesichter der Leute, die sich um Mason – oder Rocco Jones – versammelt haben, werden in blaues Licht aus dem Schaufenster einer Boutique getaucht. Andere Aufnahmen zeigen rot-blaues Blitzlicht von den Notfallfahrzeugen, das sich in Straßenpfützen spiegelt und in Regentropfen funkelt. Angela hat ganz vergessen, dass es geregnet hat. Sie fühlt sich benommen, während sie das Bildmaterial von den halb nackten Schaufensterpuppen der Boutique betrachtet. Diese Nebeneinanderstellung verleiht der Szene etwas Albtraumhaftes, wie aus einem Film noir. Sie reibt sich über die Arme.

»Das gefällt mir – das sollten wir behalten.« Rahoul deutet auf die Aufnahme eines Obdachlosen, der betrunken oder schlafend und mit Karton zugedeckt ganz in der Nähe von

Masons Leiche liegt. »Diese Ironie gefällt mir«, sagt er. »Der Fall der Menschheit – Mason Gordon, alias Rocco Jones, und diese namenlose Person.«

Angela holt tief Luft. »Ich hasse es.«

»Was?«

Sie steht auf, läuft auf und ab. Sie wird die Übelkeit, die in ihrem Magen rumort, einfach nicht los. Gerade eben noch war Mason ihr ein Dorn im Auge. Und jetzt ist er einfach weg. Angela hat das Gefühl, dass es zum Teil ihre Schuld ist.

»Glaubst du, er ist gesprungen, nachdem wir geklingelt haben?«, fragt sie. »Vielleicht hat er es getan, weil er wusste, dass wir ihn im Fernsehen bloßstellen würden. Und er hat geglaubt, sein Leben wäre sowieso vorbei.«

»Er könnte auch gestoßen worden sein, Angela.«

»Ich habe einen der Cops sagen hören, dass er einen Abschiedsbrief hinterlassen hat.«

Sie fährt sich durchs Haar. Sie kann nicht atmen.

»Alles okay, Ange?«

Sie macht auf dem Absatz kehrt und steuert den Ausgang an. »Ich brauche ein bisschen frische Luft.«

Sie verlässt die Redaktion und betritt den Fahrstuhl, wobei sie versucht, ihre Reflexion in den Spiegeln nicht anzusehen, aber schließlich kann sie nicht anders und sieht hin. Da steht eine Frau, die sie nicht mal mehr richtig erkennt. Eine harte Frau. Eine Frau, die alle Empathie verloren hat auf der Jagd nach Klicks, nach Zuschauern, nach Fast-Food-Sättigung. Angela kann es nicht einmal sich selbst gegenüber artikulieren, aber zu hören, wie Masons Körper auf dem Autodach aufgeprallt ist, nach einem Fall aus dem zweiundzwanzigsten Stock, hat etwas in ihr aufgerissen. Zum ersten Mal sieht sie sich selbst so wie diese Leute, die ihr die Hassmails geschickt haben.

Respektlos, eine Nachrichtenschlampe, unethisch, jemand, der Leben zerstört, ein billiger Abklatsch einer echten Reporterin und eine Schande für den wahren Journalismus.

Sie tritt in die Morgenluft hinaus und läuft los, schneller, immer schneller, versucht auf körperliche Weise zu verarbeiten, was sie mit angesehen hat. Sie will diese Selbstvorwürfe vertreiben, die sich in ihrem Kopf festgesetzt haben. Sie ist nicht verantwortlich für Mason Gordons Tod.

Wenn ihr der News Director schon gestern Nacht erlaubt hätte, die Sache zu senden, dann hätte sie es längst hinter sich. Aber die Rechtsabteilung von CBCN-TV hat sie angewiesen zu warten. Sie haben darauf bestanden, dass Masons nächste Angehörige erst anständig benachrichtigt werden. CBCN-TV möchte »respektvoll« sein. Mason war ein Angestellter, und das Management will seinen eigenen Arsch retten. Offenbar war den Angehörigen der Chefetage durchaus bewusst, dass Mason gesundheitliche Probleme hatte, und es gibt eine Akte darüber, dass sein Vorgesetzter erst kürzlich mit der Personalabteilung darüber gesprochen hat. Der Sender möchte sichergehen, dass »rein rechtlich alles korrekt abläuft«.

Also ist die Sache mit ihrem Exklusivbericht sowieso gelaufen.

Vielleicht ist sie sogar erleichtert darüber.

Vielleicht hätte sie den VPD Cops gestern Nacht erzählen sollen, dass Mason Gordon früher Mal Rocco Adam Jones war und bei den Ermittlungen in einem Cold Case am North Shore von Interesse sein könnte.

Während sie immer weitergeht, beginnt sie, tiefer zu atmen, und ihre Gedanken klären sich ein bisschen. Sie fängt an, die Situation in einem neuen Kontext zu betrachten. Sie ist ziemlich sicher, dass das VPD keine Ahnung hat, dass sich Sergeant Jane Munro für Mason Gordon interessieren könnte. Das VPD und die RCMP haben unterschiedliche Zuständigkeitsbereiche.

Es könnte eine Weile dauern, bis Munros Team erfährt, dass der Mann, der in der Innenstadt Vancouvers aus einem Hochhaus gestürzt ist, früher einmal zu den Shoreview Six gehört hat und nun tot ist. Und dass er vielleicht gesprungen ist – oder auch nicht.

Eine Idee beginnt sich in Angelas Verstand zu formen. Neben einer Sitzbank in einem Hundepark bleibt sie schließlich stehen und zückt ihr Handy.

JANE

»Wow«, sagt Duncan leise, als Jane die Einsatzzentrale betritt.

»Habt ihr alles aufgenommen?«, fragt sie.

Duncan und die anderen nicken.

»Das ist doch mal eine interessante Wendung«, sagt Tank.

Melissa nickt. »Aber wie steht das mit den Shoreview Six in Zusammenhang? Oder hängt es gar nicht zusammen?«

»Eines wissen wir mit Sicherheit«, sagt Yusra. »Sie waren alle auf der Party – Annalise Jansen, Darryl Hendricks, die Shoreview Six und jetzt auch noch Knox Raymond. Das ist eine Verbindung. Und jeder von ihnen stand schon vorher mit Annalise Jansen in Kontakt, die – wahrscheinlich am Ende dieser Nacht oder kurz danach – getötet wurde. Ich bin jetzt wirklich mehr als neugierig auf die DNS-Ergebnisse des Embryos.«

»Das kannst du laut sagen«, bekräftigt Duncan. »Aber wenn wir die DNS des Chiefs damit vergleichen wollen, brauchen wir irgendwas Handfestes, damit wir einen richterlichen Beschluss bekommen. Der gibt sich nicht so schnell geschlagen.«

Jane nickt. »Und wer auch immer Annalise Jansen geschwängert hat – es ist nicht auf der Party passiert, sondern etwa drei Monate vorher.«

»Vielleicht ist in dieser Nacht auf der Party rausgekommen, dass sie schwanger war?«, schlägt Yusra vor. »Das wäre ein Motiv. Ich wette, Knox Raymond hat eine Heidenangst davor, was die DNS enthüllen könnte. Was glaubt ihr, was er damit erreichen wollte, dass er einfach so hier auftaucht? Wollte er uns zuvorkommen? Wollte er besonders hilfsbereit wirken, damit wir uns woanders umsehen?«

»Wahrscheinlich wollte er die Ermittlungen in andere Bahnen lenken.« Jane denkt an Noah Gautier. Noah würde ihr wahrscheinlich in Erinnerung rufen, dass eine gewisse Art von menschlichen Raubtieren den Drang verspürt, an den Ort des Verbrechens zurückzukehren, und oft versucht, sich in die Ermittlungen einzumischen. Oder in alles, was mit dem Fall zu tun hat, genau wie Hugo Glucklich es getan hat. Oder vielleicht auch Knox Raymond gerade eben.

Ein Telefon auf einem der Schreibtische klingelt, und Melissa nimmt ab. Sie nickt und hält den Hörer hoch.

»Für Jane. Eine Frau, die offenbar neue Informationen über den Annalise-Jansen-Fall hat. Sie will mit dir persönlich sprechen.«

Jane betritt ihr verglastes Büro und nimmt den Anruf entgegen.

»Munro.«

»Sergeant, hier ist Angela Sheldrick von CBCN-TV, und bevor Sie auflegen, mein Kameramann und ich waren gestern Nacht dabei, als ein Mann in der Innenstadt von Vancouver vom Balkon eines Apartments im zweiundzwanzigsten Stock gefallen ist – oder gestoßen wurde. Das VPD war vor Ort. Man hat seinen Namen bisher noch nicht veröffentlicht, und gerade wird versucht, seine nächsten Angehörigen ausfindig zu machen und zu verständigen, weshalb wir noch nichts gesendet haben, aber ich dachte, es interessiert Sie vielleicht, dass dieser Mann unser Programmdirektor bei CBCN-TV

Mason Gordon war. Vor dreißig Jahren hat Mason offiziell seinen Namen ändern lassen. Er war Rocco Jones, einer der Shoreview Six.« Sie hält inne. »Er hat eine Strafakte und eine Vorgeschichte, was Drogenmissbrauch und Gewalt angeht. Und jetzt ist er tot.«

JANE

Jane und Duncan werden von VPD Detective Aaron Bates in Mason Gordons alias Rocco Jones' Apartment geführt. Als Jane nach Angela Sheldricks überraschendem Anruf beim VPD angefragt hat, wurde sie direkt zu Bates durchgestellt, der ihr erklärte, dass es sich um Selbstmord zu handeln schien und dass es einen Abschiedsbrief gab.

»Genauso hat es in der Wohnung ausgesehen, als die ersten Einsatzkräfte eingetroffen sind«, berichtet Bates. »Nichts, das irgendwie verdächtig wirkt. Aber nachdem Sie erwähnt haben, dass Gordon möglicherweise in Ihrem Kapellenfall von Interesse ist …« Er sieht sie an. »Vielleicht wollen Sie in diesem Fall die Leitung hier übernehmen?«

»Wo wurde der Abschiedsbrief gefunden?«, fragt Jane und konzentriert sich ganz auf ihren ersten Eindruck, bevor sie über Zuständigkeiten verhandeln möchte.

Bates deutet auf einen lang gezogenen Kaffeetisch vor dem Sofa, das zu den Fenstern und der Glasschiebetür hin ausgerichtet ist. »Auf dem Tisch da.«

Dort stehen ein Whiskyglas mit dem Rest einer bernsteinfarbenen Flüssigkeit darin und eine leere Flasche Macallan, ein zwölf Jahre alter Single Malt. Ein umgekipptes Fläschchen

Benadryl, ein Stift und ein Block mit liniertem Papier liegen daneben. Eine rote Krawatte ruht zerknüllt auf dem Sofakissen.

»Benadryl-Cocktails?«, fragt Duncan.

Janes Blick wandert über die Glasschiebetür, die auf einen kleinen Balkon hinausführt. Auf dem Holzboden vor der Tür hat sich eine Pfütze gebildet.

»Als wir gekommen sind, stand die Schiebetür weit offen und die Gardinen haben sich im Wind gebauscht«, erzählt Bates. »Der Boden ist nass, weil der Regen hereingeweht wurde. Dieser Stuhl draußen auf dem Balkon lag auf der Seite. Er könnte auf den Stuhl gestiegen sein, um über das Geländer zu klettern, wobei der Stuhl umgekippt ist.«

»Oder jemand ziemlich Kräftiges hat ihm dabei geholfen«, wirft Duncan ein.

Jane dreht sich zur Apartmenttür um, die in den Hausflur hinausführt. Eine Anzugjacke und ein Mantel hängen neben der Tür. Ein Paar schicke Schuhe, rehbraun, liegen auf dem Boden.

»Er hatte bei dem Sturz kein Jackett an?«, fragt sie.

»Stimmt, und keine Schuhe«, bestätigt Bates. »Seine Krawatte liegt auf dem Sofa dort. Dem Management von CBCN-TV zufolge hat Gordon gestern gegen achtzehn Uhr das Büro verlassen. Was offenbar ungewöhnlich für ihn war. Er hatte es sich angewöhnt, regelmäßig bis spät in die Nacht im Büro zu bleiben und manchmal auch dort zu schlafen. Die Nachbarn zu beiden Seiten seiner Wohnung sagen, sie hätten ihn gestern Abend gegen zweiundzwanzig Uhr heimkommen gehört. Dabei hat er eine Menge Lärm gemacht, so als wäre er betrunken. Was beiden Nachbarn zufolge nicht ungewöhnlich war. Gordon ist regelmäßig wacklig auf den Beinen nach Hause gekommen.«

»Dann hat ihn also ein Taxi hergebracht?«, fragt Duncan. »Oder ein Uber? Ich nehme an, in diesem Zustand ist er nicht mehr selbst gefahren?«

»Laut CBCN-TV ist Gordon gewohnheitsmäßig Taxi gefahren. Er hat etwa zur selben Zeit aufgehört, selbst zu fahren, als dem Management seine Trinkerei aufgefallen ist und seine Vorgesetzten begonnen haben, sich Sorgen um seine mentale Gesundheit zu machen. Außerdem haben sie festgestellt, dass auch seine Arbeit darunter zu leiden begann, er machte Fehler und trank wohl auch im Büro. Offenbar ist es beim Sender nicht ungewöhnlich, dass in den höheren Etagen ab und zu mal ein Schluck getrunken wird, aber normalerweise erst nach Feierabend. Gelegentlich mit Kunden. Aber alles deutete darauf hin, dass Gordon auch bei der Arbeit betrunken war, weshalb das Management einen Termin mit der Personalabteilung festgelegt hat, um zu besprechen, wie man Gordon am besten nahebringen sollte, sich eine Auszeit zu nehmen und vielleicht auch in Therapie zu begeben.«

»Dann war er über die Bedenken seiner Vorgesetzten bereits informiert?«, fragt Jane. So etwas könnte dazu beigetragen haben, dass sich Rocco Jones das Leben genommen hat, falls es denn tatsächlich Selbstmord war. Oder vielleicht haben die Nachrichten über die Kapellenleiche, die vermutlich seine frühere Schulfreundin Annalise Jansen war, eine alte Schuld wachgerüttelt.

»Noch nicht, jedenfalls sagt CBCN-TV das.«

»Okay, er hat den Sender also gegen achtzehn Uhr verlassen und ist gegen zweiundzwanzig Uhr nach Hause gekommen. Weiß man, wo er in der Zwischenzeit gewesen sein könnte?«

Bates schüttelt den Kopf. »Vielleicht hat er irgendwo getrunken. Wir haben seine letzte Ex-Frau kontaktiert, die sagt, dass so etwas durchaus zu ihm passen würde.«

»Wo ist der Abschiedsbrief jetzt?«, will Jane wissen.

»Er wird gerade untersucht.« Bates reicht ihr ein iPad. »Hier ist ein Foto des Briefs. Die Ex-Frau bestätigt, dass dies hier seine Handschrift sein könnte, besonders wenn er betrunken war.«

Jane betrachtet das Foto. Die Nachricht ist in unordentlicher Handschrift auf einem linierten Papier verfasst, das von dem Block auf dem Tisch zu stammen scheint. Sie liest die Nachricht.

Sein VW-Bus und seine Leiche liegen im Blackwater Lake. Unter den Klippen. Ich kann nicht länger mit der Bürde ihres Todes leben. Es frisst mich auf. Zeit, ein Ende zu machen. Für mich gibt es keinen Weg nach vorne mehr. Das Karma fordert seinen Tribut. Es tut mir leid.
Lebt wohl.
   Rocco Jones – Mason Gordon

Jane reicht das iPad an Duncan weiter.

»Sein VW-Bus?« Duncan sieht Jane an. »Meint er damit Darryl Hendricks?«

»Klingt so.«

»Wo ist der Blackwater Lake?«

»Dort wurde das eine Foto der Kids aufgenommen, das an unserem Whiteboard hängt. Es ist ein Kratersee beim Furry Creek, den man über eine Holzstraße erreichen kann. Die Leute fahren da raus und lassen sich an einem Seil übers Wasser schleudern, springen, tauchen und schwimmen. Am höchsten Punkt der Klippen sind es ungefähr zwölf Meter bis zum Wasser. Wenn jemand ein Fahrzeug über diese Klippen befördert hat, dann wäre es unheimlich tief versunken. Dort geht es so tief runter und die Klippen werfen so dunkle Schatten, dass das Wasser ganz schwarz aussieht. Vermutlich könnte man ein Auto am Grund des Sees nicht sehen. Vielleicht nicht mal aus der Luft direkt darüber.«

»›Ich kann nicht länger mit der Bürde ihres Todes leben‹ – ist das ein Geständnis?«, fragt Duncan. »Hat er sowohl Darryl Hendricks als auch Annalise Jansen umgebracht?«

Jane denkt laut. »Okay, spielen wir das mal durch: Rocco Jones kommt nach Hause, nachdem er nach der Arbeit irgendwo gewesen ist. Vielleicht in einem Pub. Er torkelt aus dem Fahrstuhl, lässt im Hausflur vor seiner Wohnung die Schlüssel fallen und so weiter und macht so viel Lärm, dass die Nachbarn sein Heimkommen bemerken. Er betritt die Wohnung, streift sich hier neben der Tür die Schuhe ab, zieht den Mantel und das Jackett aus. Er löst die Krawatte, wirft sie aufs Sofa und geht zu seinem Getränkeschrank hinüber. Dort holt er sich ein Glas und eine Flasche Macallan, bringt beides zum Sofa und setzt sich. Vielleicht mischt er sich einen Benadryl-Cocktail, um sich damit noch mehr zu betäuben. Seine Stimmung wird immer finsterer. Er beschließt, dem Ganzen ein Ende zu bereiten. Schreibt die Nachricht. Trinkt noch mehr, um allem die Schärfe zu nehmen. Er öffnet die Glasschiebetür, geht auf Socken hinaus in den Regen. Dann steigt er auf den Stuhl. Und springt?«

»Genau das haben wir anfangs auch angenommen«, bestätigt Bates. »Seine Ex-Frau hält das ebenfalls für ein wahrscheinliches Szenario. Sie sagt, Mason – sie kennt ihn nicht als Rocco Jones – hatte bereits mit Suchtproblemen zu kämpfen, als sie geheiratet haben. Außerdem neigte er zu gewalttätigen Ausbrüchen, an die er sich hinterher wegen seiner intensiven Trinkerei nicht mehr erinnern konnte. Sie glaubt, dass es in seiner Vergangenheit irgendein Trauma gegeben hat, das der Grund für sein destruktives Verhalten ist.«

»Was für ein Trauma?«, fragt Jane.

»Das wusste sie nicht, und Gordon hat es ihr nie anvertraut, auch nicht, als sie ihn direkt danach gefragt hat.«

»Vielleicht hat ihn das, was in der Nacht des 3. September 1976 passiert ist, so fertiggemacht.«

»Sie haben gerade gesagt, dass Sie das anfangs auch angenommen haben«, wendet sich Jane an Bates. »Was haben Sie denn danach angenommen? Was hat sich verändert?«

»Erstens das, was Sie uns erzählt haben. Und außerdem haben wir ein zweites Whiskyglas in der Spüle gefunden. Es wurde ausgewaschen. Natürlich könnte Mason Gordon es schon früher benutzt haben, aber dann haben wir die Videoaufnahmen seiner Gegensprechanlage überprüft.«

»Es war also noch jemand hier – in dieser Wohnung?«, schlussfolgert Jane.

»Kommen Sie und schauen Sie es sich an.« Bates führt Jane und Duncan zu einem Bedienfeld neben der Tür. Dieser Apartmentkomplex wurde erst vor ein paar Jahren erbaut, und jede Einheit wurde mit einem Videoüberwachungssystem ausgestattet, das dieses Bedienfeld mit einer Kamera über dem Haupteingang unten verbindet. Jedes System hat eine individuelle Aufnahmefunktion. Sie zeichnet die letzten fünf Gespräche auf – in Ton und Bild – und beginnt dann in Abhängigkeit der Länge der Gespräche damit, die ältesten wieder zu überschreiben. Bei Mason Gordon wurde zweimal geklingelt, nachdem er gegen zweiundzwanzig Uhr nach Hause gekommen ist. Zwei verschiedene Besuche. Schauen Sie.«

Angespannte Erwartung erfasst Jane, als Bates mit einem behandschuhten Finger auf einen der Knöpfe des Bedienfelds drückt. Der letzte Besuch wird wiedergegeben.

Ein leicht fischäugiges Bild von Angela Sheldrick taucht auf dem kleinen Bildschirm auf. Hinter ihr erkennt Jane ihren Kameramann Rahoul Basra. Sie hört Angelas Stimme.

»Mason? Mason, sind Sie da? Wir müssen reden. Ich weiß von Ihrer Strafakte in Bakersfield. Ich weiß, dass Sie Ihren Namen geändert haben und früher Rocco Jones hießen und dass Sie einer der Shoreview Six waren. Ich muss das veröffentlichen, aber ich möchte Ihnen die Gelegenheit geben, uns Ihre Seite der Geschichte zu erzählen.« Stille. Jane sieht, wie sich Angela zu Rahoul umdreht. Leise sagt sie etwas zu ihm, dann drückt sie den Klingelknopf noch mal.

»Mason? Rocco? Sind Sie da? Können wir reinkommen? Wir müssen reden.«

Jane wechselt rasch einen Blick mit Duncan. Ihr eigenes Gespräch mit Angela geht ihr wieder durch den Kopf.

»Er war Rocco Jones, einer der Shoreview Six. Er hat eine Strafakte und eine Vorgeschichte, was Drogenmissbrauch und Gewalt angeht ... Ich war bei seiner Wohnung und wollte ihm die Möglichkeit geben, mit uns zu reden. Als er uns nicht reingelassen hat, wollten wir auf der anderen Straßenseite auf ihn warten, und gerade als wir gehen wollten, ist er vom Balkon gefallen. Ich glaube, er könnte meinetwegen gesprungen sein.« Langes Schweigen. »Außerdem frage ich mich, ob er vielleicht gestoßen worden sein könnte. Rahoul – mein Kameramann – und ich wurden vom VPD befragt. Ich ... Wir haben nicht zugegeben, dass wir davon wussten, dass Mason früher Rocco Jones und einer von den Shoreview Six war. Ich habe auf eine Exklusivstory gehofft.«

»Und jetzt?«

»Irgendwann wird es sowieso rauskommen, aber ich möchte, dass Sie es sofort erfahren – ich nehme an, die Zeit drängt.« Wieder eine Pause, als würde Angela zögern. »Es tut mir leid, dass ich die Dinge beim letzten Mal überstürzt habe. Mit dem Belauschen. Ich ... ich möchte dieses Mal gern richtig mit Ihnen zusammenarbeiten.«

»Ich arbeite nicht mit den Medien ›zusammen‹, Ms Sheldrick.«

»Ich ... ich hätte Sie nicht anrufen müssen, Sergeant. Ich habe es nicht auf Dankbarkeit abgesehen. Es würde mich aber freuen, wenn Sie mich auf dem Laufenden halten, wenn und falls sich in diesem Fall weitere Informationen ergeben.«

»Er hat die beiden nicht reingelassen«, sagt Jane. »Angela meinte, er hätte nicht auf ihr Klingeln reagiert.« Sie wendet sich an Bates. »Wer hat Gordon vor Sheldrick und Basra besucht?«

»Bisher konnten wir ihn noch nicht identifizieren, aber die Aufnahmen zeigen, dass Mason Gordon diesen Besucher tatsächlich reingelassen hat.« Bates drückt auf Play.

Jane starrt auf den Bildschirm, auf dem der Besucher auftaucht. Ihr Puls schnellt in die Höhe – dieses Gesicht hat sie schon mal gesehen, aber wo? Sie hört sich die Tonaufnahme an.

»Rocco? Bist du da, Rocco? Lass mich rein. Ich muss dir etwas sagen. Das wird alles verändern.«

»Denkst du, was ich denke?«, fragt Duncan.

Eines der Fotos auf ihrem Whiteboard kommt Jane in den Sinn. »Isaias Osman«, erklärt sie betont ruhig. »Jill Wainwright Osmans Ehemann. Er war hier, und Rocco hat ihn reingelassen.«

JANE

Jane sitzt Isaias Osman am Tisch im Befragungsraum des Reviers in North Van gegenüber. Duncan sitzt neben ihr. Der Rest des Teams – darunter auch Janes Vorgesetzter, der ebenfalls verständigt wurde – sieht der Befragung über einen Bildschirm in der Einsatzzentrale zu. Mittlerweile wurde ein Such- und Taucherteam der RCMP zum Blackwater Lake geschickt, der sich etwa eine Stunde nördlich von Vancouver befindet.

Isaias wurde um 12.35 Uhr aus seinem Haus in der Nähe von Eagle Harbour abgeholt. Er war allein und ist freiwillig mit aufs Revier gekommen.

»Mr Osman, Sie wissen, dass diese Befragung aufgezeichnet wird?«, vergewissert sich Jane.

Isaias nickt. »Ich weiß auch, dass ich das Recht auf einen Anwalt habe, und für die Aufnahme: Ich bin aus freiem Willen hier. Ich habe nichts zu verbergen. Und bevor Sie mich nach der genauen zeitlichen Abfolge fragen, ja, ich war gestern Abend zu Besuch bei Rocco Jones. Ich habe mehrmals geklingelt, bevor er reagiert hat. Dann hat er mich reingelassen.«

»Die Überwachungskamera hat aufgezeichnet, dass Sie Folgendes gesagt haben« – Jane liest von dem Transkript vor sich ab – »*Rocco? Bist du da, Rocco? Lass mich rein. Ich muss dir etwas sagen. Das wird alles verändern.*« Sie blickt auf und sieht ihn an. »Wussten Sie, dass Rocco Jones Mason Gordon war?«

»Ich habe es erst etwas früher an diesem Abend erfahren, als meine Frau mir erzählt hat, dass ihr alter Schulfreund einer der Shoreview Six war und dass er seinen Namen geändert hat, nachdem er verhaftet wurde, eine Entziehungskur gemacht und versucht hat, clean zu bleiben.«

»Warum hat Ihre Frau Ihnen das gestern Abend erzählt?«

Er schluckt und senkt den Blick kurz auf die Tischplatte. Er atmet tief durch, dann sieht er wieder auf.

»Das hier fällt mir schwer. Aber ich muss das Richtige tun. Ich bin gestern gegen neun Uhr abends nach Hause gekommen. Meine Geschäftsreise wurde abgesagt, weshalb meine Frau Jill mich nicht erwartet hat. Ich dachte, ich könnte sie überraschen. Aber sie hatte Gäste – und meine Ankunft war durchaus eine Überraschung für sie.« Er hält kurz inne. »Es waren die Shoreview Six. Sie hatten sich in meinem Haus versammelt, um ihre Aussagen über diese Nacht im Jahr 1976 aufeinander abzustimmen. Sobald ich eingetroffen bin, hat sich die Gruppe zerstreut. Als ich von Jill wissen wollte, was da vor sich geht, ist sie zusammengebrochen und hat mir alles gestanden. Sie hat gehofft, wenn sie vollkommen ehrlich wäre und mir von sich aus alles erzählen würde, dann könnte sie unsere Ehe vielleicht noch retten, aber …« Seine Stimme verklingt, während er sich einen Moment nimmt, um sich zu fassen. In seinen Augen schimmern Tränen. »Meine Frau ist nicht die, für die ich sie gehalten habe, Detectives. Ich wusste nichts von ihrer Vergangenheit und ihren Lügen. Oder davon, was für ein Mensch sie war. Jetzt sehe ich, dass unsere ganze Beziehung auf ihren Schuldgefühlen gründet. Ich … ich glaube einfach nicht, dass es von diesem Punkt aus noch ein Zurück geben kann.«

»Sie sagen, Ihre Frau hat Ihnen ›alles‹ darüber erzählt, was in jener Nacht im Jahr 1976 passiert ist?«, hakt Jane nach.

Er nickt. »Ja.«

»Glauben Sie, dass sie die Wahrheit gesagt hat?«, fragt Duncan.

»Ja, das tue ich. Sie hat keinen Grund mehr, mich zu belügen. Sie hat ihr Schicksal in meine Hände gelegt. Und sie wusste, dass ich auf direktem Weg hierherkommen würde.«

»Aber das sind Sie nicht, Mr Osman«, wirft Jane ein. »Sie sind zu Rocco Jones' Wohnung gefahren, und jetzt ist er tot.«

Er schweigt.

»Was haben Sie damit gemeint, dass Sie Rocco etwas erzählen wollten, das ›alles ändern‹ würde?«

»Die harte Wahrheit. Siebenundvierzig Jahre lang hat der Rest der Gruppe zugelassen, dass Rocco glaubte, er wäre allein verantwortlich für den Tod eines anderen.«

»Meinen Sie damit Darryl Hendricks? Oder Annalise Jansen?«

»Darryl. Rocco glaubte, er hätte ihn umgebracht, aber in Wahrheit hat er einmal mit dem Kreuzschlüssel ausgeholt und war anscheinend so betrunken, dass er dabei umgekippt und bewusstlos geworden ist. Danach konnte er sich an nichts mehr erinnern, und schon gar nicht daran, wer wen getötet hat oder wohin die Leiche gebracht wurde.«

»Dann wollten Sie ihn also aus reiner Herzensgüte von seinen Gewissensqualen befreien?«, fragt Duncan. »Wie nett.«

Kurz flackert Ärger in Isaias Osmans Augen auf. »Er hat die Wahrheit verdient. Das gilt für uns alle. Indem ich es ihm erzählt habe, wollte ich die Sache auch selbst verarbeiten. Es gibt ein paar Dinge, die Sie über mich wissen sollten, Detectives. Ich bin ein religiöser Mann und ein ehrlicher Mensch. Ich habe mein ganzes Leben nach meinem Verständnis von Moral und Empathie ausgerichtet. Als ich damals aus Eritrea geflüchtet bin, habe ich dank der Güte anderer überlebt. Und ich habe nicht nur überlebt, sondern konnte mir eine blühende Existenz aufbauen, und ich habe mir geschworen, meine Dankbarkeit dafür als Kompassnadel zu betrachten. Vielleicht können Sie sich nicht vorstellen, dass es Menschen wie mich wirklich gibt, Detectives, aber das ist Ihr Problem, nicht meins. Ich wollte Rocco von seinem Schmerz befreien, und außerdem musste ich mit ihm reden und nach weiteren Informationen fragen. Ich … ich hatte eine Menge zu verdauen. Nachdem ich das alles nur von meiner Frau gehört hatte, war es noch nicht richtig real für mich. Ich bin zuerst hierhergefahren, zum Revier, aber ich habe es nicht über mich gebracht, hineinzugehen. Dafür habe ich noch zu sehr mit diesen Neuigkeiten gerungen. Ich dachte, es könnte vielleicht helfen, wenn ich mit Rocco spreche.«

»Aber jetzt ist er tot.«

»Ich habe ihn nicht getötet. Er war am Leben, als ich seine Wohnung wieder verlassen habe.«

»Hat er Ihnen etwas zu trinken angeboten?«, fragt Jane.

»Einen Whisky, Macallan, ja. Ich hab einen kleinen Schluck getrunken. Er war schon ziemlich berauscht.«

»Was hat er getrunken«?«

»Das Gleiche. Whisky.«

»War sein Drink mit irgendwelchen Medikamenten versetzt?«

»Ich habe jedenfalls keine gesehen.«

»Sie haben gesagt, dass Rocco keine Ahnung hatte, wohin man die Leiche gebracht haben könnte, aber in seinem Abschiedsbrief behauptet er, genau das zu wissen.«

»Wenn das so ist, dann weil ich ihm erzählt habe, was mir meine Frau berichtet hat. Dass Darryls VW mit seiner Leiche darin im Blackwater Lake versenkt wurde.«

»Aber wenn Rocco ihn nicht getötet hat, warum deutet sein Abschiedsbrief dann an, dass es seine Schuld war?«, hakt Jane nach. »Und dass er die Schuld an mehr als nur einem Todesfall trägt.«

363

»Ich weiß nicht, was in seinem Abschiedsbrief steht oder warum. Ich weiß nur, dass er zutiefst verstört gewirkt hat, als ich seine Wohnung betreten habe. So, als hätte er einen Geist gesehen. Später habe ich auch begriffen, warum – als ich jung war, habe ich Darryl ziemlich ähnlich gesehen. Ich könnte mir vorstellen, dass wir einander immer noch ähnlich wären, wenn Darryl das Glück gehabt hätte, weiterzuleben. Als ich Rocco wieder verlassen habe, kam er mir am Boden zerstört vor, voller Reue und traurig. Ich habe das zum Teil auf den Alkohol geschoben. Außerdem hat er sich immer noch selbst Vorwürfe gemacht. Er sagte, an der Tatsache, dass er mit dem Kreuzschlüssel auf Darryl losgegangen ist, hätte sich nichts geändert, und wenn er das nicht getan hätte, dann wären die anderen beiden vielleicht nicht so weit gegangen. Vielleicht hat sich die falsche Geschichte, die ihm die anderen eingepflanzt haben, so sehr in seinem Kopf festgesetzt, dass er einfach nicht wusste, wie er weitermachen sollte. Oder vielleicht war es auch seine Sucht, befeuert von lebenslangen Schuldgefühlen, was ihn letztendlich über die Balkonbrüstung getrieben hat. Oder eine Mischung aus allem.«

»Sie sind auch nicht aufs Revier gekommen, nachdem Sie die Wohnung verlassen haben«, wirft Duncan ein.

»Ich wollte meine Frau davor noch ein letztes Mal sehen. Ich dachte, sie hätte unser Haus vielleicht noch nicht verlassen, aber das hatte sie. Ich habe einen Bourbon getrunken und bin schlafen gegangen. Gerade wollte ich sie in ihrem Hotel anrufen, als Ihre Leute aufgetaucht sind.«

Jane ergreift wieder das Wort. »Okay, fangen wir am besten ganz von vorn an, Mr Osman. Was hat Ihre Frau Jill Wainwright Osman Ihnen erzählt? Was ist am Freitagabend, dem 3. September 1976, passiert?«

Er leckt sich über die Lippen, sieht zur Kamera auf. »Nachdem die Polizei eingetroffen ist, haben sie alle die Party verlassen – Robbie Davine, Claude Betancourt, Rocco Jones, Jill und Cara Constantine.«

»Zane nicht?«, mischt sich Duncan ein.

»Jedenfalls hat sie nicht erwähnt, dass Zane bei ihnen war. Sie hat gesagt, dass Claude am Steuer von Zanes Wagen saß. Die Jungen haben die Mädchen bei Cara zu Hause abgesetzt, damit sie sich für den Wald umziehen konnten. Dann sind sie zum Kai weitergefahren, um dort Alkohol zu kaufen. Nachdem sie sich bei einem Motelverkauf Schnaps besorgt hatten, haben sie gesehen, wie Darryl Hendricks' orange-weißer Bus in eine Seitengasse neben einer Autowerkstatt eingebogen ist. Sie haben ihn zugeparkt und sich auf ihn gestürzt, nachdem er ausgestiegen war. Rocco hat sich einen Kreuzschlüssel geschnappt, ausgeholt und ist umgekippt, wobei er sich den Kopf angeschlagen hat und ohnmächtig geworden ist. Darryl hat sich verteidigt und Robbie ein paar gute Treffer versetzt. Woraufhin Claude offenbar durchgedreht ist, sich ebenfalls einen Kreuzschlüssel geschnappt und angefangen hat, auf Darryls Kopf und seinen Oberkörper einzuschlagen. Robbie hat sich aufgerappelt, den Kreuzschlüssel gepackt, den Rocco fallen gelassen hatte, und ist seinerseits auf Darryl losgegangen. Darryl ist zu Boden gegangen. Die beiden Jungen haben weiter auf ihn eingeschlagen, bis sie bemerkt haben, dass er nicht mehr atmet und auch auf nichts mehr reagiert.« Isaias greift nach dem Pappbecher mit Wasser vor ihm und nimmt einen tiefen Schluck. Seine Hände zittern.

»Und das hat Ihre Frau Ihnen erzählt?«

»Ja. Das ist es, was Cara ihr später in dieser Nacht berichtet hat. Cara hatte alles von Robbie erfahren, der danach zu ihr nach Hause gekommen ist.«

»Was ist dann passiert?«, fragt Jane.

»Robbie und Claude haben Panik bekommen. Sie haben den bewusstlosen Rocco und den toten und blutigen Darryl hinten in Darryls VW-Bus geladen. Claude hat den Bus gefahren. Robbie den Dodge. Richtung Norden. Sie sind zum Blackwater Lake beim Furry Creek gefahren, wo sie sich gut auskannten. Sie haben sich gedacht, wenn sie den VW ganz oben an den Klippen von der Straße rollen lassen, dann würde er sehr tief versinken. Beim Blackwater Lake haben sie Rocco in den Dodge verladen und den Bus mit Darryls Leiche dann über die Kante geschoben. Sie haben Rocco nach Hause gefahren und ihn ins Bett verfrachtet. Anschließend haben sie sich geduscht und umgezogen – Rocco hat mit seinem Bruder Zane in einem Cottage im Garten gewohnt, und Zane ist erst am nächsten Morgen zurückgekommen. Schließlich haben Robbie und Claude einen Plan geschmiedet. Sie sind im Dodge zu Mary gefahren, wo Claude ausgestiegen ist und Mary dazu überredet hat, ihm ein Alibi zu geben. Robbie ist bei Cara geblieben und hat sie dazu überredet, dasselbe zu tun. Cara, die Robbie schon immer für sich haben wollte, war leicht zu überzeugen. Am nächsten Tag hat Cara dann Jill dazu gebracht, sich an die abgesprochene Geschichte zu halten. Jill hat gesagt, das könnte sie nicht, wenn sie nicht genau wüsste, warum. Also hat Cara, die damals ziemlich unter Druck stand, ihr erzählt, was Robbie ihr gestanden hatte.«

»Und warum hatte er Cara zuvor alles erzählt?«, möchte Jane wissen.

»So eine Tat steckt man nicht so einfach weg. Die Jungen waren völlig panisch. Sie mussten über alles sprechen. Cara hat Robbie dabei geholfen, die Geschichte auszufeilen und sie sich einzuprägen.« Er zögert. »Die sechs haben einen Schwur geleistet. Und sie haben sich siebenundvierzig Jahre lang daran gehalten.«

»Warum sind sie überhaupt auf Darryl losgegangen?«, fragt Jane.

»Cara hatte ihnen erzählt, dass Darryl und Annalise intim miteinander waren und dass er am Abend der Party beim Pool Sex mit ihr hatte.«

»War das denn so?«

»Ich weiß es nicht. Aber die Jungen haben Cara die Geschichte geglaubt – sie wollten Darryl eine Lektion erteilen.«

»Eine Lektion?«, wiederholt Duncan.

»Die Situation ist außer Kontrolle geraten.«

Jane mustert Isaias Osman. Er kommt ihr aufrichtig vor. Dann sieht sie Duncan an. Sie erkennt, dass auch er Isaias glaubt.

»Mr Osman«, ergreift sie wieder das Wort. »Was ist mit Annalise Jansen? Was ist mit ihr geschehen?«

»Meine Frau sagt, das wisse sie nicht, und ich glaube ihr. Wenn diese Jungen auch Annalise etwas angetan haben, dann haben sie niemandem etwas davon erzählt.«

Jane entschuldigt sich und verlässt den Raum, während Duncan es übernimmt, Isaias seine Aussage unterschreiben zu lassen. Sie betritt das Zimmer, von dem aus ihr Team und ihr Vorgesetzter auf dem Bildschirm alles mitverfolgt haben. Ihr Vorgesetzter nickt leicht. »Gut gemacht, Sergeant.«

»Das war Teamwork«, gibt Jane zurück.

Wieder nickt er knapp, doch Jane begreift, dass sie in seinen Augen einen unausgesprochenen Test bestanden hat. Fürs Erste. Und ihre Erleichterung darüber ist bittersüß.

Jane bittet Tank, sich nach den Fortschritten des Taucherteams zu erkundigen, und sie schickt eine Gulf-Island-Einheit los, damit sie mit dem Boot nach Somersby Island übersetzen und Bob und Cara Davine auf ihrem Weingut abholen. Einer weiteren RCMP-Einheit trägt sie auf, Jill Osman in dem Hotel aufzusuchen, in dem sie Isaias zufolge abgestiegen ist. Eine dritte Einheit fährt zum Haus von Claude Betancourt und eine vierte soll Mary Metcalfe beim »Happy Gardener«

am Marine Drive abholen. Jane treibt sie alle zur Befragung zusammen.

Währenddessen kehrt Tank von seinem Telefonat mit dem Taucherteam zurück. Er stößt die Faust in die Luft. »Sie haben ihn gefunden! Einen versenkten Bus! Die fernsteuerbaren Unterwasserkameras zeigen Aufnahmen von menschlichen Überresten – ein Skelett – hinten im Bus.«

Diese Nachricht trifft Jane hart in den Bauch. Ihr erster Gedanke gilt dem alten Ahmed Hendricks. Sie schnappt sich ihre Jacke von der Stuhllehne.

»Melissa, informiere den Coroner. Yusra, nimm Kontakt zur Familie Hendricks auf, bevor die Medien Wind von der Sache bekommen.« Sie zögert, schluckt gegen eine aufsteigende Gefühlswoge an. »Sagt Ahmed, dass wir glauben, seinen Sohn gefunden zu haben. Sagt Danielle, dass wir ihren Bruder vielleicht nach Hause bringen.« Sie hält inne. »Gute Arbeit, ihr alle.«

Die Shoreview Six

Jill

Jill sitzt an einem Tisch im Hotelrestaurant und starrt aus dem Fenster hinaus auf den Pool und den Burrard Inlet dahinter. Wolken haben sich zusammengeballt und verschleiern die Sicht auf ihre geliebten North Shore Mountains. Ein leichter Regen raut die Oberfläche des Pools auf. Sie konzentriert sich auf nichts Bestimmtes, kann nicht mal richtig nachdenken. Ihre Tasche ist gepackt und steht zu ihren Füßen bereit. Sie kennt Isaias so genau. Es ist nur eine Frage der Zeit, bis die Last dessen, was sie ihm anvertraut hat, ihn dazu treibt, der Polizei zu sagen, wo sie Darryls Leiche finden können. Er kann keine Lüge mittragen, die einen Mord deckt. Er wird wollen, dass auch sie sich der Wahrheit stellt und akzeptiert, was auch immer dies für Konsequenzen mit sich bringt. Ihrem Mann geht Ehrlichkeit über alles. Für seine Taten geradezustehen.

Sie hätte das schon vor siebenundvierzig Jahren tun sollen – die Wahrheit sagen. Dann wären die Dinge für alle so anders verlaufen, wenn sie sich nicht von Cara hätte überreden lassen, wenn sie ihrer eigenen Sehnsucht, Teil der Gruppe zu sein, nicht nachgegeben hätte. Darryls Familie hätte Antworten bekommen. Die Polizei hätte Annalise vielleicht viel früher finden und den Jansens Gewissheit bringen können. Alle hätten angemessen trauern und ihre Lieben zur Ruhe betten können. Und Jill glaubt, dass Robbie und Claude auch Annalise etwas Schreckliches angetan haben. Natürlich ist Annalise nie mit Darryl durchgebrannt, weil er tot ist und tief im Blackwater Lake liegt. Sie hätte der ganzen Welt sagen können, dass Darryl ihre Freundin nicht entführt und ihr nichts angetan hat. Die Jungen waren so high von Pilzen, Alkohol und Wut, dass Jill überzeugt davon ist, dass sie zu Annalises Haus gefahren sind und ihr dort aufgelauert haben. Und sie hatten ein Motiv – Cara hat ihnen erzählt, Annalise hätte Robbie betrogen.

Dieses Verlangen, irgendwo dazuzugehören, ist als Teenager sehr mächtig, denkt Jill. Es ist in die menschliche Biologie eingeprägt. Wenn man in der Wildnis aus der Herde ausgeschlossen wird, ist man verletzlich, schwach. Man wird zur Beute für lauernde Raubtiere. Teil der Gruppe zu sein, einen Schwur zu leisten und ein dunkles Geheimnis über Leben und Tod zu kennen, das nur sie sechs miteinander teilten – das hat Jill Kraft gegeben.

Sie denkt an Zara, und Tränen steigen ihr in die Augen. Sie hat mehrmals versucht, ihre Tochter anzurufen, aber Zara hat nicht abgenommen. Wahrscheinlich hat Isaias mittlerweile mit ihr gesprochen und ihr alles erzählt.

Aus dem Augenwinkel erhascht sie eine Bewegung. Sie dreht sich halb um und beobachtet, wie die Kellnerin mit zwei uniformierten Officers der RCMP spricht. Sie deutet in Jills Richtung. Jill erstarrt und schaut wieder aus dem Fenster, während die beiden Officers zwischen den Tischen hindurch auf sie zukommen.

»Mrs Jill Osman?«

Sie sieht auf. Der Officer, der sie angesprochen hat, ist groß und dunkelhäutig, er trägt einen Bart und einen Turban. Neben ihm steht eine kleinere blonde Frau, die ihr Haar straff zurückgebunden hat.

Jill beugt sich hinab und schließt die Hand um den Griff ihrer Tasche. »Ich habe Sie schon erwartet.«

Ein tief verborgener Teil in ihr wartet seit siebenundvierzig Jahren.

CLAUDE

Claude versucht, das Spiel der Kids zu coachen. Eltern und Freunde jubeln und johlen, als der Puck ins Netz saust. Er kann sich nicht konzentrieren. Er macht sich Sorgen wegen Mary und wegen dem, was sie tun wird. Er hätte sie niemals einfach so auf dem Highway zurücklassen dürfen, aber es war eine aus schierer Angst geborene Kurzschlussreaktion, der wilde Drang, diese ganze Sache aus seinem Leben zu werfen und einfach davonzufahren. Er muss daran glauben, dass sie mitspielen wird. Dass sie den Mund hält. Es liegt in ihrem eigenen Interesse, den Status quo zu wahren, weil ihre Tochter eine Menge zu verlieren hat – eine Spitzenposition bei der Arbeit und vielleicht auch die Adoptionsbewilligung. Es ist das Ergebnis des DNS-Tests, das drohend wie ein Henkersbeil über ihm hängt, was ihn wirklich ins Schwitzen bringt. Wenn die Polizei einen Weg findet, ihn zu einer Probenabgabe zu zwingen, dann könnte er erledigt sein. Ein weiteres Tor fällt. Die Zuschauer toben.

Einer der Väter tritt zu ihm und klopft ihm auf die Schulter. »Das haben wir nur Ihnen zu verdanken, Coach!«

Die Gefühle jagen durch Claudes Körper. Fast beginnt er zu zittern. Diese Eltern, diese Kinder, seine Familie, seine Hockey-Gemeinschaft – sie respektieren ihn. Sie lieben ihn. Claude wollte nie etwas anderes als Respekt und Liebe.

Da sieht er sie kommen, hinter den Plexiglasscheiben um die Eisbahn – drei RCMP Officers in Uniform. Sie sprechen mit dem Aufseher, der zu Claude hinübersieht und auf ihn deutet.

Seine Welt beginnt zu schrumpfen. Der Lärm des Hockeyspiels verblasst zu einem dumpfen Brüllen in seinem Kopf. Er dreht sich zu den Ausgängen, während sein ganzer Körper ihm zuschreit, er solle fliehen. Aber wohin? Vor der Halle sieht er zwei Streifenwagen, die auf ihn warten.

Die Gerechtigkeit ist gekommen. Endlich. Annalise und ihre Knochen haben gesprochen.

Sie musste gar keine vollständige Geschichte erzählen, nur genug, um sie alle auf eine Weise aufzuwühlen, die sie dazu getrieben hat, die Polizei auf sich aufmerksam zu machen. Nun wird auch der Rest der Wahrheit ans Licht kommen, so oder so.

MARY

Mary kümmert sich im Gewächshaus um die Setzlinge. Die winzigen Pflänzchen nähren ihre Seele, während sie sich um sie kümmert. Die Atmosphäre wirkt warm und weich durch den sanften Nebel der Bewässerungsanlage und es riecht nach Erde und Grün. Wenigstens hat sie dies hier. Sie hebt ein Tablett voller winziger Basilikumpflanzen hoch, und ihre Gedanken kehren zu den Ereignissen mit Claude zurück. Sie ist dankbar, dass sie einen Taxifahrer gefunden hat, der bereit war, sie am Rand des Highways aufzugabeln. Eigentlich wollte sie ihm auftragen, sie direkt zur Polizei zu fahren, wo sie die anderen auffliegen lassen wollte. Dann hat irgendein widerwärtiger Teil ihrer selbst die Möglichkeit in Betracht gezogen, Rocco loszuwerden, denn wenn er die gesamte Schuld auf sich nehmen und sterben würde, dann würden alle anderen vielleicht irgendwie verschont bleiben. Am Ende hat Mary gar nichts getan und ist einfach nach Hause gefahren. Sie hasst sich selbst dafür. Sie ist eine Versagerin, die immer untätig geblieben ist, weil es sicherer zu sein schien. Sie hat vor all den Jahren nichts getan, um Claude zu konfrontieren, um die Gruppe herauszufordern, sie ist nie für sich selbst eingetreten und hat nie dazu gestanden, dass sie lesbisch ist. Stattdessen ist sie in diese Ehe mit Heathers Vaters gerutscht, weil es leichter war, als sich selbst in die Augen zu schauen. Und wohin hat sie das alles gebracht? Wenn sie etwas gelernt hat, dann, dass Ehrlichkeit – so schwer sie einem auch fallen mag – sich doch auszahlt.

Vielleicht wird sie Heather alles beichten, auch wenn sie sich immer noch schrecklich davor fürchtet, ihre Tochter so zu enttäuschen.

»Mom?«

Sie zuckt zusammen und lässt das Tablett mit dem Basilikum fallen. Es explodiert in einem Haufen Erde und zerknickter zarter Pflänzchen vor ihren schmutzigen Stiefeln. Heather starrt sie an. Das Gesicht ihrer Tochter wirkt irgendwie falsch. Sie ist schneeweiß. Ihre Augen sind große dunkle Höhlen in ihrem Gesicht.

»Heather? Was … was ist los? Du hast mich erschreckt.«

»Vorne steht die Polizei und möchte mit dir sprechen«, erklärt sie.

Mary starrt ihre Tochter an, und ihr Herz beginnt zu hämmern. Sie hat das Gefühl, die Wände des Gewächshauses würden näher rücken. Die Temperatur steigt. Sie bekommt in dem Nebel und dem Geruch nach Erde keine Luft mehr. Das Dach drückt auf sie nieder.

»Was wollen sie, Mom?«

Tränen treten in Marys Augen und sie wendet den Blick ab. Sie sind da. Es ist zu spät, um wegzulaufen und sich zu verstecken.

Es ist vorbei.

Obwohl ihr Verstand dies nicht in Worte fasst, entspannt sich ihr Körper auf einmal – sie muss nicht mehr lügen. Eine

Erinnerung blitzt in ihrem Kopf auf. Annalise und sie, die beim White Spot im Park Royal lachend vor ihren Milchshakes sitzen. Sie sind beide gerade zwölf geworden – eine Zeit goldener Erinnerungen, bevor Hormone, Pubertät, Jungs und Gruppenzwang alles verändert haben. Eine Zeit, in der ihre Freundschaft so rein war wie die Sonne und der Mond.

Tränen laufen ihr über die Wangen.

»Es tut mir leid, Heather«, flüstert sie. »Es tut mir so leid.«

BOB

Bei jedem dritten Armzug holt Bob Luft, während er seinen Körper durch die Meereswellen zieht, entlang des Felsstrands in der Nähe seines Hauses auf der Insel. Er trägt keinen Neoprenanzug, nur normale Schwimmsachen. Er braucht das Brennen der Kälte auf seiner nackten Haut. Der Schmerz und die unablässige Bewegung sind es, die ihn jetzt noch weitermachen lassen, während er zwischen seinem Dock und der felsigen Landzunge hin- und herschwimmt. Seine Lunge brennt. Seine Muskeln schreien. Er ist außer Atem. Aber er kann nicht langsamer machen, kann nicht aufhören. Cara ist letzte Nacht nicht ins Motel zurückgekehrt. Er fragt sich halb, ob sie vielleicht zu Rocco gegangen ist. Sogar er selbst hat daran gedacht, Roc einen Besuch abzustatten. Wenn dieser Kerl mit seinem losen Mundwerk einfach verschwinden würde, dann könnten sie diese Lüge vielleicht immer noch aufrechterhalten.

Nachdem Bob letzte Nacht ins Motel zurückgekehrt ist, hat er sich bis zum frühen Morgen im Bett hin und her gewälzt, bis er sich ein Auto mieten und die erste Fähre nach Somersby nehmen konnte. Auch auf der Insel war Cara nicht. Er hat versucht, sie auf dem Handy zu erreichen, aber sie nimmt nicht ab. Es ist keine Liebe, die ihn dazu treibt, sie so verzweifelt erreichen zu wollen – es ist Angst. Er wird zunehmend paranoid und beginnt zu fürchten, sogar seine Frau könnte ihm in den Rücken fallen, um ihre eigene Haut zu retten.

Er erreicht die Landzunge, macht kehrt und beginnt, zum Dock zurückzuschwimmen, er pflügt durch das Wasser, schnappt in tiefen Zügen nach Luft, bekommt bei jeder Drehung des Kopfs Salzwasser in den Mund. Auf einmal hasst er Cara, mit heißer und wütender Leidenschaft. Es ist ihm egal, ob er sie jemals wiedersieht, solange sie ihn nur nicht ans Messer liefert. Irgendetwas hat sich in ihm verändert bei der Erkenntnis, dass sie gelogen hat, was Annalise und Darryl betrifft.

Er schwimmt sogar noch schneller, wie ein Gejagter, der dem Grauen dessen, was er nach ihrer Lüge getan hat, verzweifelt entkommen will. Wegen alberner Teenagerhormone und Alkohol und Drogen und Gruppendruck. Wegen seines eigenen zerbrechlichen Egos. Wegen eines pathologischen Verlangens nach Anerkennung und seiner alten Sehnsucht nach Annalises Liebe. Auch seine verräterischen Freunde hasst er. Einer von ihnen hat mit Annalise geschlafen – in diesem Punkt ist er sich inzwischen sicher. Entweder Claude oder Rocco. Der DNS-Test wird es enthüllen. Aber wenn die Cops herausfinden, wer es war, dann könnte das ganze Kartenhaus einfach in sich zusammenfallen.

Er schwimmt noch schneller. Ihm wird schwindlig. Rückblickend erkennt er es jetzt: wie sehr sich Annalise verändert hat. Sie war so lieblich, glücklich, rein, lebendig, aber dann ist irgendetwas Dunkles und Selbstzerstörerisches am Anfang jenes Jahres in ihr erwacht. War es die Schwangerschaft? War dies der Grund, warum sie seine Annäherungsversuche zurückgewiesen hat? Aber warum hat sie dann mit einem anderen geschlafen? Er versteht es immer noch nicht. Mittlerweile hat er das Dock fast erreicht. Auf einmal taucht Annalises Gesicht vor ihm auf – eine Vision, gerade außerhalb seiner Reichweite. Sie lächelt ihm zu. Ihr Haar treibt um sie herum, lang und blond und in den Wellen wogend. Sie streckt ihm die Hand hin, lockt ihn ins Tiefe, Kalte, Dunkle.

Komm, Robbie, komm. Wir können zusammen sein. So wie es uns bestimmt war.

Vor seinem inneren Auge sieht er Darryls VW über die Klippen stürzen und tief, tief, tief in die kalte Dunkelheit des Blackwater Lake sinken. Silberne Blasen steigen langsam an die Oberfläche. Bob ist wieder Robbie. Und er sinkt ebenfalls. Er kann nicht atmen. Er schlägt um sich, versucht, über Wasser zu bleiben. Eine verirrte Welle trifft seinen Mund. Er hustet. Die Wellen werden höher, ein Sturm zieht auf. Er nähert sich dem Dock. Seine Schwimmbrille ist beschlagen. Blind greift er nach den Holzplanken und erkennt verschwommen ein Paar Stiefel neben seinen Fingern. Er muss sich anstrengen, um den Halt nicht zu verlieren, als er die Brille nach oben schiebt. Blinzelnd sieht er auf. Die Stiefel gehören zu einem großen Mann, der nur als Silhouette vor dem Himmel zu erkennen ist. Bei ihm steht ein zweiter Mann. Gelbe Streifen verlaufen außen an der Hosennaht entlang. RCMP-Uniformen.

»Robert Davine?«

Er schluckt, verletzlich in seinen Schwimmsachen, seine nackte Haut rosa und empfindlich von der Kälte. Er fühlt sich klein. Verängstigt.

»Könnten Sie bitte aus dem Wasser kommen, Sir? Sie müssen uns begleiten.«

Wieder sieht er Annalieses süßes Lächeln vor sich, als sie die Hand nach ihm ausstreckt. *Komm, Robbie, komm. Es ist Zeit.*

Cara

Cara befindet sich am Vancouver International Airport, als sie hört, wie ihr Name ausgerufen wird. Man bittet sie, sich am nächsten Schalter zu melden. Seit sie letzte Nacht vom Motel hierhergekommen ist, wartet sie auf einen Flug nach Athen. Gerade konnte sie einen Platz in einem Flieger über Frankfurt buchen, und das Boarding sollte jeden Moment beginnen.

Du hinterhältiges Miststück. Warum sollte ich dir überhaupt noch irgendwas glauben?

Bob und sie können ihr perfektes Leben niemals wieder aufnehmen. Erst hat sie darüber nachgedacht, sich gegen ihn zu wenden, dann wollte sie nur noch fliehen.

Wenn sie sich im Ausland befindet, während hier alles zum Teufel geht, kann sie sich zumindest Zeit erkaufen, um nachzudenken, um ein erstklassiges Anwaltsteam anzuheuern und eine solide Strategie zu entwerfen, sobald sie sieht, wie die Würfel fallen. Immerhin hat *sie* niemanden getötet. Das waren Bob und Claude. Und eines weiß Cara mit Sicherheit, sie wird nicht mit ihnen untergehen.

Zu ihrer ausgedehnten Familie gehören auch Angehörige auf einer winzigen griechischen Insel in der Nähe von Lesbos. Dort wird sie unterkriechen. Auf der Insel gibt es nicht mal WLAN. Wieder wird ihr Name ausgerufen: »Cara Davine, bitte melden Sie sich beim nächsten Mitarbeiter von Air Canada.«

Panik flackert in ihrem Bauch auf. Sie kommen. Keine Zeit mehr, auf den Flug zu warten. Sie sammelt ihr Gepäck ein. Wenn sie schnell aus dem Flughafen verschwindet, dann kann sie den SkyTrain nehmen, oder vielleicht einen Bus oder eine Fähre in die USA. Dort kann sie in einen Flieger steigen. Aber als sie auf den Ausgang zuläuft, sieht sie zwei Sicherheitsleute des Flughafens und zwei Officers der RCMP, die eilig auf sie zukommen. Sie erstarrt. Ihre innere Stimme wird überlaut.

Es ist alles gut. Du bist Cara Constantine Davine. Du bekommst, was du willst, du gewinnst immer. Du hast das hier im Griff. Es ist Bobs Schuld. Du bist ein Opfer der Lügen deines Mannes. Nur ein Opfer.

JANE

Es ist 16.57 Uhr und der Himmel ist dunkel von den tief hängenden Wolken und dem Regen. Jane steht mit Duncan an den Klippen des Blackwater Lake, an der Stelle, an der das Foto von Annalise Jansen und ihren sechs Freunden von der Shoreview High im Sommer 1976 aufgenommen wurde. Jane hat sich fest in ihren Mantel gehüllt, um sich vor dem kalten Wind zu schützen. Regen tropft vom Schild ihres Caps und von den Bäumen des Waldes um sie herum. Irgendwo, unsichtbar in den Wolken, fliegt ein Hubschrauber wummernd über ihnen.

Etwas weiter unten und rechts von ihnen befindet sich ein großer Sammelpunkt, wo ein Kran und ein Pritschenwagen stehen, die über die Holzstraße hergeschafft wurden. Jane sieht Darb, die in ihrer Rolle als Coroner dort unten mit den Technikern spricht, die den Tauchern Seil nachgeben. Das Team hat die Seile inzwischen an dem versunkenen VW-Bus angebracht und beginnt nun, ihn hochzuziehen. Generatorbetriebene Lichtmasten wurden besorgt, um die herankriechende Dunkelheit fernzuhalten. Dr. Ella Quinn und ihre Crew stehen auf Abruf im Institut bereit, um die skelettierten Überreste zu untersuchen, sobald sie geborgen wurden. Aufregung und Anspannung simmern in Jane.

»Sieht aus, als hätten sie den VW noch vor Einbruch der Nacht auf dem Trockenen«, sagt Duncan und weicht einen Schritt von der Klippe zurück.

»Ja.« Jane dreht sich zu ihm um. Sein Gesicht ist noch blasser als sonst. »Kein Fan großer Höhen?«

Er schiebt die Hände noch tiefer in die Manteltaschen und schüttelt den Kopf.

Beim Sammelplatz ruft jemand irgendwas, und die Seilwinde beginnt sich zu drehen. Die Welt scheint zu verstummen, als der Kran auf den Klippen den VW langsam heraufholt.

Ein Stück weiter, vielleicht fünfhundert Meter die Holzstraße runter, wurde eine Barrikade errichtet, damit niemand sonst zum See gelangen kann. Als Jane und Duncan vorhin bei der Barrikade angekommen sind, haben sich schon die ersten Medienfahrzeuge hinter den Holzböcken versammelt, neugierig, was die ganze Aufregung zu bedeuten hat. Jane hat auch Angela und Rahoul in der Gruppe gesehen. In Janes und Duncans Nähe wartet Darryl Hendricks Vater Ahmed mit seiner Tochter Danielle in einem warmen Auto. Ahmed hat darauf bestanden, hierzubleiben. Er hat Jane gesagt, er wolle, dass sein Junge von seiner Familie willkommen geheißen wird, wenn er aus seiner nassen Ruhestätte heraufgeholt wird – falls es denn tatsächlich Darryl ist, der in diesem VW liegt. Mittlerweile sind die fünf verbliebenen Mitglieder der Shoreview Six aufs Revier gebracht worden, wo sie auf ihre Befragung warten. Sie alle haben sich beträchtlichen Rechtsbeistand besorgt.

»Scheint, als wüssten wir jetzt, was mit Darryl Hendricks passiert ist«, sagt Duncan. »Aber was ist mit Annalise Jansen?«

Jane tritt ebenfalls einen Schritt zurück, um sich neben ihn zu stellen. Während sie antwortet, sieht sie weiter der Seilwinde zu. »Hoffentlich verraten uns die Shoreview Six während der Verhöre etwas darüber.«

»Ich will wissen, wer in dieser braunen Limousine gesessen hat, die am Ende der Sackgasse stand, als Annalise nach Hause zurückgekommen ist. Ich wette nämlich immer noch auf Knox Raymond«, erwidert Duncan. Der Wind treibt ihnen einen Regenschleier entgegen.

»Vielleicht haben Claude Betancourt, Robbie Davine und Rocco Jones die beiden Mädchen belogen, und ein paar von ihnen oder sie alle sind zu Annalise gefahren und haben sie zum Auto gerufen.« Jane sieht zu Duncan auf. Seine grauen Augen haben die gleiche Farbe wie der Himmel. »Die DNS-Ergebnisse werden uns hoffentlich einen weiteren Ermittlungsansatz liefern. Irgendwas passt da nämlich immer noch nicht zusammen.«

»Hat Dr. Quinn schon irgendwas darüber gesagt, wann wir mit den Ergebnissen rechnen können?«, fragt Duncan.

»Heute noch, wenn wir Glück haben.« Jane sieht auf die Uhr. »Aber da habe ich meine Zweifel – es ist schon nach fünf.«

Wieder dringt ein Ruf vom Sammelplatz herauf, gefolgt von aufgeregten Stimmen und einem Strudel der Bewegung. Jetzt sieht Jane Lichter unter Wasser. Die Taucher kommen hoch. Auf einmal durchbricht das Dach des VW-Busses die Oberfläche. Anweisungen werden gebellt, während immer mehr von dem Bus auftaucht. In silbernen Sturzbächen ergießt sich das Wasser aus den Fenstern und der offenen Beifahrertür.

»Heilige Scheiße«, murmelt Duncan, als der VW sich langsam drehend immer höher in die Luft gezogen wird. »Orange und weiß. Von hier aus würde man niemals glauben, dass er siebenundvierzig Jahre lang da unten war.«

Der Kranarm lässt den Bus langsam auf die Klippen zuschwingen.

»Schauen wir uns das mal an«, sagt Jane.

Eilig folgen sie einem gewundenen, felsigen Pfad durch die Bäume hinunter zum Sammelplatz. Als sie dort unten ankommen, wurde der Bus bereits auf der Ladefläche des Trucks abgesetzt, und die Seile werden gelöst. Ein Team der Forensik in Schutzanzügen nähert sich und dokumentiert alles mit Kameras.

Einer der weiß gekleideten Techniker ruft Jane und Duncan zu sich. Er deutet auf die offen stehende Schiebetür des Busses und leuchtet mit einer Taschenlampe hinein. Auf dem Boden in sich zusammengesunken liegt ein Skelett, immer noch bekleidet, mit weit offenem Kiefer. Das Gebiss ist vollständig. Eine Mischung aus Hochgefühl und Schmerz erfasst Jane, und sie starrt die Leiche an, bei der es sich, wie sie glaubt, um die sterblichen Überreste von Darryl Hendricks handelt. Nach so vielen Jahren.

»Sieht nach einer Lederweste aus«, sagt sie leise.

»Und dann wäre da noch das hier.« Behutsam deutet der Techniker, dessen Finger in Gummihandschuhen stecken, auf ein Metallstück, das teilweise von dem Stoff verdeckt wird. Es hängt an einer Kette.

Das Medaillon.

»Es sieht immer noch so silbern aus«, bemerkt Duncan.

»Platin läuft viel langsamer an als Silber oder andere Metalle, besonders unter sehr kalten Frischwasserbedingungen wie hier«, erklärt der Techniker.

»Ist das da ein Kreuzschlüssel?« Jane deutet auf eine Metallstange neben dem Skelett.

»Scheint so«, bestätigt der Techniker.

»Könnte eine der Mordwaffen sein«, sagt Duncan. »Mal sehen, ob wir das Logo der Reifenwerkstatt oder irgendwelche Blutspuren darauf finden.«

Ein weiterer Techniker schießt Fotos vom vorderen Teil des Busses. Auf einmal stutzt er und ruft Jane etwas zu: »Sergeant, schauen Sie sich das mal an.« Vorsichtig hebt er eine laminierte Karte hoch. »Die steckte auf der Fahrerseite zwischen den Sitzkissen. Könnte dem Fahrer aus der Hosentasche gerutscht sein. Ein Ausweis, und der Name darauf ist immer noch lesbar. Leon Springer.«

Jane wechselt einen Blick mit Duncan. »Was war das für ein Name auf dem gefälschten Ausweis, den Claude Betancourt beim Schnapskaufen an den Docks benutzt hat?«

»Leon Springer«, antwortet Duncan.

Sie stößt einen Mundvoll Luft aus. »Damit können wir nachweisen, dass sich diese Jungs damals im Bus aufgehalten haben. Besonders wenn wir noch zusätzliche Spuren auf dem Ausweis und dem Kreuzschlüssel finden.«

JANE

Das Auto der Hendricksens ist regennass, und die Fenster sind beschlagen, weil der Motor läuft, um die Insassen warm zu halten. Sanft klopft Jane an das Beifahrerfenster, woraufhin beide Vordertüren gleichzeitig aufschwingen. Danielle und Ahmed Hendricks, die beide ungeduldig auf Neuigkeiten warten, steigen trotz des Regens aus und sehen sie erwartungsvoll an. Ahmeds milchig weiße Augen können zwar nichts sehen, aber Jane hat dennoch das Gefühl, als würde er im Moment alles um sich herum genau wahrnehmen.

»Er ist es«, sagt Ahmed. »Ich fühle es. Er ist es, nicht wahr, Sergeant? Haben Sie unseren Darryl gefunden?«

»Für eine offizielle Identifikation müssen wir immer noch auf einen DNS-Vergleich oder auf einen Vergleich der zahnärztlichen Unterlagen warten, aber es ist sein VW-Bus. Man kann das Nummernschild noch lesen. Und bei den Überresten haben wir eine Lederweste und ein Medaillon gefunden, was zu der Beschreibung der Kleidung passt, mit der Darryl zuletzt lebend gesehen wurde.«

»Er ist es«, sagt Danielle und kommt rasch um das Auto herum, um sich neben ihren alten Vater zu stellen. Sie berührt ihn am Arm, und Jane bemerkt, dass sie zittert.

»*Wees die verandering wat jy wil sien in die wêreld*«, murmelt Ahmed auf Afrikaans. Tränen treten ihm in die Augen.

Jane schluckt, als eine Welle der Emotionen in ihrer Brust aufsteigt. Sie hat das Gefühl, als würde Ahmed Hendricks – oder Darryl selbst – diese Worte direkt zu ihr sprechen.

Wenn du Gewissheit willst, wenn du Antworten willst, wenn du einen Abschluss willst, dann bring ihn anderen. Sei selbst der Wandel.

Ahmed wendet sich an seine Tochter. »Jetzt können wir ihn begraben, Danni. Bei Mimi. Wir haben ihn zurück.« Er wischt sich übers Gesicht. »Nach so vielen Jahren ist er nach Hause gekommen. Sein Ruf ist wieder rein. Danke, Sergeant. Ich danke Ihnen aus tiefstem Herzen.«

Tränen steigen Jane in die Augen, und sie ist froh, dass der Regen sie verbirgt. Sie muss wieder daran denken, was die Therapeutin dort unten im Kellerraum der Kirche gesagt hat.

Wir dürfen nicht vergessen, dass ›Abschließen‹ im Kontext von Ambiguous Loss ein Mythos ist … Wir sollten nicht dazu gezwungen werden, mit irgendetwas abzuschließen. Vielmehr müssen wir Wege finden, mit unseren komplexen Gefühlen zu koexistieren, und wir dürfen dabei nie vergessen, dass unsere Reaktionen vollkommen normal sind. Sie sind kein Zeichen persönlicher Schwäche.

Zum Teufel damit. Es ist kein Mythos. Es ist echt und unverstellt, und sie sieht es genau hier und jetzt in den Gesichtern von Ahmed und Danielle Hendricks. Abschließen zu können macht einen Unterschied. Jane wird den Versuch, dies auch für sich selbst zu finden, nicht aufgeben.

»Kann ich es haben – das Medaillon?«, fragt Ahmed.

»Im Moment ist es ein Beweisstück, Mr Hendricks, und es muss entsprechend behandelt werden«, erklärt Jane. »Wir müssen sehr gründlich und vorschriftsmäßig vorgehen, besonders wenn wir wollen, dass bei der Anklage und im Prozess alles verwendet werden kann. Und dann kommen die Gerichtsverhandlungen. Aber wenn wir damit fertig sind, dann ja.«

»Wer hat das getan?«, fragt Danielle. »Wird jemand dafür bestraft werden, was sie Darryl und uns, unserer ganzen Familie angetan haben?«

»Es ist meine Aufgabe, genau dafür zu sorgen. Und ja, ich glaube, wir werden die Verantwortlichen zur Rechenschaft ziehen können.«

»Aber wer sind die Verantwortlichen?«, beharrt Danielle. »Waren es diese Jugendlichen von der Shoreview? Hatte Jill Osman irgendwas damit zu tun? Was für eine Rolle hat sie gespielt? Warum hat sie mir ihre Aufträge gegeben – als eine Art Buße?«

»Auch das werden wir mit angemessener Sorgfalt behandeln müssen, aber sobald wir offiziell Anklage gegen die Schuldigen erheben, werden Sie zu den Ersten gehören, die es erfahren.« Sie sieht Darryls Vater an. »Das verspreche ich.«

»Was ist mit Annalise?«, fragt Ahmed.

Janes Handy klingelt. Sie sieht auf das Display, es ist Dr. Ella Quinn aus dem Labor. Ein spannungsgeladener Stich durchfährt Jane. Das könnte bedeuten, dass die DNS-Ergebnisse da sind.

»Bitte entschuldigen Sie mich – da muss ich rangehen. Ich schicke eine Opferschutzbeamtin zu Ihnen, die sich gut um Sie beide kümmern und die nächsten Schritte mit Ihnen absprechen wird.«

Damit tritt sie beiseite und nimmt den Anruf an. »Ella? Was gibt's Neues?«

»So einiges. Erstens die DNS-Ergebnisse der Tierhaarspuren, die mitsamt den Daunenfedern in der Adipocire gefunden wurden – sie stammen von einem weißen Pudel.«

»Von einem Pudel?«

»Einem reinrassigen Pudel, ja.«

Jane geht im Kopf die Fakten des Falls durch und versucht sich daran zu erinnern, ob dabei irgendwann ein Pudel aufgetaucht ist. Da fällt es ihr ein – die Zeugen am Ende der Sackgasse. Die Janyks hatten einen Pudel.

»Außerdem haben wir einen Treffer in der Datenbank des FBI wegen der Faserspuren. Sie waren im System, weil so ein Fahrzeug in einem Fall von großem öffentlichem Interesse in den Siebzigern in Kentucky verwickelt war. Die Textilfasern stammen von einem Plymouth Valiant aus dem Jahr 1972, eine sehr beliebte viertürige Limousine damals.«

Also kein Dodge Dart Custom.

»Und der DNS-Test zeigt eine Übereinstimmung mit der Mutter Helen Jansen. Wir können bestätigen, dass es sich bei unserer Jane Doe tatsächlich um ihre Tochter Annalise Jansen handelt.«

Janes Herz schlägt noch schneller. »Was ist mit dem Embryo? Haben Sie ein DNS-Profil, mit dem wir arbeiten können?«

»Tja, ich kann Ihnen jedenfalls sagen, dass keiner dieser Jungen der Vater war.«

Das überrascht Jane. »Woher wissen Sie das? Wir haben doch noch von keinem von ihnen eine Probe.«

»Wenn keiner davon ihr leiblicher Bruder ist, werden Sie auch keine Proben brauchen.«

»Wie meinen Sie das?«

»Hier liegt ein Fall von Blutsverwandtschaft vor. Der Vater von Annalises Baby ist ein Blutsverwandter ersten Grades zu ihr.«

Jane wird schwindlig. Sie tritt unter einen großen Nadelbaum, um sich vor dem Regen zu schützen, der nun immer heftiger fällt. Ihre Gedanken überschlagen sich. »Erklären Sie mir das genauer.«

»Ich leite Ihnen die Berichte weiter«, verspricht Ella. »Und ich gehe sie auch noch detailliert mit Ihnen durch, aber kurz und knapp: Normalerweise erwarten wir beim Genom eines Embryos ein hohes Maß an Heterozytogie, was darauf hinweist, dass das Kind die Hälfte seiner Gene von einer Mutter bekommen hat, die biologisch nicht mit dem Vater verwandt ist, von dem es die andere Hälfte erhalten hat. In diesem Fall zeigt die DNS bei mehreren Chromosomen keine derartige Heterozytogie, was etwa für ein Viertel des Genoms gilt und naheliegt, dass es sich bei dem Vater des Embryos um einen Verwandten ersten Grades handelt.«

»Inzest?«, fragt Jane leise.

»Hat Annalise Jansen Brüder?«, fragt Ella.

»Nicht, dass wir wüssten.« Jane wird übel, als sie an Kurt Jansen in seinem Fernsehsessel denkt und an das seltsame, in der Zeit gefangene Haus in der Linden Street. An Helen Jansen und ihre frisch geschiedene Tochter Faith Blackburn, die im Keller wohnt. Ihr fällt wieder ein, was Beth Haverton vom Donut Diner gesagt hat.

Wie hat Annalise reagiert, als Sie ihr geraten haben, vorsichtig zu sein?

Sie hat gelacht. Und irgendwas darüber gesagt, dass echte Gefahr nie so offensichtlich ist. Dass es die Gefahr ist, die man nicht kommen sieht, vor der man sich wirklich fürchten sollte.

Die Gefahr hat in Annalises eigenem Zuhause auf sie gelauert, innerhalb der Wände dieses kleinen Hauses in der Linden Street in der Sackgasse am Waldrand. Die Gefahr war nicht dort draußen in der Welt, sondern näher, als irgendjemand geahnt hat. *Das* war die Gefahr, vor der Annalise Angst hatte.

Ihr eigener Vater.

ANGELA

Angela und Rahoul befinden sich inmitten der Medienentourage, die sich hinter der Polizeibarrikade versammelt hat, mit der die Holzstraße zum Blackwater Lake abgeriegelt wurde. Sie sind hier, weil sie Funkmeldungen der Notfalldienste aufgefangen haben und weil zuvor Nachrichten über einen kreisenden Helikopter reingekommen sind, der irgendwo über den Wolken zu hören ist.

Angela weiß, dass sich derzeit ein großes Polizeiaufkommen beim See versammelt hat, zusammen mit einem Taucherteam. Und dass das Fahrzeug des Coroners gesichtet wurde. Ein Laster, ein Kran und weiteres Equipment sind herangeschafft worden, aber keiner aus der Menge hinter der Barrikade weiß, was wirklich vor sich geht.

Auf einmal entdeckt sie Sergeant Jane Munro und ihren Partner, die eilig die Holzstraße entlang auf die Barrikade zulaufen. Adrenalin wird durch ihre Adern gepumpt.

Die beiden passieren die Sägeböcke und steuern eine Reihe von Zivilfahrzeugen an, die ein Stück weiter unten am Rand der Holzstraße geparkt wurden.

»Schau mal, da ist sie«, flüstert sie Rahoul zu. »Das hier muss irgendwas mit dem Kapellenfall zu tun haben – warum sollte sie sonst hier sein? Komm mit, aber ganz unauffällig. Wir dürfen die anderen nicht aufmerksam machen.«

Sie holen Jane Munro und Duncan Murtagh ein, als die beiden gerade in eines der Autos steigen wollen.

Sergeant Munro spannt sich sichtlich an, als sie Angela und Rahoul auf sich zukommen sieht, aber sie hält inne und steigt nicht ein.

»Sergeant?« Sobald sie bei Munro sind, spricht Angela schnell und leise, weil sie die anderen Journalisten nicht aufschrecken will. »Hat die Suche im See irgendwas mit dem Annalise-Jansen-Fall zu tun? Haben Sie etwas gefunden? Wonach suchen Sie denn?«

Corporal Duncan Murtagh setzt sich auf den Fahrersitz und schlägt die Tür hinter sich zu, aber Jane bleibt mit der Hand auf der Tür stehen und sieht sie an, und Angela weiß, dass sie an ihren Tipp wegen Mason Gordon alias Rocco Jones denkt.

Kurz wendet die Polizistin den Blick ab und sieht in die Richtung des Waldes, als würde sie ihre Möglichkeiten abwägen.

»Inoffiziell?«, fragt sie.

Angela legt den Kopf schief. »Kommen Sie schon, Sarge. Ich brauche …«

Munro macht Anstalten, in den Wagen zu steigen.

»Okay, okay, inoffiziell. Versprochen«, versichert Angela. »Ich stehe zu meinem Wort. Ich will das hier richtig machen.«

»Sie müssen erst alles mit unserer Medienabteilung abstimmen – und sehr wahrscheinlich wird diese Information heute noch veröffentlicht. Wir haben einen orange-weißen VW-Bus mit einem Kennzeichen aus den Siebzigern im See gefunden. Darin befinden sich menschliche Überreste.«

Angela starrt sie an, und ihr Puls beschleunigt sich.

Ganz leise fragt Rahoul: »Soll ich die Kamera anwerfen, Ange?«

Angela schüttelt den Kopf. »Nein. Sie sagt, das ist alles noch inoffiziell.« Sie wendet sich wieder an Jane und fragt gedämpft: »Darryl Hendricks?«

»Mehr kann ich zu diesem Zeitpunkt noch nicht sagen.«

Angela weiß, dass Jane Munro sie aufmerksam machen wollte. Gutes Karma. Der Dank für ihren Anruf wegen Mason-Rocco. Das hier wird ihre Exklusivstory, aber dieses Mal wird sie die Sache wirklich anders angehen.

»Was ist mit Annalise Jansen?«, fragt Angela. »Gibt es schon eine offizielle Identifizierung?«

»Wir haben einen DNS-Treffer. Diese Information wird sicherlich in Kürze veröffentlicht.«

Das fasst Angela als ein Ja auf. Die Kapellenleiche ist tatsächlich die von Annalise Jansen.

»Was ist mit ihrem Baby – gibt es schon ein DNS-Profil für den Embryo?«

»Ja.«

»Ist Bob Davine der Vater? Hat er eine Probe zur Verfügung gestellt?«

»Mehr kann ich nicht sagen.« Die Polizistin steigt ein und ihr Partner lässt den Motor an.

»Was ist mit Mason?«, ruft Angela noch. »Ist er gesprungen oder ist an der Sache etwas faul?«

»Das ist alles.« Munro will die Tür schon schließen.

»Sergeant Munro. Danke.«

Die Ermittlerin zögert. »Danke, Angela.« Dann schlägt sie die Tür zu und das Auto fährt rückwärts an, während sich Munro den Sicherheitsgurt anlegt.

Angela sieht dem Auto hinterher, das in drei Zügen gewendet wird und dann die Holzstraße hinunterholpert, bis es im Nebel verschwindet. Sie weiß, was Jane Munro gemeint hat – danke für den Tipp. Sie fühlt sich gleichzeitig froh und ärgerlich, weil sie weiß, dass sie es besser hinbekommt. Sie *weiß*, dass sie fähig dazu ist, einen vielschichtigeren, komplexeren und nuancierten Journalismus zu betreiben, wenn es ihr nur gelingt, ihre Ungeduld und diesen nervösen Drang zu zügeln, immer die Erste zu sein. Wenn sie sich erlaubt, verwundbar zu sein. Der Teil mit der Verwundbarkeit macht ihr Angst. Als das Polizeifahrzeug mit einem letzten Aufflackern der roten Rücklichter im Nebel verschwindet, begreift Angela plötzlich, dass sie sich vor ihrem wahren Selbst versteckt.

»Und jetzt?«, fragt Rahoul.

»Ich glaube, wir sollten zum Haus der Jansens in der Linden Street fahren. Wenn ich richtig zwischen den Zeilen gelesen habe, dann kann oder will die Polizei mögliche Informationen noch nicht öffentlich machen, bevor sie Annalises Eltern von dem DNS-Treffer erzählt haben. Also nehme ich an, dass sie dorthin fahren. Und wenn in dem VW-Bus da unten im See Darryl Hendricks Leiche gefunden wurde, dann muss sie irgendwas in Mason-Roccos Wohnung hierhergeführt haben.« Sie sieht Rahoul an. »Ich wette, unsere Kollegen hier werden die Verbindung zwischen der Suche im See und dem Jansen-Fall noch eine ganze Weile lang nicht erkennen, und ich glaube nicht, dass sich hier heute Abend noch viel tut. Aber in der Linden Street – da könnten wir ein paar Aufnahmen bekommen. Vielleicht sogar ein Interview mit den Eltern.«

JANE

Jane starrt aus dem Autofenster und sieht das schwarze Wasser des Howe Sound vorübergleiten, während Duncan den Sea to Sky Highway entlangfährt, auf dem Weg zurück zum Haus der Jansens in der Linden Street. Die Scheibenwischer quietschen.

»Das Haus ist ihr Gefängnis«, sagt sie. »Die Familie Jansen – sie haben sich selbst darin eingesperrt. Nach außen hin sehnen sie sich nach einer Aufklärung, aber ganz sicher fürchten sie sich auch davor, dass sie kommen könnte.«

Duncan holt tief Luft, die Augen auf die gewundene Straße gerichtet, die Hände fest um das Lenkrad geschlossen. Jane erkennt, dass diese hässliche Entwicklung der Ereignisse ihm genauso zu schaffen macht wie ihr.

»Und was ist mit dem Pudel?«, fragt er nach weiterem Schweigen.

»Der einzige Pudel, der erwähnt wurde, ist der von Elise Janyk. Sie hat ausgesagt, sie hätte ihren Pudel vor dem Schlafengehen rausgelassen und dabei ein Mädchen, das sie für Annalise Jansen gehalten hat, über die Straße auf eine Limousine in Metallic-Braun zulaufen sehen.«

»Ist das Pudelhaar dann vor oder nach Annalises Tod auf ihr gelandet?«

Nachdenklich schürzt Jane die Lippen. »Erinnerst du dich noch daran, was Tank aus der Aussage von Elise Janyk vorgelesen hat?«

»Irgendwas darüber, was für eine freundliche Familie die Jansens waren, und dass sie ihnen im Laufe der Jahre bei vielen Dingen geholfen haben, wie die Regenrinne zu säubern, den Rasen zu mähen – und ihren alten Pudel zum Tierarzt zu bringen.«

Jane reibt sich über die Stirn, sie überlegt, und auf einmal trifft sie eine Erinnerung. »Das Foto auf dem Kaminsims der Jansens – das einzige, das Annalise und Faith zusammen als Kinder gezeigt hat. Die Mädchen standen vor einer grünen Limousine, und wenn ich mich nicht irre, dann war das …«

»Verdammt … ein Plymouth Valiant.«

Schnell zieht Jane ihr Handy hervor und scrollt durch die Fotos, die sie von Annalise Jansens Zimmer geschossen hat. Dabei fällt ihr die Flickenpuppe auf dem Bett ins Auge.

»Auf Annalises Bett liegt nur eine Tagesdecke«, erklärt sie. »Keine Bettdecke. Wenn diese Familie das Zimmer tatsächlich genau so gelassen hat, wie es war, wo ist dann die Bettdecke?«

»Du denkst an den langen Reißverschluss und die Federspuren bei der Leiche?«

»Vielleicht wurde sie in ihre eigene Bettdecke gewickelt und im Familienauto transportiert.« Während sie spricht, ruft Jane den Rest ihres Teams an, das sich immer noch in der Einsatzzentrale aufhält. Sie lauscht auf das Tuten, während sie darauf wartet, dass jemand abnimmt.

»Wenn man seine eigene Tochter geschwängert hat, dann hat man definitiv ein Motiv, sie loswerden zu wollen, zusammen mit dem ›Beweis‹. Und die Wahl des Orts unter der Kapelle mit dem Bild von der Maria mit dem Kind. Die Art, wie sorgfältig man sie in ihr Grab gebettet hat – auf einmal ergibt das alles einen Sinn. Und Annalise hat diese Ohrringe in Form von

Kreuzen getragen. Es muss also ein religiöses Element im Leben der Jansens gegeben haben.«

Da meldet sich Tank am Telefon.

»Hey, Tank, wissen wir eigentlich, was Kurt Jansen beruflich gemacht hat?«, fragt Jane.

»Er war Dienstleister. Baugewerbe.«

»Steht in den Akten irgendwas darüber, für welches Unternehmen er gearbeitet hat?«

Tank schweigt einen Moment, während er die digitalisierten Akten durchgeht. »Dazu sehe ich hier nichts.«

»Versuch herauszufinden, ob er jemals für eines der Unternehmen tätig war, die im Sommer 1976 für die Renovierungsarbeiten auf dem Hemlock zuständig waren.«

»Alles klar.«

Jane legt auf. Sie nähern sich North Vancouver. Gleich werden sie in die Linden Street einbiegen, und die Familie Jansen wird ihren Abschluss bekommen.

Nur nicht auf die Art, wie sie es alle gehofft haben.

JANE

Jane und Duncan sitzen Helen und Kurt Jansen in ihrem Wohnzimmer gegenüber. Helen hat ihrem Mann neben sich aufs Sofa geholfen. Sie ist kalkweiß im Gesicht und hält seine Hand. Kurt starrt Jane und Duncan unablässig an, hat bisher aber kein Wort gesagt. Jane hat keine Ahnung, wie viel er von der Situation um ihn herum begreift und ob er seinen Gesundheitszustand vielleicht bis zu einem gewissen Grad als Vermeidungstaktik nutzt.

Faith sitzt auf einem Stuhl, links von ihrer Mutter.

»Sie …. Sie haben Neuigkeiten über Annalise?«, fragt Helen.

»So ist es«, sagt Jane. »Wir haben durch die DNS jetzt die Bestätigung, dass die menschlichen Überreste, die unter der Skifahrerkapelle auf dem Hemlock gefunden wurden, zu Ihrer Tochter Annalise gehören.«

Helen schluckt und ihre Augen tränen. Faith sitzt steif und totenstill da.

»Mr Jansen, hat – oder hatte – Annalise Brüder?« Jane richtet ihre Frage an Kurt. Sie sieht ein Flackern in seinem Blick. Er sieht seine Frau an.

Es ist Helen, die antwortet. »Wir hatten nur die Mädchen.« Ihre Stimme bebt. »Warum fragen Sie das?«

Faith starrt weiter unablässig auf ihre Hände in ihrem Schoß hinab.

»Das Foto auf Ihrem Kaminsims mit der grünen Limousine – war das Ihr Auto?«

Kurz huscht Kurts Blick zum Kaminsims. »Unser Plymouth Valiant, ja«, sagt Helen.

»Wissen Sie, welches Modell es war?«, fragt Duncan.

Ein panischer Ausdruck tritt in Helens Augen. Sie wendet sich an Kurt. »Wann haben wir den Plymouth gekauft?«

Er starrt sie an.

Sie wendet sich wieder an Jane. »Ich … ähm … ich glaube, das war vier oder fünf Jahre, bevor uns Annalise genommen wurde.«

Genommen.

Duncan schreibt etwas in sein Notizbuch.

»Hat Ihre Familie jemals einen Pudel besessen?«, fragt Jane.

»Was hat das mit meiner Schwester zu tun?«, mischt sich Faith auf einmal ins Gespräch ein.

»Bei Annalises Leiche wurden Haare eines Pudels gefunden, zusammen mit den Überresten von Gänsedaunenfedern. Haben Sie einen Pudel besessen?«, wiederholt sie ihre Frage.

»Nein«, antwortet Helen. »Die einzigen Pudel hier gehörten Elise und Will am Ende der Sackgasse. Immer wenn einer gestorben ist, haben sie sich einen neuen geholt. Sie hatten immer Hunde, wir aber nicht.«

»Mr Jansen« – wieder wendet sich Jane direkt an Kurt – »haben Sie jemals einen Pudel der Janyks in Ihrem Plymouth transportiert? Um den Janyks auszuhelfen, vielleicht?«

»Mom«, sagt Faith laut. »Antworte nicht auf ihre Fragen. Sie können dich nicht dazu zwingen. Nicht ohne Anwalt. Sag ihnen, dass sie gehen sollen.«

Tränen sammeln sich in Helens Augen und sie wischt sie fort. »Ich will keinen Anwalt. Ich will nur, dass das ein Ende hat. So viele Jahre habe ich darauf gewartet, dass sie erfahren, was passiert ist, und zu uns kommen. Ja, Kurt hat im Spätsommer 1976 einen weißen Pudel auf dem Rücksitz des Plymouth transportiert. Ich … ich … es ist alles meine Schuld. Ich hätte es verhindern können. Ich …« Sie bricht in Tränen aus und heftige Schluchzer schütteln ihren ganzen Körper.

Ein Knoten der Anspannung zieht sich in Janes Bauch zusammen. Sie atmet einmal durch, um sich zu sammeln. Sie will behutsam vorgehen und ihre Fragen mit Bedacht stellen.

»Mom«, flüstert Faith. »Hör auf. Bitte, hör auf. Ich will das nicht hören.« Sie fährt zu Faith herum und vor Angst ist ihr Gesicht ganz verzerrt. »Ich … ich will nicht wissen, was damals passiert ist. Ich weiß nur, dass meine Schwester verschwunden ist, aber ich will nicht hören, was passiert ist. Ich kann nicht. Mom, bitte, hör auf. Es ist nicht deine Schuld.«

Kurt starrt Jane und Duncan finster an, aber Jane sieht, dass auch in seinen Augen Tränen stehen.

»Was genau hätten Sie verhindern können, Mrs Jansen?«, fragt sie sanft.

Helen scheint sie nicht zu hören. Sie schluchzt immer weiter und zittert am ganzen Körper wie eine Lumpenpuppe, die eine unsichtbare Macht an den Schultern gepackt hält und schüttelt. Das Heulen, das sie von sich gibt, hat nichts Menschliches mehr.

Faith springt auf. »Ich muss Ihnen etwas zeigen«, sagt sie schnell. »Ich muss es von unten holen.«

Jane sieht Duncan an. Er nickt und steht auf.

»Ich begleite Sie, Faith«, sagt er.

Jane bleibt mit der schluchzenden Helen und dem stummen Kurt sitzen. Vielleicht will Faith für eine Ablenkung sorgen. Oder vielleicht konnte die Frau auch einfach keinen

Moment länger stillsitzen und sich anhören, was ihr Vater ihrer Schwester möglicherweise angetan hat.

Kurz darauf kehrt Faith mit Duncan zurück. Zitternd hält sie Jane zwei Blätter Papier hin.

»Meine Mutter ist nicht schuld. Sondern er. Die hier sind aus dem Notizbuch meiner Schwester – aus ihrem Tagebuch. Es hat dieses Haus nie verlassen, genauso wenig wie ihr Rucksack oder ihr Sockenaffe. Ich habe bei einer Freundin übernachtet, als Annalise verschwunden ist, und ich war zu klein oder zu behütet, um zu verstehen, was vor ihrem Verschwinden wirklich vor sich gegangen ist. Ich habe das Tagebuch und die anderen Sachen erst vor Kurzem gefunden, als ich den Keller aufgeräumt habe, damit ich nach meiner Scheidung da unten einziehen konnte.« Sie zögert und versucht, sich zu fassen. »Als kleines Mädchen war ich oft so eifersüchtig auf Annalise. Sie war der Liebling meiner Eltern. Sie hat immer kleine Geschenke und Aufmerksamkeiten bekommen, ich nicht. Manchmal habe ich sie richtig gehasst. Ich habe sie um die Liebe beneidet, mit der mein Vater sie überschüttet hat.« Bebend holt sie Luft. »Jetzt weiß ich es. Von diesen beiden Seiten. Und ich selbst war in diesem Haus nur wegen meiner großen Schwester sicher. Wegen Annalise.« Sie wischt sich eine Träne fort. »Sie hat mich immer Pop Tart genannt. Sie wollte weg von hier, aber sie hat in ihr Tagebuch geschrieben, dass sie Angst hatte, damit würde sie Pop Tart im Stich lassen und in Gefahr bringen – mich. Und jetzt verstehe ich auch, warum.« Sie sieht ihren reglosen Vater an. »Annalise wollte nicht, dass er auch mir wehtut.«

»Wo ist das Tagebuch?«, will Jane wissen.

»Das habe ich verbrannt.«

»Wann? Warum?«

»Erst … erst vor Kurzem.« Wieder sieht sie ihren Vater an, der die Hände fest auf seine Oberschenkel presst. Ihre Mutter schluchzt und stöhnt.

»Ich habe es verbrannt, um meiner Mutter das hier zu erspa-
ren. Ich wollte nicht, dass Sie herkommen und sie zwingen, sich
diese Dinge anzuhören. Ich habe es verbrannt, damit das alles
aufhört, damit sich der Geist meiner Schwester und alles Böse,
das mit der Erinnerung an sie zusammenhängt, in Rauch auf-
löst. Ich dachte: Was soll es bringen, wenn unsere grauenvollen
Familiengeheimnisse jetzt noch ans Licht kommen? Was mein
Dad meiner Schwester angetan hat, ist nicht die Schuld meiner
Mutter – sie war ein Opfer. Und letztendlich hat er mich nie
angerührt. Nachdem Annalise weg war, hat sich alles verändert.
Und dann ist mein Vater krank und impotent geworden. Und
jetzt ist er mit seiner ganzen Reue in seinem eigenen Kopf eingesperrt. Ich weiß, dass er sich erinnert. Ich weiß, dass es ihm
leidtut. Ich sehe es in seinen Augen, auch wenn er es nicht aussprechen kann. Wenn die Wahrheit herauskommt, kann ihn das
also kaum noch treffen, aber es würde meine Mutter quälen
und demütigen. Es würde sie vernichten. Aber meine Schwester
bringt das auch nicht zurück. Was, Detectives, was soll es also
noch bringen?«

Jane schließt kurz die Augen und atmet ein. Sie denkt
an Ahmed und Danielle Hendricks und daran, wie schmerz-
lich sie sich nach der Wahrheit gesehnt haben. Sie denkt an
die Tante, die Darryl das Medaillon mit der Inschrift geschickt
hat, und daran, wie fundamental ihr Wunsch war, den Namen
der Familie von jeder Schuld reinzuwaschen. Wie verzweifelt
Ahmed der Welt beweisen wollte, dass sein Darryl ein guter
Junge war und dass er Annalise Jansen niemals etwas angetan
hätte. Sie denkt an die Gerechtigkeit, die nun auf die Shoreview
Six zurast. Sie denkt an die Lücken – an die Fragen, die immer
noch offen sind. Fragen darüber, wie das alles zusammenhängt
und wer in dem braunen Auto am Ende der Sackgasse gesessen
hat.

»Wir werden Sie alle zu einer offiziellen Befragung vorladen müssen«, verkündet sie. »Aber erklären Sie mir eins, Faith: Wenn Sie wollten, dass das alles einfach verschwindet, warum haben Sie diese letzten beiden Seiten dann aufbewahrt?«

»Ich ... ich wollte sie auch ins Feuer werfen. Aber ich konnte den letzten Klang ihrer Stimme einfach nicht zum Schweigen bringen. Sie hat es nicht zugelassen. Und vielleicht ist das der Grund.« Faith nickt in Richtung der Papiere in Janes Händen. »Vielleicht musste sie es laut ausgesprochen hören. Damit sie endlich ihr letztes Wort bekommt.«

»Oder vielleicht mussten *Sie* ihre Worte laut ausgesprochen hören, Faith?«, fragt Jane.

Faith starrt einen Moment lang auf den Teppich hinab. Leise antwortet sie dann: »Ein Teil von mir, vielleicht. Der Teil, der nicht weiß, wie sie genau gestorben ist. Der Teil, der sich genauso davor fürchtet, es zu erfahren.«

Jane wendet sich an Helen, die ganz still geworden ist. »Haben Sie das Tagebuch Ihrer Tochter gelesen, Mrs Jansen? Wissen Sie, was darin steht?«

Sie nickt. »Genau deshalb habe ich es versteckt, und ich wollte nicht, dass die Polizei es findet und liest, nachdem wir Annalise als vermisst gemeldet haben.« Sie sieht ihre jüngere Tochter an. »Ich wusste nicht, dass du es gefunden hast, Faith. Ich wusste nicht, dass du über deinen Vater Bescheid weißt. Es tut mir so leid. Ich habe euch beide im Stich gelassen. Ich hätte euch beschützen müssen, aber stattdessen wollte ich unbedingt so tun, als wäre das alles nie passiert.«

»Mr Jansen« – Jane richtet ihre Worte wieder direkt an Kurt – »wussten Sie, dass Ihre Tochter schwanger von Ihnen war?«

Er schließt die Augen. Sein Kopf wackelt auf seinem Hals hin und her. Tränen dringen unter seinen Lidern hervor, aber er sagt kein Wort – vielleicht kann er es nicht.

»Wir haben es gewusst«, erklärt Helen mit brüchiger Stimme. »Wir haben es beide gewusst.«

Duncan schreibt schnell alles mit.

Jane fragt weiter. »Mr Jansen, haben Sie Ihre Tochter getötet, sie dann in ihre Decke gewickelt und in Ihrem Plymouth transportiert?«

»Ich war es.« Wieder beginnt Helen zu schluchzen. »Ich … ich habe mein wunderschönes Mädchen und das Baby in ihrem Bauch umgebracht, und es tut mir so leid. So, so leid. Sie ist tot, weil sie mich so wütend gemacht hat, dass ich die Beherrschung verloren und sie mit einem Baseballschläger auf den Kopf geschlagen habe. Sie ist gestürzt und hat sich den Hinterkopf an dem Kaffeetisch aus Stein angeschlagen, und sie ist nie wieder aufgewacht und … und wir wussten nicht, was wir tun sollten.«

ANNALISE

HASSEIHNHASSEIHNWILLIHNUMBRINGEN

Meine Mom glaubt mir nicht. Sie will die Wahrheit über IHN einfach nicht hören. Über das Monster. Ich weiß nicht, mit wem ich reden soll, also schreibe ich es hier rein.

Es hat angefangen, als ich noch zu klein war, um zu verstehen, dass das keine Liebe ist. Dass es nicht normal ist. Er war immer so freundlich und liebevoll. Er hat mir kleine Geschenke mitgebracht und sich einen Finger vor den Mund gelegt: Schhh, Annalise, verrat es Mom nicht. Sie wird nur eifersüchtig. Das hier ist unser Geheimnis, weil du etwas ganz Besonderes für mich bist, okay, Schatz? Das beste kleine Mädchen der Welt. Daddy und Anna haben ein Geheimnis. Ein besonderes Geheimnis. Stimmt's, Annabär?

Er ist nachts in mein Zimmer gekommen, und ich habe meine Gedanken dazu gezwungen, weit weg zu fliegen, in ein sicheres Märchenland, bis es vorbei war. Und dann hat er mich immer auf die Stirn geküsst und mir übers Haar gestreichelt und mir versprochen, dass ich am Wochenende einen Schokomilchshake bekomme oder ein Eis, einen neuen Fußball, ein Skateboard, eine Puppe, die neue gelbe Cordhose, die ich unbedingt haben wollte, neue Adidas-Sneaker, wie die coolen Kids in der Schule.

Wenn ich mit meiner neuen gelben Cordhose und den Adidas in der Schule aufgetaucht bin, haben mich die anderen angelächelt, und sie fanden mich cool. Und ein paar Mädchen waren neidisch, weil ihnen meine Haare so gefallen haben, und sie haben gesagt, mir würde alles viel besser stehen als den anderen und dass ich so hübsch sei, und das hat mich stolz gemacht. Aber ich habe auch angefangen, mich schmutzig zu fühlen. Und noch schmutziger und immer schmutziger. Ich habe verstanden, dass andere Väter das nicht tun. Irgendwas stimmte nicht mit mir, mit uns, mit unserer Familie, und wenn die anderen Kinder in der Schule das herausfinden würden, wäre es das Schlimmste, was passieren könnte.

Ich habe mich ständig krank gefühlt. Ein paar Mal habe ich versucht, es Contrary zu erzählen, aber dann war ich jedes Mal zu feige. Wenn man ein Geheimnis erst mal ausgesprochen hat, dann ist es kein Geheimnis mehr, weil es noch jemand weiß. Und wenn das passiert, hat man keine Kontrolle mehr über die Wahrheit. Man kann sie nicht mehr für sich behalten.

Vor ein paar Jahren in der Küche, als er wegen der Arbeit verreist war, habe ich den Mut gefunden, meiner Mutter zu erzählen, was er mit mir macht. Ich habe geweint und geschluchzt und gesagt, dass ich ihre Hilfe brauche.

Sie hat mir nur den Rücken zugedreht und weiter das Geschirr abgewaschen. Und sie hat nichts gesagt. Gar nichts. Ich habe gesagt: »Mom, bitte rede mit mir.«

»Geh in dein Zimmer, Annalise.«

»Warum?«

Sie hat sich zu mir umgedreht, und ihr Gesicht war ganz rot, weil sie so wütend war, und sie hat gesagt: »Erzähl nie wieder so einen Blödsinn. Sonst wasche ich dir den Mund mit Seife aus, du widerliches kleines Mädchen. Deine Fantasie ist ekelhaft. Deine Familie wird dich ausstoßen, wenn du noch mal so einen Unsinn redest. Du böses, böses Mädchen. Geh. Sofort. In dein Zimmer.«

Und da habe ich auch sie gehasst. Meine Mom sollte uns beschützen. Ich habe angefangen, mir Sorgen zu machen, dass Pop Tart das nächste Opfer wird, wenn mir etwas passiert oder wenn ich weglaufe. Im Moment bin ich die Einzige, die zwischen ihr und dem Monster steht.

Vor ein paar Tagen hätte ich es Contrary fast schon wieder erzählt, aber ich konnte es nicht. Stattdessen bin ich ein bisschen gemein geworden, und ich weiß, dass ich angefangen habe, sie wegzustoßen. Alle wegzustoßen.

HASSEMICHSELBSTHASSEMICHSELBSTHASSEIH NHASSESIE

Dann ist meine Periode ausgeblieben.

Dann noch eine.

Ich hatte schreckliche Angst davor, dass jetzt die ganze Welt mein schmutziges, böses Geheimnis erfahren würde. Dass sie sehen würden, was für ein widerliches, schmutziges Mädchen ich bin. Dass sie wissen würden, was ich mit meinem Vater getan habe.

Ich musste es so aussehen lassen, als könnte das Baby auch von jemand anderem sein, bis mir einfällt, was ich damit tun soll. Wenn ich mit so vielen Männern wie möglich Sex hätte, und zwar schnell, alle der Reihe nach, dann würden sie nie wissen, wessen Baby es ist. Es hilft, wenn ich mich vorher betrinke. Ich betrinke mich ziemlich oft. Dann fühle ich mich eine Weile lang angenehm taub.

Und ich habe HC kennengelernt. Er hat mir noch was gezeigt – dass man mit Sex Macht über Männer wie ihn hat und wie berauschend und leicht das ist, und ich weiß selbst nicht, warum, aber ich stachle ihn immer weiter an, und er hat mir diese Polizeinadel geschenkt, die so cool ist und die ich wie ein Geheimnis trage, wie eine Waffe. Ganz offen vor den Augen aller anderen, während niemand weiß, was wir in seinem Auto tun. Ich habe es auch ein paar Mal mit Mullet und Puck getan, aber nie mit Smurf. Ich mag ihn, vielleicht liebe ich ihn sogar.

Vielleicht kann ich es nicht mit ihm tun, weil ich beim Sex immer an Monster denke, und weil meine Gefühle für Smurf rein und sauber sind und ich das nicht kaputtmachen will. Ich will wirklich nicht, dass Smurf von meinem Geheimnis erfährt, aber bald wird er meinen Bauch sehen. Wie alle anderen. Er wächst. Mir läuft die Zeit davon.

Und dann ist da noch CW. Ich habe versucht, mich auch an ihn ranzumachen, aber CW hat begriffen, dass irgendwas in mir vorgeht. Etwas Verzweifeltes, Selbstzerstörerisches. Er ist gut und so unheimlich klug, und ich glaube, aus ihm wird einmal ein toller Psychologe. Als er angefangen hat, mir Nachhilfe zu geben, hat er gespürt, dass irgendwas in diesem Haus und mit meinen Eltern nicht ganz koscher ist. Ich glaube, sie haben bemerkt, dass er es bemerkt hat, weil sie immer nervöser und misstrauischer geworden sind, wenn er bei uns war. CW hat versucht, mit mir darüber zu reden, was los ist, und ich war mal wieder betrunken, und da bin ich zusammengebrochen und habe ihm alles erzählt und geweint. Zum ersten Mal habe ich das Geheimnis verraten, aber es ist so groß in mir geworden, dass ich es nicht länger zurückhalten konnte. Er hat mir versprochen, mein Geheimnis für sich zu behalten, und er hat gesagt, dass er mir vielleicht helfen kann. Die Leute im Reggae Club, in den er immer geht – seine Freunde –, kennen jemanden in den USA, der dafür sorgen kann, dass dieses schreckliche Ding von IHM verschwindet, dass ALLES verschwindet. Er hat gesagt, ich könnte einen Neuanfang machen. Ich habe ihn gefragt, warum er mir helfen will, und er hat geantwortet, dass wir selbst der Wandel sein müssen, den wir in der Welt sehen wollen. Ich vertraue ihm. Ich glaube, mir bleibt gar nichts anderes übrig, als mit ihm in seinem VW wegzufahren. Nur für eine Weile.

Wenn das vorbei ist, komme ich zurück und hole Pop Tart, und dann kehren wir nie wieder zurück.

HELEN

Helen sitzt am Tisch in einem Befragungsraum der Polizei gegenüber von Sergeant Jane Munro und Corporal Duncan Murtagh, während Sergeant Munro die letzten Worte aus Annalises Tagebuch vorliest.

Sie schließt die Augen und zwingt sich zum Zuhören. Allein. Kurt ist entkommen. Er wurde ins Krankenhaus gebracht – er hatte einen weiteren Schlaganfall, wegen dem ganzen von der Polizei in ihrem Haus verursachten Stress. Er ist stabil, aber seine Langzeitprognose ist nicht gut. Falls es ihm jemals gut genug gehen sollte, wird er in ein Heim für betreutes Wohnen gebracht.

Ihr wurde gesagt, dass eine forensische Psychologin Kurts kognitive Fähigkeiten einschätzen soll, damit die Polizei und die Staatsanwaltschaft entscheiden können, wie man mit ihm am besten weitermacht. Sie weiß, dass diese Befragung aufgenommen wird. Sie weiß, dass man sie durch die Kamera dicht unterhalb der Decke beobachtet. Einen Rechtsbeistand hat sie abgelehnt.

Sie könnte auf ihrem Recht auf einen kostenlosen Anwalt bestehen. Sie könnte sich wehren oder Kurt allein die Schuld geben, lügen, versuchen, das alles wieder in einem versteckten

Teil ihres Verstands zu begraben, aber Helen weiß nur zu genau, dass solche Dinge schwelen können, bis giftiger Eiter durch ihren ganzen Körper sickert. Sie fühlt sich alt und mehr als erschöpft, und sie ist fast erleichtert, dass diese Last endlich von ihren Schultern verschwindet. Sie will, dass es endet. Sie *will* die Strafe auf sich nehmen, die sie verdient hat. Vielleicht wird sie dann sogar wieder richtig schlafen können. Seit ihr Schlag Annalise getroffen hat, konnte sie keine Nacht mehr durchschlafen. Wahrscheinlich trifft sie sogar noch mehr Schuld als Kurt. Sie ist nicht krank, so wie er es war. Helen glaubt, dass Kurt so geboren wurde. Seine eigenen Eltern haben ihn so gemacht. Er kann nichts dafür, dass er nicht normal im Kopf ist – so hat sie es immer vor sich selbst gerechtfertigt.

Aber ich? Ich hatte nicht den Mut, ihn aufzuhalten, meine Ehe aufzulösen, mit meinen Kindern zu gehen, ohne irgendeine nennenswerte Berufsausbildung. Ich hatte nicht den Mumm, mich meinen Nachbarn zu stellen und ihnen zu zeigen, wie dysfunktional unsere perfekte kleine Linden-Street-Familie wirklich war. Ich bin schwach. Selbstsüchtig. Eine erbärmliche Imitation einer Mutter. Ich habe meiner Kleinen nicht geholfen, weil ich mich den Konsequenzen nicht stellen wollte. Es hat mir zu viel Angst gemacht. Jetzt ist es Zeit, mein Schicksal in Gottes Hände zu legen.

Als Sergeant Munro die letzten Worte aus Annalises Tagebuch laut vorgelesen hat und sie noch in der Luft um Helen hängen und anklagend auf sie zu deuten scheinen, hebt die Polizistin den Kopf. Sie sieht Helen direkt in die Augen, blickt ihr bis in die Seele.

»Wer sind diese Leute, die Ihre Tochter in ihrem Tagebuch erwähnt, Mrs Jansen – Puck, Smurf, Mullet, CW?«

Helen reibt sich über den Mund. »Ich … ich glaube, Puck ist Claude, der Hockeyspieler. Smurf ist Robbie, der Surfer, weil es sich auf ›Surf‹ reimt. Mullet ist Rocco. Und CW steht für Cape Winds, weil er eindeutig Darryl sein muss.«

»Woher wissen Sie das?«

»Ich habe ihr Tagebuch oft gelesen, und ich habe dagesessen und darüber nachgedacht, bis ich dahintergekommen bin.«

»Nachdem Sie den Ermittlern damals gesagt haben, es wäre verschwunden?«

Sie nickt.

Corporal Murtagh meldet sich zu Wort. »Können Sie Ihre Antwort bitte laut aussprechen für die Aufnahme, Mrs Jansen?«

»Ja, nachdem ich gelogen und behauptet habe, dass es zusammen mit ihrem Rucksack und dem Sockenaffen verschwunden ist. Wir – ich wollte, dass es so aussieht, als wäre sie weggelaufen.«

»Stimmt das – hat Annalise versucht, Sie um Hilfe zu bitten?«

Leise sagt Helen: »Es ist alles wahr.«

»Was genau ist in der Nacht des 3. September 1976 passiert, Mrs Jansen?«, fragt Corporal Duncan Murtagh.

Sie greift nach einem Becher Wasser auf dem Tisch und trinkt einen Schluck, wobei sie jedoch einen Teil verschüttet, weil ihre Hände so zittern. »Annalise ist zu einer Party gegangen. Sie wollte am Abend wieder nach Hause kommen.«

»Sie hat also nie behauptet, irgendwo anders übernachten zu wollen?«, fragt Sergeant Munro.

»Nein. Ich habe gelogen. Ich bin in dieser Nacht um 23.25 Uhr aufgewacht, weil ich den Pudel der Janyks bellen gehört habe. Ich bin aufgestanden, um auf die Toilette zu gehen, und da habe ich aus dem Fenster geschaut. Ich habe gesehen, wie unsere Annalise auf ein braunes Auto am Ende der Sackgasse zugelaufen ist. Sie hat sich zum Fahrerfenster vorgebeugt und mit irgendjemandem gesprochen, dann wollte sie wieder gehen. Wer auch immer da im Auto saß, er hat ihre Hand gepackt. Sie hat gezogen und dann gelacht. Sie ist ums Auto herumgelaufen und auf der anderen Seite eingestiegen.«

»Auf der Beifahrerseite?«, vergewissert sich Munro.

»Ja. Ich habe eine Weile zugesehen. Das Auto hat geschaukelt. Ich wusste, was sie da drinnen treibt. Ich bin ins Bett zurückgegangen, war aber hellwach. Ich habe gehört, wie die Haustür geöffnet und wieder geschlossen wurde, als Annalise versucht hat, sich hereinzuschleichen. Sie ist gegen den Wandtisch im Flur gestoßen, und irgendwas ist klappernd auf dem Boden gelandet.«

»Wo war Ihr Ehemann zu dieser Zeit?«, fragt Sergeant Munro.

»Er hat geschlafen. Auf einmal war ich vollkommen grundlos wütend. Ich kann selbst nicht erklären, warum. Ich bin nach unten gegangen und habe Annalise an den Kopf geworfen, sie wäre betrunken und eine Schlampe. Ich konnte den Alkohol an ihr riechen. Ich konnte den Sex riechen. Und da hat sie mich angeschrien, dass sie keine Schlampe und alles *seine* und meine Schuld sei, weil sie schon vor Jahren versucht hätte, mir zu erklären, was Kurt mit ihr machte. Sie hat geschrien, dass jetzt die ganze Welt erfahren würde, wie krank unsere Familie wäre, weil mein Mann – ihr Vater – sie geschwängert hätte.« Helen zögert. Sie zittert am ganzen Körper, als die furchtbaren Erinnerungen wie Feuer in ihrer Brust auflodern.

»A-Annalise hat ihren Pullover hochgezogen, um mir ihren Babybauch zu zeigen, und ich … ich bin einfach durchgedreht. Es war, als würden die zwei Teile, die ich durch eine Wand voneinander getrennt zu halten versucht hatte, beide die Wand durchbrechen, und ich habe ausgeholt und sie mit dem Handrücken geschlagen. Fest.«

Sie verstummt.

»Haben Sie erst da erfahren, dass Ihre Tochter schwanger war?«, hakt Sergeant Munro ein.

Tränen brennen in Helens Augen. »Ich … ich glaube, ich hatte so eine Ahnung und schreckliche Angst davor, es könnte wahr sein. Und dann hat sie meinen schlimmsten Albtraum bestätigt – sie hat alles real gemacht. Ich konnte es nicht ertragen, dass Kurt ihr das tatsächlich angetan hatte, ihr, mir und uns allen. Ich … ich konnte mich nicht mehr davor verstecken. Annalise hat mich zurückgeschubst, und ich war plötzlich blind vor Wut. Es war, als stünde sie auf einmal für diese grässliche Sache, die mein Ehemann getan hatte, und ich konnte nicht mehr denken. Ich habe den Schläger neben der Tür gepackt und … ihn geschwungen.«

»Was ist dann passiert?«, will Sergeant Munro wissen.

»Ich habe so fest zugeschlagen. Sie war schon nicht mehr sicher auf den Beinen, und sie ist zur Seite getaumelt, gestolpert und hat noch versucht, sich abzufangen. Dann ist sie mit dem Fuß am Teppich hängen geblieben und hart aufgeschlagen.«

»Aufgeschlagen?«

Helen drückt sich die Finger an die Schläfe. »Ich habe sie mit dem Schläger hier getroffen. Hinter der Schläfe. Als sie gestürzt ist, hat sie sich den Hinterkopf an dem Steintisch aufgeschlagen. Kurt hatte ihn ein paar Jahre vorher gemacht. Er war Hobbysteinmetz.«

Die Detectives behalten sie beide fest im Auge. Sie fühlt, wie die anderen sie von irgendwo durch die Kamera beobachten. Sie räuspert sich. »Sie hat einfach dagelegen. Reglos. Blutend. Ich bin ganz taub geworden.«

»Wo war Ihr Ehemann zu dieser Zeit, Mrs Jansen?«, will der rothaarige Cop wissen.

Sie reibt sich die Stirn, ihr ist inzwischen ein bisschen schwindlig. »Ich habe Kurt am Fußende der Treppe stehen sehen – er hatte alles mit angesehen.«

»Wie hat er reagiert?«, fragt Sergeant Munro.

»Er war schockiert. Entsetzt. Obwohl er Annalise ihr ganzes Leben lang wehgetan hat, hat er sie, glaube ich, wirklich geliebt.«

Die Ermittlerin zuckt nicht mit der Wimper. Helen sieht, dass sie sich ihr Urteil gebildet hat.

»Was ist dann passiert?«, fragt der Rothaarige.

»Wir wussten nicht, was wir tun sollten. Ich habe Kurt gesagt, dass sie schwanger war und dass ich deshalb die Kontrolle verloren habe. Er hat nur angefangen zu weinen. Ich habe gesagt, wir müssten sie begraben. Schnell, bevor irgendjemand etwas merken würde. An einem schönen Ort, wo sie bei Gott sein könnte. Ich … ich habe immer noch versucht, ihn zu beschützen. Und Faith. Ich habe immer noch versucht, unsere kaputte Familie zusammenzuhalten. Ich habe gesagt, wir könnten so tun, als wäre sie nie von der Party nach Hause gekommen.«

»Und wer hat in dieser Nacht in dem braunen Auto gesessen?«, fragt Sergeant Munro.

»Ich weiß es nicht. Ich habe es nie herausgefunden. Als ich wieder aus dem Fenster geschaut habe, war das Auto weg. Wir haben uns Sorgen darum gemacht, dass der Fahrer gesehen haben könnte, wie Annalise ins Haus gegangen ist, aber es hat sich nie jemand gemeldet, um unserer Geschichte zu widersprechen. Irgendwann bin ich auf den Gedanken gekommen, dass der Fahrer vielleicht Angst hatte, weil er etwas getan hat, was er nicht hätte tun sollen. Trotzdem habe ich die ganze Zeit gewusst, dass irgendjemand dort draußen sicherlich weiß, dass wir lügen.«

Sie greift nach dem Wasser, nimmt noch einen zittrigen Schluck, räuspert sich. »Ich war hysterisch. Ich konnte nicht fassen, was ich getan hatte. Aber ich konnte die Uhr auch nicht zurückdrehen.«

»Wo war Faith?«

»Sie hat Gott sei Dank bei einer Freundin übernachtet. Faith hat nie erfahren, was wirklich passiert ist, das müssen Sie begreifen, Detectives. Sie hat vielleicht vor ein paar Jahren

411

durch das Tagebuch von dem Missbrauch an ihrer Schwester erfahren, aber sie hat nie gefragt, was am Ende wirklich passiert ist. Faith ist nicht stark. Für sie ist es leichter, keine Fragen zu stellen, nichts zu wissen, weil es sicherer ist. Vielleicht hat sie im Laufe der Jahre diesen Missbrauch irgendwie wahrgenommen und wurde selbst davon beeinflusst. Vielleicht hat sie deshalb einen so furchtbaren, gewalttätigen Mann geheiratet und konnte ihn so lang nicht verlassen.«

Sergeant Munro ergreift wieder das Wort. »Also haben Sie beschlossen, Annalise zu begraben?«

»Bei der Kapelle. Kurt hat dort oben gearbeitet – damals war er bei Diamond Pacific Concrete beschäftigt und sollte nach dem langen Wochenende den Kellerboden legen. Er kann so gut mit seinen Händen umgehen. Und er war immer so freundlich. Manchmal kann ich immer noch nicht glauben, dass alles so falsch gelaufen ist.«

»Dann hat sich der Keller also angeboten?«, fragt Sergeant Munro.

»Ich war davor schon mal dort gewesen und hatte das schöne Buntglasfenster gesehen. Die Maria mit Kind. Ich dachte …« Ihre Stimme bricht und Tränen fluten ihre Augen. »Ich dachte, Mutter Maria könnte auf meine Kleine und ihr eigenes Kind, Kurts Kind, aufpassen. Kurt wusste, dass es am Labour-Day-Wochenende totenstill dort draußen sein würde, besonders nachts, und es gab Werkzeug dort, Schaufeln und so. Er wusste, dass der Boden schon vorbereitet war, und hat sich gedacht, wir könnten sie einfach in die Erde legen und alles wieder glätten, dann würde er direkt nach dem Wochenende den Beton darübergießen und ihr Grab versiegeln, und dann wäre sie sicher.«

»Oder *Sie* wären sicher«, gibt Corporal Murtagh kühl zurück.

Sie senkt den Blick auf ihre Hände.

»Wann haben Sie zum ersten Mal Verdacht geschöpft, was Ihr Mann Ihrer älteren Tochter antat, Mrs Jansen?«, fragt Sergeant Munro.

»Ich weiß es nicht«, flüstert sie. »Ich habe wirklich … ich habe das alles so sehr verdrängt. Ich nehme an, irgendwo wusste ich es schon, seit sie ein kleines Mädchen war, aber gleichzeitig konnte ich es nie wirklich glauben.«

»Und als Annalise Sie damit konfrontiert hat …«

»Ich konnte es nicht. Ich konnte es einfach nicht ertragen, der Sache ins Gesicht zu sehen. Ihr ins Gesicht zu sehen. Ich wollte, dass sie – es – verschwindet.« Sie wischt sich die Tränen fort. »Annalise hat sich an diesem Tag in meinem Kopf in zwei Teile gespalten. Einerseits war sie meine wunderschöne Tochter, andererseits dieses böse Ding, das unser Leben bedroht hat. Ich hätte mein Kind niemals mit Absicht umgebracht. Ich glaube, in dem Moment, in dem sie mir ihren Bauch mit Kurts Baby darin gezeigt hat, ist sie einfach zu diesem bösen Monster geworden, das uns alle bedroht hat, und ich habe es angegriffen. Seither bereue ich es jede Sekunde, jede Minute, jede Stunde, jeden Tag, jede Woche, jedes Jahr, immer.« Sie hält inne und wischt sich wieder die Tränen ab. »Und ich habe darauf gewartet, dass Sie kommen.«

JANE

Nachdem das Team der Staatsanwaltschaft den Raum verlassen hat, ist die Stimmung gedrückt. Dies ist nicht der Ausgang, den Jane und ihr Team erwartet haben. Und es liegt immer noch Arbeit vor ihnen: Verhöre mit jedem der übrig gebliebenen Shoreview Six, das rechtliche Gerangel mit der Phalanx aus Anwälten, die jede einzelne der Parteien repräsentieren, die Einschätzung, wie zurechnungsfähig Kurt Jansen noch ist und ob er verhört, angeklagt und möglicherweise vor Gericht gestellt werden kann. Sie haben immer noch keinen Beweis dafür, dass Chief Knox Raymond in jener Nacht in dem braunen Auto gesessen hat, oder dafür, dass der verheiratete Polizist Sex mit einer Fünfzehnjährigen hatte oder dass er mit eigenen Augen gesehen hat, dass Annalise Jansen in jener Nacht doch nach Hause zurückgekehrt ist.

»Jetzt verstehe ich, was damit gemeint ist, wenn jemand sagt, er will wissen, was passiert ist, aber gleichzeitig auch lieber nicht«, sagt Yusra. »Niemand möchte erfahren, dass eine Mutter ihr eigenes Kind getötet und ihre Tochter nicht vor sexuellem Missbrauch in ihrem eigenen Haus beschützt hat.«

»Wir müssen Knox Raymond aufs Revier holen«, verkündet Jane. »Meine Theorie ist, dass er Annalise bei der Party gesehen hat, die er und die anderen Officers auflösen sollten. Er hatte schon eine Beziehung zu ihr und hat ihr im Donut Diner nachgestellt. Außerdem hat er einen Dodge Dart Custom in metallic Braun gefahren. Ich nehme an, Annalise und er haben sich auf der Party unterhalten, und er hat gesagt, er würde später nach Ende seiner Schicht in der Sackgasse auf sie warten.«

»Das würde jedenfalls erklären, warum sich niemand gemeldet und ausgesagt hat, er hätte gesehen, wie sie ihr Elternhaus betreten hat«, stimmt Melissa zu. »Ein verheirateter RCMP Officer, dessen Frau ein Baby erwartet, hat Sex mit einer fünfzehnjährigen Schülerin, die danach spurlos verschwunden ist – sieht nicht gut aus.«

»Wahrscheinlich hatte er eine Scheißangst, dass ihm dieses Verbrechen angehängt wird«, wirft Duncan ein.

»Vielleicht bekommen wir irgendwas aus ihm raus, wenn wir ihn offiziell befragen. Aber eines steht für mich außer Zweifel.« Jane deutet auf das Whiteboard. »Nichts von alldem wäre passiert, wenn Kurt Jansen seine Tochter nicht missbraucht und sie geschwängert hätte. Das ist der Mittelpunkt, von dem aus sich im Laufe der Jahre alles wie ein Netz ausgebreitet hat. Dass Annalise häufig getrunken hat und auch bei dieser Party betrunken war, ihre Promiskuität, ihr Versuch zu verschleiern, dass ihr Vater der Kindsvater sein musste, indem sie mit möglichst vielen anderen Männern geschlafen hat, was schließlich Robbie Davines Eifersucht entfacht und Cara Constantin die Möglichkeit gegeben hat, Robbie durch eine Lüge, was Darryl Hendricks betrifft, an sich zu binden. Helen Jansens Panik und fehlgeleitete Wut, in der sie schließlich ihre eigene Tochter getötet hat. Helen und Kurt Jansen, die Annalise unter der Kapelle begraben haben. Das alles ist darauf zurückzuführen, dass Kurt Jansen ein sehr kranker Mann war und dass seine Frau nichts getan hat, um ihn aufzuhalten.«

»Der Welleneffekt eines Verbrechens«, fasst Duncan zusammen, den Blick immer noch fest auf das Whiteboard gerichtet. »Kurt war der Auslöser. Und die Wellen haben so viele Leben zerstört.« Er sieht die anderen Mitglieder des Teams an. »Und jetzt, siebenundvierzig Jahre später, haben sie alle endlich Antworten.«

Während Jane ihr Team mustert, wird ihr klar, dass sie dies hier schaffen kann. Cold Cases. Alte Verbrechen. Sie kann die Wahrheit ans Licht bringen. Es gibt ihr einen Sinn, ein Ziel. Und wenn sie ihren nächsten Fall bekommt, wird sie ein felsenfestes Team im Rücken haben.

»Danke, ihr alle«, sagt sie ruhig. »Wir haben noch viel Arbeit vor uns, aber das schaffen wir schon. Wir werden Annalise und Darryl Gerechtigkeit verschaffen. Und jetzt geht nach Hause und ruht euch heute Abend gut aus.«

KNOX

Knox befindet sich drei Autostunden nördlich seines Zuhauses. Er lenkt sein Wohnmobil die gewundene und verwitterte Duffey Lake Road entlang, über den Höhenpass, bei dem sogar um diese Jahreszeit noch Lawinengefahr herrscht. Er macht, dass er wegkommt, weiter ins Hinterland von British Columbia. Eigentlich wollte er schon früher aufbrechen, aber seine Frau hat darauf bestanden, dass er ihr zuerst bei einigen Reparaturarbeiten am Haus hilft. Er wollte kein Aufheben machen und damit ihr Misstrauen wecken, also hat er nachgegeben, aber seit er diese dumme Entscheidung getroffen hat, sich Sergeant Jane Munro auf ihrem Territorium zu stellen, steht er unter Strom. Er dachte, er hätte leichtes Spiel mit einer Schwangeren, die auch noch mit einer posttraumatischen Belastungsstörung zu kämpfen hat.

Doch da lag er falsch. Sie hat ihn in die Enge getrieben.

Jetzt sitzt er wie auf glühenden Kohlen und wartet auf Neuigkeiten – irgendwelche Neuigkeiten – über die DNS-Ergebnisse des Embryos, denn er hat nachgerechnet. Das Kind könnte von ihm sein.

Er lauscht den Nachrichten auf CBCN, während er fährt. Als er gerade einen schwierigen Straßenabschnitt

417

erreicht, der steil zu dem Städtchen Lillooet abfällt, sagt der Nachrichtensprecher: »Es gibt eine Eilmeldung über eine schockierende Entwicklung bei den wiederaufgenommenen Ermittlungen in den Vermisstenfällen von Annalise Jansen und Darryl Hendricks. Es folgt eine exklusive Berichterstattung der Kriminalreporterin Angela Sheldrick von CBCN-TV. Angela hielt sich gestern Abend vor dem Haus von Kurt und Helen Jansen auf, als ein Team der RCMP-Mordermittlung dort eintraf, um den Eltern mitzuteilen, dass es sich bei den menschlichen Überresten, die unter einer Kapelle auf dem Hemlock gefunden wurden, tatsächlich um ihre Tochter handelte. Doch das war nur der Anfang. Wir haben Angela Sheldrick in der Leitung. Was können Sie unseren CBCN-Zuhörern berichten?«

Knox ballt die Hände um das Lenkrad zu Fäusten. Dunkle Punkte sammeln sich vor seinen Augen und die Anspannung lässt sein Sichtfeld schrumpfen. Plötzlich fällt die Straße steil ab. Er tritt auf die Bremse und schaltet runter. Rechts von ihm klafft eine Schlucht, der Felshang geht senkrecht nach unten. Das Einzige, was zwischen ihm und der kahlen Felskluft steht, ist eine niedrige Betonabsperrung. Mehrere kleine Felsbrocken liegen auf der Straße – hier gilt permanente Steinschlaggefahr.

Angela Sheldricks Stimme dringt aus den Lautsprechern. »Wie wir bereits gestern Abend berichtet haben, wurden sterbliche Überreste, die mutmaßlich zu Darryl Hendricks gehören, in seinem Volkswagen gefunden, der seit dem September 1976 in den Tiefen des Blackwater Lake verborgen war. Außerdem gibt es laut Ermittlerkreisen noch mehr schockierende Neuigkeiten: Das DNS-Profil des Embryos hat ergeben, dass der Vater von Annalises Kind ihr eigener Vater Kurt Jansen ist, der inzwischen mit einem Schlaganfall ins Krankenhaus eingeliefert wurde. Darüber hinaus hat Helen Jansen der RCMP gestanden, ihre Tochter unbeabsichtigt bei einem Streit getötet zu haben.«

Knox' Herz rast so schnell, dass er glaubt, ohnmächtig zu werden. Es ist nicht seins – das Baby ist nicht von ihm. Er ist frei. Als sein Herz vor Erleichterung ganz leicht wird, fällt die Straße ein weiteres Mal steil vor ihm ab. Er ist abgelenkt, unkonzentriert. Sein Fuß landet einen Augenblick zu spät auf der Bremse, als er sich zu schnell einer Haarnadelkurve nähert. Sein Wohnmobil schlingert und gerät auf ein paar losen Steinchen und Kies ins Rutschen. Er versucht gegenzulenken und reißt das Steuer nach links.

Der Nachrichtensprecher sagt: »Wurde inzwischen auch geklärt, warum Dr. Noah Gautier in den Fall verwickelt war?«

»Das war er nicht«, gibt Angela zurück. »Diese überstürzte Berichterstattung war mein Fehler, und ich entschuldige mich aufrichtig dafür. Dr. Gautier war nur ein Gastdozent, der an der SHU eine Vorlesung gehalten hat, und das hätte ich überprüfen müssen. Noch einmal, bitte entschuldigen Sie die Verwirrung.«

»Dann haben Annalises Knochen also ein letztes Mal gesprochen«, verkündet der Nachrichtensprecher.

Auch die nächste Kurve kommt zu schnell. Knox tritt noch fester auf die Bremse und schleudert um die Biegung. Mitten auf der Straße liegt ein Felsbrocken. Knox keucht und versucht auszuweichen, wobei sein Wohnmobil ungebremst gegen die Betonbarrikade kracht. Die Barriere gibt nach und das Wohnmobil fliegt hinaus in die Leere.

»Sobald die alte Skifahrerkapelle weiter oben am Berg wieder steht, soll dort eine Kerzenmahnwache abgehalten werden. Für Annalise, Darryl und die junge Wendy Walker, für die diese Kapelle ursprünglich errichtet wurde ...«

Knox' Wohnmobil prallt von den Felsen ab, wird wieder in die Luft geschleudert und stürzt immer tiefer, tiefer, tiefer nach unten.

Tränen brennen in Knox' Augen. Er sieht Annalise vor sich. Ihr Lächeln. Er riecht den Duft ihrer Haut. Fast kann er sie wieder schmecken, so wie damals, am letzten Abend ihres Lebens auf dem Vordersitz seines Dodge Dart Custom, als sie miteinander geschlafen haben, nur ein paar Wochen, bevor sein eigenes Baby geboren wurde.

Er ist frei. Er ist endlich frei von alldem.

Sein Wohnmobil prallt gegen einen Felsvorsprung und zerbirst. Bruchstücke fliegen zu allen Seiten, während das Fahrzeug sich um die eigene Achse drehend den Berghang hinabrollt, bis es von einer Baumreihe aufgehalten wird und mit qualmendem Motor liegen bleibt. Von weit oben auf einer Felszunge blicken Bergziegen hinab. Knox' Welt verblasst und sein eigenes Licht erlischt.

ANGELA

Nach ihrem Livebeitrag kehrt Angela zu ihrer Arbeitsnische zurück, sie braucht unbedingt einen doppelten Espresso und irgendwas mit viel Zucker. Sie ist aufgedreht, aber konzentriert und widmet sich dieser Story nun mit der ihr gebührenden Sorgfalt, um ihr hoffentlich die Tragweite zu verleihen, die sie zu Ehren der beiden Teenager aus den Siebzigern verdient hat.

Die Enthüllungen über Annalises Familie und die Geheimnisse, die alles so viele Jahre lang verschleiert haben, treffen Angela tiefer, als sie zugeben will. Ihr eigener dunkler Familienhintergrund ist ebenfalls in Geheimnisse gehüllt. Ein Psychologe würde vielleicht argumentieren, dass es das ist, was Angela immer angetrieben hat, größer, besser, funkelnder, herausragend zu sein, denn sollte es jemals zu still um sie werden, könnte sie gezwungen sein, sich ihrem wahren Selbst und ihrer Vergangenheit zu stellen. Schall und Rauch und Spiegel und Blitzlichter und Sensationen – das ist ihre Verschleierungstaktik, ihre Schutzrüstung. Bei der lauten Angela schaut niemand nach tiefer liegenden Geheimnissen.

Doch dieser Fall hat sie gemäßigt, gemildert. Genau wie Jane Munro – eine Spitzenleistung. Auf eine seltsame Art hat die schwangere und trauernde Polizistin ihr gezeigt, dass List und direkte Konfrontation nicht die einzigen Mittel sind, um an Informationen heranzukommen, und dass es auf lange Sicht manchmal Erfolg bringender ist, Brücken zu bauen, statt sie hinter sich niederzubrennen.

Während sie sich ihrem Arbeitsplatz nähert, hört sie, wie jemand vom anderen Ende des Raums ihren Namen ruft.

»Angela, können wir kurz mit Ihnen sprechen? In meinem Büro?«

Der Sendeleiter von CBCN-TV.

Rahoul sitzt an seinem Schreibtisch und schaut sie an. »Wer ist *wir*?«, formt er stumm mit den Lippen.

»Keine Ahnung«, flüstert sie zurück. Sie ist nervös.

Sie streicht sich Rock und Bluse glatt und geht auf das Büro des Sendeleiters zu, zwei Türen von Mason Gordons ehemaligem Büro entfernt. Sie klopft und tritt ein.

Der Sendeleiter sitzt an einem Sitzungssaaltisch in Gesellschaft zweier anderer hoher Tiere, mit denen Angela bisher noch nie zu tun hatte.

»Bitte, setzen Sie sich.« Der Sendeleiter streckt die Hand aus.

Angela setzt sich und wartet.

»Herzlichen Glückwunsch zum Kapellenfall, Angela. Ihr neuester Bericht wirkt ausgereifter als alle davor. Nuancierter, vielschichtiger. Uns gefällt die Tiefe, die Art, wie Sie das Thema aus unterschiedlichen Blickwinkeln angehen. Es ist Ihnen gelungen, einer Sensationsstory auch Tiefe zu verleihen. Einer solchen Berichterstattung vertrauen die Zuschauer. Nicht einfach nur News, sondern das größere Bild. Wir möchten Ihnen gern grünes Licht für Ihr Serienkonzept geben, wenn Sie diesen Tonfall auch in einer nachrichtenbasierten Reality-Serie treffen können.«

Angela hört das Blut in ihren Ohren rauschen. »Hat Mason mit Ihnen darüber gesprochen?«

»Wir haben Ihren Antrag in seinen Unterlagen gefunden. Wie wäre es, wenn Sie mit diesem Fall anfangen? Er wird noch eine Weile aktuell bleiben. Wir hätten gern das ausführliche Interview, das Sie mit Ahmed Hendricks planen, um den Namen seines Sohns endgültig reinzuwaschen und die Ehre der Familie wiederherzustellen. Es wird noch weitere Anklagen geben, die Prozesse – wir möchten, dass Sie das alles in der Serie verfolgen. *Irgendjemand weiß es.* Wie sie es in Ihrem ursprünglichen Konzept beschrieben haben, trifft dieser Fall genau die richtigen Töne, bis zu der schwangeren Polizistin, die diese Ermittlungen leitet und die einer ganzen Gemeinschaft und den Familien Gewissheit geben konnte. Etwas, das sie selbst nicht hat. Das ist großartig.«

Angela hat Mühe, einen Gefühlsausbruch zurückzuhalten. Sie musste sich überhaupt nicht noch mehr beeilen. Sie musste langsamer werden. Tiefer gehen. Die Sache von allen Seiten betrachten, um ihre Vorgesetzten sehen zu lassen, was sie sich vorstellt. Ihre Gedanken wandern zu Darryl. *Sei selbst der Wandel, den du in der Welt sehen möchtest,* stand auf seinem Medaillon, und dieser Rat rührt sie seltsamerweise zu Tränen. Siebenundvierzig Jahre nach den Morden an zwei Teenagern haben diese Verbrechen immer noch ungeahnte Auswirkungen. Die Wellen, dieser Haloeffekt – sie möchte das wertschätzen, und sie wird von nun an ihren inneren Kompass danach ausrichten. Nichts ist jemals wirklich vorbei. Kein Fall sollte einfach in Vergessenheit geraten. Manchmal möchten die Leute vielleicht Jahre später plötzlich reden, wenn sich der Kontext verändert oder wenn die Wissenschaft Fortschritte gemacht hat, und sie selbst kann eine Rolle dabei spielen. Sie kann den Toten wieder Leben einhauchen, den Vergessenen, den Stillen, den Vermissten, sie kann sie wieder in lebendige Charaktere verwandeln, die nicht länger stumm und vergessen sind. Durch Angela werden sie sprechen. Sie werden ihre Namen zurückbekommen.

Dies ist ihr Ziel, und mit Darryl Hendricks und seiner Familie wird sie anfangen.

Als sie das Besprechungszimmer wieder verlässt, fühlt sie sich benommen. Erwartungsvoll sieht Rahoul ihr entgegen, während sie sich ihrer winzigen Arbeitsnische nähert.

»Und? Was haben sie gesagt?«

Sie versucht, eine neutrale Miene aufzusetzen, muss dann aber albern breit grinsen und schnappt sich ihren Mantel. »Komm. Die Champagnercocktails und das Abendessen gehen heute auf mich.«

»Du hast die Sendung?«

»*Wir* haben die Sendung, Rahoul. *Wir* haben's geschafft.«

JANE

Es ist ein herrlicher Frühlingsabend, als Jane mit der Flasche Pinot gris, die Matt und sie sich für seine geplante Heimkehr im vergangenen September aufgehoben hatten, bei Dr. Ella Quinns Haus in North Vancouver ankommt. Es ist Zeit, diesen Wein zu teilen, denkt sie. Außerdem hat sie eine Flasche Mineralwasser für sich selbst und einen Kartoffelsalat dabei.

Ella lächelt sie warm an, als sie die Tür öffnet. »Wie schön, dass Sie gekommen sind, Jane. Oder wollen wir lieber du sagen?«

»Gern.« Jane hält die Flaschen und den Salat hoch.

»Oh, das wäre doch nicht nötig gewesen …«

»Hat meine Mutter gemacht«, wirft Jane rasch ein und zieht sich den Mantel aus.

Ella lächelt, und ein seltsamer Ausdruck tritt in ihre Augen, als würde sie Jane zum ersten Mal richtig sehen.

»Ja, ich weiß«, sagt Jane. »Erwachsene Frau, Mordermittlerin, und trotzdem kocht ihre Mutter noch für sie.«

»Das ist ein großes Privileg«, gibt Ella zurück, nimmt Jane den Mantel ab und hängt ihn im Flur an einen Haken. »Wir haben Heizstrahler auf der Terrasse, aber wenn du doch deinen Mantel brauchst, dann findest du ihn hier. Ich wünschte, meine Mom wäre noch am Leben. Ich habe sie beim Absturz einer

425

kleinen Passagiermaschine auf Kalimantan in Indonesien verloren. Das Flugzeug ist in den Dschungel gestürzt und wurde nie gefunden. Sie fehlt mir immer noch schrecklich.«

Jane sieht die Professorin an und erkennt einen verräterischen Glanz in ihren Augen.

»Ist das schon lange her?«, fragt sie.

Ella stößt ein leises, selbstironisches Lachen aus. »Es sind jetzt zehn Jahre. Sie war bei einer Ausgrabung – einer alten Kriegsverbrechenstätte. Sie hat damals für die niederländische und die indonesische Regierung gearbeitet.«

»Dann war sie auch Anthropologin, wie du?«

»Nicht wie ich. Zehnmal besser als ich. Es ist mein Lebensziel, eines Tages so zu sein wie sie.«

»Dein Verlust tut mir aufrichtig leid. Alles, was ich sagen kann, ist, dass ich aus persönlicher Erfahrung weiß, dass Trauer niemals linear verläuft, besonders eine so mehrschichtige Art der Trauer.«

Ella zögert, als würde sie sorgfältig über ihre nächsten Worte nachdenken. »Ich habe von deinem Verlobten gehört. Mir tut es auch leid. Es ist ein schwerer Weg, und niemand kann jemals das Richtige sagen, oder?«

»O Mann, nein. Da hast du recht.« Jane muss wieder an die Selbsthilfegruppe denken. »Aber sie meinen es gut.«

»Komm mit. Die anderen sind schon da.«

Jane folgt der Professorin auf die Terrasse hinaus und fragt sich, ob Ellas Einladung zu diesem Fest wohl als Friedensangebot gemeint ist. Als Entschuldigung, weil sie in der Öffentlichkeit über den Fall gesprochen hat. Duncan ist schon da, mit einem Bier in der Hand, und er redet mit dem Studenten, dem er bei ihrem Besuch im Labor schöne Augen gemacht hat. Jane entdeckt auch Tank, Yusra sowie Melissa und natürlich auch Darb in ihrem grellen und übergroßen Hawaiihemd. Darb liebt alles, was mit Hawaii zu tun hat – ihr Großvater stammte von hawaiianischen Ureinwohnern ab. Jane sieht, wie Ellas Mann, der Spionageautor, am Rand eines kleinen Pools mit einer Gruppe von Gästen plaudert.

Sie zögert, nimmt die hübsche Szene einen Moment lang in sich auf und überlegt schon, ob sie wieder gehen soll, weil das alles auf einmal doch zu viel zu sein scheint. Gleichzeitig fühlt sie sich aber auch willkommen. Der Garten ist voller blühender Frühlingsblumen. Von einem Spalier hängen Laternen. Auf einmal fällt ihr Blick auf einen großen dunkelhaarigen Mann, der ein Glas Rotwein in der Hand hält und sich mit Tank unterhält. Ihr Herz setzt einen Schlag aus. Sie dreht sich um und sieht in Richtung Ausgang, drauf und dran, die Flucht zu ergreifen.

»Jane?« Mit dem Glas in der Hand kommt er auf sie zu.

Mist. Zu spät.

»Noah. Ich wusste nicht, dass du noch in der Stadt bist.«

»Hör mal, um es gleich zu sagen, die Sache mit dieser Reporterin tut mir leid. Das hätte nicht passieren dürfen.«

»Schwamm drüber.«

»Kann ich dir was zu trinken holen?«

»Ich weiß noch nicht, ob ich bleibe. Ich wollte nur …«

»Herzlichen Glückwunsch zum Abschluss des Falls«, sagt er, bevor sie ausreden kann.

»Na ja, wir haben noch eine ganze Menge zu tun, bis alles unter Dach und Fach ist. Das meiste hat allerdings Annalise getan. Ihre Leiche hat die Beweise über so viele Jahre hinweg bewahrt, und dann hat sie die Shoreview Six aufgerüttelt, einfach dadurch, dass ihre Identität bekannt wurde, womit sie uns den Weg zu Darryl Hendricks gezeigt hat.«

»In dieser Hinsicht sind Cold Cases schon etwas Besonderes.«

Sie erlaubt sich schließlich ein Lächeln. »Ja. Ich glaube, ich könnte mich damit anfreunden. Ich wette, mein Vorgesetzter wusste nicht, was für einen Gefallen er mir damit getan hat, als er mich dieser Einheit zugeteilt hat. Was mich wirklich beschäftigt, ist die Tatsache, wie viele Jahre lang ein solcher Missbrauch in einer Familie stattfinden kann, die von außen betrachtet ganz normal wirkt. Und warum das Kind, das Opfer, nie spricht. Oder warum der Partner des Missbrauchstäters oder andere Erwachsenen in der Familie das dulden.«

Er nippt an seinem Wein. »Die Reaktion der Mutter auf sexuellen Missbrauch eines Kindes ist entscheidend. Die Unterstützung der Mutter kann den Missbrauch beenden und dem Opfer helfen, die unmittelbaren psychologischen Effekte abzumildern und die negativen Langzeitfolgen zu verringern. Ohne diese Unterstützung bekommen es Erwachsene, die als Kind missbraucht wurden, oft mit zahllosen psychologischen Problemen zu tun, darunter sexuelle Funktionsstörungen, zeitweilige Promiskuität, Depressionen, intensive Schuldgefühle, Drogenmissbrauch, Eheprobleme. Und es besteht die Gefahr, dass sie ihre eigenen Kinder emotional oder körperlich missbrauchen und selbst Inzest begehen.«

Jane atmet tief durch. Noah, immer ganz der Psychologe, sogar bei einer Gartengrillparty. Aber die Fachsimpelei entspannt sie. »Ja. Und wer weiß, was mit Kurt Jansen passiert ist, als er ein kleiner Junge war, und ob er vielleicht unter transgenerationaler Weitergabe leidet. Und Faith – Annalises kleine Schwester – hat als Kind vielleicht nicht richtig verstanden, was in ihrem Zuhause vor sich geht, aber auch in ihrem Leben zeigen sich eindeutig Fehlfunktionen.«

»Eine Mutter kann dieses Muster durchbrechen.«

»Solange sie nicht selbst die Missbrauchstäterin ist.«

Er nickt. »Stimmt natürlich. Und wie heißt es doch, Schweigen ist der beste Freund eines Gewalttäters.«

Schließlich gelingt es Jane, sich zu entspannen und den Abend im Kreis ihrer Kollegen zu genießen, aber ihre Sehnsucht nach Matt wird im Laufe der Feier überwältigend, und sie geht früh. Sie fährt zum Haus ihrer Mutter.

»Jane?«, fragt ihre Mom, als sie ihr die Tür öffnet. »Wolltest du nicht ausgehen?«

»War ich schon. Ich … ich, ähm, wollte nur …« Ihre Augen füllen sich mit Tränen und die Gefühle schnüren ihr die Kehle zu. »Gott, ich weiß selbst nicht, was mit mir los ist. Tut mir leid.«

»Komm, komm rein.« Ihre Mutter umarmt sie, stark und voller Liebe. Sie hält Jane einfach fest, und endlich, nach so vielen Monaten, gestattet sich Jane, richtig zu weinen. »Lass es raus, Schatz. Dein Körper will loslassen.«

Schließlich tritt Jane zurück und wischt sich ärgerlich die Tränen ab. »Tut mir leid. Ich weiß wirklich nicht, was mit mir los ist.«

»Gefühle sind keine Schwäche, Jane. Empathisch zu sein bedeutet nicht, dass man zu weich ist. Genau das ist es, was uns am menschlichsten macht. Am stärksten.« Sie hält inne. »Genau dafür habe ich deinen Vater geliebt. Und du bist ganz seine Tochter. Genauso stark. Genauso gutherzig. Und nur, weil du eine Frau bist, solltest du nicht noch härter darum kämpfen müssen, kalt und professionell zu wirken. Wir müssen unser Verständnis davon, was mächtig und stark ist, ändern.«

»In meinem Job wird es trotzdem als Schwäche betrachtet.« Jane zieht sich den Mantel aus und ihre Gedanken wandern zu Helen Jansen zurück und zu dem Bild der Maria mit dem Kind auf dem Buntglasfenster der Kapelle. Sie denkt an Annalise und ihr Baby, dort unter der Erde begraben, und an ihr eigenes Kind, das mit jedem Tag in ihrem Bauch heranwächst. Sie denkt an Dr. Ella Quinn, der ihre eigene Mutter so sehr fehlt. »Danke, Mom«, sagt sie.

»Wofür?«

»Dafür, dass du so eine tolle Mutter bist. Wir Töchter haben nicht alle so viel Glück.«

»Möchtest du einen Tee?«

Sie lacht. »Klar, klingt gut. Tee ist ein Allheilmittel, stimmt's?« Sie folgt ihrer Mutter in die Küche und denkt wieder an Matt und daran, wie sehr sie ihn vermisst. Es ist wie ein Loch in ihrem Herzen. Sie sagt sich, dass sie selbst vielleicht niemals ihren eigenen Abschluss finden wird, wie Annalise und Darryl. Das ist nun mal genau der Punkt bei einem uneindeutigen Verlust. Nicht immer gibt es ein glückliches Ende. Oder überhaupt ein Ende.

Doch Jane hat Trost darin gefunden, dass sie daran arbeitet, anderen diesen Abschluss zu bringen. Und ein Teil von Matt lebt in ihr weiter – daran muss sie sich festhalten. Sie hat nun die Verantwortung für ein neues kleines Leben, das sie in die Welt bringen wird, und sie wird eben neue Wege finden müssen, eine Familie aufzubauen. Und dabei niemals die Hoffnung loszulassen.

Folge der Autorin auf Amazon

Wenn dir dieses Buch gefallen hat, folge Loreth Anne White auf Amazon. Dann erhältst du eine Benachrichtigung, wenn die Autorin ihr nächstes Buch veröffentlicht. Um der Autorin zu folgen, gehe bitte folgendermaßen vor:

Desktop:

1) Suche auf Amazon.de oder in der Amazon App nach dem Namen der Autorin.

2) Klicke auf den Namen der Autorin, um auf die Autorenseite zu gelangen.

3) Klicke auf den »Folgen«-Button.

Smartphone und Tablet:

1) Suche auf Amazon.de oder in der Amazon App nach dem Namen der Autorin.

2) Klicke auf einen Titel der Autorin.

3) Klicke auf den Namen der Autorin, um auf die Autorenseite zu gelangen.

4) Klicke auf den »Folgen«-Button.

Kindle eReader und Kindle App:

Wenn du dieses Buch auf einem Kindle eReader oder in der Kindle App liest, wird dir automatisch angeboten, der Autorin zu folgen, nachdem du die letzte Seite des Buches gelesen hast.

Zeitfracht Medien GmbH
Ferdinand-Jühlke-Straße 7
99095 Erfurt, Deutschland
produktsicherheit@kolibri360.de

Druck:
CPI Druckdienstleistungen GmbH
im Auftrag der
Zeitfracht Medien GmbH
Ein Unternehmen der Zeitfracht - Gruppe
Ferdinand-Jühlke-Str. 7
99095 Erfurt